Segredos de uma noite de verão

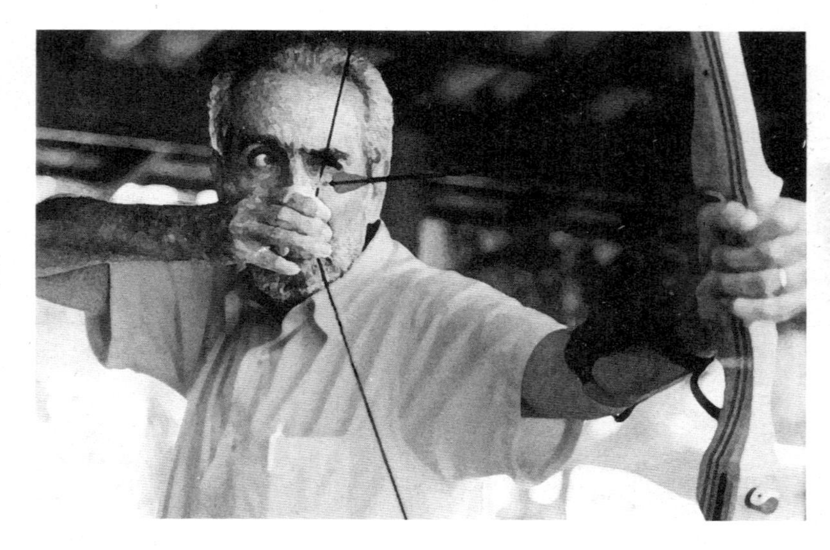

O Arqueiro

Geraldo Jordão Pereira (1938-2008) começou sua carreira aos 17 anos, quando foi trabalhar com seu pai, o célebre editor José Olympio, publicando obras marcantes como *O menino do dedo verde*, de Maurice Druon, e *Minha vida*, de Charles Chaplin.

Em 1976, fundou a Editora Salamandra com o propósito de formar uma nova geração de leitores e acabou criando um dos catálogos infantis mais premiados do Brasil. Em 1992, fugindo de sua linha editorial, lançou *Muitas vidas, muitos mestres*, de Brian Weiss, livro que deu origem à Editora Sextante.

Fã de histórias de suspense, Geraldo descobriu *O Código Da Vinci* antes mesmo de ele ser lançado nos Estados Unidos. A aposta em ficção, que não era o foco da Sextante, foi certeira: o título se transformou em um dos maiores fenômenos editoriais de todos os tempos.

Mas não foi só aos livros que se dedicou. Com seu desejo de ajudar o próximo, Geraldo desenvolveu diversos projetos sociais que se tornaram sua grande paixão.

Com a missão de publicar histórias empolgantes, tornar os livros cada vez mais acessíveis e despertar o amor pela leitura, a Editora Arqueiro é uma homenagem a esta figura extraordinária, capaz de enxergar mais além, mirar nas coisas verdadeiramente importantes e não perder o idealismo e a esperança diante dos desafios e contratempos da vida.

Segredos de uma noite de verão

Título original: *Secrets of a Summer Night*

tradução: Janaína Senna

preparo de originais: Ellen Kerscher

revisão: Ana Grillo, Carolina Rodrigues e Hermínia Totti

projeto gráfico e diagramação: Ana Paula Daudt Brandão

design de capa: Tita Nigrí

imagem de capa: Lee Avison / Trevillion Images

impressão e acabamento: Lis Gráfica e Editora Ltda.

CIP-BRASIL. CATALOGAÇÃO NA PUBLICAÇÃO
SINDICATO NACIONAL DOS EDITORES DE LIVROS, RJ

K72s Kleypas, Lisa
Segredos de uma noite de verão / Lisa Kleypas; tradução de Janaína Senna. São Paulo: Arqueiro, 2020.
384 p.; 12,8 x 19,8cm. (As quatro estações do amor; 1)

Tradução de: Secrets of a summer night
ISBN 978-85-306-0173-7

1. Romance americano. I. Senna, Janaína. II. Título. III. Série.

20-63342 CDD: 813
CDU: 82-31(73)

Editora Arqueiro Ltda.
Rua Funchal, 538 – conjuntos 52 e 54
Vila Olímpia – 04551-060 – São Paulo – SP
Tel.: (11) 3868-4492 – Fax: (11) 3862-5818
E-mail: atendimento@editoraarqueiro.com.br
www.editoraarqueiro.com.br

PRÓLOGO

Londres, 1841

Embora Annabelle Peyton tivesse sido avisada a vida inteira de que nunca recebesse dinheiro de estranhos, um dia ela abriu uma exceção... E logo descobriu por que deveria ter ouvido o conselho da mãe.

Era um dos raros feriados da escola de seu irmão, Jeremy, e, como de costume, ele e Annabelle saíram para assistir ao mais recente espetáculo de panoramas na Leicester Square. Foram duas semanas fazendo economia a fim de juntar o dinheiro necessário para a compra dos ingressos. Sendo os únicos filhos da família Peyton que vingaram, Annabelle e o irmão mais novo sempre haviam sido próximos, apesar dos dez anos de diferença entre eles. Doenças infantis tinham levado as duas crianças nascidas depois de Annabelle, e nenhuma delas vivera o bastante para ver o primeiro aniversário.

– Annabelle – disse Jeremy, enquanto voltava do guichê da casa de espetáculos –, você tem mais algum dinheiro?

Ela balançou a cabeça e o olhou intrigada.

– Receio que não. Por quê?

Com um leve suspiro, Jeremy ajeitou os cabelos cor de mel que lhe caíam sobre a testa.

– Eles dobraram o preço para esse show... Aparentemente é muito mais caro que os outros.

– O anúncio no jornal não dizia nada sobre um aumento nos preços – observou Annabelle, indignada. – Que inferno! – murmurou a moça, baixando o tom de voz enquanto abria a bolsa na esperança de encontrar uma moeda perdida.

Jeremy, do alto dos seus 12 anos, lançou um olhar desconfiado para o enorme cartaz pendurado sobre as colunas na entrada do teatro de panoramas – A QUEDA DO IMPÉRIO ROMANO: UM SHOW DE ILUSÃO MÁXIMA COM EFEITOS DIORÂMICOS. Desde a abertura, quinze dias antes, o show vinha ficando abarrotado de visitantes impacientes para vivenciar as maravilhas do Império Romano e de sua queda trágica. "É como voltar no tempo", comentavam eles depois. O tipo comum de panorama consistia em uma lona pendurada numa sala circular, envolvendo os espectadores em um cenário pintado de forma elaborada. Às vezes, música e iluminação especial eram usadas para que a exibição ficasse ainda mais divertida, enquanto um narrador se movia em torno do círculo para descrever lugares distantes ou batalhas famosas.

Entretanto, de acordo com o *The Times*, esta nova produção era um espetáculo "diorâmico", o que significava que as telas dos quadros eram feitas de um tecido transparente e oleoso, iluminadas pela frente e, às vezes, por trás com filtros de luzes especiais. Trezentos e cinquenta espectadores ficavam no centro de um carrossel, operado por dois homens, de modo que o público todo girava lentamente durante o show. A interação da luz com o vidro prateado, em conjunto com os filtros e atores contratados para desempenhar o papel de romanos sitiados, criava um efeito que havia sido rotulado como uma "animada exibição". Pelo que Annabelle lera, os momentos finais mais marcantes, simulando vulcões em erupção, eram tão realistas que algumas mulheres na plateia tinham gritado e desmaiado.

Tomando a bolsa das mãos agitadas da irmã, Jeremy puxou o fecho e a entregou de volta para ela.

– Temos dinheiro suficiente para um ingresso – avisou

ele, calmamente. – Vá você assistir. Eu não queria mesmo ver esse show.

Sabendo que ele mentia para agradá-la, Annabelle fez que não com a cabeça.

– De jeito nenhum. Vá *você*. Eu posso ver o show a qualquer hora: você é que está sempre na escola. E só dura quinze minutos. Vou a uma das lojas aqui por perto enquanto estiver lá dentro.

– Vai às compras sem dinheiro? – perguntou Jeremy, exibindo uma expressão sinceramente cética nos olhos azuis. – Ah, isso parece tão divertido...

– Meu objetivo é olhar, não comprar.

Jeremy bufou.

– É o que os pobres dizem para se consolar quando estão andando pela Bond Street. Além disso, não vou deixar você ir sozinha a lugar nenhum, porque todos os homens das redondezas vão ficar de olho em você.

– Não seja bobo – murmurou Annabelle.

O menino sorriu de repente. Seu olhar examinou o rosto fino da irmã, os olhos azuis e os cabelos presos em cachos de um castanho dourado que reluzia sob a aba do chapéu.

– Não me venha com falsa modéstia. Você tem plena consciência do efeito que causa nos homens e, que eu saiba, não hesita em fazer uso disso.

Annabelle reagiu à provocação com uma careta.

– Que você saiba? Rá! Como sabe das minhas interações com os homens se está na escola a maior parte do tempo?

Jeremy ficou sério.

– Isso vai mudar – assegurou ele. – Não vou voltar para a escola desta vez. Posso ser muito mais útil a você e mamãe se eu conseguir um emprego.

Annabelle arregalou os olhos.

– Jeremy, não faça isso! Partiria o coração da mamãe, e se papai estivesse vivo...

– Annabelle – interrompeu ele, em voz baixa –, não temos dinheiro. Não conseguimos sequer arranjar cinco xelins a mais para um ingresso do show de panoramas.

– E imagino o bom emprego que você arrumaria – comentou Annabelle com sarcasmo – sem estudos e nenhuma indicação. A não ser que esteja querendo varrer rua ou trabalhar entregando recados, é melhor ficar na escola até que esteja apto para um trabalho decente. Enquanto isso, vou encontrar um cavalheiro rico com quem possa me casar e então tudo ficará bem.

– Posso imaginar o bom marido que você vai encontrar sem um dote – retrucou Jeremy.

Os irmãos se encararam franzindo a testa por um tempinho, então as portas se abriram e a multidão passou por eles a caminho do espetáculo. Abraçando Annabelle, Jeremy a afastou da confusão.

– Esqueça o panorama – disse ele, sem rodeios. – Vamos fazer outra coisa... Algo divertido que não custe nada.

– Como o quê?

Um momento de reflexão se passou. Quando se tornou evidente que nenhum dos dois conseguiria dar uma sugestão sequer, ambos caíram na gargalhada.

– Sr. Jeremy – chamou uma voz grave atrás deles.

Ainda sorrindo, Jeremy virou-se para o estranho.

– Sr. Hunt! – exclamou ele cordialmente, estendendo a mão. – Estou surpreso que ainda se lembre de mim.

– Eu também... Você cresceu e está muito mais alto desde a última vez que o vi. – O homem apertou a mão dele. – Está de férias da escola, não?

– Sim, senhor.

Vendo a expressão confusa de Annabelle, Jeremy murmurou em seu ouvido, enquanto o estranho alto gesticulava para os amigos entrarem sem ele.

– Sr. Hunt... O filho do açougueiro – sussurrou Jeremy. –

Eu o encontrei uma ou duas vezes na loja, quando mamãe mandou que eu buscasse uma encomenda. Seja gentil... Ele é uma boa pessoa.

Estupefata, Annabelle não pôde deixar de pensar que o Sr. Hunt estava inesperadamente bem-vestido para um filho de açougueiro. Usava um paletó preto elegante e um novo estilo de calças mais soltas que, de alguma forma, não disfarçavam as formas esguias e os músculos do corpo dele. Como quase todos os homens que entravam no teatro, ele já havia tirado o chapéu, revelando os cabelos escuros, ligeiramente ondulados. Era alto, de ossatura larga, e parecia ter cerca de trinta anos; possuía características marcantes: nariz comprido e afilado, boca grande e olhos tão escuros que não se podia distinguir a íris da pupila. Tinha um rosto másculo, com uma expressão sarcástica nos olhos e um ar de petulância. Estava claro, até mesmo para uma pessoa sem discernimento, que este homem raramente ficava desocupado; seu corpo e sua essência haviam sido definidos pelo trabalho árduo e pela ambição aguçada.

– Esta é minha irmã, a Srta. Annabelle Peyton – apresentou Jeremy. – Este é o Sr. Simon Hunt.

– É um prazer conhecê-la – murmurou Hunt, curvando-se.

Embora os modos dele fossem um tanto refinados, o brilho do seu olhar causou uma vibração estranha logo abaixo das costelas de Annabelle. Sem saber por que, ela se encolheu embaixo do braço do irmão, enquanto saudava o outro rapaz com a cabeça. Para desconforto de Annabelle, ela não conseguia desviar o seu olhar do dele. Parecia que uma sensação sutil de reconhecimento ocorrera entre os dois – não como se tivessem se encontrado antes, mas como se tivessem chegado perto um do outro várias vezes até que por fim um destino impaciente forçara seus caminhos a se cruzarem. Uma fantasia estranha, que ela no entanto não conseguia tirar da cabeça. Incomodada, permaneceu uma impotente prisioneira do olhar decidido dele, até que suas bochechas ganharam uma coloração intensa e indesejada.

Hunt dirigiu-se a Jeremy, embora continuasse olhando para ela.

– Posso acompanhá-los à rotunda?

Um momento de silêncio constrangedor se seguiu antes de Jeremy responder com uma indiferença estudada:

– Obrigado, mas decidimos que não vamos mais assistir.

Hunt arqueou uma das sobrancelhas escuras.

– Tem certeza? Parece ser muito bom. – Seus olhos deixaram de fitar o rosto de Annabelle e se voltaram para Jeremy, captando o desconforto do garoto. A voz de Hunt se abrandou quando voltou a falar com o menino. – Sem dúvida, há uma regra de que nunca se deve discutir esses assuntos na frente de uma dama. No entanto, não posso deixar de pensar... É possível, jovem Jeremy, que tenham sido surpreendidos com o aumento nos preços? Se assim for, ficaria feliz em ajudá-los com as moedas que faltam.

– Não, obrigada – respondeu Annabelle depressa, dando uma leve cotovelada em Jeremy.

Estremecendo, o irmão olhou para o rosto impenetrável do sujeito.

– Agradeço a oferta, Sr. Hunt, mas minha irmã não está disposta...

– Não quero ver o show – interrompeu ela, com frieza. – Ouvi dizer que alguns dos efeitos são bastante violentos e angustiantes para as mulheres. Prefiro um passeio tranquilo no parque.

Hunt a fitou, os olhos profundos contendo um brilho de zombaria.

– É mesmo tão tímida assim, Srta. Peyton?

Irritada com a provocação sutil, Annabelle pegou o irmão pelo braço e o puxou insistentemente.

– É hora de irmos, Jeremy. Não atrasemos o Sr. Hunt por mais tempo, tenho certeza de que ele quer assistir ao show...

– Receio que já esteja arruinado para mim – garantiu-lhes Hunt gravemente – se não assistirem também. – E deu a Jeremy um olhar encorajador. – Não me perdoaria se, por uns meros trocados, privasse você e sua irmã de um entretenimento vespertino.

Sentindo que o irmão estava prestes a ceder, Annabelle sussurrou de modo brusco no ouvido dele:

– Não se atreva a deixá-lo pagar pelos nossos ingressos, Jeremy!

Ignorando-a, Jeremy respondeu com calma para Hunt:

– Senhor, se eu aceitasse a sua oferta de empréstimo, não estou certo de quando poderia reembolsá-lo.

Annabelle fechou os olhos e soltou um leve gemido de orgulho ferido. Ela se esforçava ao máximo para evitar que alguém soubesse das dificuldades deles... E o fato de este homem saber que cada moeda lhes fazia falta era mais do que ela podia suportar.

– Não há pressa. – Ela o ouviu dizer com tranquilidade. – Vá à loja do meu pai no próximo recesso da escola e deixe o dinheiro com ele.

– Tudo bem, então – respondeu Jeremy com uma satisfação evidente e eles apertaram as mãos para selar o negócio. – Obrigado, Sr. Hunt.

– Jeremy... – principiou Annabelle, em tom suave mas enfurecido.

– Esperem aqui – orientou Hunt olhando para trás, já se encaminhando para a bilheteria.

– Jeremy, você sabe que não se deve pegar dinheiro emprestado com ele? – indagou Annabelle fitando o rosto satisfeito do irmão. – Ah, como você pôde? Não é apropriado... E a ideia de ter uma dívida com esse tipo de homem é intolerável!

– Que tipo de homem? – quis saber o irmão, inocente. – Eu já disse que ele é boa... Ah, suponho que queira dizer que ele é de uma classe mais baixa. – Um sorriso triste tomou os lábios de Jeremy. – Mas acho que isso não se aplica ao Sr. Hunt, porque ele é podre de rico. E a verdade é que nós dois não somos exatamente parte da nobreza. Estamos apenas nos galhos mais baixos da árvore, o que significa que...

– Como pode o filho de um açougueiro ser podre de rico? – perguntou Annabelle. – A menos que a população de Londres esteja consumindo muito mais carne e bacon do que estou ciente, não consigo encontrar outro meio para um açougueiro acumular tanta renda.

– Eu não disse que ele trabalhava na loja do pai – retrucou Jeremy com um tom superior. – Só disse que o *conheci* lá. Ele é empresário.

– Quer dizer um especulador financeiro? – Annabelle franziu a testa. Em uma sociedade que considerava vulgar falar ou pensar sobre as preocupações financeiras, não havia nada mais rude do que um homem que fizera carreira com investimentos.

– Um pouco mais do que isso – prosseguiu o irmão. – Mas acho que não importa o que ele faz, ou quanto ele tem, já que é de origem humilde.

Ao ouvir a crítica na voz do irmão mais novo, Annabelle olhou para ele semicerrando os olhos.

– Você está sendo muito democrático, Jeremy – rebateu ela secamente. – E não precisa falar como se eu estivesse sendo esnobe... Eu me oporia da mesma maneira se um duque tentasse nos emprestar o dinheiro do ingresso, assim como faria com um homem de negócios.

– Mas não tanto assim – disse ele, e riu da expressão dela.

O retorno de Simon Hunt interrompeu qualquer discussão. Examinando-os com os atentos olhos cor de café, ele deu um breve sorriso.

– Está tudo certo. Vamos entrar agora?

Annabelle avançou bruscamente em resposta ao estímulo discreto do irmão.

– Por favor, não se sinta obrigado a nos fazer companhia, Sr. Hunt – comentou ela, sabendo que estava sendo indelicada. Porém havia algo nele que mexia com os seus nervos. Ele não a conquistara por ser um homem de confiança; na verdade, apesar de toda aquela roupa elegante e a aparência polida, não parecia muito civilizado. Era o tipo de homem com quem uma mulher bem-educada nunca iria querer ficar sozinha. E a percepção dela sobre ele nada tinha a ver com posição social: era uma sensação inata relativa a um físico robusto e um temperamento masculino que eram completamente estranhos para ela. – Tenho certeza de que vai querer se juntar aos seus companheiros.

A esse comentário, Hunt deu de ombros preguiçosamente.

– Nesta multidão, nunca os encontraria.

Annabelle poderia ter argumentado observando que, sendo um dos homens mais altos da plateia, era muito provável que pudesse localizar os amigos sem dificuldade. No entanto, era óbvio que esse embate seria inútil. Ela teria que assistir ao show com Simon Hunt ao seu lado – não havia escolha. Mas ao ver a empolgação de Jeremy, alguns de seus ressentimentos e desconfianças desapareceram, e a voz adquiriu um tom mais suave quando voltou a falar com Hunt.

– Perdoe-me. Não quis parecer indelicada. É que não gosto de ter dívidas com estranhos.

Hunt lançou-lhe um breve olhar perspicaz e desconcertante.

– Um sentimento que posso compreender com facilidade – assentiu ele, guiando-a em meio à multidão. – No entanto, não existe dívida neste caso. E não somos estranhos de fato... Sua família tem frequentado os negócios da minha há anos.

Eles entraram no grande teatro circular e subiram em um enorme carrossel cercado por uma grade e portões de ferro fundido. A imagem meticulosamente trabalhada de uma paisagem romana antiga os rodeava, com um vão de quase onze metros separando a borda do carrossel da pintura. O vão foi preenchido com um maquinário complexo que atraía comentários animados da multidão. Depois que todos os espectadores haviam subido no carrossel, a sala escureceu de repente, provocando suspiros de animação e expectativa. Com um suave zumbido das máquinas e um brilho azul vindo da parte de trás da tela, a paisagem adquiriu uma dimensão e um realismo que assustaram Annabelle. Ela quase podia jurar que estavam de pé em Roma ao meio-dia. Alguns atores vestidos com toga e sandálias apareceram, enquanto um narrador começou a relatar a história da Roma antiga.

O espetáculo diorâmico foi ainda mais apaixonante do que Annabelle esperava. No entanto, ela não se permitiu envolver-se por completo pelo show, pois estava muito ciente da presença do homem em pé ao seu lado. Não ajudou muito o fato de ele, vez ou outra, se inclinar para murmurar em seu ouvido algum comentário inapropriado, reprovando-a com deboche por mostrar tão pouco interesse nos cavalheiros vestidos com aquelas roupas que mais pareciam fronhas. Por mais que Annabelle tentasse conter o entusiasmo, algumas risadinhas relutantes escaparam, recebendo olhares de desaprovação das pessoas ao redor deles. E então, naturalmente, ele a repreendeu por rir durante uma peça tão importante, o que a fez querer rir ainda mais. Jeremy parecia concentrado demais no espetáculo para notar as tolices de Hunt, esticando o pescoço o máximo que podia para vislumbrar as máquinas que produziam aqueles efeitos maravilhosos.

Hunt se acalmou, no entanto, quando um puxão inesperado na rotação do carrossel fez com que a plataforma sacudisse um pouco. Alguns espectadores se desequilibraram, mas foram acudidos de imediato pelas pessoas em volta. Surpreendida pela pausa abrupta da rotação, Annabelle se desequilibrou e, quando deu por si, encontrava-se com o corpo apoiado no peito de Hunt, que logo a segurou. Ele a soltou no instante em que ela recuperou o equilíbrio, baixando a cabeça para perguntar em um sussurro se ela estava bem.

– Ah, sim – respondeu Annabelle sem fôlego. – Perdão. Sim, estou perfeitamente...

Ela parecia não conseguir terminar a frase; a voz diminuiu até Annabelle ser inundada por esta estranha sensação. Nunca na vida tivera uma reação como aquela ao ficar na presença de um homem. O que essa sensação instantânea de urgência lhe causava, ou a forma de satisfazê-la, estava muito além do alcance de seu conhecimento limitado. Tudo o que ela sabia era que, por um momento, havia desejado desesperadamente continuar inclinando-se de encontro a ele, a um corpo tão firme e definido quanto totalmente invulnerável, que fornecia um porto seguro enquanto o chão se movia sob seus pés. O cheiro dele, a pele limpa, máscula, o couro polido e o linho engomado despertaram todos os sentidos de Annabelle. Ele era o oposto dos aristocratas besuntados, recendendo a água-de-colônia, que ela havia tentado seduzir durante as duas últimas temporadas.

Profundamente abalada, ela olhava para a tela em frente, mas não se interessava pelas luzes projetadas que imitavam o anoitecer... O crepúsculo do Império Romano. Hunt também mostrava certo desinteresse pelo espetáculo, com a cabeça inclinada para ela, o olhar fixo em seu rosto. Embora a respiração dele permanecesse suave e disciplinada, pareceu a ela que o ritmo estava um pouco mais acelerado.

Annabelle umedeceu os lábios.

– Você... Você não deveria me olhar desse jeito.

De modo cortês, ele sussurrou em resposta:

– Com você aqui, não consigo olhar para mais nada.

Ela não se moveu nem disse palavra alguma, fingindo não ter ouvido aquele suave sussurro diabólico enquanto o coração batia descompassado e os dedos dos pés se contraíam dentro dos sapatos. Como isso podia estar acontecendo em um teatro cheio de gente, com o irmão logo ali ao lado dela? Annabelle fechou os olhos por um instante, tomada por uma sensação de rodopio que nada tinha a ver com o movimento do carrossel.

– Veja! – exclamou Jeremy, empurrando-a com entusiasmo. – Estão prestes a mostrar os vulcões.

De repente, o teatro foi tomado por uma escuridão ofuscante e um estrondo sinistro rugiu por baixo da plataforma. Houve vários gritos, uma dispersão de risos e também suspiros cheios de expectativa. O corpo de Annabelle se enrijeceu quando ela sentiu uma mão tocando suas costas. A mão *dele*, deslizando lenta e propositalmente por sua coluna – o cheiro de Hunt, doce e sedutor em suas narinas –, e, antes que ela pudesse emitir qualquer som, os lábios dele, possuindo os de Annabelle em um beijo suave, quente e arrebatador. Estava atordoada demais para se mexer, as mãos no ar como borboletas suspensas em pleno voo, o corpo cambaleante mantendo-se de pé graças à firmeza delicada de uma das mãos dele em sua cintura, enquanto a outra a segurava pela nuca.

Annabelle tinha sido beijada antes apenas por jovens impetuosos que haviam roubado um abraço rápido durante uma caminhada no jardim ou em um canto da sala, quando não estavam sendo observados. Mas nenhum desses breves encontros fora assim. Aquele era um beijo tão lento e vertiginoso que a levava ao delírio. Rapidamente, várias sensações tomaram seu corpo, fortes demais para que pudesse controlar, e ela tremeu impotente nos braços de Hunt. Guiada pelo instinto, entregou-se cegamente à carícia gentil e inquietante dos lábios dele. A pressão daquela boca aumentava à medida que ele a desejava mais, satisfazendo a reação incontrolável de Annabelle com um explorar voluptuoso que a deixou em chamas.

Assim que ela começou a perder toda a moderação, a boca de Hunt se desprendeu com uma rapidez surpreendente, deixando-a atordoada. Mantendo a mão na nuca macia de Annabelle, ele baixou a cabeça até que um murmurar de arrependimento fez cócegas no ouvido dela.

– Desculpe. Não pude resistir. – O toque de sua mão desapareceu, e quando a luz vermelha finalmente invadiu o teatro, ele tinha ido embora.

– Veja isso! – disse Jeremy, empolgado, apontando com alegria para um vulcão de mentira diante deles, do qual parecia brotar lava fundida que escorria pelas bordas. – Incrível! – Percebendo que Hunt já não estava mais lá, o menino franziu a testa, intrigado. – Aonde o Sr. Hunt foi? Acho que ele deve ter encontrado os amigos. – Dando de ombros, Jeremy voltou a observar animadamente os vulcões, juntando-se às exclamações do público boquiaberto.

De olhos arregalados e completamente sem fala, Annabelle se perguntava se o que acabara de acontecer havia de fato ocorrido. Com certeza não tinha sido beijada no meio de um teatro por um estranho. E beijada *daquela* forma...

Bem, era nisso que dava permitir que cavalheiros desconhecidos pagassem pelas coisas: dava-lhes a oportunidade de tirar algum proveito da situação. Mas sobre o próprio comportamento... Envergonhada e confusa, Annabelle se esforçou para entender por que permitira que o Sr. Hunt a beijasse. Deveria ter protestado e o impedido, empurrando-o. Em vez disso, ficara lá em transe enquanto ele... Ah, o pensamento a fez estremecer. Não importava como ou por que Simon Hunt havia conseguido quebrar todas as defesas bem-construídas de Annabelle. O fato era: ele conseguira fazê-lo... E, portanto, era um homem a ser evitado a qualquer custo.

CAPÍTULO 1

Londres, 1843
O fim da temporada

Uma menina que sempre sonhou em se casar poderia superar praticamente qualquer obstáculo, exceto a falta de dote.

Annabelle balançou o pé com impaciência debaixo do volume branco de suas saias, ao mesmo tempo que mantinha uma expressão elegante. O fracasso nas três temporadas anteriores a tinha deixado acostumada a tomar chá de cadeira. Acostumada, porém não conformada. Mais de uma vez lhe ocorrera que merecia algo muito melhor do que ficar sentada no canto do salão em uma cadeira desconfortável. Esperando, esperando, esperando por um convite que nunca viria. E tentando fingir que não se importava – que ficava extremamente feliz em ver as outras meninas dançando e sendo cortejadas.

Deixando escapar um longo suspiro, Annabelle brincou com o pequeno cartão de dança prateado que pendia de um cordão em seu pulso. A capa se abriu e revelou um livreto de folhas marfim quase translúcidas que se espalharam, formando um leque. As meninas deveriam escrever os nomes dos parceiros de dança nessas folhas delicadas. Para Annabelle, o leque de tiras não preenchidas se assemelhava a uma fileira de dentes, sorrindo para ela de forma zombeteira. Fechando a capa prateada, ela olhou para as três jovens sentadas ao lado dela, todas se esforçando para parecerem tranquilas e despreocupadas em relação ao próprio destino.

Ela sabia exatamente por que estavam ali. A considerável fortuna da família da Srta. Evangeline Jenner tinha sido feita a partir de jogos de azar, e as suas origens eram humildes. Além disso, a Srta. Jenner era demasiado tímida e, ainda por cima, gaga, o que fazia a ideia de uma conversa parecer uma sessão de tortura para ambos os participantes.

As outras duas garotas, a Srta. Lillian Bowman e a irmã mais nova, Daisy, ainda não tinham se adaptado à Inglaterra e, pelo visto, a adaptação levaria um bom tempo. O que se dizia era que a mãe delas as trouxera de Nova York porque não tinham sido capazes de obter nenhuma oferta adequada por lá. Eram debochadamente chamadas de herdeiras bolhas de sabão ou, de vez em quando, de princesinhas do dólar. Apesar das maçãs do rosto elegantes e angulosas e dos olhos escuros que acompanhavam um eventual inclinar de cabeça leve e charmoso, elas não encontrariam melhor sorte ali, a não ser que pudessem contar com uma madrinha aristocrata para apresentá-las e ensiná-las a se adaptarem à sociedade britânica.

Ocorreu à Annabelle que nos últimos meses desta miserável temporada, as quatro – ela mesma, a Srta. Jenner e as irmãs Bowmans – muitas vezes haviam se sentado juntas em bailes ou saraus, sempre no canto ou contra a parede. E ainda assim raramente tinham falado uma com a outra, imersas no tédio silencioso da espera. O olhar dela encontrou o de Lillian Bowman, cujos olhos escuros aveludados continham um brilho inesperado de humor.

– Eles poderiam ter feito as cadeiras mais confortáveis, pelo menos – murmurou Lillian –, afinal, é óbvio que vamos ocupá-las a noite inteira.

– Devia ter nossos nomes gravados nelas – respondeu Annabelle, irônica. – Depois de todo o tempo que passei aqui, esta cadeira *pertence* a mim.

Um riso abafado veio de Evangeline Jenner, que levantou um dedo enluvado para empurrar para trás um cacho ruivo vermelho-fogo que lhe caíra sobre a testa. O sorriso fez com que seus olhos azuis bem redondos reluzissem e o rosto, cheio de sardas douradas, ficasse corado. Parecia que uma súbita sensação de familiaridade havia temporariamente feito com que ela se esquecesse da própria timidez.

– Não faz se-sentido você levar chá de cadeira – comentou, dirigindo-se a Annabelle. – É a garota mais bonita daqui, os homens tinham que estar di-disputando para tirá-la para dançar.

Annabelle encolheu os ombros graciosamente.

– Ninguém quer se casar com uma garota sem dote. Só no reino da fantasia dos romances os duques se casam com meninas pobres. Na realidade, duques, viscondes e similares são encarregados da enorme responsabilidade financeira de manter suas grandes propriedades e suas famílias, além de ajudarem os arrendatários. Um nobre rico precisa se casar com alguém endinheirado da mesma forma que o pobre.

– E ninguém quer se casar com uma americana de família rica, mas sem tradição – confidenciou Lillian Bowman. – Nossa única esperança de encontrar espaço na sociedade é conseguindo nos casar com um nobre que possua um título inglês importante.

– Mas não temos madrinha – acrescentou a irmã mais nova de Lillian, Daisy. Ela era uma versão em miniatura da primeira, com a mesma pele clara, o cabelo escuro e pesado e os olhos castanhos. Um sorriso travesso se insinuou nos lábios dela. – Se você por acaso souber de alguma duquesa gentil que estaria disposta a nos abrigar sob suas asas, ficaremos muito gratas.

– Eu nem *quero* encontrar um marido – confidenciou Evangeline Jenner. – Estou aqui só por o-o-obrigação, porque não há mais nada para fazer. Estou velha demais para ficar na escola por mais tempo e meu pai... – Ela parou de repente e suspirou. – Bem, eu só tenho mais uma te-temporada, daí então vou estar com vinte e três e serei declaradamente uma so-solteirona. Como eu quero que isso aconteça logo!

– Vinte e três anos é a idade-limite para solteironas nos dias de hoje? – perguntou Annabelle com uma ligeira preocupação. E revirou os olhos para o céu. – Meu Deus, não fazia ideia de que eu estava tão fora da média.

– Quantos anos você tem? – perguntou Lillian Bowman, curiosa.

Annabelle deu uma olhada para os dois lados, para ter certeza de que não estavam sendo ouvidas.

– Vinte e cinco no mês que vem.

A revelação ganhou três olhares de piedade, e, como consolo, Lillian lhe disse:

– Você não parece mesmo ter mais de vinte e um.

Annabelle apertou os dedos em torno do cartão de dança até que ele ficasse escondido na mão enluvada. O tempo estava passando depressa, pensou. Esta era a sua quarta temporada e chegava rapidamente ao fim. E embarcar em uma quinta seria ridículo. Precisava arranjar um marido, e logo. Caso contrário, não poderiam mais pagar para manter Jeremy na escola. E seriam forçados a se mudar da modesta casa avarandada e encontrar uma pensão para morar. E, uma vez começada a decadência, não havia como se reerguer.

Nos seis anos desde que o pai de Annabelle morrera de doença cardíaca, os recursos financeiros da família haviam se reduzido a nada. Eles tentaram camuflar cada vez mais a escassez, fingindo que tinham uma meia dúzia de funcionários em vez de uma cozinheira estressada e um lacaio idoso, usando pelo avesso os vestidos desbotados de modo a aproveitar o viço da parte interna do tecido, vendendo as pedras das joias e substituindo-as por falsas. Annabelle estava cansada dos constantes esforços para enganar a todos, quando parecia que era de conhecimento público que viviam à beira de um desastre. Ultimamente, começara a receber ofertas discretas de homens casados, os quais lhe diziam que ela só precisava pedir ajuda que de imediato a teria. Não era preciso descrever as compensações necessárias para essa "ajuda". Annabelle tinha plena consciência de que possuía as características oportunas para ser uma excelente amante.

– Srta. Peyton, que tipo de homem seria o marido ideal para você? – indagou Lillian Bowman.

– Ah – disse Annabelle com uma leveza irreverente –, qualquer nobre serviria.

– Qualquer nobre? – repetiu Lillian, cética. – E quanto à boa aparência?

Annabelle deu de ombros.

– É bem-vinda, mas não essencial.

– E quanto à paixão? – questionou Daisy.

– Muito bem-vinda.

– Inteligência? – sugeriu Evangeline.

Annabelle deu de ombros.

– Negociável.

– Charme? – prosseguiu Lillian.

– Também negociável.

– Você não pede muito no quesito marido – comentou Lillian secamente. – Quanto a mim, eu adicionaria algumas condições. Meu nobre teria que ser um dançarino maravilhoso de cabelos escuros e bonito... E *nunca* deveria pedir permissão antes de me beijar.

– Quero me casar com um homem que tenha lido todas as obras de Shakespeare – disse Daisy. – Alguém calmo e romântico, melhor ainda se usar óculos; precisa apreciar poesia e a natureza, e eu não gostaria que ele fosse muito experiente com mulheres.

Sua irmã mais velha revirou os olhos.

– Não vamos competir pelos mesmos homens, aparentemente.

Annabelle olhou para Evangeline Jenner.

– Que tipo de marido combina com você, Srta. Jenner?

– Evie – murmurou a menina, cujas bochechas coraram tanto que ficaram tais quais os cabelos cor de fogo. Ela teve dificuldade para responder, a extrema timidez batendo de frente com um forte instinto de privacidade. – Eu acho que... eu gostaria de a-a-alguém que fosse gentil e... – Interrompendo-se, ela balançou a cabeça com um sorriso autodepreciativo. – Não sei. Apenas alguém que pudesse me amar. Realmente me amar.

As palavras comoveram Annabelle, que se viu tomada por uma súbita melancolia. O amor era um luxo que nunca havia se permitido sentir esperanças de ter, algo claramente supérfluo uma vez que a sua sobrevivência estava sempre em pauta. No entanto, a moça estendeu a mão e tocou as mãos enluvadas da menina.

– Espero que você o encontre – disse com sinceridade. – Talvez não precise esperar muito.

– Eu quero que você encontre o seu primeiro – rebateu Evie, com um sorriso tímido. – Gostaria de poder ajudá-la de alguma maneira.

– Parece que todas nós precisamos de ajuda, de uma forma ou de outra – comentou Lillian. Seu olhar dirigiu-se para Annabelle amigavelmente. – Humm... Eu não me importaria de fazer um plano que incluísse você.

– O quê? – Annabelle arqueou as sobrancelhas, imaginando se deveria ficar alegre ou ofendida.

Lillian começou a explicar.

– Restam apenas algumas semanas para o fim da temporada, e esta é a sua última, presumo. Em termos práticos, suas aspirações de se casar com um homem da sua classe social desaparecerão no final de junho.

Annabelle assentiu com cautela.

– Então proponho... – De repente, Lillian ficou em silêncio no meio da frase.

Seguindo a direção do olhar dela, Annabelle viu uma figura escura se aproximando e gemeu por dentro.

O intruso era o Sr. Simon Hunt, um homem com quem nenhuma delas queria ter qualquer envolvimento, e por uma boa razão.

– A propósito – comentou Annabelle em voz baixa –, meu marido ideal seria exatamente o oposto do Sr. Hunt.

– Nossa, que surpresa – murmurou Lillian com sarcasmo, já que todas compartilhavam esse mesmo sentimento.

Um homem podia ser perdoado por ser um emergente, desde que possuísse uma boa dose de cavalheirismo. No entanto, Simon Hunt não tinha. Não era possível travar conversas educadas com um homem que sempre dizia exatamente o que pensava, não importava quão pouco lisonjeiras ou censuráveis fossem as suas opiniões.

Talvez alguém pudesse considerar o Sr. Hunt bonito. Annabelle supôs que algumas mulheres poderiam achar sua robusta masculinidade atraente; ela mesma precisava admitir que havia algo irresistível na visão de toda aquela energia mantida sob controle, contida em um traje de festa preto e branco que combinava de modo formal e elegante. No entanto, as qualidades do rapaz eram ofuscadas por sua personalidade rude. Não havia nenhum aspecto sensível em sua natureza, nem idealismo ou apreciação de elegância – era calculista, ganancioso e egoísta. Qualquer outro homem em sua situação teria tido a decência de ficar constrangido pela própria falta de refinamento, mas Hunt aparentemente decidira fazer disso uma virtude. Gostava de zombar das cerimônias aristocráticas, os olhos pretos e frios brilhavam de regozijo, como se ele estivesse rindo de todos.

Para alívio de Annabelle, Hunt nunca demonstrara se lembrar daquele dia no teatro panorâmico, quando lhe roubara um beijo na escuridão. Como já se passara muito tempo, ela tentara se convencer de que tinha imaginado a coisa toda. Em retrospectiva, aquilo tudo não parecia real, principalmente sua resposta fervorosa a um estranho audacioso.

Sem dúvida, muitas pessoas compartilhavam da antipatia de Annabelle por Simon Hunt, porém, para o desagrado de todos, ele estava lá para ficar. Nos últimos anos, havia se tornado extremamente rico, tendo adquirido títulos majoritários em empresas que fabricavam equipamentos agrícolas, navios e locomotivas. Apesar do seu modo nada polido, Hunt era convidado para festas da alta sociedade, porque era demasiado rico para ser ignorado. Ele personificava a ameaça que as indústrias representavam para a centenária aristocracia britânica presa à propriedade agrícola. Portanto, a nobreza o olhava com uma hostilidade discreta, mas mesmo assim, a contragosto, permitia-lhe o acesso a seus consagrados círculos sociais. Pior ainda, Hunt não era submisso; em vez disso parecia forçar entrada em lugares onde não era benquisto.

Nas poucas ocasiões em que se encontraram desde aquele dia no teatro, ela havia tratado Hunt com frieza, rejeitando qualquer tentativa de conversa e recusando cada convite para uma dança. Ele sempre parecia se divertir com o desdém da moça e olhava para ela com uma ousada apreciação, que fazia os pelos da nuca de Annabelle se arrepiarem. Ela esperava que um dia Hunt perdesse o interesse por ela, mas por enquanto ele se mantinha irritantemente persistente.

Annabelle sentiu o alívio das companheiras de chá de cadeira quando Hunt as ignorou e voltou toda a sua atenção para ela.

– Srta. Peyton – cumprimentou.

O olhar profundo dele parecia não deixar escapar nada: as mangas cuidadosamente remendadas do vestido de Annabelle, o enfeite de botões de rosa posicionado de forma a esconder a ponta desfiada do corpete, e as pérolas falsas que pendiam das orelhas. Annabelle olhou para ele com uma expressão desafiadora. O ar entre os dois parecia carregado de uma sensação de repulsa e atração, de dificuldade em relação aos próprios sentimentos, e Annabelle sentiu um desagradável frio na barriga com a proximidade dele.

– Boa noite, Sr. Hunt.

– A senhorita me concederia uma dança? – perguntou ele, sem cerimônia.

– Não, obrigada.

– Por que não?

– Meus pés estão cansados.

Uma das sobrancelhas escuras dele arqueou.

– De fazer o quê? Você ficou sentada aqui a noite toda.

Annabelle sustentou o olhar sem piscar.

– Não tenho obrigação de me explicar, Sr. Hunt.

– Uma valsa não seria tão difícil de suportar.

Apesar dos esforços para manter a calma, ela sentiu os músculos do rosto se retesarem.

– Sr. Hunt – respondeu ela com tensão –, ninguém nunca lhe disse que não é educado insistir com uma senhorita para que faça algo que ela claramente não tem vontade de fazer?

Ele deu um breve sorriso.

– Srta. Peyton, se eu me preocupasse em ser educado nunca obteria aquilo que quero. Apenas imaginei que quisesse por um momento abrir mão de estar sempre tomando um chá de cadeira e decidisse desfrutar uma dança. E se esse baile seguir o padrão habitual, a minha oferta para dançar será provavelmente a única que vai conseguir.

– Quanto charme – comentou Annabelle, irônica. – Isso foi muito lisonjeiro. Como eu poderia recusar?

Um novo alerta surgiu nos olhos de Hunt.

– Então vai dançar comigo?

– *Não* – sussurrou ela bruscamente. – Agora vá embora. Por favor.

Em vez de fugir da vergonha da rejeição, Hunt abriu um sorriso, os dentes brancos reluzindo no rosto bronzeado. Foi um sorriso que o fez parecer maléfico.

– Que mal pode haver numa dança? Sou um bom parceiro, você pode até gostar.

– Sr. Hunt – murmurou ela, em crescente exasperação –, a ideia de formar uma parceria com você de alguma maneira, para qualquer finalidade, me dá calafrios.

Inclinando-se mais para perto, Hunt baixou o tom, para que ninguém mais pudesse ouvir.

– Muito bem. Mas deixe-me dizer-lhe uma coisa, Srta. Peyton. Pode chegar o dia em que não terá o luxo de recusar uma oferta digna feita por alguém como eu... ou até mesmo uma desonrosa.

Os olhos de Annabelle se arregalaram, e ela sentiu uma onda de indignação invadindo o peito. Realmente era demais ter que se sentar contra a parede durante a noite toda e, em seguida, ser submetida a insultos de um homem que desprezava.

– Sr. Hunt, o senhor parece o vilão de uma peça de segunda categoria.

Isso provocou outro sorriso, e ele se inclinou com uma polidez sarcástica antes de sair dali.

Aturdida pelo encontro, Annabelle observou Hunt se distanciar.

As outras meninas deram um suspiro coletivo de alívio com a partida dele.

Lillian Bowman foi a primeira a falar.

– A palavra "não" parece não ter muito efeito sobre ele, não é?

– Qual foi a última coisa que ele disse, Annabelle? – perguntou Daisy, curiosa. – A que fez seu rosto corar.

Annabelle olhou para a capa prateada do cartão de dança, esfregando o polegar sobre uma mancha minúscula no canto.

– O Sr. Hunt insinuou que um dia a minha situação pode se tornar tão desesperadora que eu consideraria a hipótese de me tornar amante dele.

Se não estivesse tão preocupada, Annabelle teria dado

risada dos olhares arregalados no rosto das moças. Mas, em vez de expressar quanto aquilo a ofendera, ou esquecer o assunto, Lillian fez uma pergunta pela qual Annabelle não esperava.

– Ele tinha razão em dizer isso?

– Tinha em dizer sobre a minha situação desesperadora – admitiu Annabelle. – Mas não se trata de me tornar amante dele ou de ninguém. Eu me casaria com um produtor de beterrabas antes de me submeter a isso.

Lillian sorriu, parecendo se identificar com a firmeza e a determinação presentes na voz de Annabelle.

– Eu gosto de você – anunciou ela e encostou-se na cadeira, cruzando as pernas com uma negligência que foi bastante inapropriada para uma menina em sua primeira temporada.

– Também gosto de você – respondeu Annabelle automaticamente, movida pelas boas maneiras. Mas, assim que as palavras saíram de sua boca, ficou surpresa ao descobrir que eram verdadeiras.

O olhar de avaliação de Lillian se fixou na moça enquanto ela prosseguia.

– Eu odiaria vê-la andando atrás de uma mula e arando um campo de beterrabas. Você pode almejar coisa melhor do que isso.

– Concordo – disse Annabelle secamente. – O que devemos fazer sobre isso?

Embora a pergunta fosse para ser engraçada, Lillian parecia levá-la a sério.

– Eu estava chegando a esse ponto. Antes de sermos interrompidas, estava prestes a propor o seguinte: precisamos fazer um pacto para ajudar umas às outras a encontrar um marido. Se os homens não vierem atrás de nós, iremos atrás *deles*. O processo se mostrará muito mais eficaz se juntarmos forças, em vez de avançar individualmente. Vamos começar com a mais velha, que parece ser você, Annabelle, e depois continuamos em ordem decrescente.

– É muito difícil que isso funcione a *meu* favor – protestou Daisy.

– É justo – informou Lillian. – Você tem mais tempo do que nós.

– A que tipo de "ajuda" você se refere? – perguntou Annabelle.

– A todo tipo possível. – Lillian começou a rabiscar concentradamente no cartão de dança. – Vamos apontar as fraquezas de cada uma e as outras darão conselhos e assistência, quando necessário. – Ela olhou para cima com um sorriso alegre. – Nós vamos ser como uma equipe de *rounders*.

Annabelle a fitou com ceticismo.

– Você está se referindo ao jogo em que os cavalheiros se revezam para bater em uma bola de couro com um taco?

– Não somente os cavalheiros – respondeu Lillian. – Em Nova York, as damas também podem jogar, contanto que não se deixem envolver muito.

Daisy sorriu maliciosamente.

– Como na vez em que Lillian ficou tão indignada por causa de um apito errado que arrancou uma estaca da terra.

– Ela já estava solta – protestou Lillian. – Uma estaca solta poderia ter sido um perigo para um dos corredores.

– Ainda mais quando você a arremessasse neles – disse Daisy, enfrentando a carranca da irmã mais velha com um sorriso doce.

Sufocando uma risada, Annabelle olhou para as duas irmãs e para a expressão um tanto perplexa de Evie. Podia facilmente ler os pensamentos dela, de que as irmãs americanas exigiriam muito treinamento antes que pudessem chamar a atenção de nobres em potencial. Voltando-se para as irmãs Bowmans, não podia deixar de sorrir com seus rostos impacientes. Não foi nada difícil imaginar as duas batendo em bolas com tacos de madeira e correndo ao redor do campo de jogo, com as saias levantadas até os joelhos. Ela se perguntou se todas as moças americanas possuíam tal plenitude de espírito. Sem dúvida as Bowmans aterrorizariam qualquer cavalheiro britânico adequado que se atrevesse a se aproximar delas.

– Eu nunca pensei em uma caça a marido como um esporte de equipe – disse ela.

– Bem, agora vai ser – retrucou Lillian enfaticamente. – Pense em como vamos ser mais eficazes assim. A única potencial dificuldade é se duas de nós tiverem interesse no mesmo homem... Mas isso não parece provável, dados os nossos respectivos gostos.

– Então vamos concordar em nunca competir pelo mesmo cavalheiro – observou Annabelle.

– A-além disso – interrompeu Evie inesperadamente –, não magoaremos ninguém.

– Muito hipocrático – disse Lillian em tom de aprovação.

– Acho que ela está certa, Lillian – protestou Daisy, entendendo mal o comentário. – Não intimide a pobre menina, pelo amor de Deus.

Lillian fez uma careta de aborrecimento.

– Eu disse hipocrático, não hipócrita, sua burra.

Annabelle intercedeu no mesmo instante, antes que elas começassem a brigar.

– Então devemos todas concordar com o plano de ação, porque ele não funcionará se estivermos em desacordo.

– E vamos contar tudo uma à outra – emendou Daisy, satisfeita.

– Até mesmo os detalhes i-íntimos? – perguntou Evie com timidez.

– Ah, *principalmente* os detalhes íntimos!

Lillian sorriu ironicamente e lançou um olhar de avaliação sobre o vestido de Annabelle.

– Suas roupas são horríveis – disse ela sem rodeios. – Eu darei a você alguns dos meus vestidos. Tenho um longo que nunca usei e do qual nunca vou sentir falta. Minha mãe não vai perceber.

Annabelle balançou a cabeça de imediato, embora estivesse grata pela oferta; sentia-se um pouco humilhada pelas dificuldades financeiras da família.

– Não, não, eu não poderia aceitar tal presente, apesar de você ser muito generosa...

– O azul-claro, com rolotê cor de lavanda – murmurou Lillian para Daisy –, você se lembra dele?

– Ah, cairia muito bem nela – disse Daisy, animada. – E vai ficar bem melhor nela do que em você.

– Obrigada – retrucou Lillian, piscando e fazendo um olhar cômico.

– Não, falo sério – protestou Annabelle.

– E aquele verde de algodão com o laço branco na frente – prosseguiu Lillian.

– Não posso aceitar os seus vestidos, Lillian – insistiu Annabelle em voz baixa.

A menina olhou para as anotações que tinha feito.

– Por que não?

– Primeiro, porque não vou poder lhe pagar. E não adiantaria de nada. Um belo conjunto de plumas não vai fazer a minha falta de dote ficar mais atraente.

– Ah, dinheiro – disse Lillian, de uma maneira desinteressada que só poderia vir de alguém que tinha bastante. – Você vai me pagar me dando algo infinitamente mais valioso do que dinheiro. Vai ensinar a mim e a Daisy como ser... Bem, mais como você. Vai nos ensinar as coisas certas a se dizer e fazer, todas as regras que parecemos quebrar a cada minuto do dia. Se possível, pode até mesmo nos ajudar a encontrar uma madrinha. Então vamos ser capazes de entrar por todas as portas que estão fechadas para nós. Quanto à sua falta de dote... Você só tem que jogar a isca e esperar que ele morda. Nós vamos ajudá-la a fisgar o pretendente.

Annabelle olhou para ela com espanto.

– Vocês estão mesmo levando isso a sério.

– É claro que estamos – respondeu Daisy. – Será um alívio para nós ter algo para fazer, em vez de ficarmos sentadas perto da parede como idiotas! A temporada está tão tediosa que Lillian e eu estamos à beira da loucura.

– E-eu também estou – acrescentou Evie.

– Bem... – Annabelle olhou de um rosto ansioso para outro, incapaz de conter o riso. – Se vocês três estão dispostas, então eu também estou. Mas se vamos fazer um pacto, não devíamos selá-lo com sangue ou algo assim?

– Céus, não – respondeu Lillian. – Acho que podemos concordar sem que precisemos abrir uma veia. – Ela fez um gesto com o cartão de dança. – Agora, acho que devemos listar os candidatos solteiros mais promissores da temporada passada. E fazer uma triste atualização de como estão agora. Devemos listá-los por ordem alfabética ou por títulos? Começamos pelos duques?

Annabelle balançou a cabeça.

– Nós também não deveríamos considerar os duques, não conheço nenhum com menos de setenta anos e que possua pelo menos um dente sequer na boca.

– Então, inteligência e charme são negociáveis, mas não os dentes? – indagou Lillian com malícia, fazendo Annabelle rir.

– Os dentes são negociáveis – respondeu Annabelle –, no entanto, de *extrema* preferência.

– Tudo bem então – disse Lillian. – Passando pela categoria dos duques pegajosos e idosos, avancemos para os condes. Eu sei de lorde Westcliff, para uma...

– Não, Westcliff não. – Annabelle estremeceu quando acrescentou. – Ele é fechado e distante e não tem qualquer interesse por mim. Praticamente me joguei em cima dele quando vim a primeira vez quatro anos atrás e ele me olhou como se eu fosse algo preso em seu sapato.

– Esqueça Westcliff então. – Lillian ergueu as sobrancelhas interrogativamente. – E lorde St. Vincent? Novo, solteiro e tão bonito que até parece pecado...

– Não iria funcionar – comentou Annabelle. – Não importa quão comprometedora seja a situação, St. Vincent nunca proporia casamento. Ele tem comprometido, seduzido e arruinado pelo menos uma dúzia de mulheres... A honra não significa nada para ele.

– Tem o conde de Eglinton – sugeriu Evie, hesitante. – Mas ele é bastante co-co-corpulento, e tem pelo menos cinquenta anos.

– Coloque-o na lista – insistiu Annabelle. – Não posso me dar ao luxo de ser tão criteriosa.

– Tem o visconde Rosebury – comentou Lillian com um pouco de tristeza. – Embora seja um tipo estranho e... bem, *acabado*.

– Enquanto estiver firme no bolso, pode estar acabado de qualquer outra forma – observou Annabelle, provocando risadas nas outras meninas. – Inclua-o também.

Ignorando a música e os casais que rodopiavam à frente delas, as quatro trabalhavam cuidadosamente na lista de maridos potenciais. Uma vez ou outra, riam tanto que atraíam olhares curiosos de quem passava por perto.

– Sosseguem – disse Annabelle, fazendo um esforço para soar rígida. – Não queremos que ninguém suspeite do que estamos planejando... E quem toma chá de cadeira não deveria estar rindo.

Todas tentaram assumir expressões sérias, o que causou espasmos de risos.

– Ah, veja – disse Lillian com um suspiro, observando as listas de perspectivas matrimoniais. – Pela primeira vez os nossos cartões de dança estão preenchidos. – Considerando o rol dos solteiros, ela contraiu os lábios, pensativa. – E me parece que alguns destes cavalheiros provavelmente estarão na festa do final da temporada de Westcliff em Hampshire. Daisy e eu já fomos convidadas. E você, Annabelle?

– Tenho intimidade com uma das irmãs dele – comentou Annabelle. – Acho que posso fazer com que ela me convide. *Implorarei* se for necessário.

– E eu vou comentar sobre você – acrescentou Lillian, confiante, depois sorriu para Evie. – E também vou pedir que a convide.

– Como isso vai ser divertido! – exclamou Daisy. – O plano está definido então. Daqui a duas semanas invadiremos Hampshire e encontraremos um marido para Annabelle.

Todas estenderam as mãos e as uniram, sentindo-se ao mesmo tempo tolas, eufóricas e mais do que encorajadas. *Talvez minha sorte esteja prestes a mudar*, pensou Annabelle, e fechou os olhos numa breve oração de esperança.

CAPÍTULO 2

Simon Hunt aprendeu desde cedo que o destino não o tinha abençoado com sangue nobre, riqueza ou presentes raros, e que precisaria arrancar a sua fortuna de um mundo muitas vezes injusto. Era dez vezes mais agressivo e ambicioso do que um homem comum. As pessoas costumavam achar muito mais fácil deixá-lo seguir seu caminho a ter que enfrentá-lo. Apesar de dominador, talvez até mesmo cruel, Simon nunca perdia o sono por causa de consciência pesada. Era uma lei da natureza, só os mais fortes sobrevivem, e os mais fracos deveriam ficar fora do seu caminho.

O pai foi açougueiro e proporcionou conforto para uma família de seis, transformando Simon em seu assistente quando completou idade suficiente para empunhar a pesada lâmina de corte. Anos de trabalho naquele estabelecimento tinham dado a Simon braços enormes e ombros musculosos de açougueiro. Sempre imaginaram que ele acabaria por gerir os negócios da família, mas, aos 21 anos, o garoto decepcionou o pai, deixando a loja e partindo em busca de uma vida diferente. Ao investir em uma pequena poupança, havia logo descoberto seu verdadeiro talento: fazer dinheiro.

Simon amou a dinâmica da economia, os elementos do risco, a interação entre comércio, indústria e política – e percebeu de imediato que, em pouco tempo, o crescimento da rede ferroviária britânica seria o principal meio para os bancos conduzirem seus negócios de forma eficiente. A remessa de dinheiro e títulos, a criação de rápidas oportunidades de investimento, dependeria diretamente do serviço ferroviário. Seguindo seus instintos, investiu cada centavo que tinha em especulação ferroviária e foi recompensado com uma explosão de lucros que ele logo apostou em variados interesses. Agora, aos 33 anos, controlava três empresas de manufatura, uma fundição de nove hectares e um estaleiro. Era um convidado – embora indesejado – nos salões aristocráticos e se sentava lado a lado com nobres nos conselhos de seis empresas.

Após anos de trabalho incansável, tinha conseguido obter quase tudo o que sempre quis. No entanto, se alguém perguntasse se era um homem feliz, Simon teria bufado com a pergunta. Felicidade, o resultado indescritível do sucesso, era um claro sinal de complacência. Devido à própria natureza, Simon nunca iria ser complacente ou ficar satisfeito; nem queria.

No entanto... No canto mais profundo, mais privado de seu coração abandonado, havia um desejo que Simon não conseguia extinguir.

Ele lançou um olhar por todo o salão e sentiu como sempre a peculiar pontada aguda que a visão de Annabelle Peyton produzia. Com todas as mulheres que estavam disponíveis para ele, e não eram poucas, ninguém nunca havia lhe chamado tanto a atenção. O encanto de Annabelle ia além de mera beleza física, embora Deus soubesse que ela havia sido abençoada com algo além disso. Se houvesse um pingo de poesia na alma de Simon, ele poderia ter pensado em dezenas de versos arrebatadores para descrever os encantos dela. Mas ele era plebeu até os ossos e não conseguia encontrar palavras que descrevessem com precisão a atração que sentia. Tudo o que sabia era que a visão de Annabelle à luz brilhante dos candelabros quase enfraquecia seus joelhos.

Simon nunca havia esquecido a primeira vez que a vira do lado de fora do teatro panorâmico, remexendo na bolsa com a testa franzida. O sol brilhava nas mechas douradas e champanhe de seu cabelo castanho-claro e fazia sua pele brilhar. Havia uma coisa deliciosa, tão palpável, nela, a pele aveludada, os olhos azuis brilhantes, e a ligeira careta que ele desejara suavizar.

Tinha quase certeza de que Annabelle já estaria casada agora. A evidência de que os Peytons estavam passando por dificuldades financeiras não significou nada para Simon, que achava que qualquer nobre com seu cérebro no lugar veria o valor de Annabelle e a pediria em casamento. Mas como dois anos tinham se passado, e ela permanecia solteira, uma centelha de esperança despertou dentro dele. Achou heroica a determinação de Annabelle em encontrar um marido, a coragem com a qual usava todas as vezes os vestidos surrados – o valor que conferia a si mesma, apesar da falta de dote. A maneira sagaz como se colocava no processo de caça a um marido, jogando suas últimas cartadas em uma partida praticamente perdida. Annabelle era inteligente, cuidadosa, intransigente, e ainda bonita, embora nos últimos tempos a ameaça da pobreza houvesse imprimido certa dureza a seus olhos e sua boca. Egoísta, Simon não ficava triste por vê-la em dificuldades financeiras: isso proporcionou a oportunidade que ele nunca teria de outra forma.

O problema era que Simon ainda não havia descoberto como fazer com que Annabelle gostasse dele, já que ela sentia repulsa a tudo o que ele era. Simon estava ciente de que poucas coisas nele eram atraentes. Além disso, não tinha ambição de se tornar um cavalheiro assim como um tigre não aspirava se tornar um gato. Era apenas um homem com dinheiro de sobra, acompanhado da frustração de perceber que não poderia comprar aquilo que mais queria.

Até agora, sua estratégia tinha sido esperar pacientemente, sabendo que o desespero acabaria por conduzir Annabelle a fazer coisas que nunca havia pensado antes. A miséria colocava tudo sob uma nova perspectiva. Logo o jogo de Annabelle iria acabar. Ela seria confrontada com a escolha de se casar com um homem pobre, ou tornar-se amante de um rico. E, neste caso, ela acabaria na cama dele.

– Um piteuzinho, não acha? – Foi o comentário que ouviu e o fez se virar para Henry Burdick, cujo pai, um visconde, supostamente estava em seu leito de morte. Preso na espera interminável pelo falecimento do pai para finalmente ganhar o título e a fortuna da família, Burdick passava a maior parte do tempo nas mesas de jogo e atrás de rabos de saia. Ele seguiu o olhar de Simon até Annabelle, que estava entretida numa conversa animada com as solteironas ao seu redor.

– Eu não saberia dizer – respondeu Simon, sentindo uma onda de antipatia por Burdick e toda a sua turma, a quem tinha sido dado todo o tipo de privilégio em uma bandeja de prata desde o dia em que nasceram. E, geralmente, não faziam nada para justificar a generosidade imprudente do destino.

Burdick sorriu, com o rosto corado de muita bebida e boa comida.

– Pretendo descobrir em breve – comentou.

Burdick não era a minoria. Um grupo considerável de homens tinha suas atenções direcionadas para Annabelle, como uma matilha de lobos apreciando a presa ferida. No momento em que ela estivesse mais fraca, e não oferecesse a menor resistência, um deles se moveria para a caça. No entanto, tal como na natureza, o macho dominante é o que sempre vence.

O esboço de um sorriso apareceu na boca contraída de Simon.

– Você me surpreende – murmurou ele. – Achava que a situação financeira da senhorita fosse inspirar galanteios de cavalheiros de sua espécie, em vez disso, vejo que se entretém com ideias mal-intencionadas que se poderiam esperar de gente do *meu* tipo.

Burdick emitiu uma risada baixa e não viu o brilho feroz nos olhos negros de Simon.

– Senhorita ou não, ela vai ter que escolher um de nós quando seus recursos finalmente acabarem.

– Será que nenhum de vocês a pedirá em casamento? – perguntou Simon como quem não quer nada.

– Meu Deus, mas por quê? – Burdick lambeu os lábios enquanto pensamentos cruzavam sua mente. – Não há necessidade de se casar com a moça quando em breve vai estar disponível pelo preço certo.

– Talvez ela tenha muita honra para isso.

– Duvido muito – respondeu alegremente o jovem aristocrata. – Mulheres bonitas assim, e pobres, não podem ser honradas. Além disso, há um boato de que ela já passou pela cama do lorde Hodgeham.

– Hodgeham? – Muito surpreso, Simon manteve o rosto inexpressivo. – O que iniciou esse boato?

– Ah, a carruagem de Hodgeham foi vista nas cavalariças dos Peytons altas horas da noite... E, de acordo com alguns dos seus credores, ele cuida de suas contas de vez em quando. – Burdick fez uma pausa e gargalhou. – Uma noite entre aquelas coxas deve valer muito a pena para pagar a conta da mercearia, não acha?

A resposta instantânea de Simon foi um impulso assassino de separar a cabeça de Burdick do resto do corpo. Não sabia ao certo quanto de sua raiva tinha sido alimentado pela imagem de Annabelle Peyton na cama com o porco do lorde Hodgeham, e quanto tinha sido provocado pelo gozo sarcástico de Burdick e pelas fofocas que provavelmente eram falsas.

– Acho que, se você for manchar a reputação de uma senhorita – ameaçou Simon em um tom perigosamente agradável –, é melhor ter alguma prova convincente do que diz.

– Ora, faça-me o favor, fofocas não exigem *prova* – respondeu o jovem com uma piscadela. – E o tempo em breve revelará o verdadeiro caráter da moça. Hodgeham não tem os meios para manter uma beleza nobre como essa, ela vai querer mais do que ele pode oferecer. Prevejo que no final da temporada ela vai migrar para o companheiro com os bolsos mais cheios.

– O que significa: para os meus – disse Simon suavemente.

Burdick piscou surpreso. O sorriso desapareceu enquanto se perguntava se tinha escutado bem.

– O quê...

– Eu vi como você e o par de idiotas com quem anda vêm colando nos calcanhares dela durante estes últimos dois anos – disse Simon, estreitando os olhos. – Agora você perdeu sua chance com ela.

– Perdi minha... O que quer dizer com isso? – perguntou Burdick, indignado.

– Quero dizer que vou infligir o tipo mais agudo de dor, mental, física e financeira no primeiro homem que ousar invadir meu território. E a próxima pessoa que repetir qualquer boato infundado sobre a Srta. Peyton na minha frente vai engoli-lo junto com o meu punho. – O sorriso de Simon era feroz quando voltou-se para o rosto chocado de Burdick. – Diga isso a qualquer um que possa estar interessado – aconselhou, afastando-se do nanico tagarela.

CAPÍTULO 3

Retornando à sua casa na cidade com o primo mais velho que por vezes agia como se fosse seu acompanhante, Annabelle caminhou pelo corredor vazio da entrada lajeada. Ela parou diante da imagem do chapéu que havia sido deixado na mesa em meia-lua encostada contra a parede. Era um modelo masculino de copa alta, cinza, com fitas de cetim cor de vinho. Um chapéu diferente, em comparação com o preto simples que a maioria dos senhores usava. Annabelle já o tinha visto em várias ocasiões, colocado em cima do mesmo móvel como uma serpente enrolada.

Uma elegante bengala, com o punho em forma de diamante estava apoiada na mesa. Annabelle animou-se com um intenso desejo de usar a bengala para bater na coroa do chapéu, de preferência enquanto o proprietário o estivesse usando. Em vez disso, subiu as escadas com o coração pesado e o cenho franzido.

À medida que se aproximava do segundo andar, onde ficavam as salas de estar, um homem corpulento apareceu no patamar superior. Ele a observou com um sorriso ameaçador, a pele do rosto rosada e suada pelo esforço recente, e uma mecha de cabelo, que ele penteava para trás, solta, formando uma espécie de crista de galo.

– Lorde Hodgeham – cumprimentou Annabelle bem formal, engolindo a vergonha e a fúria que tinham ficado entaladas na garganta. Hodgeham era uma das poucas pessoas no mundo a quem ela realmente odiava. Um suposto amigo de seu falecido pai, Hodgeham visitava esporadicamente a família, mas nunca no horário normal de visitas. Chegava tarde da noite, e contra todas as normas de etiqueta, passava um tempo sozinho em uma sala privativa com a mãe de Annabelle, Philippa. E nos dias que se seguiam às suas visitas, Annabelle não podia deixar de notar que algumas das contas mais urgentes haviam sido misteriosamente pagas, e alguns credores enfurecidos devidamente apaziguados. E a mãe ficava um tanto fragilizada e irritadiça, sem vontade de conversar.

Era quase impossível para Annabelle acreditar que Philippa, que sempre fora contra a desonestidade, permitia que alguém usasse seu corpo em troca de dinheiro. No entanto, foi a única e razoável conclusão a que conseguiu chegar, o que a encheu de vergonha e de uma raiva impotente. Sua raiva não era dirigida unicamente à mãe: ela também estava furiosa com as dificuldades financeiras, e com ela mesma por ainda não ter sido capaz de arranjar um marido. Levou um bom tempo para Annabelle perceber que por mais bonita e charmosa que fosse, por mais interessado que um cavalheiro pudesse estar, ela não receberia nenhuma proposta. Pelo menos, nenhuma que fosse respeitável.

Desde o dia em que fora apresentada à sociedade, Annabelle vinha sendo gradualmente forçada a aceitar que seus sonhos de ter um belo pretendente que iria se apaixonar por ela e fazer todos os seus problemas desaparecerem era uma fantasia ingênua. Aquela desilusão tinha atingido o ponto mais profundo durante a decepção que foi a sua terceira temporada. E agora, na quarta, a imagem desagradável de Annabelle-a-esposa-do-fazendeiro estava alarmantemente próxima da realidade.

De cara fechada, Annabelle tentou passar por Hodgeham em silêncio. Ele a deteve com uma mão carnuda em seu braço. Annabelle a empurrou com tanta antipatia que a força do movimento quase fez com que ela perdesse o equilíbrio.

– Não encoste em mim – avisou ela, olhando para o rosto corado.

Os olhos azuis de Hodgeham contrastavam com o rubor de sua pele. Sorrindo, ele apoiou a mão na parte superior do corrimão, evitando que Annabelle alcançasse o patamar superior.

– Que rude – murmurou ele, com uma voz grave que parecia amedrontar até os homens mais altos. – Depois dos favores que tenho feito para a sua família...

– Não nos fez favor algum – respondeu Annabelle laconicamente.

– Vocês estariam na rua há muito tempo se não fosse pela minha generosidade.

– Está sugerindo que eu deveria estar grata? – perguntou Annabelle, com um tom de voz saturado de ódio. – Você é um oportunista imundo.

– Eu só tenho recebido aquilo que me é oferecido voluntariamente. – Hodgeham estendeu a mão e tocou-lhe o queixo, o toque úmido dos dedos dele a fez recuar de desgosto. – Na verdade, tem sido um esporte muito monótono. Sua mãe é muito dócil para o meu gosto. – Ele se inclinou, chegando mais perto, até que o odor de suor do corpo velho caprichosamente emplastrado com colônia atingiu as narinas de Annabelle, um cheiro insuportável. – Talvez da próxima vez eu experimente você – murmurou ele.

Sem dúvida ele esperava que Annabelle fosse chorar, ficar envergonhada ou implorar por algo. Em vez disso, ela lhe dirigiu um olhar frio.

– Seu velho convencido e tolo – disse ela calmamente –, se eu fosse me tornar amante de alguém, não acha que eu poderia arranjar alguém melhor do que você?

Hodgeham remexeu os lábios até que por fim deu um sorriso. Porém, Annabelle ficou satisfeita por ver que ele precisou se esforçar para isso.

– Não é muito inteligente fazer de mim um inimigo. Algumas palavrinhas minhas por aí poderiam arruinar sua família e qualquer esperança de redenção. – Ele olhou para o tecido desgastado do corpete dela e sorriu arrogante. – Se eu fosse você não seria tão desdenhosa, de pé aí usando trapos e joias coladas.

Ela corou e bateu com raiva na mão de Hodgeham quando ele a estendeu em uma tentativa de apalpar seu corpete.

Rindo de si mesmo, o homem desceu as escadas, enquanto Annabelle esperava em silêncio. Depois que ouviu o som da porta da frente abrir e fechar, ela desceu e virou a chave na fechadura. Respirando com dificuldade devido à ansiedade e persistente indignação, apoiou as palmas das mãos contra a pesada porta de carvalho e encostou a testa em um dos painéis de madeira.

– É nisso que dá – murmurou em voz alta, tremendo de fúria. Sem mais Hodgeham, sem mais dívidas... Já tinham sofrido o suficiente. Teria que encontrar alguém para se casar imediatamente, encontraria o melhor partido na festa da caçada em Hampshire, e finalmente acabaria com essa história. E se isso falhasse...

Ela deslizou as mãos bem devagar ao longo do painel da porta, as palmas deixando ligeiras impressões sobre a madeira granulada. Se não pudesse arranjar alguém para se casar, poderia tornar-se amante de alguém. Embora ninguém a quisesse como esposa, parecia haver um número infinito de cavalheiros dispostos a mantê-la em pecado. Se fosse inteligente, poderia fazer fortuna. Mas estremeceu com a ideia de nunca mais poder frequentar os círculos sociais – de ser desprezada e condenada ao ostracismo, sendo valorizada apenas por suas habilidades na cama. A outra possibilidade seria viver em situação de pobreza virtuosa como costureira, lavadeira, ou tornar-se governanta, o que era infinitamente mais perigoso para uma jovem nessa situação, a de estar sempre à mercê de *todos*. E o salário não seria suficiente para sustentar a mãe, ou Jeremy, que também precisaria arranjar um serviço. Não parecia que os três pudessem pagar a moralidade de Annabelle. Eles viviam em um castelo de cartas. E uma simples ventania o derrubaria.

~

Na manhã seguinte, Annabelle se sentou à mesa com uma xícara de porcelana apertada entre os dedos gelados. Embora tivesse acabado de tomar o chá, a cerâmica ainda estava quente. Havia uma minúscula lasca no esmalte, e ela esfregou a ponta do polegar sobre ela várias vezes, não virando para olhar quando ouviu a mãe, Philippa, entrar na sala.

– Chá? – perguntou Annabelle em um tom monótono e cuidadoso, e ouviu a resposta afirmativa murmurada por Philippa. Servindo outra xícara do bule à sua frente, a filha o adoçou com um pequeno torrão de açúcar e adicionou um pingo de leite.

– Não tomo mais com açúcar – disse Philippa. – Tenho preferido sem.

O dia em que a mãe parasse de gostar de doces seria o dia em que começariam a servir água gelada no inferno.

– Ainda podemos pagar pelo açúcar para o seu chá – respondeu Annabelle, mexendo com a colher e fazendo alguns redemoinhos na xícara. Olhando para cima, deslizou a xícara e o pires para o lugar de Philippa à mesa. Como esperava, a mãe parecia triste e abatida, com um semblante envergonhado. Ela achava inconcebível que a mãe, que sempre tivera um astral arrojado e superior ao das outras mães, pudesse estar assim tão deprimida. E quando olhou para o rosto tenso de Philippa, Annabelle percebeu que o próprio semblante estava quase tão cansado quanto o dela, a boca contraída com o mesmo desencanto.

– Como foi o baile? – perguntou Philippa, deixando o rosto perto da xícara de chá para que o vapor o alcançasse.

– O desastre de sempre – respondeu Annabelle, suavizando a honestidade de sua resposta com uma risada. – O único homem que me convidou para dançar foi o Sr. Hunt.

– Deus do céu – murmurou Philippa, e bebeu um gole de chá escaldante. – Você aceitou?

– Claro que não. Não havia propósito para isso. Quando ele olha para mim, fica claro que tem alguma coisa em mente, mas não é casamento.

– Mesmo homens como o Sr. Hunt eventualmente se casam – rebateu Philippa, olhando para cima com o rosto sobre a xícara de porcelana. – E você seria uma esposa ideal para ele... Poderia, talvez, ter uma influência suavizadora, que facilitaria o caminho dele para a sociedade decente.

– Meu Deus, mãe, sinto como se você estivesse me encorajando a aceitar a atenção dele.

– Não... – Philippa pegou a colher e mexeu desnecessariamente o chá. – Se você acha mesmo o Sr. Hunt censurável, então não. No entanto, se conseguisse conquistá-lo, nós todos, por certo, seríamos beneficiados...

– Ele não é do tipo que se casa, mamãe. Todo mundo sabe disso. Não importa o que eu faça, eu nunca teria uma oferta respeitável dele. – Annabelle vasculhou o açucareiro com um pequeno par de pinças de prata manchada, procurando o menor pedaço que pudesse encontrar. Depois de retirar a porção desejada de açúcar mascavo, ela a deixou cair em sua xícara e a mergulhou no chá fresco.

Philippa bebeu o dela, desviando cuidadosamente o olhar enquanto pulava para um novo tópico de conversa que Annabelle percebeu ter uma desagradável ligação com o último.

– Não temos recursos para manter Jeremy na escola no próximo período. Não pago os funcionários há dois meses. Existem contas...

– Sim, eu sei de tudo isso – disse Annabelle, corando levemente de raiva pelo aborrecimento. – Vou encontrar um marido, mamãe. Muito em breve. – E se esforçou para estampar um sorriso superficial no rosto. – O que acha de uma excursão para Hampshire? Agora que a temporada está chegando ao fim, muitas pessoas deixarão Londres em busca de novas diversões, em particular, uma caçada organizada pelo Sr. Westcliff em sua propriedade rural.

Philippa olhou para ela com um novo interesse.

– Não estava ciente de que havia recebido um convite do conde.

– Não recebemos – respondeu Annabelle. – Ainda não. Mas vamos... E tenho a sensação de que coisas boas nos esperam em Hampshire, mamãe.

CAPÍTULO 4

Dois dias antes de Annabelle e a mãe partirem para Hampshire, uma enorme quantidade de caixas e encomendas chegou. O lacaio teve que fazer três viagens para transportá-las do hall de entrada até o quarto de Annabelle no andar de cima, onde as empilhou em uma montanha ao lado da cama. Ela desembrulhou tudo com cuidado e encontrou pelo menos uma meia dúzia de vestidos que nunca haviam sido usados – saias de seda e musselina em cores vivas, casaquinhos que combinavam com as saias forrados em camurça macia e um vestido de baile feito de pesada seda marfim, com acabamentos delicados em renda belga no corpete e nas mangas. Havia também luvas, xales, echarpes e chapéus, de tal qualidade e beleza que quase fizeram Annabelle chorar. Os vestidos e os acessórios deviam ter custado uma fortuna; sem dúvida, uma ninharia para as meninas Bowmans, mas, para Annabelle, o presente era inestimável.

Pegando o bilhete que tinha sido entregue com as encomendas, ela rompeu o selo de cera e leu as linhas rabiscadas:

De suas fadas madrinhas, também conhecidas como Lillian e Daisy. Isso é para uma caçada bem-sucedida em Hampshire.

Obs.: Você não vai perder a coragem, não é?

Ela escreveu de volta:

Queridas fadas madrinhas,

Coragem é a única coisa que me resta. Obrigada infinitamente pelos vestidos. Estou em êxtase por enfim poder usar roupas bonitas outra vez. É um dos meus muitos defeitos, amar tanto as coisas belas.
Sua leal Annabelle

Obs.: Estou devolvendo os sapatos, no entanto, pois são muito pequenos. E sempre ouvi dizer que as meninas americanas têm pés grandes!

Querida Annabelle,

É um defeito amar as coisas bonitas? Isso deve ser um conceito inglês, porque com certeza essa ideia nunca ocorreu a ninguém em Manhattanville. Só porque fez a observação sobre os pés, vamos fazê-la jogar rounders *conosco em Hampshire. Você vai adorar rebater as bolas com tacos. Não há nada mais satisfatório.*

Queridas Lillian e Daisy,

Somente aceitarei jogar rounders *se puderem convencer Evie a participar, o que duvido muito. Embora não saiba por que ainda não joguei, posso pensar em muitas coisas mais satisfatórias do que rebater bolas com tacos. Encontrar um marido me vem à cabeça...*

A propósito, o que se veste para jogar rounders*? Um traje de caminhada?*

Querida Annabelle,

Nós jogamos de calças curtas, é claro. Não se consegue correr livremente de saias.

Queridas Lillian e Daisy,

Não sei o que são "calças curtas". Vocês por acaso estão se referindo a roupas íntimas? Certamente não estão sugerindo que brinquemos ao ar livre de ceroulas, como crianças selvagens...

Querida Annabelle,

As "calças curtas" surgiram de um estrato da sociedade nova-iorquina do qual somos totalmente excluídas. Nos Estados Unidos, ceroulas são usadas apenas pelos homens. E Evie disse que sim.

Querida Evie,

Não pude acreditar no que os meus olhos estavam lendo quando as irmãs Bowmans escreveram me informando que você concordou em jogar rounders *de calças curtas. Você realmente disse isso? Estou esperando que negue, porque condicionei minha participação à sua.*

Querida Annabelle,

Acredito que esta associação com as Bowmans vai ajudar a curar a minha timidez. Rounders *de calças curtas parece apenas uma maneira de começar. Choquei você? Nunca choquei ninguém antes, nem a mim mesma! Espero que esteja impressionada com a minha vontade de me libertar.*

Querida Evie,

Impressionada, animada e um pouco apreensiva com as situações em que as Bowmans nos colocarão. Onde vamos encontrar um lugar onde podemos jogar rounders *de calças curtas sem sermos observadas? Sim, estou completamente chocada, sua safada sem-vergonha.*

Querida Annabelle,

Estou começando a acreditar que existem dois tipos de pessoas: as que escolhem ser donas do próprio destino e aquelas que tomam chá de cadeira enquanto outras dançam. Eu preferiria ser do primeiro tipo a ser deste último. Quanto ao como e quando o jogo de rounders *irá aconte-*

cer, estou satisfeita em deixar esses detalhes aos cuidados das Bowmans.

Com todo o carinho,

Evie, a safada.

Durante a onda destes e outros bilhetes engraçados que foram trocados entre elas, Annabelle começou a experimentar algo do qual se esquecera havia muito tempo: o prazer de ter amigas. Enquanto as do passado tinham se mudado para a existência sagrada da vida de casal, ela fora deixada para trás. Seu status de solteirona, para não mencionar a falta de dinheiro, criara um abismo que a amizade não conseguia preencher. Nos últimos anos ela se tornara cada vez mais independente e até fizera esforços para evitar a companhia das garotas com quem conversara algumas vezes, dera risadinhas ou até compartilhara segredos.

No entanto, tinha ganhado, de uma única vez, três amigas com quem possuía algo em comum, apesar de suas origens serem radicalmente diferentes. Eram todas jovens, com sonhos, esperanças e medos – cada uma delas totalmente familiarizada com a imagem de um cavalheiro de sapatos negros e polidos andando em sua fileira de cadeiras em busca de algo mais promissor. As solteironas não tinham nada a perder ajudando umas às outras, e sim tudo a ganhar.

– Annabelle. – Veio a voz de sua mãe, da porta, enquanto ela embalava com cuidado as caixas de luvas novas em uma valise. – Tenho uma pergunta a fazer, e você deve responder honestamente.

– Sou sempre honesta com você, mamãe – respondeu Annabelle, olhando para cima em meio ao que arrumava. A culpa tomou conta dela quando viu o semblante amável porém preocupado de Philippa. Santo Deus, ela estava cansada da culpa que a mãe sentia, e também da própria culpa. Sentiu pena e desespero pelo sacrifício que a mãe fizera em dormir com lorde Hodgeham. E ainda, na mente de Annabelle, ocorreu o pensamento indecoroso de que, se Philippa tinha escolhido agir de tal modo, por que não podia pelo menos ter se preparado adequadamente como uma amante real, em vez de se contentar com os pequenos maços de dinheiro que lorde Hodgeham lhe dava?

– De onde vieram essas roupas? – perguntou, pálida, mas séria, enquanto olhava diretamente para os olhos da filha.

Annabelle franziu a testa.

– Já lhe disse, mamãe, vieram de Lillian Bowman. Por que está me olhando desse jeito?

– Essas roupas não vieram de um homem? Talvez do Sr. Hunt?

O queixo de Annabelle caiu.

– Está realmente me perguntando se eu... com *ele*? Santo Deus, mamãe! Mesmo que eu estivesse inclinada a fazer isso, não tive a menor oportunidade. Como, em nome de Deus, surgiu uma ideia dessas?

Sem piscar, a mãe encontrou o olhar de Annabelle.

– Você mencionou o Sr. Hunt muitas vezes nesta temporada. Mais do que qualquer outro. E estes vestidos são, obviamente, bem caros...

– Eles não vieram dele – disse Annabelle com firmeza.

Philippa pareceu relaxar, mas uma questão permaneceu em seus olhos. Acostumada a ter pessoas olhando-a com desconfiança, Annabelle pegou um chapéu e colocou em um ângulo esperto sobre a testa.

– Não vieram dele – repetiu.

Amante de Simon Hunt... Voltando-se para o espelho, Annabelle viu uma expressão estranha em seu rosto. Supôs que a mãe estava certa, mencionara Hunt muitas vezes. Havia algo nele que Annabelle não conseguisse tirá-lo da cabeça mesmo muito tempo depois de terem se visto. Nenhum outro homem que ela conhecesse possuía o carisma perverso de Hunt e nenhum jamais esteve tão abertamente interessado nela. E agora, nas últimas semanas de uma temporada fracassada, ela se viu considerando coisas que nenhuma jovem decente deveria sequer pensar. Ela sabia que sem muito esforço poderia tornar-se amante de Hunt e todos os seus problemas chegariam ao fim. Ele era um homem rico, daria a ela o que quisesse, pagaria as dívidas de sua família e a presentearia com belas roupas, joias, carruagem e casa própria – tudo isso em troca de dormir com ele.

Essa ideia causou-lhe um tremor acentuado no abdômen. Tentou se imaginar na cama com Simon Hunt, as coisas que ele poderia exigir dela, com as mãos em seu corpo, sua boca...

Ganhando um rubor intenso no rosto, esforçou-se para esquecer a imagem e brincou com a seda rosa e os adornos no lado de seu chapéu. Se ela se tornasse amante de Simon Hunt, ele seria seu dono por completo, na cama e fora dela, e a ideia de estar tão completamente à mercê dele era terrível. Uma voz zombeteira em sua mente perguntou: "A sua honra é tão importante para você? Mais importante do que o bem-estar da sua família? Ou até mesmo do que a própria sobrevivência?"

– Sim – disse Annabelle baixinho, olhando para o seu reflexo pálido. – Nesse momento ela é. – Mas futuramente já não sabia. Enquanto houvesse esperança, no entanto, ela teria respeito próprio – e lutaria para mantê-lo.

CAPÍTULO 5

Era fácil perceber por que o nome Hampshire derivava da palavra "hamm" do inglês arcaico, que fazia referência a um pasto com água. O condado possuía vários desses pastos, além de uma extensa mata e uma floresta exuberante que no passado tinham sido reservadas como áreas de caça da realeza. Somadas às chamativas escarpas, aos profundos vales verdes e aos rios cheios de trutas, Hampshire oferecia atividades para todo o tipo de esportista. A propriedade do conde Westcliff, Stony Cross Park, era como uma joia em um vale fértil do rio, cercada por hectares de floresta. Parecia que sempre havia convidados em Stony Cross Park, visto que Westcliff era um ótimo anfitrião, bem como um ávido caçador.

Visto com bons olhos, lorde Westcliff merecia sua reputação de honra imaculada e elevados princípios.

Não era do tipo que se envolvia em escândalos, mas parecia pouco tolerante em relação às intrigas e à falsa moral da sociedade londrina. Ao contrário, passava a maior parte do tempo no condado assumindo suas responsabilidades e cuidando dos seus inquilinos. De vez em quando viajava para Londres a fim de promover seus interesses comerciais ou se envolver em algum assunto político que exigisse sua atenção.

Foi numa dessas viagens que Annabelle conheceu o conde; foram apresentados em um sarau. Embora não fosse de uma beleza clássica, Westcliff possuía seus atrativos. Era de altura mediana, mas tinha a força de um esportista experiente e um ar óbvio de virilidade. Tudo isso, combinado com uma imensa fortuna pessoal e um dos condados mais antigos da nobreza, fazia dele o homem mais cobiçado da Inglaterra quando o assunto era casamento. Annabelle não perdeu tempo e começou a flertar com ele quando se encontraram pela primeira vez. No entanto, Westcliff estava acostumado a tais atenções de mulheres jovens e ansiosas, e imediatamente a rotulou de caçadora de marido, o que foi doloroso, embora verdadeiro.

Desde que Annabelle fora rejeitada por Westcliff, ela se esforçara para evitá-lo. Acabara gostando da irmã mais nova dele, Lady Olivia, uma menina de bom coração, que tinha a mesma idade de Annabelle e havia sido maculada por escândalos no passado. E fora graças à bondade de Lady Olivia que Annabelle e Evie haviam sido convidadas para essa festa. Nas três semanas seguintes, tanto as presas de quatro patas como as de duas pernas seriam caçadas em Stony Cross Park.

– Lady Olivia! – exclamou Annabelle, assim que a jovem foi recebê-las. – Que gentileza sua nos convidar! Londres estava sufocante, o clima refrescante de Hampshire é justamente do que precisávamos.

Lady Olivia sorriu. Embora fosse uma moça franzina, bastante modesta e com feições comuns, estava extraordinariamente bonita nesta ocasião, com o rosto brilhando de felicidade. De acordo com Lillian e Daisy, Lady Olivia estava prometida a um milionário americano. "É por amor?", perguntara Annabelle em sua última carta para elas, e Lillian tinha respondido que supostamente sim. *"No entanto"*, acrescentara Lillian ironicamente, *"meu pai diz que a aliança entre as duas famílias certamente trará uma vantagem financeira para lorde Westcliff, e que é por isso que ele deu a sua aprovação"*. Para o conde, romance não era tão importante quanto as considerações práticas.

Voltando a mente ao presente, Annabelle sorriu quando Lady Olivia pegou suas mãos e a cumprimentou com um gesto de boas-vindas.

– E você é exatamente do que *nós* precisávamos! – exclamou Lady Olivia com uma risada. – O lugar foi invadido por homens em busca de esporte... Eu disse ao conde que *precisaríamos* convidar algumas mulheres para manter a atmosfera razoavelmente civilizada. Venham, deixem-me acompanhá-las até os seus quartos.

Suspendendo as saias novas de musselina rosa-salmão de Lillian, Annabelle seguiu Lady Olivia pelos degraus em direção ao hall de entrada.

– Como vai lorde Westcliff? – perguntou Annabelle enquanto subiam por um dos lados da grande escadaria dupla. – Em boa saúde, espero?

– Meu irmão está muito bem, obrigada. Embora eu tema que ele esteja se deixando distrair com relação aos planos para o meu casamento. Ele insiste em supervisionar todos os detalhes.

– É sinal de que gosta muito de você, tenho certeza – disse Philippa.

Lady Olivia riu ironicamente.

– É mais um sinal da grande necessidade que tem de controlar tudo que estiver ao alcance dele. Temo que não será fácil encontrar uma noiva que tenha força de vontade suficiente para lidar com ele.

Captando o olhar acusador de sua mãe, Annabelle balançou a cabeça ligeiramente. Não seria bom incentivar as esperanças de Philippa nesse sentido. No entanto...

– Eu conheço uma jovem com uma boa força de vontade, charmosa e que ainda está solteira – comentou ela. – Uma americana, para falar a verdade.

– Está se referindo a uma das irmãs Bowmans? – perguntou Lady Olivia. – Ainda não tive o prazer de conhecê-las, embora o pai delas já tenha ficado em Stony Cross antes.

– Ambas são maravilhosas em todos os aspectos – disse Annabelle.

– Excelente! – exclamou Lady Olivia. – Ainda podemos encontrar um par para o meu irmão.

Chegando ao segundo andar, fizeram uma pausa para olhar para as pessoas passando pelo hall de entrada no andar de baixo.

– Temo que não haja tantos homens solteiros aqui como se poderia desejar – comentou Lady Olivia. – Mas há alguns... Lorde Kendall me vem à mente. Se quiser, posso apresentá-la assim que surgir uma oportunidade.

– Obrigada, eu gostaria *muito*.

– Receio que ele seja um pouco reservado, portanto – acrescentou Lady Olivia –, pode não ser tão atraente para alguém com um ânimo tão elevado quanto o seu, Annabelle.

– Pelo contrário – disse Annabelle rapidamente. – Acho que reserva é a qualidade mais atraente em um homem. Cavalheiros reservados são muito mais agradáveis do que aqueles que são arrogantes e estão sempre se gabando. – *Como Simon Hunt, cuja elevada autoestima não poderia ser mais óbvia,* pensou ela severamente.

Antes que Lady Olivia pudesse responder, seu olhar foi atraído para longe, ao encontro de um cavalheiro alto e de cabelos dourados que acabara de chegar ao hall de entrada lá embaixo. Estava em pé de forma desleixada, apoiando o ombro em uma coluna, e com as mãos enfiadas nos bolsos do casaco. Annabelle soube imediatamente que era americano. O sorriso irreverente, os olhos azuis, e a forma descontraída de usar suas roupas elegantes o diferenciavam. Além disso, Lady Olivia ficou ruborizada e sua respiração pareceu se alterar com o jeito que ele olhou para ela.

– Perdoem-me – disse a moça distraidamente. – Eu... Meu noivo... Parece que ele necessita de mim para alguma coisa... – Ela se afastou e fez um comentário rápido sobre o quarto delas ser o quinto à direita. De imediato, uma criada apareceu para mostrar-lhes o resto do caminho, e Annabelle soltou um suspiro.

– Haverá uma competição feroz por lorde Kendall – comentou em voz alta. – Espero que ele ainda não tenha sido arrebatado.

– Ele não pode ser o único cavalheiro solteiro aqui – rebateu Philippa, esperançosa. – Não se esqueça do lorde Westcliff.

– Não alimente nenhuma esperança quanto a isso – disse Annabelle ironicamente. – O conde ficou o total oposto de impressionado comigo quando nos conhecemos.

– O que mostra um grande lapso de julgamento da parte dele – respondeu a mãe indignada.

Sorrindo, Annabelle estendeu o braço e apertou a mão enluvada de Philippa.

– Obrigada, mamãe. Mas acho melhor apontar minha mira para um alvo bem mais acessível.

Os convidados continuavam chegando. Alguns foram imediatamente para seus quartos a fim de se revigorarem com um cochilo do meio-dia, antes da ceia e do baile de boas-vindas que seria realizado mais tarde. Senhoras fofoqueiras se reuniam no salão e na sala de jogos, enquanto os cavalheiros jogavam bilhar ou fumavam na biblioteca. Depois que a criada terminou de desfazer suas malas, Philippa decidiu cochilar no seu quarto. Era um dormitório pequeno, mas encantador, com papel de parede florido francês e janelas envoltas com seda azul pálida.

Muito impaciente e empolgada demais para dormir, Annabelle deduziu que Evie e as irmãs Bowmans provavelmente já tinham chegado. Mesmo assim, elas gostariam de algum tempo para se revigorarem depois da viagem. Em vez de suportar horas de inatividade forçada, Annabelle decidiu explorar a área fora da mansão. O dia estava quente e iluminado, e ela ansiava por algum exercício após a longa viagem de carruagem. Colocou um vestido azul-claro de musselina moldado com minúsculas fileiras de pregas e deixou o quarto.

Saiu por uma entrada lateral, passando por alguns funcionários, e caminhou ao encontro de uma gentil luz solar. Havia algo maravilhoso na atmosfera de Stony Cross Park. Podia-se facilmente imaginá-lo como um lugar mágico situado em alguma terra distante. A floresta circundante era tão profunda e densa, parecia primitiva, ao passo que o jardim de doze hectares por trás da mansão parecia perfeito demais para ser real. Havia bosques, clareiras, lagos e fontes. Era um jardim de vários estilos, alternando tranquilidade com um tumulto colorido. Um jardim bem-cuidado, cada folha de grama cortada com precisão, os cantos das cercas aparados com lâmina.

Sem chapéu, sem luvas, e tomada por uma súbita sensação de otimismo, Annabelle respirou fundo o ar do campo. Contornou as extremidades dos jardins na parte de trás da mansão e seguiu por uma trilha de cascalho situada entre canteiros de papoulas e gerânios. A atmosfera logo ficou densa com o perfume de flores, quando o caminho encontrou uma parede de pedra coberta com rosas brancas e cor-de-rosa.

Andando mais lentamente, Annabelle atravessou um pomar de pereiras antigas, esculpido por décadas em formas fantásticas. Mais longe, um dossel de bétulas dava em um bosque, que parecia derreter pela floresta. O caminho de cascalho terminava em um pequeno círculo, onde uma mesa de pedra fora disposta. Aproximando-se, Annabelle viu os topos de duas velas derretidas que haviam sido queimadas diretamente sobre a superfície da pedra. Sorriu um pouco melancólica, percebendo que a privacidade da clareira devia ter sido o cenário perfeito para alguns interlúdios românticos.

Acostumados com o ambiente de sonho a seu redor, cinco patos brancos gordos andavam em fila por todo o círculo de cascalho, seguindo em direção a uma lagoa do outro lado do jardim. Parecia que tinham se acostumado havia muito tempo com a multidão de visitantes em Stony Cross Park, pois ignoraram Annabelle completamente quando passaram. Grasnavam alto na expectativa de atingir a lagoa artificial, e sua caminhada era tão cômica e animada que Annabelle não pôde deixar de rir.

Antes da sua diversão desaparecer, ela ouviu o ruído de passos pesados sobre o cascalho. Era um homem, que evidentemente voltava de um passeio na floresta. Ele ergueu a cabeça para olhá-la com uma expressão detida, o olhar sombrio encontrando o dela.

Annabelle congelou.

Simon Hunt, pensou a moça, chocada e sem palavras por vê-lo ali em Stony Cross. Ela sempre o associara à vida da cidade, geralmente o via em lugares fechados, à noite, confinado por paredes, janelas e gravatas engomadas. No entanto, nestes ambientes naturais à luz do dia, ele aparentava ser uma pessoa completamente diferente. Os ombros largos, incompatíveis com o corte estreito das roupas noturnas, pareciam bem apropriados para o tecido áspero de um casaco de caça e para a camisa que tinha sido deixada aberta no pescoço, sem gravata em qualquer lugar à vista. Ele estava mais bronzeado do que o normal, a pele reluzindo uma cor de âmbar devido ao tempo que passara ao ar livre. O sol resvalou em seu cabelo cortado, fazendo brilhar os grossos cachos que não eram tão pretos, mas de um tom castanho intenso. Seus traços, finamente delineados pela luz solar, eram firmes, proeminentes e marcantes. Os poucos toques de suavidade em seu rosto – os grossos cílios escuros, a curva exuberante do lábio inferior – eram as características mais intrigantes do seu aspecto intransigente.

Hunt e Annabelle se encararam em silêncio, como se alguém tivesse colocado uma questão que nenhum deles sabia como responder.

O momento prolongou-se desconfortavelmente, até que Simon Hunt enfim rompeu o silêncio.

– Um som bonito aquele – disse suavemente.

Annabelle se esforçou para encontrar a própria voz.

– Qual? – perguntou ela.

– O da sua risada.

Annabelle sentiu uma leve pontada na barriga, mas não era nem de dor nem de prazer. Era uma sensação diferente de qualquer coisa que tinha experimentado antes. Inconscientemente, ela pôs a mão sobre o ponto logo abaixo das costelas. O olhar de Hunt se dirigiu no mesmo instante para a mão dela antes de se voltar aos poucos para o seu rosto. Ela se moveu para mais perto da mesa de pedra, encurtando um pouco a distância entre eles.

– Não esperava vê-la aqui. – O olhar dele a percorreu de um modo minuciosamente desconcertante. – Mas é claro, é o lugar ideal para uma mulher na sua situação.

Annabelle apertou os olhos.

– Na minha situação?

– Tentando fisgar um marido – esclareceu ele.

Ela respondeu com um olhar arrogante.

– Não estou tentando "fisgar" ninguém, Sr. Hunt.

– Jogando a isca – continuou ele –, ajustando o gancho e apanhando sua presa até que ela se encontre ofegante no convés.

A boca de Annabelle se fechou abruptamente.

– Você pode divagar à vontade, Sr. Hunt, eu não tenho nenhuma intenção de separá-lo de sua preciosa liberdade. Você é o último da lista.

– Que lista? – Hunt contemplou-a no silêncio tenso que se seguiu, trabalhando a seu favor. – Ah! Você de fato fez uma lista de potenciais maridos? – Ele parecia estar se divertindo. – É um alívio saber que não estou na corrida, posto que já resolvi evitar a qualquer custo ficar preso em um casamento. Mas não consigo deixar de me perguntar... Quem está no topo da lista?

Annabelle se recusou a responder. Mesmo estando muito incomodada com a própria tendência de se agitar, não conseguiu se segurar, tocando os tocos de velas e raspando suas unhas neles.

– Westcliff, provavelmente – supôs Hunt.

Annabelle fez um som de desdém, meio sentada na mesa. A superfície de pedra envelhecida estava aquecida pelo sol e brilhava suavemente.

– Claro que não. Não me casaria com o conde nem se ele caísse de joelhos e me implorasse.

Hunt deu uma gargalhada diante da mentira descarada.

– Um lorde com a ascendência e a fortuna que ele tem? Nada iria parar você. – Ele se sentou de modo casual no lado oposto da mesa, e Annabelle se preparou para não se intimidar perante a sua aproximação. Normalmente, numa conversa entre um cavalheiro e uma senhorita ficava subentendido que havia certas coisas que o cavalheiro nunca faria... Ele não podia constrangê-la nem insultá-la, tampouco tirar proveito de alguma forma. No entanto, com Simon Hunt não havia tais garantias.

– Por que está aqui? – perguntou ela.

– Sou amigo de Westcliff – disse ele abertamente.

Annabelle era incapaz de imaginar o conde chamando alguém como Hunt de amigo.

– Por que ele se aproximaria de você? E não tente alegar que têm algo em comum com ele, pois são tão diferentes como a água e o vinho.

– Acontece que o conde e eu temos alguns interesses em comum. Nós dois gostamos de caçar e compartilhamos um número notável de crenças políticas. Diferentemente da maioria dos colegas, Westcliff não se permite estar acorrentado pelas restrições da vida aristocrática.

– Santo Deus – ironizou Annabelle –, você parece ver a nobreza como uma prisão.

– Para falar a verdade, eu vejo.

– Então, mal posso esperar para me encarcerar e jogar as chaves fora.

Isso fez com que Hunt desse uma risada.

– Você provavelmente faria muito bem o papel de esposa de um nobre.

Reconhecendo que o tom de voz dele estava longe da cortesia, Annabelle franziu a testa para Hunt.

– Se você não é assim tão chegado à nobreza, gostaria de saber por que passa tanto tempo entre eles.

Os olhos dele brilharam maliciosamente.

– Eles têm suas utilidades. E não é que eu não goste deles, eu só não tenho nenhum desejo de ser um deles. Caso você não tenha notado, a nobreza, ou pelo menos a forma de vida que eles conhecem até agora, está morrendo.

Annabelle reagiu com os olhos arregalados, verdadeiramente chocada com a declaração.

– O que você quer dizer?

– A maioria dos nobres está perdendo suas fortunas, vejo-os dividindo e perdendo toda vez que o crescente número de parentes necessita de apoio... E há também a transformação da economia com a qual eles têm que lidar. O governo do grande proprietário de terras está rapidamente chegando ao fim. Apenas homens como Westcliff que estão abertos a novas formas de fazer as coisas vão resistir à mudança.

– Com a sua ajuda inestimável, é claro – disse Annabelle.

– Decerto que sim – respondeu Hunt com uma satisfação que fez com que ela não pudesse deixar de rir.

– Alguma vez já pensou em fazer algo de modo humilde, Sr. Hunt? Apenas por uma questão de educação?

– Eu não acredito em falsa modéstia.

– As pessoas iriam gostar mais de você se fizesse.

– Você gostaria?

Annabelle cravou as unhas na cera de cor pastel e lançou um rápido olhar para Hunt a fim de avaliar o grau de ironia em seus olhos. Para espanto dela, não havia nem sinal. Ele parecia seriamente interessado na resposta. Enquanto ele a observava com atenção, ela sentiu o desconfortável rubor tomar conta do seu rosto. Ela não estava nem um pouco à vontade nesta situação, conversando a sós com Simon Hunt, enquanto ele descansava a seu lado como um pirata bisbilhoteiro e preguiçoso. O olhar de Annabelle se dirigiu para a grande mão que ele tinha apoiado na mesa, os dedos longos e limpos bronzeados pelo sol, com unhas cortadas tão curtas que mal se viam as partes brancas.

– "Gostar", diria que é um pouco demais – disse Annabelle, afrouxando a pressão mordaz com que apertava a vela. Quanto mais tentava controlar o rubor, pior ficava, até que todo o seu rosto estava vermelho. – Acho que eu poderia tolerar a sua companhia mais facilmente se você tentasse se comportar como um cavalheiro.

– Por exemplo?

– Para começar... O jeito com que você gosta de corrigir as pessoas...

– A honestidade não é uma virtude?

– Sim... Mas não contribui para ser a melhor das conversas! – Ignorando sua risada baixa, ela continuou: – E a maneira com que você fala tão abertamente sobre dinheiro é vulgar, sobretudo para indivíduos dos círculos mais elevados. As pessoas educadas fingem que não se preocupam com dinheiro, ou a forma de ganhá-lo ou investi-lo, ou qualquer uma das outras coisas sobre as quais você gosta de discutir.

– Eu nunca entendi por que a busca por riqueza deve ser vista com tamanho desdém.

– Talvez porque essa busca seja acompanhada de tantos vícios... A ganância, o egoísmo, a falsidade...

– Esses não são os meus defeitos.

Annabelle levantou as sobrancelhas.

– O quê?

Sorrindo, Hunt balançou a cabeça devagar, a luz do sol brilhando nos cabelos negros.

– Se eu fosse ganancioso e egoísta, manteria a maior parte dos lucros dos meus negócios. No entanto, meus parceiros vão lhe dizer que eles foram muito bem recompensados por seus investimentos. E meus funcionários são bem pagos, acima dos padrões. Quanto a ser falso, acho que é bastante óbvio que sofro exatamente do oposto. Eu sou sincero, o que é quase imperdoável na sociedade civilizada.

Por alguma razão, Annabelle não podia deixar de sorrir também para o canalha mal-educado. Afastou-se da mesa e espanou sua saia.

– Não vou mais perder o meu tempo dizendo a você como ser educado, quando é perfeitamente óbvio que não deseja ser.

– Seu tempo não foi desperdiçado – disse ele, indo até ela. – Eu vou levar em consideração a ideia de mudar minhas abordagens.

– Não se preocupe – comentou ela, com um sorriso persistente nos lábios. – Você é uma causa perdida, receio. Agora, se me der licença, vou continuar minha caminhada pelo jardim. Tenha uma boa tarde, Sr. Hunt.

– Deixe-me acompanhá-la – disse ele suavemente. – Você pode me ensinar um pouco mais. Vou até escutar o que tem a dizer.

Ela torceu o nariz para ele descaradamente.

– Não, você não vai. – Ela começou a andar no caminho de cascalho, ciente do olhar de Hunt sobre ela, até que desapareceu no pomar de peras.

CAPÍTULO 6

Pouco antes do jantar na primeira noite da festa, Annabelle, Lillian e Daisy se encontraram no andar de baixo na sala de recepção, uma área espaçosa com conjuntos de mesas e cadeiras, onde muitos convidados tinham escolhido se reunir.

– Eu deveria saber que o vestido ficaria mil vezes melhor em você do que em mim – comentou Lillian Bowman alegremente, abraçando Annabelle e segurando-a nos braços enquanto olhava para ela. – Ah, que tortura ser amiga de alguém tão encantadora.

Annabelle usava outro de seus vestidos novos, um de seda amarela com saia esvoaçante de tule com babados rentes uns aos outros nos quais se encontravam apanhados bem miudinhos de violetas de seda. O cabelo estava preso para trás em uma trança complexa.

– Eu tenho muitos defeitos – disse Annabelle a Lillian com um sorriso.

– Sério? Quais?

Annabelle sorriu.

– Dificilmente admitirei quais são se ainda não os percebeu.

– Lillian conta para quem quiser ouvir os defeitos dela – gracejou Daisy, com os olhos castanhos brilhando. – Ela se *orgulha* deles.

– Eu tenho mesmo um temperamento terrível – reconheceu Lillian presunçosamente. – E posso xingar como um marinheiro.

– Quem ensinou você a fazer isso? – perguntou Annabelle.

– A minha avó. Ela era lavadeira. E meu avô era o fabricante de sabão de quem ela comprava os suprimentos de que precisava. Como ela trabalhava perto das docas, a maioria dos clientes dela eram marinheiros e estivadores, que a ensinaram palavras tão vulgares que deixariam você de cabelo em pé se as ouvisse.

Annabelle soltou uma gargalhada. Estava encantada com o espírito travesso das duas meninas, diferentes de qualquer pessoa que ela tivesse conhecido antes. Infelizmente, era difícil imaginar Lillian ou Daisy sendo felizes como esposas de um nobre. A maioria dos cavalheiros da aristocracia queria se casar com uma menina que fosse delicada, modesta e possuísse características dignas da realeza. O tipo de mulher cujo único objetivo era fazer do marido o centro da sua atenção e admiração. No entanto, desfrutando da companhia das Bowmans como vinha fazendo, Annabelle pensou que seria uma pena para qualquer uma delas ter que reprimir a irreverência que fazia com que fossem assim tão divertidas.

De repente, ela avistou Evie entrando na sala com a relutância de um rato que fora jogado dentro de um saco de gatos. O rosto de Evie relaxou quando viu Annabelle e as Bowmans. Murmurando algo para a tia de aparência austera, dirigiu-se até elas com um sorriso.

– *Evie!* – gritou Daisy alegremente, começando a correr em direção à garota. Annabelle pegou o braço enluvado dela e sussurrou:

– Espere! Se você chamar a atenção para Evie, ela provavelmente vai desmaiar de vergonha.

Obediente, Daisy parou e deu um sorriso envergonhado.

– Você está certa. Sou uma verdadeira selvagem.

– Não acho não, querida – confortou-a Lillian.

– Obrigada – respondeu Daisy agradavelmente surpreendida.

– Você é só um pouco selvagem – acrescentou a irmã mais velha.

Contendo uma gargalhada, Annabelle passou o braço pela cintura fina de Evie.

– Você está um encanto esta noite – elogiou.

Evie tinha o cabelo preso no alto da cabeça formando uma cascata de cachos ruivos reluzentes circundados por presilhas de pérolas. As muitas sardas douradas ao redor do nariz só faziam aumentar seu charme, era como se a natureza tivesse sucumbido a um impulso de borrifar umas gotas de luz do sol sobre ela.

A moça se protegeu no abraço de Annabelle como se precisasse de conforto.

– Tia Flo-Florence disse que estou parecendo uma tocha fla-fla-mejante com o cabelo desse jeito – disse ela.

Daisy franziu a testa ao ouvir aquilo.

– Sua tia não devia dizer uma coisa dessas. Afinal, *ela* parece um duende.

– Daisy, shhh – censurou Lillian.

Annabelle manteve o braço em volta da cintura de Evie, enquanto pensava que, segundo o que a amiga tinha contado, era evidente que a tia Florence se esforçava para destruir qualquer resquício de confiança que a moça pudesse ter em si mesma. Depois da morte prematura da mãe de Evie, a família acolheu a pobre menina, mas todos esses anos de críticas que ela precisou aguentar até então destruíram por completo sua autoestima.

Evie fitou as irmãs Bowmans com um sorriso um tanto divertido.

– Ela não é um du-duende. Sempre achei que ela pa-parecia mais um troll.

Annabelle riu deliciada desse comentário jocoso.

– Digam-me uma coisa – pediu –, alguma de vocês por acaso viu o lorde Kendall? Soube que ele é um dos poucos solteiros presentes. E, afora Westcliff, o único a possuir um título.

– A competição pelo Kendall vai ser pesada – observou Lillian. – Felizmente, Daisy e eu bolamos um plano para conseguir levar um cavalheiro inocente até o altar – concluiu, fazendo um gesto para que as outras se aproximassem.

– Tenho até medo de perguntar – disse Annabelle –, mas como planejam fazer isso?

– Você vai aliciá-lo para que fique em uma situação comprometedora. Nesse momento nós três passamos propositalmente por perto e "pegaremos" vocês juntos. Então, o cavalheiro será obrigado a pedir sua mão em casamento para manter sua honra.

– É genial, não acha? – perguntou Daisy.

Evie lançou um olhar de incerteza para Annabelle.

– É um pouco di-dissimulado, não?

– Um pouco?! – exclamou Annabelle. – Mas temo não conseguir pensar em nada melhor. E você?

Evie fez que não com a cabeça.

– Não – admitiu. – A pergunta que faço é se estamos tão de-desesperadas para encontrar um marido a ponto de empregar qualquer método, seja ele justo ou não.

– Eu estou – retrucou Annabelle sem hesitar.

– Nós também – acrescentou Daisy alegremente.

Evie olhava para as três ainda com ar de incerteza.

– Não posso deixar *todos* os meus escrúpulos de lado. Quer dizer, não sei se co-conseguiria suportar enganar um homem para que fizesse uma coisa que ele...

– Evie – interrompeu-a Lillian de modo impaciente –, os homens *esperam* ser enganados nessas questões. São mais felizes dessa forma. Se nos comportarmos de maneira honesta, toda essa história de casamento seria demasiadamente inquietante e nenhum deles iria querer se casar.

Annabelle ficou olhando para a moça americana fingindo estar chocada.

– Você é cruel – disse por fim.

Lillian deu um sorriso terno.

– Herdei isso da minha família. Os Bowmans são cruéis por natureza. Embora também possamos ser *diabólicos* quando a ocasião assim nos exige.

Rindo, Annabelle se voltou para Evie, que as fitava com uma expressão desconcertada.

– Evie – principiou com doçura –, até hoje sempre tentei fazer as coisas da forma correta. Mas não surtiu grandes resultados. Portanto, de agora em diante estou disposta a experimentar um método diferente... Você não?

Apesar de não parecer muito convencida, Evie se rendeu assentindo resignada.

– É isso aí – disse Annabelle encorajando-a.

Enquanto conversavam, pôde-se perceber uma pequena agitação dos convidados quando lorde Westcliff surgiu. Parecendo inteiramente confortável em sua posição de organizador, começou a reunir cavalheiros e damas em pares para que seguissem até a sala de jantar. Apesar de não ser o homem mais alto no ambiente, Westcliff emanava um magnetismo impossível de ser ignorado. Annabelle se perguntou por que algumas pessoas possuíam essa qualidade, algo que não dava para definir mas que conferia a cada gesto e a cada palavra dita um sentido a mais. Ao olhar para Lillian, ela percebeu que a americana também tinha notado esse detalhe.

– Eis um homem seguro de si – comentou Lillian secamente. – Gostaria de saber o que, se possível for, o faria voltar atrás de uma decisão.

– Não consigo imaginar – disse Annabelle. – Mas gostaria de estar presente se um dia acontecesse.

Evie se aproximou um pouco mais e lhe deu um tapinha no braço.

– Ali está o lorde Ke-Kendall, lá no canto.

– Como sabe que é ele?

– Basta ver que está cercado por uma dezena de mulheres solteiras que mais parecem uns tu-tubarões em volta da presa.

– Bem observado – disse Annabelle, fitando o rapaz e seu sufocante séquito.

William, lorde Kendall, parecia atordoado pela quantidade de atenção que estava recebendo das mulheres. Tinha o cabelo louro, compleição delgada e o rosto fino adornado por um par de óculos polidos. Os reflexos das lentes podiam ser vistos à medida que seu olhar perplexo se movia de um rosto a outro. O interesse impetuoso demonstrado por aquelas meninas por um sujeito tímido como Kendall era prova cabal de que não havia melhor afrodisíaco no final da temporada do que ser solteiro. Embora não houvesse despertado o menor interesse por parte dessas mesmas jovens em janeiro, em junho Kendall alcançara um encanto irresistível.

– Parece um homem gentil – comentou Annabelle.

– Pois eu acho que ele parece ser assustadiço – replicou Lillian. – Se eu estivesse em seu lugar, me mostraria como a mais tímida e indefesa donzela quando o encontrasse.

Annabelle lançou-lhe um olhar cheio de ironia.

– Parecer indefesa nunca foi o meu forte. Posso tentar essa história de timidez, mas não garanto nada.

– Não acredito que tenha algum problema em desviar a atenção de Kendall dessas mocinhas e atraí-la para si – prosseguiu Lillian, confiante. – Depois do jantar, quando as damas e os cavalheiros voltarem para a sala para tomar chá e conversar, acharemos uma maneira de apresentar vocês dois.

– Como eu deveria... – principiou Annabelle, mas se deteve quando sentiu uma cosquinha na nuca, como se alguém tivesse roçado uma pena em sua pele. Querendo saber o que teria causado tal sensação, ergueu a mão para levá-la ao pescoço e, de repente, percebeu o olhar fixo que Simon Hunt lhe dirigia.

Hunt estava do outro lado do cômodo, com um ombro apoiado displicentemente em uma pilastra, acompanhado por três cavalheiros que pareciam entretidos numa conversa animada. Esse ar relaxado era nitidamente falso, já que o olhar dele exibia uma concentração felina, como um gato pronto para atacar. Era evidente que tinha notado o interesse dela por Kendall.

Que inferno, pensou envergonhada e deliberadamente virou-se de costas para ele. Não queria deixar que Hunt lhe causasse problemas.

– Vocês perceberam que o Sr. Hunt está aqui? – perguntou baixinho às amigas e viu que elas ficaram de olhos arregalados.

– O *seu* Sr. Hunt? – Lillian soltou enquanto Daisy perscrutava a sala tentando encontrá-lo.

– Ele não é meu senhor! – reclamou Annabelle, fazendo uma cara engraçada. – Mas sim, ele está aqui, de pé do outro lado da sala. Na verdade, eu o vi mais cedo hoje. Ele garantiu que era amigo do conde. – A moça franziu a testa e prosseguiu, com uma previsão de desagrado. – O Sr. Hunt fará de tudo para arruinar nossos planos.

– Ele seria tão e-e-egoísta a ponto de impedir que você

se case? – indagou Evie, perplexa. – Com a intenção de fazer de você a sua... sua...

– Amante – disse Annabelle, completando a frase pela amiga. – É difícil descartar essa possibilidade. O Sr. Hunt tem a reputação de não se deixar deter por nada que o impeça de conseguir o que deseja.

– Pode ser verdade – comentou Lillian, com a boca contraída pela determinação. – Mas ele não vai conseguir fazer isso com *você*. Prometo.

A ceia teve uma magnífica apresentação, com gigantescas sopeiras de prata e bandejas circulando em uma interminável procissão ao redor das três grandes mesas dispostas na sala de jantar. Annabelle custava a acreditar que os convidados ceassem toda noite daquele jeito, no entanto o cavalheiro à sua esquerda – o pároco – lhe assegurou que aquilo era comum na mesa de Westcliff.

– O conde e a família primam pelos bailes e jantares que oferecem – observou. – Lorde Westcliff é o anfitrião mais diligente da nobreza.

Annabelle não estava inclinada a discutir. Há muito tempo não lhe serviam uma comida tão requintada. Impossível comparar esse banquete com os pratos mornos servidos nos saraus e festas de Londres. Nos últimos meses, os Peytons não puderam se permitir muito mais do que pão, bacon e sopa, acompanhados esporadicamente de um linguado frito ou um carneiro cozido. Pela primeira vez estava feliz por não ter se sentado ao lado de um orador entusiasmado, o que lhe permitiu ficar longos períodos em silêncio durante os quais podia comer quanto quisesse. E como os criados não paravam de servir pratos novos e apetitosos aos convidados, ninguém parecia notar seu apetite excessivo, tão pouco apropriado para uma dama.

Ela consumiu com avidez uma tigela de sopa feita com

champanhe e Camembert, prato que foi seguido por tiras de vitela cobertas com molho de ervas finas, guarnecidas com um suave purê de legumes. Um peixe assado envolto em papel exalava um vapor aromático quando aberto. Batatas coradas cortadas em pedaços bem pequenos foram servidas sobre um leito de agrião. E, o mais delicioso de tudo, creme de frutas servido na casca de laranja oca.

Annabelle estava tão absorta com a comida que alguns minutos se passaram até que percebesse Simon Hunt sentado perto da cabeceira da mesa, onde ficava lorde Westcliff. Levando a taça de vinho diluído aos lábios, ela olhou discretamente naquela direção. Como de costume, Hunt estava muito bem-vestido, com paletó preto e um colete de riscas de giz, cujo tecido de seda reluzia discretamente. A pele bronzeada contrastava acentuadamente com o linho branco da camisa que se via na altura do pescoço, e o nó da gravata era tão preciso quanto a lâmina de uma espada. O cabelo farto e escuro talvez precisasse de um pouco de brilhantina – uma mecha comprida já lhe caía sobre a testa. Esse traço rebelde incomodava Annabelle por algum motivo. Sentiu vontade de ir lá para afastar o cabelo do rosto dele.

Não lhe passou despercebido que as moças sentadas ao lado de Hunt competiam para atrair a atenção dele. Annabelle já havia notado em outras ocasiões que as mulheres pareciam considerá-lo bastante atraente. E sabia exatamente o motivo disso. Era a combinação do charme pervertido, da fria inteligência e de uma notória licenciosidade. Hunt parecia ser um homem que havia visitado a cama de muitas mulheres e sabia bem o que fazer nela. Semelhante virtude deveria torná-lo menos atraente, mas não. Annabelle no entanto começava a descobrir que havia uma grande diferença entre o que era bom para alguém e o que se desejava de verdade. E embora preferisse negá-lo, Hunt foi o único homem por quem se sentiu bastante atraída fisicamente.

Embora, de certo modo, sempre tivesse sido protegida, Annabelle sabia de alguns fatos básicos da vida. O conhecimento escasso adquirido vinha de menções veladas que escutara e que fora somando até formar um quadro completo. Já tinha sido beijada por alguns homens diferentes que haviam demonstrado um interesse fugaz por ela nos últimos quatro anos. Mas nenhum desses beijos, não importando quão romântico fosse o cenário ou quão bonito fosse o cavalheiro em questão, provocara nela o que Simon Hunt tinha provocado.

Por mais que tentasse, Annabelle nunca conseguiu esquecer aquele momento já tão distante no teatro panorâmico: a suave e erótica pressão dos lábios dele em sua boca, o prazer irresistível de seu beijo. Gostaria de saber por que havia sido tão diferente com Hunt, mas não tinha para quem perguntar. Falar com Philippa sobre esse assunto estava fora de cogitação, já que não queria confessar que aceitou dinheiro de um estranho para comprar os ingressos. E também não poderia comentar o incidente com as três amigas, que obviamente sabiam tão pouco sobre beijos e homens quanto ela própria.

Quando o olhar de Hunt de repente encontrou o dela, Annabelle ficou perturbada ao se dar conta de que tinha ficado olhando fixo para ele. Olhando fixo e fantasiando. Embora estivessem sentados bem distantes um do outro, pôde perceber a imediata e eletrizante conexão estabelecida entre eles. Hunt ostentava uma expressão extasiada, fazendo com que ela se perguntasse o que ele teria visto que tanto o fascinara. Com intenso rubor, desviou o olhar e espetou o garfo em uma caçarola de alho-poró e cogumelos coberta com lascas de trufas brancas.

Depois do jantar, as damas se retiraram para o salão a fim de tomar chá ou café, ao passo que os cavalheiros permaneceram sentados à mesa para degustar um vinho do porto. Segundo a tradição, os dois grupos depois voltariam a se reunir na sala de estar. Vários grupos de mulheres riam e conversavam animadamente no salão, e ela foi se sentar perto de Evie, Lillian e Daisy.

– Conseguiram sondar algo a respeito do Sr. Kendall? – perguntou Annabelle na esperança de que uma delas tivesse ouvido alguma fofoca na mesa do jantar. – Há alguém em particular por quem ele sinta algum interesse?

– Até agora parece que o terreno está livre – respondeu Lillian.

– Perguntei à minha mãe o que ela sabia sobre Kendall – falou Daisy –, e ela disse que ele dispõe de uma considerável fortuna e não tem dívidas.

– Como ela sabe disso? – indagou Annabelle.

– A pedido dela – explicou Daisy –, nosso pai fez um relatório detalhado de cada nobre apropriado disponível na Inglaterra. E o memorizou. Disse que o pretendente ideal para qualquer uma de nós seria um duque arruinado cujo título garantiria o prestígio social dos Bowmans, enquanto nosso dinheiro asseguraria sua cooperação para a celebração do matrimônio. – Daisy deu um sorriso sarcástico e estendeu a mão para acariciar a irmã mais velha antes de acrescentar: – Compuseram até uns versinhos para Lillian em Nova York. "Quem com Lillian se casar, um milhão vai herdar." Esse dito ficou tão popular que foi uma das razões de nossa vinda para Londres. A família ficou parecendo um bando de idiotas ambiciosos.

– E não é o que somos? – retrucou Lillian com ironia.

Daisy revirou os olhos.

– Eu me considero afortunada por termos vindo para

cá antes que tivessem tempo de criar uma rima para mim também.

– Pois eu tenho uma: "Se com Daisy se casar, preguiçoso há de ficar."

Daisy lançou um olhar eloquente para a irmã, que sorriu.

– Não tenha medo – prosseguiu Lillian –, vamos acabar conseguindo nos infiltrar na sociedade londrina e nos casaremos com o Sr. Grandevedor e o Sr. Bolsorroto para enfim assumir nosso posto de direito como senhoras do casarão.

Annabelle balançou a cabeça e esboçou um sorriso compreensivo, enquanto Evie se afastou com um murmúrio, provavelmente para atender suas necessidades particulares. Annabelle quase sentiu pena das Bowmans, pois começava a se tornar evidente que as chances de se casarem por amor não eram muito maiores do que as suas.

– É o desejo de seus pais que vocês se casem com alguém que lhes dê um título? – perguntou. – Qual a opinião do seu pai a respeito disso?

Lillian deu de ombros mostrando indiferença.

– Desde que me entendo por gente, nosso pai nunca teve uma opinião sobre qualquer coisa em relação a nós. Tudo o que quer é que o deixemos em paz para que possa ganhar mais dinheiro. Sempre que lhe escrevemos, ele ignora o conteúdo da carta, a não ser que estejamos pedindo para sacar mais fundos do banco. Nesse caso, responde com uma única linha: "Permissão concedida."

Daisy parecia compartilhar do cinismo da irmã.

– Acho que nosso pai fica satisfeito com as intenções casadoiras de nossa mãe, pois isso a mantém ocupada o bastante para não incomodá-lo.

– Meu Deus – murmurou Annabelle. – E ele nunca reclama quando pedem mais dinheiro?

– Ah, nunca – respondeu Lillian, rindo da evidente inveja da amiga. – Somos terrivelmente ricas, Annabelle, e tenho três irmãos mais velhos, todos solteiros. Não quer considerar a possibilidade de se casar com um deles? Se quiser, posso fazer com que um dos nossos irmãos cruze o Atlântico para que você dê uma examinada nele.

– Tentador, mas não, obrigada – respondeu Annabelle. – Não quero morar em Nova York. Prefiro ser esposa de um nobre.

– Acha mesmo tão maravilhoso ser esposa de um nobre? – indagou Daisy sem rodeios. – Morar em um desses casarões cheios de correntes de ar e com encanamento ruim, ter que aprender essa lista interminável de regras sobre a maneira certa de se fazer *tudo*...

– Você não é ninguém se não for casada com um nobre – assegurou Annabelle. – Na Inglaterra, a nobreza é tudo. Ela determina como os outros vão tratá-la, as escolas que seus filhos irão frequentar, os lugares a que será convidada... Determina todos os aspectos da sua vida.

– Não sei... – principiou Daisy sendo interrompida pelo retorno precipitado de Evie.

Embora Evie não demonstrasse sinais aparentes de que estivesse com pressa, os olhos azuis apresentavam um brilho de urgência, e o entusiasmo havia corado suas bochechas. Sentando-se na cadeira que ocupara antes, inclinou-se para Annabelle e sussurrou gaguejando:

– Ti-tive que voltar para lhe co-contar uma coisa... *Ele está sozinho!*

– Quem? – perguntou baixinho. – Quem está sozinho?

– O Sr. Kendall! Eu o vi no te-te-terraço dos fundos. Estava sentado sozinho diante de uma das mesas.

Lillian franziu o cenho.

– Talvez esteja esperando alguém. E se estiver, não vai ser muito favorável para Annabelle que se aproxime dele como um rinoceronte no cio.

– Será que você poderia usar uma metáfora mais lisonjeira, querida? – perguntou Annabelle com suavidade, fazendo com que Lillian lhe desse um sorriso.

– Desculpe-me. Só tente agir com cautela.

– Anotado – disse Annabelle também com um sorriso, levantando-se e arrumando a saia com destreza. – Vou investigar a situação. Bom trabalho, Evie.

– Boa sorte – respondeu Evie, e todas cruzaram os dedos enquanto a observavam sair do salão.

O coração de Annabelle disparou à medida que caminhava em direção à casa. Ela sabia perfeitamente que estava passando por cima de um intricado labirinto de regras sociais. Uma dama nunca devia procurar deliberadamente a companhia de um cavalheiro. Mas, se por acaso se cruzassem ou acontecesse de estarem dividindo um mesmo sofá ou mesa, poderiam trocar alguns galanteios. Não deviam ficar sozinhos, a menos que fosse em um passeio a cavalo ou em carruagem aberta. Se acontecesse de uma dama encontrar um cavalheiro nos jardins, ela devia se assegurar de que a situação não parecesse comprometedora de modo algum.

A menos, claro, que ela quisesse se comprometer.

Assim que se aproximou da longa fila de portas francesas que se abriam para o amplo terraço, Annabelle avistou sua presa. Como Evie tinha descrito, lorde Kendall estava sentado diante de uma mesa redonda, recostado na cadeira com uma perna esticada. Parecia estar aproveitando uma trégua momentânea da atmosfera opressiva da casa.

Em silêncio, Annabelle caminhou até a porta mais próxima e passou por ela. O ar tinha um leve aroma de urzes e murtas, e se ouvia o ruído relaxante do rio que corria além dos jardins. Mantendo a cabeça baixa, Annabelle esfregou as têmporas com os dedos, como se estivesse como uma dor de cabeça lancinante. Quando estava a três metros de distância da mesa de Kendall, olhou para cima e obrigou-se a dar um pulinho como se tivesse surpresa de vê-lo ali.

– Ah! – exclamou. Não era difícil aparentar estar sem fôlego. Estava nervosa por saber quão importante seria causar a impressão certa. – Não sabia que havia alguém aqui...

Kendall se levantou, com os óculos brilhando à luz da luminária do terraço. Sua silhueta era tão delgada, quase insubstancial. O paletó ficava com os ombros caídos. Apesar de ser três centímetros mais alto do que Annabelle, ela não se surpreenderia se descobrissem que tinham o mesmo peso. O rapaz tinha uma postura a um só tempo tímida e estranhamente inquieta, como a de um cervo prestes a dar um salto e bater em retirada. Olhando para ele, Annabelle tinha que admitir para si mesma que Kendall não era o tipo de homem por quem se sentiria atraída. Mas também não gostava de conservas de arenque. No entanto, se estivesse faminta e alguém lhe oferecesse um pote cheio de conserva de arenque, dificilmente torceria o nariz para ele.

– Olá – disse Kendall, em tom educado e suave, embora um pouco estridente. – Não há por que se assustar. Sou inofensivo, posso lhe assegurar.

– Isso é o que vamos ver – respondeu Annabelle, sorrindo, mas logo contraindo o rosto de novo, como se o esforço tivesse sido doloroso. – Perdoe-me por ter perturbado sua privacidade, Sir. Só vim em busca de um pouco de ar fresco. – E inspirou fundo até seus seios pressionarem levemente o corpete. – A atmosfera lá dentro estava um pouco opressiva, não acha?

Kendall se aproximou com as mãos erguidas como se temesse que ela desmaiasse ali no terraço.

– Posso lhe trazer algo? Um copo d'água?

– Não, obrigada. Uns minutinhos aqui fora e eu me recomponho. – Annabelle se deixou cair graciosamente na cadeira mais próxima. – Se bem que... – Deteve-se tentando parecer sem jeito. – Não seria bom sermos vistos aqui fora sem outras companhias. Sobretudo porque não fomos apresentados.

O rapaz fez uma pequena reverência.

– Lorde Kendall, a seu dispor.

– Srta. Annabelle Peyton. – Ela olhou para uma cadeira vazia a seu lado. – Sente-se, por favor. Prometo que vou embora assim que estiver com a cabeça mais leve.

Kendall obedeceu cauteloso.

– Não é necessário – disse ele. – Fique o tempo que desejar.

Essa fala foi encorajadora. Pensando nos conselhos de Lillian, Annabelle tomou muito cuidado para fazer seu comentário seguinte. Como Kendall vinha sendo assediado exaustivamente por um bando de mulheres, tinha que achar um jeito de se diferenciar delas. Fingiu então que era a única que *não* estava interessada nele.

– Posso imaginar o motivo de ter vindo ficar aqui sozinho – disse ela com um sorriso. – Deve estar desesperado para escapar do assédio de tantas mulheres ansiosas.

Kendall lhe dirigiu um olhar surpreso.

– Para falar a verdade, sim. Devo confessar que nunca estive em uma festa com convidadas assim tão amistosas.

– Espere até o fim do mês – aconselhou ela. – Até lá vão estar tão amistosas que vai precisar de um chicote e uma cadeira para mantê-las afastadas.

– Pelo que percebo, está sugerindo que sou uma espécie de alvo matrimonial – comentou ele secamente, expressando algo que era evidente.

– A única forma de se tornar um alvo ainda mais óbvio seria pintar uns círculos na parte de trás do seu paletó –

disse Annabelle fazendo-o rir. – Posso lhe perguntar que outros motivos teria para fugir para o terraço, senhor?

Kendall manteve o sorriso e parecia bem mais relaxado do que no início.

– Temo não conseguir encher mais o meu copo. Há apenas certa quantidade de vinho do porto que estou disposto a beber a fim de socializar.

Annabelle não conhecia nenhum homem que admitisse uma coisa dessas. A maioria dos cavalheiros afirmava sua virilidade mostrando ser capaz de beber uma quantidade de álcool que poderia embriagar um elefante.

– Está passando mal? – perguntou ela, compreensiva.

– Bem enjoado. Sempre me disseram que a tolerância melhora com a prática, mas me parece um objetivo sem muito sentido. E tenho formas melhores de passar o tempo.

– Tais como...

Kendall considerou a questão com muito cuidado.

– Um passeio no campo. Um livro que estimule a mente. – Os olhos dele continham um brilho subitamente cordial. – Uma conversa com uma nova amiga.

– Também gosto dessas atividades.

– Verdade? – Kendall hesitou. Os ruídos do rio e da copa das árvores pareciam sussurrar em meio ao ar. – Talvez queira se juntar a mim em uma caminhada amanhã de manhã. Conheço umas trilhas excelentes nos arredores de Stony Cross.

Annabelle teve dificuldade de reprimir o entusiasmo que sentiu.

– Adoraria – respondeu. – No entanto, preciso perguntar... o que fará com seu séquito?

Kendall sorriu, revelando uma fileira de dentes pequenos e certinhos.

– Não acredito que alguém nos incomode se sairmos bem cedo.

– Normalmente acordo bem cedo mesmo – mentiu ela. – E adoro caminhar.

– Às seis horas então?

– Às seis – repetiu ela, levantando-se. – Tenho que voltar lá para dentro. Em breve minha ausência será notada. Ademais, estou me sentindo muito melhor. Obrigada pelo convite, senhor. – Permitiu-se lançar um sorriso sedutor. – E por compartilhar o terraço.

Quando voltou para a casa, fechou os olhos por um instante e deixou escapar um sorriso de alívio. Tinha sido uma boa apresentação e fora muito mais fácil atrair o interesse de Kendall do que esperava. Com um pouco de sorte e alguma ajuda das amigas conseguiria fisgar um nobre. E então tudo daria certo.

CAPÍTULO 7

Terminadas as conversações de depois do jantar, a maioria dos convidados começou a se retirar para os seus aposentos. Ao atravessar um dos arcos que davam para o salão, Annabelle viu que as amigas esperavam por ela. Sorriu para aqueles rostos cheios de expectativa e foi com elas para um canto onde poderiam conversar com mais privacidade.

– E aí? – perguntou Lillian.

– Mamãe e eu vamos fazer uma caminhada com lorde Kendall amanhã de manhã – contou Annabelle.

– Sozinhas?

– É, sozinhas – confirmou a moça. – Na verdade, vamos nos encontrar bem cedinho para evitar a companhia da horda de caçadoras de marido.

Se estivessem em um ambiente mais privativo, poderiam ter gritado de alegria. Contentaram-se no entanto em trocar sorrisos triunfantes, enquanto Daisy mexia os pés fazendo uma dancinha da vitória.

– Co-co-como ele é? – indagou Evie.

– Tímido, mas agradável – respondeu Annabelle. – E parece ter senso de humor, algo pelo qual não tinha ousado esperar.

– Isso tudo sem contar os dentes! – exclamou Lillian.

– Você tinha razão em dizer que ele se assustaria fácil – prosseguiu Annabelle. – Estou certa de que Kendall não se sentiria atraído por uma mulher de temperamento forte. Ele é cauteloso, tem voz suave. Estou tentando parecer recatada, embora sinta que muito provavelmente acabarei me sentindo culpada por enganá-lo.

– Todas as mulheres fazem isso nessa fase de cortejo... e os homens também, se querem saber – disse Lillian de um jeito prosaico. – Tentamos ocultar nossos defeitos e dizer coisas que achamos que o outro queira ouvir. Fingimos ser encantadores e bem-humorados e fazemos de conta que os hábitos desagradáveis do outro não nos incomodam. Depois do casamento, a coisa muda de figura.

– Não acho que os homens tenham que fingir como as mulheres – retrucou Annabelle. – Se um homem é corpulento ou tem dentes manchados, ou ainda se é meio estúpido, continua sendo um bom partido, bastando para isso que seja um cavalheiro e tenha algum dinheiro. Das mulheres, no entanto, exige-se que atendam a padrões mais elevados.

– E é por isso que todas nós estamos so-solteironas – sentenciou Evie.

– Não por muito tempo – prometeu Annabelle com um sorriso.

Florence, a tia de Evie, vinha chegando do salão de baile trajando um vestido preto que não combinava com sua tez pálida e a fazia parecer uma bruxa. Havia pouca semelhança entre Evie, com seu rosto redondo, o cabelo ruivo e as sardas, e a tia, uma mulher muito mal-humorada.

– Evangeline – disse bruscamente, dirigindo às meninas um olhar de desaprovação e fazendo um gesto para a sobrinha. – Eu avisei para não desaparecer dessa maneira. Estive procurando você por toda parte durante uns dez minutos pelo menos e não me lembro de tê-la ouvido pedir permissão para encontrar suas amigas. E de todas as moças com quem você poderia se relacionar... – Falando sem parar e irritada, tia Florence foi se encaminhando para a grande escadaria, enquanto Evie, com um suspiro, a seguiu.

Como sabia que as outras a observavam, Evie pôs uma das mãos para trás e acenou com os dedos para se despedir.

– Evie disse que sua família é muito rica – observou Daisy. – Mas também que são todos infelizes, sem tirar nem pôr. Fico me perguntando por quê.

– Dinheiro velho – disse Lillian. – Nosso pai diz que não há nada como uma vida inteira de opulência para deixar alguém consciente do que não possui. – E deu o braço à irmã. – Venha, querida, antes que nossa mãe se dê conta de que desaparecemos. – Voltou-se para Annabelle e, com um sorriso, perguntou: – Quer caminhar conosco, Annabelle?

– Não, obrigada. Minha mãe virá me encontrar aos pés da escadaria daqui a pouco.

– Boa noite, então. – Os olhos escuros de Lillian reluziam quando ela acrescentou: – Quando acordarmos amanhã, já terá saído para passear com Kendall. Aguardo um relatório completo no café da manhã.

Annabelle se despediu delas com um sorriso e ficou vendo as duas se afastarem. Depois, foi bem devagar até a escadaria e se deteve em uma sombra projetada pela base da estrutura curva. Parecia que Philippa, como de costume, se demorava demasiadamente a encerrar uma conversa na sala de estar. Annabelle, porém, não se importou de esperar. A cabeça estava cheia de ideias que iam dos assuntos que poderiam despertar o interesse de Kendall na caminhada do dia seguinte até a forma de assegurar sua atenção apesar das muitas moças que o perseguiriam pelas próximas semanas.

Se fosse inteligente o bastante para fazer com que lorde Kendall gostasse dela, e se suas amigas tivessem êxito armando o plano para fisgá-lo, como seria a sensação de ser esposa de um homem assim? Estava certa de que instintivamente jamais poderia se apaixonar por alguém como Kendall, mas jurou a si mesma que faria de tudo para ser uma boa esposa para ele. O mais provável é que com o tempo se afeiçoasse a ele. O casamento com Kendall era capaz de se tornar muito agradável. A vida seria confortável e segura e nunca mais haveria necessidade de se preocupar com o fato de ter ou não comida suficiente na mesa. E o mais importante: Jeremy desfrutaria de um bom futuro, e sua mãe não precisaria voltar a suportar as repugnantes atenções de lorde Hodgeham.

Passos pesados de alguém descendo a escada pareciam cada vez mais próximos. Em pé no corrimão, Annabelle olhou para cima, com um ligeiro sorriso no rosto, e então paralisou ao se ver cara a cara com um rosto bolachudo encimado por uma mecha revolta de cabelo grisalho. *Hodgeham?* Não podia ser!

Ele chegou ao pé da escada e se postou diante dela fazendo-lhe uma reverência, encarando-a com um olhar insuportavelmente presunçoso. Quando Annabelle fixou o olhar nos olhos azuis e frios de Hodgeham, sentiu a comida revirar no estômago como uma bola cheia de espinhos.

Como ele poderia estar ali? Por que não o vira antes? Pensando na mãe, prestes a se encontrar com ela naquele mesmo local, um ódio ferveu dentro da moça. Aquele homem grosseiro e insolente, que se autoproclamou benfeitor da família e que submetia a mãe dela às suas repugnantes atenções em troca de umas míseras moedas as perseguira no pior momento possível. Não poderia haver tormento pior para Philippa nessa festa do que a presença de Hodgeham. A qualquer instante ele poderia revelar a relação que havia entre eles, arruinando-as facilmente. E elas não tinham nenhum meio de obrigá-lo a manter o segredo.

– Ora, ora, Srta. Peyton – murmurou Hodgeham, exibindo um sorriso de malévola satisfação no rosto rechonchudo. – Que grata coincidência você ser a primeira convidada que eu encontro em Stony Cross Park.

Annabelle sentiu calafrios nauseantes. Ainda assim, obrigou-se a sustentar o olhar. Tratou de abandonar toda e qualquer expressão de emoção, mas Hodgeham deu um sorriso perverso, como se tivesse consciência do pânico hostil que ela experimentava.

– Depois dos incômodos da viagem de Londres até aqui – prosseguiu ele –, decidi jantar em meus aposentos. Sinto muito não termos nos encontrado antes. Seja como for, haverá muitas oportunidades para isso nas próximas semanas. Suponho que sua encantadora mãe esteja aqui para acompanhá-la, não é?

Annabelle teria dado qualquer coisa para poder dizer "não". Seu coração batia tão forte que parecia sugar o ar dos pulmões. Lutou para pensar em algo a dizer apesar do incessante martelar no peito.

– Não se aproxime dela – rebateu, assustada com a firmeza da própria voz. – Nem se atreva a dirigir-lhe a palavra.

– Ora, Srta. Peyton, não vê que assim está me ferindo? Logo eu, que tenho sido o único amigo com quem sua família está podendo contar nesses tempos difíceis, quando todos os outros abandonaram vocês...

Ela o encarou fixamente, sem pestanejar, sem se mover, como se estivesse diante de uma cobra venenosa prestes a atacar.

– É uma feliz coincidência estarmos participando de uma mesma festa, não é verdade? – indagou Hodgeham, dando um risinho. Com o movimento da cabeça seu penteado se desfez em parte, e uma mecha emplastrada lhe caiu sobre a testa. Ele a ajeitou com uma das mãos roliças e prosseguiu: – É, a sorte realmente sorriu para mim com essa possibilidade de estar próximo de uma mulher que tenho em tão alta conta.

– Não haverá qualquer proximidade entre o senhor e a minha mãe – afirmou Annabelle, cerrando o punho com força para evitar a vontade de socar aquela cara oleosa. – Ouça o que digo, senhor, se incomodá-la de alguma forma...

– Querida mocinha, pensou que eu me referia à Philippa? Você é demasiado modesta. Estou me referindo a *você*, é claro. Há muito tempo que a admiro. Na verdade, estava ansioso por demonstrar a natureza de meus sentimentos por você, Annabelle. Agora pelo visto o destino nos proporcionou a ocasião perfeita de nos conhecermos melhor.

– Prefiro dormir em um antro de cobras – replicou Annabelle com frieza. Mas havia medo em sua voz, e ele sorriu ao percebê-lo.

– No começo você pode protestar, é claro. Moças como você sempre fazem isso. Mas logo vai se decidir pelo mais sensato... o mais sábio... e vai descobrir as vantagens de se tornar minha amiga. Posso ser um aliado valioso, minha querida. E se me agradar, eu a recompensarei com generosidade.

Annabelle tentou desesperadamente pensar em um modo de destruir qualquer esperança que ele pudesse ter de torná-la sua amante. O medo de invadir o território de outro homem provavelmente era a única coisa que manteria Hodgeham longe dela. Annabelle se esforçou para esboçar um sorriso de escárnio.

– Por acaso parece que estou precisando de sua suposta amizade? – perguntou ela, brincando com as pregas do elegante vestido novo. – O senhor está equivocado. Já tenho um protetor e ele é muito mais generoso. De modo que é melhor que nos deixe em paz, a minha mãe e eu, ou terá que se ver com ele.

Annabelle viu as mudanças de expressão no rosto de Hodgeham. Da descrença inicial, passando pela fúria e depois por suspeita.

– E quem é ele?

– Por que eu deveria lhe dizer? – perguntou a moça com um sorriso frio. – Prefiro deixá-lo com essa dúvida.

– Está mentindo, sua vadia diabólica!

– Acredite no que quiser – murmurou ela.

As mãos gordas de Hodgeham se fecharam como se ele quisesse segurá-la e sacudi-la até conseguir arrancar uma confissão. Em vez disso, conteve-se e a fitou com o rosto rubro de fúria.

– Isso não vai ficar assim – murmurou ele, a saliva escapando dos lábios carnudos. – De jeito nenhum!

Ele se afastou de modo brusco, muito indignado para se incomodar em mostrar-se minimamente cortês.

Annabelle estava imóvel. Sua fúria tinha dado lugar a uma ansiedade tão grande que chegava até os ossos. O que disse a Hodgeham teria sido o suficiente para mantê-lo a distância? Não, era apenas uma solução temporária. Nos próximos dias ele estaria ali, observando-a de perto, examinando cada palavra ou ato seu para saber se a história de protetor era verdadeira ou falsa. E haveria ameaças e ditos mordazes destinados a tirá-la do sério. No entanto, não interessava o que podia acontecer; não poderia deixar que esse homem revelasse o arranjo que tinha com sua mãe. Isso mataria Philippa, assim como certamente arruinaria as chances de Annabelle conseguir se casar.

Sua mente continuou a repassar esses pensamentos de modo febril, e ela permaneceu imóvel e tensa até que ouviu uma voz suave e quase morreu de susto.

– Interessante. Sobre o que estavam discutindo, você e o Sr. Hodgeham?

Pálida, Annabelle se virou e deu de cara com Simon Hunt, que se aproximara sem fazer barulho, como um felino. Seus ombros bloqueavam a profusão de luzes que vinham do salão. Com aquele seu incrível autocontrole, Hunt parecia infinitamente mais ameaçador do que Hodgeham.

– O que ouviu? – Annabelle deixou escapar, amaldiçoando-se internamente ao notar o tom defensivo na própria voz.

– Nada – respondeu ele. – Só vi o rosto de vocês dois enquanto falavam. Obviamente estava chateada por algum motivo.

– Não estava chateada. Foi uma má interpretação sua, Sr. Hunt.

Ele balançou a cabeça e a surpreendeu aproximando um dedo para tocar a parte superior de seu braço que não estava coberta pela luva.

– Você fica com algumas manchas quando está com raiva.

Olhando para baixo, Annabelle viu uma mancha rosada, um sinal de que sua pele, como sempre, assumia uma tonalidade desigual quando se alterava.

Um calafrio a percorreu ao sentir o dedo dele deslizando por sua pele e se afastou.

– Está em apuros, Annabelle? – perguntou Hunt em voz baixa.

Ele não tinha o direito de perguntar algo assim com tanta amabilidade, quase como se estivesse preocupado, como se fosse alguém a quem ela pudesse recorrer ou pedir ajuda, como se ela pudesse se permitir algum dia fazer isso.

– Gostaria que eu estivesse, não é? – replicou ela. – Qualquer dificuldade que eu enfrentasse o deixaria em deleite, pois assim poderia me oferecer sua ajuda e tirar proveito da situação.

– De que tipo de ajuda precisa?

– Do senhor, nenhuma – assegurou ela secamente. – E não use o meu primeiro nome. Agradeço se me dirigir a palavra a partir de agora de forma apropriada. Ou melhor ainda, não precisa se dirigir a mim de modo algum. – Incapaz de suportar aquele olhar especulativo por nem mais um segundo, afastou-se dele. – Agora, se me dá licença, preciso ir ao encontro de minha mãe.

~

Abaixando-se para se sentar à cadeira diante do toucador, Philippa contemplou o rosto pálido da filha. Annabelle esperou até que estivessem a salvo na privacidade do quarto para contar à mãe a notícia desastrosa. Ela pareceu levar um minuto inteiro para assimilar a informação de que o homem que mais detestava e temia era um dos convidados em Stony Cross Park. Uma parte de Annabelle esperava ver a mãe cair aos prantos, mas Philippa a surpreendeu ao inclinar a cabeça e olhar para o canto escuro do quarto com um sorriso cansado e resignado. Era um sorriso que Annabelle nunca vira em seu rosto, uma amargura estranha que indicava que não adiantava tentar melhorar a situação, pois o destino tinha invariavelmente o seu caminho traçado.

– Quer ir embora de Stony Cross Park? – perguntou a moça com um sussurro. – Podemos voltar a Londres agora mesmo.

A pergunta pareceu flutuar durante uns minutos. Quando respondeu, Philippa parecia confusa e contemplativa.

– Se fizermos isso, você não terá mais qualquer esperança de se casar. Não, nossa única escolha é ver no que vai dar. Vamos caminhar com lorde Kendall amanhã de manhã. Não permitirei que Hodgeham arruíne essa oportunidade.

– Ele será uma constante fonte de problemas – observou Annabelle calmamente. – Se não voltarmos para a cidade, ele transformará nossa estadia aqui em um pesadelo.

Naquele instante, Philippa se voltou para ela ainda com aquele sorriso inquietante no rosto.

– Minha querida, se não encontrar alguém com quem possa se casar, então é quando voltarmos a Londres que o verdadeiro pesadelo vai começar.

CAPÍTULO 8

Atormentada pela preocupação, Annabelle dormiu no máximo duas ou três horas. Quando acordou aquela manhã, tinha olheiras e o rosto pálido e cansado.

– Que inferno – murmurou enquanto molhava um pano com água fria para pressioná-lo contra o rosto. – Isso não vai funcionar. Parece que tenho uns cem anos.

– O que disse, querida? – perguntou Philippa ainda meio sonada.

Ela estava atrás da filha, vestida com um robe e umas sandálias surradas.

– Nada, mamãe. Estava falando com meus botões. – Annabelle esfregou o rosto com força para dar um pouco de cor às bochechas. – Não dormi bem a noite passada.

Aproximando-se dela, Philippa a observou com atenção.

– Você está mesmo parecendo um pouco cansada. Vou pedir um chá.

– Peça uma chaleira bem grande – disse Annabelle e, contemplando os próprios olhos avermelhados no espelho, acrescentou: – Melhor *duas*.

Philippa sorriu com simpatia.

– O que devemos vestir para a caminhada com lorde Kendall?

A moça torceu o pano antes de deixá-lo sobre a bacia.

– Os vestidos mais velhos que tivermos, creio eu, já que alguns caminhos do bosque podem estar bem enlameados. Mas podemos cobri-los com os xales de seda novos que Lillian e Daisy nos deram.

Depois de beber uma xícara fumegante de chá e dando umas poucas mordiscadas na torrada fria que uma criada trouxera do andar de baixo, Annabelle terminou de se vestir. Observou-se no espelho com olhos clínicos. O xale de seda azul amarrado em volta do corpete escondeu perfeitamente o tecido gasto do vestido creme que escolhera. Além disso, seu novo chapéu, presente também das irmãs Bowmans, lhe favoreceu bastante, pois o forro azul combinava com o tom de seus olhos e os ressaltava.

Sem parar de bocejar, desceu com a mãe, e foram para o terraço de trás da mansão. Era tão cedo que quase todos os convidados de Stony Cross ainda estavam na cama. Apenas alguns cavalheiros decididos a pescar deram-se ao trabalho de levantar a essa hora. Um pequeno grupo de homens tomava o café da manhã nas mesas externas enquanto os criados aguardavam por perto, carregando as varas e cestas de pesca. Essa cena tranquila foi perturbada por um clamor dos mais incômodos e nada comum para uma hora daquelas.

– Por Deus! – Annabelle ouviu a mãe exclamar. Seguindo o olhar estupefato de Philippa, ela viu que a outra extremidade do terraço fora invadida por uma cacofonia de conversas frenéticas, gritinhos, risos e a postura agressiva de um grupo de moças. Estavam em torno de algo que permaneceu oculto ali no meio. – O que estão fazendo aqui? – indagou a mãe, admirada.

Annabelle suspirou e respondeu resignada:

– Suspeito que tenham vindo para a caça matutina.

Olhando para aquele grupo ruidoso, Philippa ficou boquiaberta.

– Quer dizer que... você acha que o pobre Sr. Kendall está preso no meio disso?

Annabelle assentiu.

– E, a julgar pelas aparências, não acredito que deixem sobrar algum pedacinho dele quando terminarem.

– Mas... ele combinou de ir caminhar com *você* – protestou Philippa. – *Só* com você, tendo a mim como acompanhante.

Quando algumas das mocinhas perceberam Annabelle parada do outro lado do terraço, fecharam ainda mais o círculo em volta da presa, como se quisessem evitar que ela o visse. Annabelle balançou a cabeça ligeiramente. Ou Kendall havia contado sem querer seus planos a alguém, ou a loucura para arranjar um marido tinha chegado a tal ponto que ele não podia pôr os pés fora do quarto a hora que fosse sem atrair uma multidão de mulheres.

– Bem, não fique aí parada – insistiu Philippa. – Vá se juntar ao grupo e tente atrair a atenção dele.

Annabelle lhe dirigiu um olhar indeciso.

– Algumas dessas garotas parecem ferozes. Eu odiaria levar uma mordida.

Ela ouviu um riso abafado vindo de algum lugar nas proximidades. Virou-se na direção do som e, como já deveria ter imaginado, viu Simon Hunt apoiado na balaustrada do terraço, com uma xícara de porcelana quase totalmente oculta naquela mão enorme, tomando seu café distraído. Trajava uma roupa rústica como a dos pescadores, feita de tweed e sarja, uma camisa de linho gasta com o colarinho aberto. O brilho zombeteiro em seus olhos não deixava dúvidas sobre o interesse dele por aquela situação.

Sem tomar uma decisão consciente, Annabelle se viu se aproximando dele. Ela ficou a apenas alguns metros de distância de Hunt, pôs os cotovelos na balaustrada e ficou observando o amanhecer cheio de névoa. Ele, por sua vez, estava com as costas apoiadas, de frente portanto para os muros da mansão.

Sentindo necessidade de alfinetar aquela irritante autoconfiança, Annabelle murmurou:

– O Sr. Kendall e o Sr. Westcliff não são os únicos solteiros em Stony Cross, Sr. Hunt. Por que será que *você* não está sendo perseguido como eles dois?

– Por uma razão óbvia – retrucou ele com tranquilidade, levando a xícara aos lábios para sorver o conteúdo. – Não tenho título; além do mais, seria um péssimo marido. – Ele lhe dirigiu um perspicaz olhar de soslaio. – Quanto a você... apesar da simpatia que me desperta sua causa, não aconselharia que entrasse em uma disputa por Kendall.

– Minha *causa*? – repetiu Annabelle, sentindo-se ofendida com os termos usados por Hunt. – Como definiria o que está chamando de minha causa, Sr. Hunt?

– Bom, você é sua própria causa, é claro – disse ele em voz baixa. – Você quer o que é melhor para Annabelle Peyton, mas Kendall não se enquadra nessa categoria. A união de vocês seria um desastre.

Ela virou a cabeça para encará-lo com os olhos semicerrados.

– Por quê?

– Porque ele é muito bonzinho para você. – Hunt sorriu ao ver a expressão da moça. – Não pretendia que isso fosse tomado como um insulto. Eu não gostaria nem metade do que gosto de você se fosse uma mulher boazinha. No entanto, você não seria boa para Kendall... E por fim, ele também não lhe seria de muita utilidade. Você pisaria na alma cavalheiresca de Kendall transformando-a em uma pilha destroçada a seus pés.

Annabelle teve ganas de arrancar à força o sorriso superior que ele exibia. E nunca antes havia cogitado a hipótese de agredir alguém fisicamente. Sua raiva só se abrandava um pouco pelo fato de ele em parte ter razão. Annabelle sabia muito bem que era espirituosa demais para um homem tão dócil e civilizado quanto Kendall. Mas isso não era da conta de Simon Hunt. Além do mais, nem Hunt nem qualquer outro homem tinha a intenção de lhe oferecer uma alternativa melhor.

– Sr. Hunt – disse ela em tom doce e com um olhar venenoso –, por que não vai...

– Srta. Peyton! – A exclamação baixa chegou até ela vinda de vários metros ao longe e foi seguida pela delgada silhueta de lorde Kendall, que emergia nesse instante em meio ao bando de mulheres. Estava um pouco desalinhado e parecia um tanto aborrecido ao abrir caminho até ela. – Bom dia, Srta. Peyton. – Ele fez uma pausa para apertar o nó da gravata e ajeitar os óculos retorcidos. – Parece que não fomos os únicos que tivemos a ideia de caminhar esta manhã. – Então dirigiu a Annabelle um olhar tímido e perguntou: – Acha que devemos tentar assim mesmo?

Annabelle hesitou, gemendo internamente. Não conseguiria muita coisa em uma caminhada com Kendall já que iam acompanhados por pelo menos duas dezenas de mulheres. Seria o mesmo que tentar estabelecer uma conversa tranquila em meio a um bando de gralhas grasnindo. Por outro lado, não poderia simplesmente declinar um convite feito por ele. Mesmo uma pequena rejeição como essa poderia desencorajá-lo e fazer com que nunca mais a convidasse para algo.

Ela deu um sorriso reluzente.

– Seria um prazer, senhor.

– Excelente. Há por aqui umas espécies fascinantes da flora e da fauna que eu gostaria de lhe mostrar. Como sou um horticultor amador, fiz um cuidadoso estudo da vegetação nativa de Hampshire...

As palavras seguintes foram abafadas pelo entusiasmo de umas mocinhas que o rodeavam.

– Como eu *amo* plantas – gorgolejou uma delas. – Não há uma única planta que eu não ache absolutamente encantadora.

– E o campo seria *tão* desinteressante sem elas – acrescentou outra empolgada.

– Ah, lorde Kendall – interveio uma terceira –, só terá que nos explicar a diferença entre uma flora e uma fauna...

O bando de jovens afastou Kendall como se fosse uma corrente marinha impossível de deter. Philippa as seguiu corajosamente, determinada a cuidar dos interesses de Annabelle.

– Minha filha é sem dúvida muito modesta para falar de sua afinidade com a natureza – começou a dizer a Kendall.

Ele lhe dirigiu um olhar impotente enquanto era arrastado em direção aos degraus do terraço.

– Srta. Peyton?

– Estou indo! – gritou Annabelle, pondo as mãos em concha em torno da boca para se fazer ouvir melhor.

Se houve alguma resposta, foi impossível ouvi-la.

Preguiçosamente, Simon Hunt deixou a xícara vazia na mesa mais próxima e murmurou algo para o criado que segurava seu material de pesca. O rapaz assentiu e se retirou enquanto Hunt ia atrás de Annabelle. Ela se retesou quando se deu conta de que ele estava ao seu lado.

– O que está fazendo?

Hunt pôs as mãos nos bolsos do casaco de pesca e respondeu:

– Eu vou com você. Aconteça o que acontecer na pesca de trutas, não será nem metade tão interessante quanto vê-la competir pela atenção de Kendall. Ademais, meus conhecimentos de horticultura são bem parcos, infelizmente. Posso portanto aprender alguma coisa.

Engolindo uma resposta mal-humorada, Annabelle seguia Kendall e sua comitiva com determinação. Eles todos desceram os degraus do terraço e pegaram um caminho que levava ao bosque, onde faias e carvalhos enormes presidiam acima de grossos tapetes de musgos, samambaias e liquens. A princípio Annabelle ignorou a presença de Hunt a seu lado, andando com frieza atrás das admiradoras de Kendall. Este se via obrigado a realizar um grande esforço físico, já que precisava ajudar todas as jovens a passarem pelos mínimos obstáculos. O tronco caído de uma árvore, com a espessura do braço de Annabelle, se tornou um obstáculo tão intransponível que todas exigiam a ajuda de Kendall para passar por ele. Cada moça que atravessava o tronco parecia mais desamparada do que a anterior, a ponto de o pobre sujeito se ver praticamente obrigado a carregar a última delas depois de fingir um grito e um desmaio, momento no qual a moça logo passou os braços ao redor do pescoço dele.

Bastante afastados do grupo, Annabelle recusou o apoio do braço de Simon Hunt quando ele o ofereceu a ela e passou por cima do tronco sem ajuda. Ele esboçou um meio sorriso, encantado pelo modo de ser da moça.

– Eu esperava que você fosse se adiantar e ir lá para a frente agora – comentou ele.

Annabelle fez um som de desprezo.

– Não vou desperdiçar meus esforços lutando contra esse bando de codorninhas. Vou esperar um momento mais oportuno para que Kendall possa me notar.

– Ele já notou. Precisaria ser cego para não notar. A questão é: por que você acha que terá qualquer chance de receber uma proposta de casamento de Kendall quando ninguém mais fez isso nesses dois anos que a conheço?

– Porque tenho um plano – disse ela secamente.

– E qual é?

Ela dirigiu-lhe um olhar desdenhoso.

– Até parece que eu lhe contaria.

– Espero que seja algo convincente e ardiloso – retrucou Hunt, mordaz.

– Só porque não tenho dote – redarguiu Annabelle. – Se tivesse dinheiro, já teria me casado há muitos anos.

– Eu tenho dinheiro – disse ele amavelmente. – Quanto você quer?

Annabelle assumiu um ar irônico.

– Sei muito bem o que iria querer em troca, Sr. Hunt, portanto, posso dizer com segurança que não aceitaria nem um único centavo seu.

– É bom saber que é tão seletiva com relação às amizades que mantém. – Hunt estendeu a mão a fim de afastar um galho para que ela pudesse passar. – Como tenho ouvido um rumor que diz o contrário, fico feliz em saber que não é verdade.

– Rumor? – Annabelle se deteve no meio do caminho

e virou-se para encará-lo. – Sobre mim? O que poderiam estar dizendo a meu respeito?

Hunt permaneceu em silêncio contemplando o rosto preocupado de Annabelle enquanto ela tentava chegar à conclusão sobre o que poderia ser o tal rumor.

– Seletiva... – murmurou ela. – Com relação às pessoas com quem convivo? Por acaso isso significa que tenho um comportamento inadequado... – Interrompeu-se bruscamente quando a imagem repugnante e avermelhada de Hodgeham surgiu em sua mente.

A súbita palidez e as pequenas rugas que se formaram entre as sobrancelhas da moça não passaram despercebidas por Hunt. Annabelle lançou-lhe um olhar frio e se virou, voltando a andar com passos calculados e seguros pelo tapete de folhas caídas.

Hunt acompanhou o ritmo dela, ouvindo a voz distante de Kendall, que continuava a falar para as atentas ouvintes sobre as plantas que viam no caminho. Orquídeas raras, celidônias, algumas variedades de fungos. O discurso dele era acompanhado por exclamações de admiração daquele público extasiado.

– ... estas plantas rasteiras – dizia Kendall, que fizera uma pausa para mostrar os musgos e liquens que cobriam um desafortunado carvalho – são classificadas como briófitas e precisam de umidade para crescer. Se privadas da proteção que lhe confere o dossel das copas das árvores, perecem a céu aberto.

– Não fiz nada de errado – afirmou Annabelle de repente, perguntando-se por que a opinião de Hunt importava para ela. Mesmo assim, estava incomodada o bastante para querer saber quem havia espalhado esse boato e, mais precisamente, no que ele consistia. Alguém teria percebido as visitas noturnas de Hodgeham à sua casa? Não era um bom sinal. Não havia defesa possível contra esse tipo de rumor, e isso poderia destruir sua reputação. – E também não me arrependo de nada.

– É uma pena – rebateu Hunt tranquilamente. – Arrepender-se é o único sinal de que se está fazendo algo de interessante na vida.

– E do que você se arrepende, então?

– Ah, eu também não tenho arrependimentos. – Um brilho perverso surgiu em seus olhos escuros. – Não por falta de tentativas, claro. Continuo empenhado em fazer coisas indizíveis na esperança de me arrepender mais tarde. Mas até agora... nada.

Apesar da agitação interna, Annabelle não conseguiu reprimir um riso nervoso. Um galho grande bloqueava o caminho, de modo que ela estendeu o braço para afastá-lo.

– Permita-me – disse Hunt adiantando-se para fazê-lo em seu lugar.

– Obrigada. – Então passou ao lado dele, olhando para Kendall e as outras a distância e de repente sentiu algo espetar seu pé. – Ai! – Deteve-se, puxando a barra da saia para examinar o motivo do desconforto.

– O que foi? – Hunt se aproximou imediatamente e a segurou com uma de suas enormes mãos para que ela não perdesse o equilíbrio.

– Tem algo me arranhando dentro do sapato.

– Deixe-me ajudá-la – disse ele e se agachou, pegando o tornozelo dela.

Era a primeira vez que um homem tocava em uma parte de sua perna, o que a deixou com o rosto escarlate.

– Não toque aí – protestou ela em um sussurro e quase perdendo o equilíbrio ao empurrá-lo. Como Hunt não a soltou para não deixá-la cair, Annabelle se viu obrigada a se segurar no ombro dele. – Sr. Hunt...

– Estou vendo qual é o problema – murmurou ele. Annabelle sentiu que Hunt puxava o fino tecido da meia que cobria sua perna. – Você deve ter pisado em uma samambaia espinhosa. – Ele ergueu algo e o inspecionou. Era um raminho claro, parecido com palha, que havia se enfiado no algodão da meia na altura do peito do pé.

Com o rosto ruborizado, Annabelle continuou agarrada a Hunt para manter o equilíbrio. Aqueles ombros eram surpreendentemente firmes; a ossatura e os músculos fortes não se suavizavam pela camada de estofamento do casaco. Atordoada, Annabelle custava a acreditar que estava de pé no meio do mato com a mão de Simon Hunt segurando seu tornozelo.

Percebendo o ruborizar de Annabelle, ele abriu um largo sorriso de repente.

– Há mais uns pedaços de palha em outras partes da meia. Quer que eu os retire?

– Seja rápido – respondeu ela, com um tom ofendido –, antes que Kendall dê meia-volta e o veja com a mão sob a minha saia.

Com um riso abafado, Hunt dedicou-se àquela tarefa e tirou habilmente todos os carrapichos presos na meia. Enquanto fazia isso, Annabelle fitava a nuca de Hunt, ali onde as mechas pretas de seu cabelo roçavam a pele rija e bronzeada.

Hunt pegou o sapato que havia tirado e voltou a calçar no pé de Annabelle, fazendo uma mesura:

– Minha Cinderela campestre – disse, levantando-se. Ao ver as bochechas coradas da moça, os olhos dele assumiram a um só tempo um brilho zombeteiro e amistoso. – Por que usa sapatos tão ridículos para passear no bosque? Imaginei que teria o bom senso de calçar botinas.

– Não tenho botinas – disse Annabelle, irritada com a insinuação de que era uma avoada incapaz de escolher o calçado adequado para uma simples caminhada. – As que já tive se desgastaram com o tempo e não pude comprar novas.

Para surpresa de Annabelle, Hunt não aproveitou a oportunidade para zombar ainda mais dela. Seu rosto adquiriu uma expressão impassível e ele a observou por um momento.

– Vamos nos juntar aos demais – propôs ele por fim. – Eles já devem ter descoberto outra variedade de musgo que ainda não vimos. Ou, se Deus quiser, um cogumelo.

O aperto que ela sentia no peito diminuiu.

– E eu... espero que vejamos algum líquen.

Esse comentário provocou um ligeiro sorriso, e Hunt estendeu a mão para afastar outro galho que obstruía a passagem deles. Corajosamente, Annabelle ergueu a saia e tentou não pensar em como seria bom estar sentada no terraço da mansão com uma bandeja de chá e biscoitos à sua frente. Alcançaram uma planície e deram de cara com uma vista surpreendente de um campo coberto de jacintos. Era como entrar de repente em um sonho, com aquela névoa azulada se espalhando entre os troncos dos carvalhos, das bétulas e dos freixos. O cheiro dos jacintos vinha de todos os lados, e seus pulmões se encheram com aquele aroma.

Ao cruzar uma árvore delgada, Annabelle passou um braço pelo tronco e ficou parada admirando os raminhos de jacinto com deliciado prazer.

– Encantador – murmurou ela, o rosto brilhando sob as sombras projetadas pelas copas daqueles antigos ramos entrelaçados.

– É, sim – respondeu Hunt que, no entanto, olhava para ela, e não para as flores azuis.

Ao encontrar de repente os olhos dele, aquela expressão fez com que o sangue de Annabelle fervesse nas veias. Ela já tinha visto a admiração no rosto de outros homens, até chegou a perceber desejo, mas nenhum olhar tinha sido tão íntimo e perturbador quanto esse... Como se ele quisesse algo muito mais complicado que simplesmente usar seu corpo.

Desconcertada, afastou-se do tronco e foi em direção a Kendall, que conversava com a mãe de Annabelle enquanto o grupo de moças se dispersara para colher buquês de jacintos. Os caules das flores acabaram pisoteados e quebrados pelas saqueadoras que recolhiam seu tesouro.

Kendall parecia aliviado ao ver Annabelle se aproximar, o que se intensificou depois que viu o sorriso amistoso no rosto dela. Pelo que parecia, ele esperava que ela fosse petulante, como a maioria das mulheres convidadas para um passeio e depois ignoradas por causa de uma companhia mais exigente. Seu olhar se desviou para a figura obscura de Simon Hunt e sua expressão se modificou, assumindo um tom de incerteza. Os dois homens trocaram cumprimentos, acenando com a cabeça. Hunt parecia bastante autoconfiante, ao passo que Kendall se mostrou cauteloso.

– Vejo que atraímos mais companhia – murmurou Kendall.

Annabelle deu a ele seu melhor sorriso.

– Claro que sim – disse. – O senhor é como o flautista de Hamelin. As pessoas o seguem aonde quer que vá.

Ele enrubesceu com o comentário e, satisfeito, murmurou:

– Espero que tenha gostado do passeio, Srta. Peyton.

– Gostei, sim – assegurou ela. – Embora tenha que admitir que tropecei em uma samambaia espinhosa.

Preocupada, Philippa soltou uma pequena exclamação:

– Meu Deus... você se machucou, querida?

– Não, não, não foi nada – respondeu Annabelle prontamente. – Apenas um ou dois arranhões. A culpa foi toda minha. Temo não ter escolhido o sapato adequado para o passeio – disse, estendendo o pé para mostrar a Kendall seu sapato, certificando-se de exibir uns poucos centímetros de tornozelo também.

Kendall estalou a língua, mostrando preocupação.

– Srta. Peyton, precisa de algo muito mais resistente que esses sapatos para um passeio pelo bosque.

– Tem razão. – Ela deu de ombros e continuou sorrindo. – Foi bobagem minha não prever que o terreno fosse tão acidentado. Vou tomar mais cuidado no caminho de volta. Mas esse campo de jacintos é tão maravilhoso que não me importaria em atravessar um bom trecho com samambaias espinhosas para chegar até aqui.

Depois de se agachar para pegar um raminho de jacinto, Kendall cortou um pedaço do caule e prendeu a flor no laço do chapéu dela.

– Não chegam nem aos pés do azul dos seus olhos – disse ele. Seu olhar se voltou para o tornozelo de Annabelle, que já estava coberto de novo pela barra da saia. – No caminho de volta, tome meu braço para evitar mais acidentes.

– Muito obrigada, senhor. – Ela o fitou com admiração. – Temo ter perdido alguns de seus comentários acerca de samambaias. O senhor mencionou algo sobre...os brotos, não foi? Fiquei *totalmente* fascinada.

Kendall começou a explicar gentilmente tudo que se poderia querer saber sobre essas plantas... Depois, quando Annabelle olhou para trás, na direção de Simon Hunt, ele havia desaparecido.

Capítulo 9

– Vamos realmente fazer isso? – perguntou Annabelle com um tom compungido, enquanto as amigas solteironas caminhavam pelo bosque com cestas e maletinhas nas mãos. – Achei que essa história de jogar *rounders* de calças curtas fosse apenas uma brincadeira para darmos risada.

– As Bowmans *jamais* brincam a respeito de *rounders* – observou Daisy. – Isso seria um sacrilégio.

– Você gosta de jogos, Annabelle – disse Lillian, divertida. – E o *rounders* é o melhor jogo de todos.

– Gosto dos que são jogados à mesa – retrucou ela. – Vestida com roupas apropriadas.

– Roupas são superestimadas – retorquiu Daisy em tom frívolo.

Annabelle estava aprendendo que o preço de ter amigas era, de vez em quando, precisar ceder aos desejos do grupo, mesmo quando fossem contrários aos seus. Mesmo assim, de manhã havia tentado trazer Evie para o seu lado, pois não acreditava que ela realmente pretendesse ficar só de calças curtas para quem quisesse ver. Mas Evie estava decidida a seguir os planos das Bowmans, considerando-os, ao que parece, parte de um programa que se impôs para encorajar-se.

– Que-quero me parecer mais com elas – confidenciou a Annabelle. – São tão livres e ousadas. Não têm medo de nada.

Olhando para o rosto ansioso da moça, Annabelle se rendeu com um grande suspiro.

– Ah, está bem. Se ninguém nos vir, acredito que não tenha nada de mais. Embora eu não consiga pensar em como isso poderá ajudar.

– Quem sabe não vai ser di-divertido? – sugeriu Evie, ao que Annabelle respondeu com um olhar eloquente que fez a amiga cair na risada.

O tempo, é claro, resolveu cooperar com os planos das irmãs. O céu estava azul, sem uma nuvem, e soprava uma brisa leve no ar. Carregando cestas, as quatro caminharam por uma estradinha, deixando para trás prados úmidos salpicados de flores vermelhas e violetas de um roxo vivo.

– Fiquem atentas para um poço dos desejos – disse Lillian, entusiasmada. – Nesse ponto temos que cruzar o prado e atravessar o bosque. Há um prado seco no topo da colina. Um dos criados me disse que ninguém vai até lá.

– E é claro que tinha que ser em uma subida – observou Annabelle. – Lillian, como é esse tal poço? É uma daquelas estruturas pequenas caiadas de branco, com um balde e uma roldana?

– Não. É um buraco grande e lamacento no chão.

– Está ali! – exclamou Daisy, correndo até o buraco com água pardacenta, reabastecido por um riachinho próximo. – Venham aqui, precisamos fazer um pedido. Trouxe uns alfinetes para jogarmos lá dentro.

– Como sabia que devia trazer alfinetes? – perguntou Lillian.

Daisy sorriu com uma expressão travessa.

– Bem, ontem de tarde, fui costurar com mamãe e as viúvas e fiz a nossa bola de *rounders*. – Ela tirou a bola de couro de dentro da cesta e a mostrou com orgulho. – Tive que sacrificar um par de luvas de pelica novas para fazê-la, e não foi uma tarefa nada fácil, posso garantir. Seja como for, as senhoras me viram enchê-la com lã e, quando não conseguiu mais se conter, uma delas se aproximou e me perguntou o que eu estava fazendo. É claro que eu não podia dizer que era uma bola de *rounders*. Tenho certeza de que mamãe imaginou, mas estava envergonhada o bastante para dizer qualquer coisa. Então eu disse à viúva que eu estava fazendo uma almofada para alfinetes.

Todas as meninas riram.

– Ela deve ter pensado que aquela era a almofada para alfinetes mais feia do mundo – comentou Lillian.

– Sem dúvida alguma – rebateu Daisy. – Acho que ela ficou morrendo de pena de mim. Tanto que me deu uns alfinetes e disse em voz baixa algo sobre as pobrezinhas das meninas americanas arrogantes que não têm praticamente habilidade alguma. – Com a ponta da unha, ela foi arrancando os alfinetes da bola de couro e distribuindo entre elas.

Annabelle deixou a cesta que levava com ela no chão, pegou um alfinete e fechou os olhos. Sempre que tinha oportunidade ela fazia o mesmo pedido: casar-se com um nobre. Mas curiosamente outra ideia lhe passou pela cabeça bem na hora em que lançou o alfinete no poço.

Desejo poder me apaixonar.

Surpresa com essa ideia ingênua e caprichosa, Annabelle se perguntou como podia ter desperdiçado um desejo com algo tão estúpido.

Ao abrir os olhos, percebeu que as amigas olhavam para o poço com grande solenidade.

– Fiz o pedido errado – comentou ela, impaciente. – Posso fazer outro?

– Não – respondeu Lillian, séria. – Uma vez que você jogou o alfinete, o pedido está feito.

– Mas eu não tinha a intenção de fazer esse pedido em particular – protestou Annabelle. – Ele simplesmente passou pela minha cabeça e não era o que eu tinha planejado.

– Não se queixe, Annabelle – aconselhou Evie. – Você não vai que-querer irritar o espírito do poço.

– Como é?

Evie sorriu ao ver a perplexidade da amiga.

– O espírito que vive no poço. É ele quem se encarrega de cu-cumprir as petições. Mas se o irritar, ele pode querer cobrar um preço terrível para a co-concessão do desejo. Ou pode querer arrastá-la para dentro do poço para que você viva lá para sempre como sua co-consorte.

Annabelle olhou para a água amarronzada. Então, pôs as mãos ao lado da boca para que sua voz saísse mais alta.

– Não precisa conceder o meu desejo repugnante – gritou ao espírito invisível. – Retiro o que disse!

– Não brinque com isso, Annabelle! – exclamou Daisy. – E pelo amor de Deus, afaste-se da borda.

– Você é supersticiosa? – indagou Annabelle com um sorriso.

Daisy a fitou zangada.

– Há uma razão para as superstições existirem, se é que não sabe. Em *algum* momento, *algo* ruim aconteceu a *alguém* que estava de pé bem perto da borda de um poço, exatamente como você agora. – Então ela fechou os olhos e se concentrou antes de lançar seu alfinete na água. – Pronto. Fiz um pedido para você, assim não precisa protestar por ter desperdiçado o seu.

– Mas como sabe o que eu queria?

– O pedido que fiz é para o seu próprio bem – disse Daisy.

Annabelle soltou um grunhido teatral.

– *Odeio* coisas que são para o meu próprio bem.

Depois disso, começaram uma discussão amigável em que cada uma fez sugestões a respeito do que seria melhor para as outras, até que em determinado momento Lillian mandou que parassem com aquilo, pois precisava de silêncio para se concentrar. Elas se calaram tempo suficiente apenas para Lillian e Evie fazerem seus pedidos e então voltaram a caminhar em direção ao bosque. Não demoraram a chegar em um adorável prado gramado e banhado pelo sol, exceto por um dos lados, onde havia uma sombra produzida por um bosque de carvalhos. O ar ameno e puro estava tão fresco que fez Annabelle suspirar de alegria.

– O ar não tem uma sujeirinha – gracejou como se estivesse reclamando. – Nem fumaça de carvão ou poeira das ruas. É tão leve para um londrino... Nem consigo senti-lo nos pulmões.

– Não é tão leve assim – contestou Lillian. – De vez em quando a brisa traz um cheiro bem perceptível de *eau* de ovelha.

– Sério? – Annabelle farejou o ar para ver se a amiga tinha razão. – Não senti nada.

– Isso porque você não tem nariz – observou Lillian.

– Como é que é? – perguntou Annabelle com um ar divertido.

– Bom, seu nariz é normal, como o de todo mundo – explicou Lillian. – Já eu tenho *o nariz*. Um olfato apuradíssimo. Pode me dar qualquer perfume que eu direi quais são seus componentes. É como ouvir um acorde musical e adivinhar todas as notas. Antes de sairmos de Nova York até ajudei a desenvolver uma fórmula para um sabonete perfumado da fábrica do meu pai.

– Acha que poderia criar um perfume? – perguntou Annabelle, fascinada.

– Ouso dizer que poderia criar um excelente perfume – respondeu Lillian, confiante. – No entanto, as pessoas que trabalham nessa indústria o depreciariam, pois considera-se que o termo "perfume americano" seja um paradoxo... E ainda por cima sou mulher, o que desqualifica a habilidade do meu nariz.

– Quer dizer que os homens têm olfato melhor do que as mulheres?

– Eles com certeza acham que sim – observou Lillian tirando da cesta uma toalha de piquenique estampada. – Chega de falar de homens e suas protuberâncias. Vamos sentar um pouco ao sol?

– Vamos ficar bronzeadas – previu Daisy, deixando-se cair em uma das pontas da toalha com um suspiro de prazer. – O que vai fazer mamãe ter um faniquito.

– O que é um faniquito? – indagou Annabelle, divertida com o vocábulo incomum. Sentou-se ao lado de Daisy. – Podem me chamar se ela tiver um? Tenho curiosidade de saber como é.

– Mamãe os tem o tempo todo – assegurou-lhe Daisy. – Não se preocupe, você vai se familiarizar totalmente com faniquitos antes de irmos embora de Hampshire.

– Não deveríamos comer antes de jogar – censurou Lillian ao ver Annabelle levantar a tampa da cesta de piquenique.

– Estou com fome – disse Annabelle, olhando tristonha para a cesta cheia de frutas, queijos, patês, fatias grossas de pão e vários tipos de salada.

– Você está sempre com fome – observou Daisy dando uma risada. – Para uma pessoa tão baixinha, seu apetite é considerável.

– Baixinha? Eu? – contestou Annabelle. – Se você tiver uma fração de centímetro acima de um metro e cinquenta e três, vou comer essa cesta de piquenique.

– Então, é melhor começar a mastigar – rebateu Daisy. – Fique sabendo que tenho um metro e cinquenta e cinco.

– Annabelle, se eu fosse você não começaria abocanhando a alça ainda – intrometeu-se Lillian com um ligeiro sorriso. – Daisy sempre fica na pontinha dos pés quando é medida. A pobre costureira teve que refazer as bainhas de quase uma dúzia de vestidos graças à negação da minha irmã em admitir que é baixa.

– Não sou baixa – murmurou Daisy. – As mulheres baixas nunca são misteriosas nem elegantes, nem são cortejadas por homens bonitos. São sempre tratadas como crianças. Eu me recuso a ser baixa.

– Talvez você não seja misteriosa ou elegante – observou Evie –, mas é muito bo-bonita.

– E você é muito querida – respondeu Daisy, inclinando-se para a frente a fim de alcançar a cesta. – Pronto, vamos alimentar a pobre Annabelle... Estou ouvindo o estômago dela roncar.

Passaram ao lanche com entusiasmo. Depois, deitaram-se prazerosamente na toalha e ficaram observando as nuvens, conversando sobre tudo e sobre nada. Quando o assunto morreu e houve um momento de silêncio satisfatório, um pequeno esquilo-vermelho se aventurou para fora do bosque de carvalhos, parou de lado e ficou observando as meninas com um dos brilhantes olhinhos pretos.

– Um intruso! – exclamou Annabelle, dando um bocejo delicado.

Evie ficou de bruços e lançou um pedacinho de pão na direção do esquilo. Imóvel, ele contemplava a oferta tentadora, mas era tímido demais para se aproximar. Evie inclinou a cabeça e seu cabelo reluziu ao sol como se estivesse coberto por rubis.

– Pobrezinho – disse ela bem baixinho, lançando outro pedaço para o esquilo desconfiado. O pão parou poucos centímetros mais perto, ao que o bichinho contraiu o rabo de jeito ansioso. – Seja corajoso – incentivou Evie. – Vá pegar. – Com um sorriso tolerante, lançou mais um pedaço, que caiu bem mais perto do alvo. – Ora vamos, Sr. Esquilo – repreendeu a moça. – Que covarde. Não está vendo que ninguém vai machucá-lo?

Em uma súbita explosão de iniciativa, o bichinho pegou o petisco e saiu correndo e agitando o rabo. Evie ergueu a cabeça com um sorriso triunfante estampado no rosto e percebeu que as amigas a observavam em silêncio e de queixo caído.

– O-o-o que foi? – perguntou, intrigada.

Annabelle foi a primeira a falar.

– Ainda agora, quando estava falando com aquele esquilo, você não gaguejou.

– Ah. – Subitamente envergonhada, Evie baixou os olhos e fez uma careta. – Nunca gaguejo quando estou falando com crianças e animais. Não sei por quê.

As outras ponderaram sobre essa informação surpreendente por um momento.

– Notei também que você gagueja muito pouco quando fala comigo – observou Daisy.

Lillian, é claro, foi incapaz de segurar um comentário.

– Em que categoria você se encaixa, querida? Na das crianças ou na dos animais?

Daisy respondeu com um gesto de mão completamente desconhecido para Annabelle. Esta, aliás, estava prestes a perguntar a Evie se ela já consultara um médico a respeito da gagueira, mas a amiga rapidamente mudou de assunto.

– Onde está a bo-bola de *rounders*, Daisy? Se não começarmos a jogar logo, vou acabar dormindo.

Ao perceber que Evie não queria falar de sua gagueira, Annabelle reforçou o pedido.

– Acho que, se realmente vamos jogar, agora é um momento tão bom quanto qualquer outro.

Enquanto Daisy revirava a cesta em busca da bola, Lillian tirou um objeto de sua própria maleta.

– Vejam o que eu trouxe – disse toda satisfeita.

Daisy ergueu a cabeça e soltou uma sonora gargalhada.

– Um taco de verdade! – exclamou ela, olhando admirada para o objeto com um lado plano. – Estava achando que precisaríamos usar um pedaço de pau velho. De onde tirou isso, Lillian?

– Peguei emprestado de um dos cavalariços. Parece que sempre que podem eles dão uma fugida para jogar *rounders*. São bem apaixonados pelo jogo.

– Quem não seria? – perguntou retoricamente Daisy, começando a desabotoar o corpete. – Por Deus, com o calor que está fazendo vai ser um prazer tirar todas essas camadas de roupa.

Enquanto as irmãs Bowmans tiravam o vestido de forma casual, como se estivessem acostumadas a se despir em público, Annabelle e Evie ficaram olhando uma para a outra hesitantes.

– Desafio você – murmurou Evie.

– Ai, meu Deus – respondeu Annabelle em tom aflito e começou a desabotoar o próprio vestido.

Tinha descoberto um traço inesperado de vergonha que fez o rosto dela corar. No entanto, não ia se acovardar quando até Evie Jenner estava disposta a participar daquela rebelião contra o decoro. Puxando as mangas do vestido, levantou-se e deixou que o pesado tecido caísse formando um amontoado de pano amassado a seus pés. Só de anágua, calçolas e corpete, com os pés cobertos apenas por meias e sapatos finos, ela sentiu uma brisa soprar nas axilas umedecidas de suor e arrepiou-se com satisfação.

As outras moças se levantaram e tiraram os vestidos, formando no chão o que pareciam ser gigantescas flores exóticas.

– Pegue! – exclamou Daisy jogando a bola para Annabelle, que a agarrou com um reflexo.

Caminharam para o centro do prado, jogando a bola umas para as outras. Evie era a que tinha mais dificuldade para jogar e pegar a bola, embora estivesse claro que sua falta de jeito tinha a ver com inexperiência e não com habilidade. Annabelle, por sua vez, tinha um irmão mais novo e frequentemente jogava com ele, por isso se mostrou mais familiarizada com o jogo.

A sensação de caminhar ali sem sentir o peso das saias nas pernas era estranha e libertadora.

– Acredito que seja isso que os homens sentem – comentou Annabelle, pensando em voz alta – quando caminham para lá e para cá de calças compridas. Eu quase poderia invejar essa liberdade.

– Quase? – indagou Lillian com um sorriso. – Eu *sem dúvida alguma* os invejo. Não seria maravilhoso se as mulheres pudessem usar calças?

– Eu nã-não apreciaria nada disso – disse Evie. – Morreria de vergonha se um homem visse as formas das minhas pernas e o meu... – hesitou, buscando nitidamente um termo com o qual pudesse nomear partes inconfessáveis – ... e outras coisas – finalizou, com um fiozinho de voz.

– Sua chemise está em um estado lastimável, Annabelle – observou Lillian com súbita franqueza. – Não pensei em lhe dar roupas de baixo, embora devesse ter me dado conta...

Annabelle deu de ombros, mostrando-se pouco preocupada com aquilo.

– Não importa. Esta vai ser a única ocasião em que alguém vai vê-las.

Daisy olhou para a irmã mais velha.

– Lillian, somos abominavelmente míopes. Acho que Annabelle teve azar no quesito fadas madrinhas.

– Não reclamei – disse Annabelle, rindo. – E, até onde sei, nós quatro estamos andando na mesma abóbora.

Depois de mais alguns minutos praticando e de uma breve discussão sobre as regras do *rounders*, elas tiraram as cestas vazias do meio do caminho e começaram o jogo.

Annabelle ficou parada exatamente no ponto chamado de "Castle Rock".

– Vou mandar a bola para ela – avisou Daisy para a irmã – e você pega.

– Mas eu tenho um arremesso melhor do que o seu – resmungou Lillian, postando-se atrás de Annabelle.

Com o taco sobre o ombro, Annabelle fez o movimento para bater na bola arremessada por Daisy. Ela não conseguiu acertá-la e o taco saiu voando, formando um arco perfeito no ar. Atrás dela, Lillian pegou a bola com a maior habilidade.

– Foi uma bela tentativa – encorajou Daisy. – Não deixe de olhar para a bola quando ela vier na sua direção.

– Não estou acostumada a ficar parada com objetos sendo arremessados em mim – disse Annabelle, brandindo o taco de novo. – Quantas vezes eu posso tentar?

– No *rounders*, o batedor tem um número infinito de jogadas – respondeu Lillian atrás dela. – Tente outra vez, Annabelle... Mas agora, imagine a bola indo direto no nariz do Sr. Hunt.

Annabelle aceitou a sugestão com prazer.

– Prefiro apontar para uma protuberância que fica mais abaixo dessa – observou e balançou o corpo esperando um novo lançamento de Daisy.

Dessa vez, a parte plana do taco golpeou a bola em cheio. Deixando escapar um grito de alegria, Daisy foi correndo atrás da bola, enquanto Lillian, que gargalhava, gritou:

– Corra, Annabelle!

Ela correu, soltando também uma gargalhada triunfante, contornando as cestas que delimitavam o campo e voltando para o Castle Rock.

Daisy pegou a bola e lançou para Lillian, que a pegou no ar.

– Fique na terceira base, Annabelle – orientou Lillian. – Vamos ver se Evie consegue levar você de volta ao Castle Rock.

Aparentando nervosismo, mas determinada, Evie pegou o taco e se posicionou no lugar do batedor.

– Finja que a bola é sua tia Florence – aconselhou Annabelle, fazendo surgir um sorriso no rosto da amiga.

Daisy lançou uma bola lenta e fácil enquanto Evie balançava o taco. Ela errou e a bola acabou chegando às mãos de Lillian, que a lançou de volta para a irmã e depois reposicionou Evie.

– Separe mais os pés e flexione um pouco os joelhos – murmurou. – Isso, muito bem. Agora não deixe de olhar para a bola enquanto ela se aproxima e vai ver que não erra.

Infelizmente Evie falhou de novo, e de novo, e mais uma vez, até seu rosto ficar rosa de frustração.

– É mu-muito difícil – reclamou, com a testa franzida de preocupação. – Talvez fosse melhor eu parar agora e dar a vez para outra pessoa.

– Tente só mais algumas vezes – pediu Annabelle, inquieta, mas decidida a fazer com que Evie acertasse a bola pelo menos uma vez. – Não estamos com pressa.

– Não desista! – exclamou Daisy, se metendo na conversa. – É que você está se esforçando demais, Evie. Relaxe... E não feche mais os olhos quando for bater.

– Você consegue – disse Lillian, afastando uma mecha de cabelo escuro e sedoso da testa e flexionando os braços magros e tonificados. – Quase conseguiu da última vez. A única coisa que tem que fazer é *não... tirar... os olhos da bola*.

Com um suspiro resignado, Evie arrastou o taco de volta para o Castle Rock e o ergueu mais uma vez. Estreitou os olhos azuis ao fitar Daisy e se preparou para receber o arremesso seguinte.

– Estou pronta.

Daisy jogou a bola com força e Evie balançou o taco com firme determinação. Annabelle sentiu um estremecimento de satisfação ao ver o taco golpear com força a bola, que disparou no ar, indo cair bem longe, no bosque de carvalhos. Todas gritaram de alegria com aquela esplêndida tacada. Atônita com seu feito, Evie começou a dar pulos de alegria e a gritar:

– Consegui! Eu consegui!

– Corra em volta das maletas! – gritou Annabelle, que voltou depressa para o Castle Rock.

Toda contente, Evie deu a volta no campo improvisado tão depressa que suas roupas mais pareciam um borrão branco. Quando chegou ao Castle Rock, suas amigas continuaram a pular e gritar de alegria, já sem muito motivo a não ser pelo fato de serem jovens e saudáveis e de estarem satisfeitas consigo mesmas.

De repente, Annabelle percebeu um vulto escuro subindo depressa a colina. Ficou em silêncio no mesmo instante ao descobrir que havia um – um não, dois cavaleiros se aproximando do prado.

– Está vindo alguém! – avisou. – Dois cavaleiros. Depressa, vamos pegar nossas roupas.

Seu sussurro alarmado interrompeu a alegria das outras meninas. Elas se entreolharam de imediato, atônitas, e ficaram em pânico. Gritando, Daisy e Evie correram até os restos do piquenique, onde tinham deixado seus vestidos.

Annabelle já ia segui-las, mas parou e se virou abruptamente quando os cavaleiros ribombaram atrás dela. Fitou-os com cautela, tratando de avaliar o perigo que podiam apresentar. Fixando o olhar no rosto deles, sentiu um estremecimento quando os reconheceu.

Lorde Westcliff... e o que era ainda pior... Simon Hunt.

Capítulo 10

Ao deparar com o espanto de Hunt, Annabelle não conseguiu desviar os olhos dos dele. Era como um desses pesadelos dos quais nos livramos com uma sensação de alívio ao acordar por saber que algo tão terrível nunca poderia ter acontecido. Se não estivesse em uma situação tão comprometedora, poderia ter se divertido por ver Simon Hunt absolutamente sem palavras. A princípio, o rosto dele estava inexpressivo, como se estivesse com uma enorme dificuldade de assimilar o fato de que ela se encontrava parada ali na sua frente vestida apenas com chemise, espartilho e calças curtas. O olhar de Hunt percorreu o corpo dela lentamente até chegar ao rosto ruborizado de Annabelle.

Depois de uns instantes de silêncio sufocante, Hunt engoliu em seco e perguntou em tom grave:

– Eu provavelmente não deveria perguntar, mas que diabos estão fazendo?

Essas palavras tiraram Annabelle de sua paralisia. Ela não podia simplesmente ficar ali conversando com ele vestida apenas com as roupas de baixo. Mas sua dignidade, ou o fiozinho que restava dela, exigiu que não soltasse um gritinho estúpido antes de correr para vestir suas roupas como faziam Evie e Daisy. Contentando-se com essa ideia, foi depressa até seu vestido e o pôs diante de si, virando-se de frente de novo para Simon Hunt.

– Estávamos jogando *rounders* – explicou, percebendo que sua voz estava muito mais aguda do que de costume.

Hunt olhou ao redor antes de voltar a encará-la.

– E por que vocês...?

– Não se pode correr direito de saias – interrompeu Annabelle. – Imaginei que fosse óbvio.

Ao ouvir isso, Hunt desviou os olhos depressa, mas não antes de Annabelle notar no rosto dele o brilho de um sorriso.

– Como nunca tentei, vou ter que confiar na sua palavra a respeito disso.

Atrás dela, pôde-se ouvir Daisy recriminar a irmã.

– Achei que você tivesse dito que ninguém jamais vinha a esse prado!

– Foi o que me disseram – retrucou Lillian com uma voz abafada entrando no vestido e o puxando para cima.

O conde, que permanecera mudo até então, manteve deliberadamente os olhos fixos em um ponto distante quando disse de um jeito controlado:

– Sua informação estava correta, Srta. Bowman. Este prado geralmente não é frequentado.

– Bem, então, por que estão aqui? – perguntou Lillian em tom de acusação, como se fosse ela, e não Westcliff, a dona da propriedade.

A pergunta conseguiu fazer a cabeça do conde se voltar para ela com espantosa velocidade. Ele lançou um olhar incrédulo à moça americana antes de virar o rosto novamente.

– Nossa presença aqui é uma mera coincidência – disse com frieza. – Quis dar uma olhada na parte noroeste da minha propriedade – acrescentou, dando ênfase sutil, mas inconfundível, à palavra *minha*. – Quando o Sr. Hunt e eu estávamos percorrendo o caminho, ouvimos seus gritos. Achamos então melhor investigar e nos aproximamos com a intenção de oferecer ajuda, se fosse necessário. Mal sabia eu que as senhoritas estariam usando esse prado para... para...

– Jogar *rounders* de calças curtas – concluiu Lillian toda solícita, passando os braços pelas mangas do vestido.

O conde parecia incapaz de repetir aquela frase ridícula. Virou o cavalo e falou secamente:

– Planejo sofrer de amnésia nos próximos cinco minutos. Antes disso, gostaria de sugerir que se abstenham de quaisquer atividades futuras que envolvam nudez ao ar livre, pois os próximos transeuntes que as encontrem desse jeito podem não ser tão indiferentes quanto o Sr. Hunt e eu.

Apesar do constrangimento, Annabelle teve que se segurar para não rir ceticamente ao ouvir o comentário do conde a respeito da suposta indiferença de Hunt e até mesmo da própria. Hunt sem dúvida tinha conseguido dar uma bela espiada nela. E embora o escrutínio de Westcliff tenha sido mais sutil, não lhe passou despercebido o olhar minucioso que ele dirigiu a Lillian antes de virar o cavalo. No entanto, à luz de seu estado atual de nudez, aquele não era o momento adequado para expor o comportamento hipócrita de Westcliff.

– Obrigada, senhor – disse ela com uma calma que lhe agradou bastante. – E agora, depois desse excelente conselho, gostaria de lhes pedir um pouco de privacidade para que possamos nos recompor.

– Com prazer – grunhiu Westcliff.

Antes de partir, Simon Hunt não conseguiu deixar de olhar para trás e ver Annabelle segurando o vestido na frente do corpo. Apesar da aparente serenidade, a impressão que dava é que o vermelho no rosto dele havia se intensificado – e o olhar abrasador vindo de seus olhos negros não deixava qualquer dúvida. Annabelle desejava ter presença de espírito suficiente para devolver o olhar com uma fria indiferença, mas em vez disso se sentia ruborizada, desgrenhada e completamente desequilibrada. Ele parecia prestes a lhe dizer algo, mas se conteve e murmurou baixinho, com um sorriso de desprezo por si mesmo. Seu cavalo bateu as patas no chão e bufou impaciente, quando Hunt o virou e o fez galopar atrás de Westcliff, que já estava do outro lado do prado.

Envergonhada, Annabelle se voltou para Lillian, que estava vermelha, mas aparentava grande autodomínio.

– De todos os homens que poderiam ter nos encontrado aqui – comentou Annabelle com desagrado –, *precisava* ser logo esses dois?

– É de admirar tamanha arrogância – comentou Lillian secamente. – Deve ter levado anos para cultivá-la.

– A quem você está se referindo? Ao Sr. Hunt ou a lorde Westcliff?

– Aos dois. Embora a arrogância do conde ultrapasse em muito a do Sr. Hunt. O que, a meu ver, é uma façanha e tanto.

Elas se entreolharam compartilhando uma cara de desdém pelos visitantes e, de repente, Annabelle caiu na gargalhada.

– Eles ficaram surpresos, não foi?

– Não tanto quanto nós – respondeu Lillian. – O que importa agora é saber se seremos capazes de encará-los de novo.

– Como eles voltarão a nos encarar? – rebateu Annabelle. – Nós estávamos cuidando das nossas próprias vidas. *Eles* é que vieram se intrometer!

– Você tem razão... – começou Lillian, mas parou quando ouviu um som de asfixia vindo do local onde tinham comido. Evie se retorcia sobre a toalha, enquanto Daisy a observava com as mãos na cintura.

Annabelle correu até elas e, consternada, perguntou a Daisy:

– O que está acontecendo?

– O constrangimento foi muito para ela – disse Daisy. – A ponto de ter um ataque.

Evie rolava sobre a toalha, com um guardanapo escondendo o rosto, e suas orelhas tinham adquirido um tom de beterraba em conserva. Quanto mais ela tentara conter as gargalhadas, pior tinham ficado, até que ela começou a engasgar em meio aos risos. De algum modo, conseguiu pronunciar umas palavras.

– Que introdução aca-ca-chapante aos esportes campestres!

Depois voltou a dar gargalhadas entre espasmos enquanto as outras três a fitavam.

Daisy lançou um olhar significativo a Annabelle.

– *Isso* – informou – é um faniquito.

~

Simon e Westcliff cavalgaram a toda pelo prado e reduziram o passo quando entraram no bosque e seguiram pela trilha que serpenteava em meio às árvores. Já tinham se passado uns dois minutos e nenhum deles parecia inclinado a falar ou mesmo capaz de fazê-lo. A mente de Simon estava repleta de imagens de Annabelle Peyton, de suas curvas notáveis cobertas por uma roupa de baixo desgastada, que encolhera depois de sucessivas lavagens. Ainda bem que não haviam se encontrado sozinhos nessas circunstâncias, pois estava certo de que não teria sido capaz de afastar-se dela sem cometer alguma barbaridade.

Em toda a sua vida, Simon jamais experimentara um desejo tão forte como o que sentiu ao ver Annabelle semidespida no prado. Seu corpo inteiro foi inundado pelo impulso de desmontar do cavalo, tomá-la nos braços e levá-la ao lugar mais próximo em que a relva fosse suave. Não podia imaginar uma tentação maior do que a visão do corpo voluptuoso de Annabelle, de sua pele sedosa em que se mesclavam tons de creme e rosa, o cabelo castanho com brilhos dourados do sol. Ela estava encantadoramente envergonhada, ruborizada por inteiro. Ele queria arrancar toda aquela roupa com os dentes e os dedos e depois beijá-la da cabeça aos pés, saboreando aqueles lugares doces e macios que...

– Não – murmurou ao sentir o sangue ferver em suas veias.

Não poderia se permitir continuar com essa linha de pensamento, ou o túmido desejo que pulsava entre as pernas faria com que o resto do percurso a cavalo fosse bem desconfortável. Quando conseguiu controlá-lo, Simon olhou para Westcliff, que estava com ar ensimesmado. Aquilo era bem incomum para o conde, que não era do tipo que ficava pensativo daquele modo.

Os dois eram amigos havia pelo menos cinco anos, dado que tinham sido apresentados em um jantar oferecido por um prestigioso político conhecido de ambos. O pai autocrático de Westcliff acabara de morrer, deixando Marcus, o novo conde, encarregado de cuidar dos negócios da família. O rapaz descobriu que as finanças familiares estavam superficialmente sanadas, entretanto com problemas graves quando analisadas em profundidade, quase como um paciente com uma doença terminal, mas que ainda aparentasse saúde. Alarmado com as perdas constantes refletidas nos livros de contabilidade, o novo conde de Westcliff havia chegado à conclusão de que precisaria empreender mudanças drásticas. Estava decidido a evitar o destino de outros nobres que passavam a vida administrando uma herança de família cada vez menor. À diferença dos romances vitorianos que descreviam inúmeros nobres que perdiam sua riqueza nas mesas de jogos, a realidade era que a moderna aristocracia, em geral, não podia ser considerada tão imprudente ao administrar suas finanças, era mais uma questão de inépcia. Investimentos conservadores, pontos de vista antiquados e arranjos fiscais desastrosos foram erodindo aos poucos a riqueza da aristocracia e permitindo que uma nova e próspera classe social de homens dedicados ao comércio alçasse voo aos mais altos níveis da sociedade. Quem quer que escolhesse não considerar as influências da ciência e os avanços industriais na economia podia ter certeza de que seria deixado para trás nesse despertar turbulento – e Westcliff não tinha o menor interesse em ser incluído nessa categoria.

Quando Simon e Westcliff ficaram amigos, não havia qualquer dúvida de que usavam um ao outro para obter algo que queriam. Westcliff queria contar com o tino para finanças de Simon, e este desejava ter seu acesso franqueado ao mundo da classe privilegiada. Mas, à medida que foram se conhecendo melhor, tornou-se evidente a afinidade dos dois em diversos aspectos. Ambos eram cavaleiros e caçadores agressivos e necessitavam de frequente e intensa atividade física para descarregar o excesso de energia. Eram também intransigentemente honestos, embora Westcliff possuísse meios apropriados de conseguir que sua sinceridade fosse mais palatável. Nenhum dos dois era o tipo de homem que se sentava por horas para falar sobre poesia e questões sentimentais. Preferiam lidar com fatos concretos e, portanto, discutiam sobre negócios atuais e futuros com o maior prazer.

Como Simon era convidado regularmente para ir a Stony Cross e um visitante assíduo da Marsden Terrace, a casa de Westcliff em Londres, os amigos do conde pouco a pouco o admitiram no círculo de amizade deles. Foi uma agradável surpresa para Simon descobrir que não era o único plebeu entre os mais chegados de Westcliff. O conde parecia preferir a companhia de homens cuja visão de mundo havia sido moldada fora dos muros das propriedades senhoriais. Na verdade, Westcliff chegara até a afirmar, em algumas ocasiões, que renunciaria a seu título, se fosse possível, já que não aprovava a ideia de uma aristocracia hereditária. Simon não tinha dúvidas de que a declaração de Westcliff era sincera, mas, ao que parecia, jamais havia ocorrido ao conde que os privilégios da aristocracia, com todo o poder e as responsabilidades que deles resultavam, eram uma parte inata sua. Como herdeiro do mais antigo e respeitado condado da Inglaterra, Marcus, o lorde Westcliff, nascera para cumprir as exigências do dever e da tradição. Levava uma vida bem-organizada e estritamente programada, e era um dos homens mais autocontrolados que Simon já tinha conhecido.

Naquele instante, o conde e sua habitual cabeça fria pareciam bastante perturbados, mais do que a situação exigia.

– Droga! – exclamou ele afinal. – Faço negócios ocasionais com o pai dela. Como vou encarar Thomas Bowman sem me lembrar que já vi sua filha em trajes íntimos?

– Filhas – corrigiu Simon. – As duas estavam lá.

– Só reparei na mais alta.

– Lillian?

– Isso, ela mesma. – Westcliff franziu o cenho. – Por Deus, não é de admirar que continuem solteiras. São umas pervertidas, mesmo para os padrões americanos. E o modo como ela se dirigiu a mim, como se fosse eu que devesse me envergonhar por interromper sua diversão depravada...

– Westcliff, está soando um tanto moralista – interrompeu-o Simon, divertindo-se com a veemência do conde. – Umas poucas meninas inocentes em um prado não é algo que possa ser considerado o fim da civilização tal como a conhecemos. Se fossem moças da plebe, você não estaria pensando desse jeito. Que conversa fiada, você provavelmente teria é se juntado a elas. Já o vi fazer coisas com suas amantes em festas e bailes que...

– Bem, elas não são plebeias, não é verdade? São jovens

damas, ou pelo menos deveriam ser. Por que, em nome de Deus, um grupo de damas *não casadas* estaria se comportando dessa forma?

Simon sorriu ao ouvir o tom ofendido do amigo.

– Minha impressão é a de que se uniram justamente por causa do estado civil que compartilham. Durante a maior parte da temporada passada elas ficaram lá sentadas sem falar uma com a outra, mas parece que recentemente resolveram se tornar amigas.

– Para quê? – perguntou o conde com profunda suspeita.

– Talvez só estejam tentando se divertir? – sugeriu Simon, interessado no nível de objeção que Westcliff apresentava com relação ao comportamento das meninas.

Lillian Bowman, em particular, parecia tê-lo incomodado bastante. E isso era algo incomum para o conde, que sempre tratou as mulheres de modo apático e com tranquilidade. Até onde Simon sabia, apesar da quantidade de mulheres que o perseguiam dentro e fora da cama, Westcliff nunca deixara de lado sua indiferença. Até agora.

– Se é assim, deveriam estar bordando, ou fazendo o que quer que damas fazem para se divertir – grunhiu o conde. – Ao menos deveriam encontrar um hobby em que não houvesse a necessidade de correrem nuas pelo campo.

– Elas não estavam nuas – observou Simon. – Para minha extrema tristeza.

– Esse comentário me impele a dizer uma coisa – comentou Westcliff. – Como sabe, não sou muito chegado a dar conselhos quando não me pedem...

Simon o interrompeu com uma gargalhada.

– Westcliff, duvido que tenha passado um só dia da sua vida sem dar conselhos a alguém sobre alguma coisa.

– Só dou um conselho quando se faz obviamente necessário – retrucou o conde de cara amarrada.

Simon lançou-lhe um olhar irônico.

– Despeje em mim, então, sua sabedoria, pois parece que precisarei ouvi-lo, querendo ou não.

– Trata-se da Srta. Peyton. Se for inteligente, dissipe todas as suas intenções em relação a ela. É uma mulher superficial, além de ser a criatura mais egoísta que já conheci. A fachada é bonita, admito... Mas, na minha opinião, não há nada por baixo que seja recomendável. Não tenho dúvidas de que está pensando em fazer dela sua amante, caso a tentativa com Kendall não resulte em êxito. Eu o aconselho a não fazer isso. Há mulheres que têm muitíssimo mais a oferecer a você.

Simon deixou passar um instante antes de responder. Seus sentimentos por Annabelle Peyton eram desconfortavelmente complexos. Ele a admirava, gostava dela e não tinha o direito de julgá-la com dureza por ter se tornado amante de outro homem. No entanto, e apesar de tudo, a possibilidade concreta de ela ter se deitado com Hodgeham lhe provocava um misto de inveja e raiva que o deixava atônito.

Depois de ouvir o que lorde Burdick andava espalhando, um boato de que Annabelle tinha se tornado amante de lorde Hodgeham, Simon não conseguiu deixar de investigar tal afirmação. Pediu a seu pai, que mantinha os livros de contabilidade escrupulosamente organizados, para ver se alguém tinha lhe dado dinheiro a fim de pagar as dívidas dos Peytons no açougue. Seu pai confirmou, sem deixar margens para qualquer dúvida, que lorde Hodgeham acertara de vez em quando as contas da família. Apesar de não provar nada conclusivamente, isso aumentava ainda mais a possibilidade de Annabelle ter mesmo se tornado amante de Hodgeham. As evasivas da moça durante a conversa que tiveram na manhã anterior não ajudaram muito a desmentir tal boato.

Evidentemente a situação da família Peyton era desesperadora. Porém, o motivo de Annabelle ter recorrido a um sujeito velho e gordo como Hodgeham para ajudá-los era um mistério. Por outro lado, muitas escolhas que fazemos na vida, sejam boas ou más, são resultado de uma decisão de momento. Talvez Hodgeham tenha aparecido numa hora em que as defesas de Annabelle estivessem mais fracas e ela se deixou convencer a se entregar ao velho asqueroso em troca do dinheiro que ela tanto precisava.

Ela não tinha nem botinas para caminhar. *Santo Deus*. A generosidade de Hodgeham devia ser insignificante, pois, apesar dos poucos vestidos novos, Annabelle não tinha condições de comprar sapatos decentes ou roupas íntimas que substituíssem as suas já esfarrapadas. Se ela precisava ser amante de alguém, podia muito bem ser sua; pelo menos receberia uma recompensa adequada pelos favores prestados. Obviamente era muito cedo para abordar uma questão como essa. Teria que esperar com paciência ela tentar arrancar uma proposta de casamento de lorde Kendall. E ele não pretendia fazer nada que prejudicasse suas possibilidades de conseguir isso. Mas, se ela falhasse com Kendall, queria se aproximar dela fazendo uma oferta muito melhor do que a que tinha atualmente com Hodgeham.

Quando imaginou Annabelle deitada nua em sua cama, Simon sentiu o túmido desejo se reacender e lutou para retomar o fio da conversa.

– Por que lhe parece que tenho algum interesse pela Srta. Peyton? – perguntou em tom evasivo.

– Pelo fato de quase ter caído do cavalo quando a viu de roupas íntimas.

O comentário fez Simon dar um sorriso relutante.

– Tendo uma fachada como aquela, não dou a mínima para o que está por baixo.

– Pois deveria – retrucou o conde, enfático. – A Srta. Peyton é uma rapariga que só pensa em si mesma como se é que um dia vi igual.

– Westcliff – disse Simon de forma amistosa. – Já lhe ocorreu alguma vez que possa ocasionalmente estar errado? Sobre algo sequer?

O conde pareceu perplexo com a pergunta.

– Na verdade, não.

Simon balançou a cabeça com um sorriso pesaroso e esporeou o cavalo para acelerar o passo.

CAPÍTULO 11

No caminho de volta para a mansão de Stony Cross, Annabelle começou a sentir uma dor bem desconfortável no tornozelo. Devia tê-lo torcido durante o jogo, embora não se lembrasse do momento exato em que teria acontecido. Suspirou fundo, ergueu a cesta que carregava e apressou o passo para ficar perto de Lillian, que tinha um ar pensativo. Daisy e Evie estavam alguns metros atrás delas, envolvidas em uma conversa séria.

– Com o que está preocupada? – perguntou a Lillian em voz baixa.

– Com o conde e o Sr. Hunt... Você acha que eles vão contar a alguém que nos viram esta tarde? Seria péssimo para a nossa reputação.

– Não acho que Westcliff faria isso – respondeu Annabelle depois de refletir por um instante. – Estou inclinada a acreditar naquela observação que fez sobre a amnésia. Ele não me parece um homem dado a fofocas.

– E o Sr. Hunt?

Annabelle franziu o cenho.

– Não sei. Não pude deixar de notar que ele não fez qualquer promessa sobre manter silêncio. Suponho que ficará de boca fechada se achar que pode ganhar algo com isso.

– Nesse caso, é você quem vai ter que pedir isso a ele. Assim que o vir esta noite no baile, você deve fazê-lo prometer que não vai contar a ninguém a respeito do nosso jogo de *rounders*.

Ao lembrar-se do baile que aconteceria na mansão naquela noite, Annabelle gemeu. Era quase certo, quer dizer, era certo que não seria capaz de enfrentar Hunt depois do que acontecera. No entanto, Lillian tinha razão. Não podia simplesmente achar que Hunt ficaria em silêncio. Precisaria falar com ele, embora essa perspectiva não lhe agradasse em nada.

– E por que eu? – perguntou, já sabendo a resposta.

– Porque Hunt gosta de você. Todo mundo sabe disso. Ele se mostrará muito mais inclinado a fazer algo se for você quem lhe pedir.

– Ele não vai fazer nada sem algo em troca – murmurou Annabelle, sentindo o tornozelo latejar ainda mais. – E se me propuser algo inapropriado?

Sua pergunta foi seguida por uma longa pausa.

– Vai ter que lhe dar algum prêmio de consolação – emendou Lillian.

– Que tipo de prêmio? – indagou Annabelle, desconfiada.

– Bom, que tal permitir que ele lhe dê um beijo se isso for mantê-lo calado?

Atônita por perceber que Lillian podia dizer uma coisa daquela de forma tão indiferente, Annabelle respirou fundo e exclamou:

– Meu Deus, Lillian! Não posso fazer isso!

– Por que não? Já beijou outros homens antes, não?

– Já, mas...

– Todos os lábios são iguais. Só trate de se assegurar que ninguém veja e que seja rápido. Assim o Sr. Hunt ficará satisfeito e nosso segredo estará a salvo.

Annabelle balançou a cabeça dando uma risada nervosa, enquanto seu coração acelerava só de pensar na ideia. Não podia deixar de se lembrar do beijo secreto de tanto tempo atrás no teatro panorâmico, dos segundos de devastadora comoção sensual que a deixaram abalada e sem palavras.

– Você só precisará deixar bem claro que tudo o que ele vai ter de você é um beijo – prosseguiu Lillian –, e que só acontecerá uma vez.

– Perdoe-me se estou jogando areia no seu plano... Mas ele fede como peixe podre. *Nem* todos os lábios são iguais. Não se forem os do rosto de Simon Hunt! Ele nunca ficaria satisfeito com algo tão trivial quanto um beijo, e eu não poderia oferecer nada além disso.

– Você realmente acha o Sr. Hunt tão repulsivo? – indagou Lillian como quem não quer nada. – Na verdade, ele não é tão ruim assim. Eu até diria que o acho bonito.

– Eu o acho tão insuportável que jamais reparei em sua aparência. Mas devo admitir que ele é... – Confusa, ficou em silêncio pensando naquela pergunta com um novo e inquietante rigor.

Objetivamente falando, se é que era possível ser objetiva a respeito de Simon Hunt, devia admitir que ele era um homem bem-apessoado. A palavra "bonito" era usada em geral para pessoas com traços proporcionais e constituição elegante. Mas ele redefinia o termo com seu semblante anguloso, olhos audaciosos, um nariz de características marcantes, sem dúvida bem masculino, e lábios carnudos, que sempre ostentavam um sorriso irreverente. Mesmo sua estatura e força muscular pouco comum pareciam lhe cair muito bem, como se a natureza tivesse reconhecido que ele não era uma criatura que se conformaria com meias medidas.

Simon Hunt tinha feito com que ela se sentisse desconfortável desde que se conheceram. Apesar de nunca tê-lo visto de outra forma que não impecavelmente vestido e cheio de autocontrole, sempre teve a sensação de que Hunt era, na melhor das hipóteses, domesticado. Seus instintos mais profundos lhe diziam que sob a fachada de zombaria havia um homem capaz de sentir uma paixão tão profundamente alarmante que podia beirar a brutalidade. Ele não era um homem que pudesse ser dominado.

Tentou imaginar o rosto moreno de Simon Hunt acima do dela, a sensação quente da sua boca, seus braços a envolvendo, assim como antes, só que desta vez ela participaria voluntariamente. Ele era apenas um homem, relembrou a si mesma, nervosa. E um beijo era algo efêmero. Mas enquanto durasse estaria unida a ele. E, a partir de então, cada vez que se encontrassem ele iria se vangloriar internamente.

Ela esfregou a testa que de repente estava dolorida como se tivesse sido golpeada por um taco de *rounders*.

– Não podemos apenas ignorar essa história toda e esperar que ele tenha o bom senso de ficar de boca fechada?

– Ah, claro – respondeu Lillian, sarcástica –, o Sr. Hunt é frequentemente associado à expressão "bom senso". De toda forma, podemos cruzar os dedos e esperar... se seus nervos puderem suportar o suspense.

Enquanto massageava as têmporas, Annabelle suspirou angustiada.

– Está certo. Vou abordá-lo esta noite. Vou... – Hesitou por um longo momento e depois prosseguiu: – E até o beijarei se for necessário. Mas vou considerar que isso é mais do que suficiente para pagar todos os vestidos que vocês deram.

Um sorriso satisfeito se formou no rosto de Lillian.

– Estou certa de que poderá chegar a um acordo com o Sr. Hunt.

Depois que se separaram na mansão, Annabelle foi para o quarto descansar pelo resto da tarde. Esperava com isso estar recuperada para a ceia e o baile. Não viu a mãe em lugar nenhum; ela provavelmente tinha ido tomar chá com algumas damas no salão do andar de baixo. Grata por sua ausência, Annabelle foi se trocar e se banhar sem precisar enfrentar perguntas indesejadas. Embora Philippa fosse uma mãe carinhosa e, em geral, permissiva, não teria reagido bem à notícia de que a filha se envolvera em um escândalo com as irmãs Bowmans.

Depois de vestir roupas íntimas limpas, deslizou para baixo dos lençóis passados e macios. Para sua frustração, a dor lancinante no tornozelo não a deixou dormir. Cansada e irritada, chamou uma criada para que lhe preparasse uma tina com água fria para o pé machucado. Ficou sentada com o pé imerso por uma boa meia hora. Era evidente que o tornozelo estava inchado, o que a fez concluir de mau humor que aquele tinha sido, em especial, um dia bem azarado. Praguejou quando o tecido da meia limpa que calçava bem devagar tocou a pele pálida e edemaciada de seu tornozelo. Voltou a chamar a criada, pois precisava de ajuda para fechar o espartilho e prender a parte de trás do vestido amarelo de seda.

– Senhorita? – murmurou a criada, preocupada, olhando de esguelha para o rosto tenso de Annabelle. – Está parecendo um pouco sufocada. Quer que lhe traga algo? A governanta guarda um tônico no armário para doenças femininas...

– Não, não se trata disso – assegurou Annabelle com um débil sorriso. – Estou com umas pontadas no tornozelo.

– Que tal então um pouco de chá de casca de salgueiro? – sugeriu a moça abotoando o vestido de festa de Annabelle. – Vou correndo lá embaixo e preparo em um segundo, assim a senhorita poderá tomar enquanto faço seu penteado.

– Ah, sim, obrigada. – Ficou parada esperando os ágeis dedos da criada acabarem de fechar o vestido e depois se sentou agradecida diante da penteadeira. Contemplou o próprio reflexo tenso no espelho de estilo Rainha Anne. – Não consigo lembrar como me machuquei. Em geral não sou tão desajeitada.

A criada afofou o tule dourado que adornava as mangas do vestido de Annabelle.

– Volto em um instante com o chá, senhorita. Depois que o tomar vai se sentir melhor.

Philippa entrou no quarto assim que a criada saiu. Sorriu ao ver Annabelle com o vestido amarelo de baile, foi até ela e postou-se às suas costas, fitando os olhos da filha pelo espelho.

– Você está linda, querida.

– Pois estou me sentindo péssima – disse Annabelle em tom cáustico. – Torci o tornozelo na caminhada com as outras meninas solteironas esta tarde.

– Vocês precisam se referir a si mesmas dessa forma? – perguntou Philippa, visivelmente incomodada. – Com certeza não seria tão difícil encontrar um nome mais lisonjeiro para o seu grupo de amigas...

– Mas esse é bem apropriado – rebateu Annabelle com um sorriso. – Posso usar um toque de ironia quando falar essa palavra, se fizer você se sentir melhor.

Philippa deu um suspiro.

– Por ora temo ter esgotado toda a minha capacidade

de lidar com ironias. Não é fácil para mim ver você lutar e conspirar enquanto as outras meninas conseguem tudo de mão beijada. Vê-la usar vestidos emprestados e pensar no peso que carrega nas costas... Pensei mil vezes que, se seu pai não tivesse morrido e se tivéssemos um pouco mais de dinheiro...

Annabelle deu de ombros.

– Como diz o ditado, mamãe, "águas passadas não movem moinhos".

Philippa fez um carinho suave no cabelo da filha.

– Por que não fica no quarto descansando hoje à noite? Posso ler para você enquanto repousa com os pés para cima...

– Não me tente – disse Annabelle, emocionada. – Não consigo pensar em nada melhor, mas não posso me dar ao luxo de ficar aqui hoje à noite. Não posso perder uma única oportunidade de impressionar lorde Kendall. – *E de negociar com Simon Hunt*, pensou, sentindo uma pontada de apreensão.

~

Depois de beber uma grande xícara de chá de casca de salgueiro, Annabelle foi capaz de descer a escada sem estremecer de dor, embora o inchaço do tornozelo se recusasse a diminuir. Teve tempo de conversar um pouco com Lillian antes que os convidados fossem levados para a sala de jantar. O pouco de sol que havia tomado deixara as bochechas da amiga rosadas e brilhantes, e seus olhos castanhos assumiram um tom aveludado à luz das velas.

– Até agora lorde Westcliff fez um esforço óbvio para evitar as solteironas – disse Lillian com um sorriso. – Você tinha razão. Não precisamos nos preocupar com ele. Nosso único possível problema é com o Sr. Hunt.

– Também não vai nos causar dor de cabeça – observou Annabelle com seriedade. – Como prometi, vou falar com ele.

Lillian respondeu com um sorriso aliviado.

– Você é um doce, Annabelle.

Ao se sentarem à mesa, Annabelle ficou desconcertada ao descobrir que a anfitriã reservara a lorde Kendall um lugar muito próximo ao dela. Em qualquer outra ocasião teria achado isso um presente divino, mas nesta noite em especial não estava no melhor dos humores. Não se sentia capaz de estabelecer uma conversa inteligente com o tornozelo latejando e a cabeça doendo. Para deixá-la ainda mais desconfortável, Simon Hunt estava sentado à sua frente, e ostentava um ar autocomplacente. Como se isso não bastasse, um mal-estar a impedia de fazer justiça ao magnífico jantar. Sem o apetite saudável de costume, alimentava-se com indiferença às delícias do seu prato. Toda vez que erguia a cabeça, encontrava os olhos de Simon Hunt voltados em sua direção, o que a fez se preparar para alguma provocação sutil. Felizmente, porém, os poucos comentários que ele lhe dirigiu foram sem graça e triviais, permitindo que o jantar terminasse sem qualquer incidente.

Quando a música flutuou no ar, vinda do salão, encerrando o jantar, Annabelle ficou feliz em pensar que o baile começaria em breve. Pela primeira vez a ideia de se sentar ao lado das solteironas para descansar os pés enquanto as outras moças dançavam a fazia feliz. Achava que tinha tomado sol demais durante o dia e que esse era o motivo pelo qual estava se sentindo mal e dolorida. Lillian e Daisy, ao contrário dela, pareciam mais saudáveis e vibrantes do que nunca. Infelizmente, Evie levou uma reprimenda da tia, que a deixou de castigo.

– O sol faz com que fique cheia de sardas – contou Daisy

a Annabelle com tristeza. – Depois do nosso passeio, tia Florence disse a Evie que ela ficaria manchada feito um leopardo e a proibiu de vir se juntar a nós até sua pele voltar ao normal.

Annabelle franziu a testa, sentindo-se invadida por uma onda de compaixão pela amiga.

– Essa tia Florence é uma megera – murmurou. – É óbvio que seu único objetivo na vida é fazer Evie se sentir terrivelmente mal.

– E faz isso como ninguém – concordou Daisy. De repente, viu algo por cima do ombro de Annabelle que a fez arregalar os olhos. – Meu Deus! O Sr. Hunt está se aproximando. Estou *morta* de sede, por isso vou até a mesa dos refrescos e deixarei vocês dois para, é...

– Lillian falou com você? – indagou Annabelle, zangada.

– Falou, sim. Ela, Evie e eu estaremos para sempre muito gratas pelo sacrifício que vai fazer por todas nós.

– Sacrifício – repetiu Annabelle, que não gostava nada de como aquela palavra soava. – Isso é um pouco de exagero, não? Como disse Lillian: "Todos os lábios são iguais."

– Isso foi o que ela disse a você – retrucou Daisy com ar travesso. – Para mim e Evie ela disse que preferia morrer a ter que beijar um homem como o Sr. Hunt.

– O quê...? – principiou Annabelle, mas Daisy já tinha se afastado, rindo.

Começava a se sentir como uma virgem atirada ao inferno em sacrifício quando ouviu a voz profunda de Simon Hunt ao pé do ouvido. O sarcasmo dito de modo calmo e em tom grave pareceu reverberar pela espinha de Annabelle.

– Boa noite, Srta. Peyton. Vejo que está inteiramente vestida... para variar.

Annabelle rangeu os dentes e se virou para fitá-lo.

– Devo confessar, Sr. Hunt, que fiquei espantada com

sua discrição durante o jantar. Esperava uma chuva de comentários vexatórios, mas o senhor conseguiu se comportar como um perfeito cavalheiro durante uma hora inteira.

– Foi um grande esforço – reconheceu ele gravemente. – Mas achei que era melhor deixar os comportamentos indecorosos por sua conta – e fez uma pausa circunspecta antes de acrescentar –, já que ultimamente eles parecem estar lhe caindo como uma luva.

– Minhas amigas e eu não fizemos nada de errado!

– Eu por acaso disse que reprovava o fato de vocês jogarem *rounders* nuas em pelo? – perguntou ele simulando inocência. – Pelo contrário, na verdade acho que deveriam fazer isso todos os dias.

– Eu não estava jogando "nua em pelo" – rebateu Annabelle com um sussurro cortante. – Estava usando roupas de baixo.

– Ah, aquilo eram roupas de baixo? – perguntou ele com indolência.

Annabelle ficou vermelha, arrasada ao entender que ele tinha notado o estado lastimável de suas roupas íntimas.

– Já contou a alguém que nos viu no prado? – indagou, tensa.

Obviamente, essa era a deixa que ele estava esperando. Um sorriso apareceu em seus lábios.

– Ainda não.

– Está planejando fazê-lo?

Hunt recebeu a pergunta com um ar meditativo, sem esconder que começava a se divertir com a situação.

– Não planejo, não... – disse, dando de ombros. – Mas sabe como são as coisas. Às vezes, por um descuido, esse tipo de assunto é mencionado durante uma conversa...

Annabelle estreitou os olhos.

– O que será preciso fazer para que mantenha silêncio?

Hunt fingiu estar chocado com aquela franqueza.

– Srta. Peyton, deveria aprender a lidar com essas questões com um pouco mais de diplomacia, não acha? Pensei que uma dama com seu refinamento usaria de tato e delicadeza...

– Não tenho tempo para diplomacia – interrompeu-o Annabelle, com o cenho franzido. – E é óbvio que não podemos assegurar o seu silêncio sem lhe oferecermos algum tipo de suborno.

– A palavra "suborno" tem conotações tão negativas – observou Hunt. – Prefiro chamar de incentivo.

– Chame do que quiser – disse ela, impaciente. – Passemos às negociações, então.

– Tudo bem. – Hunt estava sério, mas no fundo de seus olhos cor de café era possível ver o brilho do riso contido. – Suponho que eu poderia ser persuadido a manter silêncio sobre suas escandalosas peripécias, Srta. Peyton, com o incentivo necessário.

Annabelle ficou em silêncio, os olhos voltados para baixo enquanto pensava no que estava prestes a dizer. Uma vez que as palavras tivessem sido ditas, não poderia voltar atrás. Meu Deus, por que ficara logo a cargo dela a tarefa de comprar o silêncio de Hunt a respeito da partida de *rounders* se nem ao menos queria ter jogado?

– Se o senhor fosse um cavalheiro isso não seria necessário.

O esforço para reprimir o riso fez com que a voz de Hunt soasse ainda mais grave.

– Não, não sou um cavalheiro. Mas sou obrigado a recordar a você que não era *eu* quem estava correndo praticamente despido no prado esta tarde.

– Será que pode *se calar*? – sussurrou ela, brusca. – Alguém pode ouvi-lo.

Hunt a observava fascinado, com olhos escuros e eloquentes.

– Faça sua melhor oferta, Srta. Peyton.

Olhando fixo para a parede, em um ponto acima do ombro de Hunt, Annabelle começou a falar com a voz sufocada, sentindo as orelhas tão quentes a ponto de quase chamuscar seu cabelo.

– Se prometer guardar segredo sobre a partida de *rounders*... deixarei que me beije.

O silêncio que se seguiu à proposta foi insuportável. Annabelle se forçou a olhar para cima e viu que Hunt estava verdadeiramente surpreso. Olhava para ela como se tivesse acabado de ouvi-la falar uma língua estrangeira e não soubesse ao certo o significado daquelas palavras.

– Um beijo – repetiu Annabelle, nervosíssima pela tensão que havia se instaurado entre eles. – E não pense que por deixar que o faça uma vez eu concordaria que se repetisse no futuro.

Hunt respondeu com cautela, o que não era nada comum, parecendo escolher as palavras com o maior cuidado.

– Achei que fosse me oferecer uma dança. Uma valsa ou quadrilha.

– Cheguei a pensar nisso – confessou ela. – Mas um beijo me parece mais oportuno, sem falar que é muito mais rápido que uma valsa.

– Não os meus beijos.

Essa declaração fez os joelhos de Annabelle começarem a tremer.

– Não seja ridículo – replicou ela de imediato. – Uma valsa comum dura pelo menos três minutos. Não se poderia beijar alguém por tanto tempo.

A voz de Hunt estava imperceptivelmente mais grave quando ele respondeu:

– Deve saber melhor do que ninguém, é claro. Muito bem, aceito sua oferta. Um beijo em troca do meu silêncio. Vou decidir quando e onde isso vai acontecer.

– O "quando" e o "onde" serão determinados em comum acordo – rebateu Annabelle. – O motivo de tudo isso é não comprometer a minha reputação, então, não estou disposta a me arriscar deixando-o escolher um momento ou um lugar inapropriado.

Hunt sorriu com ironia.

– Que boa negociadora, Srta. Peyton. Que Deus nos acuda se no futuro resolver ingressar no mundo dos negócios.

– Não, minha única ambição é me tornar Lady Kendall – retrucou Annabelle com uma doçura venenosa, e ficou satisfeita ao ver o sorriso de Hunt desvanecer.

– Seria uma lástima – afirmou ele. – Para você e para ele.

– Vá para o raio que o parta, Sr. Hunt – disse Annabelle com um fio de voz, e se afastou, ignorando a dor intensa do tornozelo torcido.

A caminho do terraço dos fundos, ela percebeu que a lesão havia piorado e as dores chegavam até o joelho.

– Que inferno! – murmurou.

Nessas condições, dificilmente conseguiria obter qualquer avanço na relação com lorde Kendall. Não era fácil assumir uma atitude sedutora estando a ponto de gritar de dor. Sentindo-se de repente exausta e derrotada, decidiu que voltaria para o seu quarto. Agora que o acordo com Hunt havia sido selado, a melhor coisa a fazer era descansar o tornozelo e esperar que estivesse melhor pela manhã.

A cada passo que dava, porém, a dor se intensificava, até que ela começou a sentir gotas de suor frio escorrerem sob as grossas camadas do espartilho. Nunca tinha se machucado dessa forma. E não era só a perna que doía, mas a cabeça girava e o corpo todo latejava. De súbito, o conteúdo de seu estômago começou a se revolver de um jeito alarmante. Precisava de ar... Tinha que se refugiar na fresca escuridão da noite, sentando-se em algum lugar até que as náuseas diminuíssem. A porta do terraço parecia a quilômetros de distância, e ela se perguntou, meio entorpecida, como conseguiria alcançá-la.

Felizmente, as irmãs Bowmans se aproximaram quando se deram conta de que a conversa com Simon Hunt tinha terminado. O sorriso de expectativa no rosto de Lillian desapareceu quando viu a expressão sofrida de Annabelle.

– Você está com uma aparência horrível! – exclamou Lillian. – Meu Deus, o que o Sr. Hunt lhe disse?

– Ele concordou com o beijo – respondeu ela prontamente, ainda se dirigindo ao terraço dos fundos mancando. Mal podia ouvir a música da orquestra com aquele zumbido no ouvido.

– Se a perspectiva é tão apavorante assim... – principiou Lillian.

– Não é isso – disse Annabelle exasperada de dor. – É o meu tornozelo. Eu o torci no início do dia e agora mal posso andar.

– Por que não disse antes? – quis saber Lillian, preocupada. Seu braço fino mostrou-se inesperadamente forte quando ela o passou pela cintura de Annabelle. – Daisy, vá até a porta e a mantenha aberta enquanto saímos daqui.

As irmãs a ajudaram a chegar ao terraço. Lá, Annabelle enxugou o suor da testa com a mão enluvada.

– Acho que vou passar mal – disse gemendo e com uma sensação desagradável da boca se enchendo de saliva e da bílis irritando a garganta. Sua perna doía como se tivesse sido esmagada por uma carruagem. – Ai, Deus, *não posso*. Não posso passar mal agora.

– Está tudo bem – consolou Lillian, guiando-a para um canteiro de flores disposto nas bordas do terraço. – Ninguém está vendo você, querida. Vomite à vontade. Daisy e eu cuidaremos de você.

– Isso mesmo – concordou Daisy atrás delas. – Amigas de verdade não se importam em segurar sua cabeça enquanto você põe os bofes para fora.

Annabelle teria rido se não estivesse tão abatida pelos espasmos provocados pelo enjoo. Por sorte não tinha comido muito no jantar, de modo que tudo aconteceu bem rápido. Seu estômago entrou em erupção, e ela não teve escolha a não ser se render. Ofegante, vomitou no canteiro de flores, gemendo.

– Sinto muito. Sinto muito mesmo, Lillian...

– Não seja ridícula – respondeu calmamente a americana. – Você faria o mesmo por mim, não é?

– Claro que sim... Mas você não seria tão tola quanto...

– Não está sendo tola – replicou Lillian com suavidade. – Está doente. Venha, pegue o meu lenço.

Ainda debruçada, Annabelle agradeceu e pegou com gratidão o lenço de linho bordado, mas o afastou quando sentiu o cheiro de perfume.

– *Argh*, não posso... – sussurrou. – O cheiro. Não tem nenhum sem perfume?

– Ai, porcaria! – exclamou Lillian em tom de desculpa. – Daisy, onde está o seu lenço?

– Esqueci de trazê-lo – respondeu a menina.

– Terá que usar este mesmo – disse Lillian a Annabelle. – É o único que temos.

Então, uma voz masculina se intrometeu na conversa.

– Pegue este.

CAPÍTULO 12

Enjoada demais para perceber o que acontecia à sua volta, Annabelle pegou o lenço limpo que lhe puseram na mão. Por sorte não tinha cheiro, exceto por uma suave nota de goma de passar. Depois de secar o suor do rosto e limpar a boca, ela conseguiu se aprumar e encarar o recém-chegado. Seu estômago dolorido se contorceu de forma lenta e agonizante ao ver Simon Hunt. Pelo visto ele a seguira até ali, aproximando-se a tempo de testemunhar suas humilhantes náuseas. Ela queria morrer. Se tivesse pelo menos conseguido expirar no ritmo certo momentos antes, apagando para toda a eternidade o fato de que Simon Hunt a vira pôr os bofes para fora no canteiro de flores.

O rosto de Hunt estava impassível, a não ser pelo cenho franzido. Mais que depressa, ele estendeu o braço para segurá-la quando a viu cambalear na sua frente.

– Pensando em nosso recente acordo – murmurou ele –, isso não é muito animador, Srta. Peyton.

– Ora, vá embora daqui – pediu Annabelle com um gemido. No entanto, uma nova onda de náusea fez com que se apoiasse no forte suporte oferecido pelo corpo de Hunt.

Ela apertou o lenço na boca e respirou pelo nariz até que a ânsia de vômito passou. Sentia uma fraqueza tão debilitante, a pior que já sentira em toda a vida, que, se ele não estivesse ali, Annabelle provavelmente teria despencado no chão. Meu Deus, o que havia de errado com ela?

Hunt se ajeitou de imediato, segurando-a com facilidade.

– Achei que estava um pouco pálida – observou ele com gentiliza, afastando uma mecha de cabelo que havia grudado na testa úmida dela. – Qual é o problema, doçura? É só o estômago ou tem algo mais doendo?

Em algum ponto sob as camadas de sofrimento, Annabelle se surpreendeu ao ouvir Hunt lhe chamar de doçura, sem mencionar o fato de que um cavalheiro jamais deve mencionar partes internas de uma dama. No entanto, ela estava passando muito mal para fazer qualquer coisa a não ser se segurar ao paletó dele. Concentrando-se na pergunta, avaliou o caos que havia na parte interna de seu inóspito corpo.

– Meu corpo todo dói – sussurrou. – A cabeça, o estômago, as costas... mas, sobretudo, o tornozelo.

Ao falar, Annabelle notou que os lábios estavam dormentes. Umedeceu-os, alarmada com a falta de sensibilidade. Se estivesse menos desorientada, teria percebido que Hunt a fitava como nunca havia feito antes. Mais tarde, Daisy descreveria em detalhes o modo protetor com que Simon Hunt a segurara nos braços. Por ora, no entanto, Annabelle se sentia combalida o bastante para perceber qualquer coisa que não fosse o próprio mal-estar.

Lillian falou com rudeza e se aproximou para tirar Annabelle dos braços de Hunt.

– Obrigada por emprestar seu lenço, senhor. Agora pode ir, minha irmã e eu somos totalmente capazes de cuidar da Srta. Peyton.

Ignorando a americana, Hunt manteve o braço em torno de Annabelle enquanto fitava seu rosto pálido.

– Como machucou o tornozelo? – perguntou.

– Na partida de *rounders*, eu acho...

– Não a vi beber nada durante o jantar. – Hunt pôs a mão na testa dela para checar se havia algum sinal de febre. O gesto foi surpreendentemente íntimo e familiar para ele. – Tomou algo antes?

– Está se referindo a licores ou vinho? Não. – O corpo de Annabelle parecia desmoronar aos poucos, como se a mente tivesse renunciado ao controle de qualquer movimento. – Tomei um pouco de chá de casca de salgueiro ainda no quarto.

A mão quente de Hunt deslizou pelo rosto dela, moldando-se suavemente à curva da bochecha. Annabelle estava com muito frio, tremendo sob aquele vestido empapado de suor e com a pele toda arrepiada. Ao sentir o calor acolhedor que emanava do corpo de Hunt, quase cedeu ao impulso de se aninhar sob seu paletó como um bichinho que se enfia em uma toca.

– Estou congelando – sussurrou ela, e então sentiu o braço de Hunt se apertar ao seu redor.

– Segure-se em mim – murmurou ele, cobrindo-a habilmente com o paletó sem deixar de apoiar o corpo trêmulo da moça.

A peça de roupa com que ele a envolveu ainda conservava o calor de seu corpo, o que fez Annabelle grunhir algo incompreensível em sinal de gratidão.

Irritada ao ver aquele adversário detestável segurar a amiga, Lillian disse impaciente:

– Veja, Sr. Hunt, minha irmã e eu...

– Vá procurar a Sra. Peyton – interrompeu-a Hunt, com um tom não menos autoritário, embora suave. – E diga a lorde Westcliff que a Srta. Peyton precisa de um médico. Ele saberá quem chamar.

– E o que o *senhor* vai fazer? – perguntou Lillian, que claramente não estava acostumada a receber ordens dessa forma.

Hunt semicerrou os olhos quando respondeu.

– Vou levar a Srta. Peyton para dentro pela entrada de serviço, que fica em uma das laterais da mansão. Sua irmã virá conosco para evitar eventuais boatos sobre falta de decoro.

– Isso demonstra bem como o senhor conhece pouco a respeito de decoro – alfinetou Lillian.

– Não penso em discutir esse assunto no momento. Tente ser útil de alguma forma, está bem? *Vá*.

Depois de uma pausa carregada de tensão, Lillian se virou furiosa e caminhou em direção às portas do salão de baile.

Daisy estava visivelmente boquiaberta.

– Acho que ninguém nunca se atreveu a falar com minha irmã desta forma. O senhor é o homem mais corajoso que já conheci, Sr. Hunt.

Hunt se inclinou com cuidado para passar o braço por baixo dos joelhos de Annabelle. E ergueu com facilidade aquele monte que era o seu corpo trêmulo com as saias de seda farfalhantes. Annabelle nunca tinha sido carregada no colo por um homem. Não podia acreditar que aquilo estava mesmo acontecendo.

– Acho que... eu poderia andar uma parte do caminho – conseguiu dizer.

– Você não conseguiria nem descer a escada do terraço – afirmou Hunt, categórico. – Então me dê o prazer de demonstrar o lado cavalheiresco da minha natureza. Pode passar os braços em volta do meu pescoço?

Ela obedeceu, grata por não ter que apoiar o peso do corpo no tornozelo machucado. Rendendo-se à tentação de encostar a cabeça no ombro dele, ela passou o braço esquerdo em volta do pescoço de Hunt. Enquanto ele a carregava pela escada do terraço dos fundos, Annabelle sentia o movimento dos músculos sob o tecido da camisa dele.

– Não achei que você tivesse um lado cavalheiresco – observou ela, batendo os dentes quando outro calafrio a fez estremecer. – Achava que fo-fosse um completo mau-caráter.

– Não entendo de onde tiram essas ideias a meu respeito – respondeu ele olhando para ela com um brilho divertido nos olhos. – É trágico, mas sempre fui muito mal interpretado.

– Eu continuo achando que você é um mau-caráter.

Hunt sorriu e a acomodou de forma mais confortável em seus braços.

– Obviamente a doença não afetou seu julgamento.

– Por que está me ajudando depois de eu tê-lo mandado para o raio que o parta? – sussurrou ela.

– Tenho um grande interesse em preservar sua saúde. Quero que você esteja ótima quando for pagar sua dívida.

Ele desceu a escada com facilidade e rapidez, e ela notou a graça e elegância com que se movia. Não como um bailarino, porém mais como um felino à espreita. Com o rosto dele assim tão perto do seu, Annabelle viu que o uso da lâmina passada bem rente não havia conseguido disfarçar os pontinhos escuros da barba na pele. Segurando-se com mais força, ajeitou os braços em volta do pescoço dele, então a ponta de seus dedos roçaram parte do cabelo que se ondulava na nuca de Hunt.

Que pena eu estar passando tão mal, pensou. *Se não estivesse com tanto frio nem tão enjoada, podia aproveitar de verdade estar sendo carregada dessa forma.*

Quando chegaram ao caminho que circundava a mansão, Hunt parou para deixar que Daisy se adiantasse e fosse na frente deles.

– Pela entrada de serviço – lembrou Hunt. Daisy assentiu.

– Sim, eu sei onde é. – A moça olhou para trás enquanto os guiava. – Nunca tinha ouvido falar que uma torção no tornozelo pudesse provocar náuseas – comentou.

– Suspeito que seja algo mais do que uma simples torção no tornozelo – disse Hunt.

– Acha que foi o chá de casca de salgueiro? – perguntou Daisy.

– Não, casca de salgueiro não causaria uma reação como essa. Tenho uma suspeita sobre qual poderia ser o problema, mas não posso confirmá-la até chegarmos ao quarto da Srta. Peyton.

– Como pretende "confirmar" sua suspeita? – perguntou Annabelle, cautelosa.

– Tudo o que quero fazer é olhar o seu tornozelo. – Hunt sorriu para ela. – Certamente mereço isso depois de carregá-la nos braços por três lances de escada.

Como se pôde constatar, subir a escada com Annabelle nos braços não foi esforço nenhum para ele. Ao chegarem ao terceiro andar, a respiração dele nem sequer havia se alterado. Ela suspeitava que Hunt aguentaria levá-la para um local dez vezes mais longe sem chegar a suar a camisa. Quando lhe disse isso, a resposta veio em tom indiferente:

– Passei a maior parte da juventude carregando peças de carne para a loja do meu pai. Carregar você é muito mais agradável.

– Encantador – murmurou Annabelle prostrada e de olhos fechados. – O sonho de toda mulher é ouvir que ela é melhor do que uma vaca morta.

Risos retumbaram no peito de Hunt enquanto ele se virava para evitar que os pés dela batessem na moldura da porta. Daisy abriu caminho para eles e ficou ali de pé, observando Hunt levar Annabelle até a cama com dossel de brocado.

– Chegamos – disse ele, começando a acomodá-la. Ele esticou o braço para ajeitar um travesseiro às costas de Annabelle, deixando-a recostada, com o tronco mais inclinado.

– Obrigada – sussurrou ela, fitando aqueles olhos escuros com cílios volumosos que a encaravam do alto.

– Quero ver sua perna.

O coração de Annabelle pareceu parar de bater com

aquela declaração ultrajante. Quando o pulso voltou, as batidas eram baixas, mas aceleradas.

– Prefiro esperar a chegada do médico.

– Não estou pedindo permissão. – Ignorando aqueles protestos, Hunt esticou a mão até a barra da saia dela.

– Sr. Hunt! – exclamou Daisy, indignada, correndo na direção dele. – Não se atreva! A Srta. Peyton está doente. Se não afastar as mãos dela agora mesmo...

– Pode ficar tranquila – replicou Hunt com ironia. – Não vou abusar da virtude da Srta. Peyton. Não por ora. – Seu olhar se voltou para o rosto pálido de Annabelle. – Não se mova. Por mais encantadoras que sejam suas pernas, não vão me deixar excitado... – Deteve-se inalando subitamente o ar ao afastar a saia e ver o inchaço do tornozelo da moça. – Santo Deus. Até agora achei que estava lidando com uma mulher razoavelmente inteligente. Por que diabos resolveu descer nessas condições?

– Ah, Annabelle – murmurou Daisy. – Seu tornozelo está com um aspecto horrível!

– Não estava tão mal antes – disse ela, tentando se defender. – Piorou muito na última meia hora e... – Deu um grito que era um misto de susto e dor quando sentiu Hunt subir um pouco mais sua saia. – O que está fazendo? Daisy, não deixe que ele...

– Vou tirar sua meia – informou Hunt. – E, se estivesse em seu lugar, aconselharia a Srta. Bowman a não interferir no que estou fazendo.

Daisy olhou para ele com o cenho franzido e se aproximou de Annabelle.

– E eu o aconselharia a proceder com cautela – rebateu a moça de um jeito sagaz. – Não vou ficar de braços cruzados vendo-o molestar minha amiga.

Hunt lhe dirigiu um olhar de deboche ardente. Encontrou a cinta-liga e a soltou com destreza.

– Srta. Bowman, em poucos minutos esse aposento estará repleto de visitantes, incluindo a Sra. Peyton, o lorde Westcliff e a cabeça-dura da sua irmã, seguidos dentro em breve do médico. Até eu, experiente violador como sou, precisaria de mais tempo para molestar alguém. – A expressão dele mudou quando Annabelle arquejou de dor com seu toque suave. Hábil, ele baixou a meia com extrema leveza, mas a pele dela estava tão sensível que até a mais delicada das carícias lhe causava uma dor insuportável. – Não se mexa, doçura – murmurou ele, ainda puxando a meia da perna dolorida.

Mordendo o lábio, Annabelle observou enquanto aquela massa de cabelos escuros se inclinava em direção ao seu tornozelo. Ele o virou com todo o cuidado, tendo a preocupação de não encostar nela mais do que o necessário. Então, ficou imóvel, com a cabeça inclinada sobre a perna.

– É exatamente o que imaginei que fosse.

Daisy se aproximou e observou a região que Hunt indicava.

– O que são aquelas marcas?

– A picada de uma víbora – respondeu ele sem se virar. Arregaçou as mangas da camisa, expondo os antebraços musculosos cobertos por pelos escuros.

As duas moças olharam para ele, chocadas.

– Uma *cobra* me picou? – indagou Annabelle, atordoada. – Mas como? Quando? Não pode ser verdade. Eu teria sentido alguma coisa na hora... não teria?

Hunt enfiou a mão no bolso do paletó, que ainda a cobria, em busca de algo.

– Às vezes as pessoas não sentem quando são picadas. Os bosques de Hampshire são cheios de cobras nessa época do ano. É provável que tenha acontecido durante seu passeio.

Ele encontrou o que procurava, um pequeno canivete, que logo tratou de abrir. Os olhos de Annabelle se arregalaram de medo.

– O que está fazendo?

Hunt pegou a meia e a cortou em duas.

– Um torniquete.

– Se-sempre tem um desses no bolso? – Pensava nele às vezes como um pirata e, naquele instante, vendo-o de mangas arregaçadas e com um canivete na mão, tal imagem foi fortemente reforçada.

Sentado ao lado da perna esticada de Annabelle, Hunt levantou a saia dela até o joelho e prendeu uma faixa de meia em volta do seu tornozelo.

– Quase sempre – disse com sarcasmo, concentrado no que estava fazendo. – Ser filho de açougueiro me condenou a ser fascinado por facas.

– Nunca pensei... – Annabelle se deteve, arquejando de dor ao sentir a suave pressão da seda.

Hunt olhou para ela com o rosto tenso.

– Sinto muito – afirmou, enrolando cuidadosamente a meia abaixo da ferida. Para distraí-la enquanto apertava o outro torniquete, prosseguiu: – Isso é o que dá usar aqueles sapatos de dar dó para andar no mato. Você deve ter pisado em uma cobra que estava tomando sol... e quando ela viu esse belo e delicado tornozelo, decidiu dar uma mordidinha. – Ele fez uma pausa e acrescentou algo em voz baixa que soou como "não posso culpá-la".

Com a perna pulsando e queimando, os olhos de Annabelle se encheram de lágrimas. Lutava contra a ameaça de deixar o choro vir, apertando com força a colcha de brocado sob ela.

– Por que meu tornozelo começou a doer tanto assim só agora se fui picada no início do dia?

– Pode levar várias horas até que os sintomas apareçam.

– Hunt olhou para Daisy. – Srta. Bowman, toque o sino para chamar um criado e lhe diga que precisamos de pega-pega em água fervida, imediatamente.

– O que é pega-pega? – indagou a moça, desconfiada.

– Uma planta. A governanta tem dela desidratada na despensa desde que o jardineiro foi picado ano passado.

Daisy correu para fazer o que lhe havia sido ordenado, deixando os dois temporariamente sozinhos.

– O que aconteceu com o jardineiro? – perguntou Annabelle, sem conseguir parar de bater os dentes. Sentia arrepios constantes, como se a tivessem jogado na água gelada. – Morreu?

A expressão de Hunt não se alterou, no entanto ela percebeu que a pergunta o surpreendera.

– Não – respondeu ele gentilmente, e se aproximou um pouco mais. – Não, doçura... – Ele pegou na mão trêmula dela e aqueceu os dedos de Annabelle com um aperto delicado. – As cobras de Hampshire não têm veneno suficiente para matar nada que seja maior do que um gato ou um cachorro de pequeno porte. – Tinha um olhar carinhoso quando prosseguiu. – Você vai ficar bem. Nos próximos dias sentirá um desconforto infernal, mas depois tudo voltará a ser como antes.

– Não está sendo apenas gentil, não é? – perguntou, inquieta.

Inclinando-se sobre ela, Hunt ajeitou umas mechas do cabelo de Annabelle que tinham grudado na testa molhada de suor. Apesar do tamanho de sua mão, seu toque era leve e terno.

– Nunca minto para ser gentil – murmurou ele, com um sorriso. – É um dos meus muitos defeitos.

Depois de dar instruções a um dos criados, Daisy se apressou em voltar para perto da cama. Ergueu as sobrancelhas escuras e delgadas quando viu Hunt inclinado sobre

Annabelle, mas se absteve de fazer qualquer comentário. Em vez disso, perguntou:

– Não devíamos fazer um corte no local da picada para deixar o veneno sair?

Annabelle lançou-lhe um olhar de advertência e resmungou:

– Não lhe dê ideias, Daisy!

Hunt olhou para o teto um instante antes de rebater.

– Não se faz isso para picada de cobra. – Quando voltou a atenção para Annabelle, estreitou os olhos ao perceber que ela estava com a respiração rápida e superficial. – Está com dificuldade para respirar?

Ela assentiu, lutando para inflar os pulmões, que pareciam ter encolhido a um terço do tamanho habitual. Cada vez que inspirava tinha a sensação de que alguém comprimia seu peito tão fortemente que as costelas ameaçavam quebrar com a pressão.

Hunt tocou o rosto dela com suavidade, passando o polegar sobre a superfície ressecada de seus lábios.

– Abra a boca. – Ao examinar o interior, observou: – Sua língua não está inchada, você vai ficar bem. De todo modo, vai precisar tirar o espartilho. Vire-se.

Antes que Annabelle pudesse esboçar uma resposta, Daisy protestou, indignada.

– *Eu* me encarregarei de ajudá-la com isso. Saia do quarto, por favor.

– Já vi outras mulheres de espartilho antes – disse ele com sarcasmo.

Daisy revirou os olhos.

– Não se faça de besta, Sr. Hunt. É óbvio que não é com o *senhor* que estou preocupada. Os homens não tiram o espartilho de uma jovem dama, exceto quando sua vida está correndo perigo. E o senhor nos garantiu que não era esse o caso.

Hunt olhou para ela com uma expressão de sofrimento.

– Maldição, mulher...

– Pode maldizer à vontade – prosseguiu Daisy, implacável. – Minha irmã mais velha pragueja dez vezes melhor do que você. – Empertigou-se toda como se do alto de seu discutível um metro e cinquenta e cinco centímetros pudesse impressionar alguém. – O espartilho da Srta. Peyton permanece até que o senhor saia do quarto.

Hunt olhou para Annabelle, que precisava tanto de ar que pouco se importava em saber quem tiraria seu espartilho, contanto que alguém o fizesse.

– Pelo amor de Deus – disse ele, impaciente, e caminhou até a janela, virando-se de costas para elas. – Não vou olhar. *Vá. Faça.*

Daisy obedeceu depressa ao perceber que aquela seria a única concessão que Hunt faria. Retirou o paletó do corpo rígido de Annabelle.

– Vou desamarrar os laços nas costas e tirarei o espartilho por baixo do vestido – murmurou para a amiga. – Assim você vai permanecer decentemente coberta.

Annabelle não tinha fôlego suficiente para lhe dizer que quaisquer preocupações que pudesse ter com relação à decência não eram nada se comparadas ao problema bem mais imediato de não ser capaz de respirar. Chiando com força, virou-se de lado e sentiu Daisy pôr as mãos na parte de trás do vestido de baile ensopado de suor. Seus pulmões se contraíam em espasmos nas frustradas tentativas de puxar o precioso ar. Deixando escapar um gemido ansioso, começou a ofegar desesperada.

Daisy soltou algumas imprecações.

– Sr. Hunt, temo que precisarei de seu canivete emprestado... Os cordões do espartilho estão muito atados e não consigo... ai!

A última exclamação foi emitida quando Hunt se aproximou da cama e a empurrou para o lado, sem a menor cerimônia, e se encarregou ele mesmo de soltar o espartilho. Depois de uns talhos cuidadosos feitos com o canivete, a obstinada peça de vestuário libertou o torso de Annabelle de sua constrição.

Ela sentiu a peça ser tirada de seu corpo, que agora estava resguardado dos olhos de Hunt apenas pela fina camada do tecido de sua roupa de baixo. No estado em que se encontrava, a exposição era o de menos. No entanto, no fundo sabia que mais tarde morreria de vergonha.

Virando Annabelle de costas com a maior facilidade, como se ela fosse uma boneca de pano, Hunt se inclinou sobre ela.

– Não inspire com tanta força, doçura. – E pôs a mão espalmada na parte superior do peito dela. Mantendo propositalmente o contato entre os seus e os olhos assustados de Annabelle, ele friccionou aquela região fazendo um suave movimento circular. – Devagar. Tente relaxar um pouco.

Sem desviar o olhar do brilho escuro dos olhos dele, Annabelle tentou obedecer, mas sua garganta se apertava mais a cada respiração. Ia morrer asfixiada, naquela hora, ali mesmo.

Ele não permitia que os olhos dela se desviassem dos dele.

– Você vai ficar bem. Deixe que o ar entre e saia com suavidade. Lentamente. Isso mesmo. Assim. – De alguma forma, o peso suave e quente daquela mão em seu peito parecia ajudar, como se ele tivesse o poder de fazer seus pulmões voltarem ao ritmo normal. – A pior parte pela qual vai passar é esta aqui – disse ele.

– Ah, ótimo. – Ela tentou responder de forma sarcástica, mas o esforço fez com que engasgasse e soluçasse.

– Não tente falar, apenas respire. Mais uma vez, devagar... e mais uma. Muito bem.

À medida que recuperava o fôlego, o pânico de Annabelle começava a desaparecer. Ele tinha razão. Era mais fácil se não lutasse para respirar. O som de sua respiração ofegante era amortizado pela hipnotizante suavidade da voz dele.

– Isso mesmo – murmurou ele. – É assim que tem que fazer.

A mão de Hunt continuava a se mover, fazendo uma rotação lenta no peito dela. Não havia nada de sexual em seu toque. Na verdade, mais parecia que ela era uma criança a que ele tentava acalmar. Annabelle estava perplexa. Quem jamais sonharia que Simon Hunt pudesse ser tão gentil?

Movida tanto por confusão quanto por gratidão, segurou aquela mão grande que se movia gentilmente em seu peito. Estava tão fraca que esse gesto consumiu todas as suas forças. Hunt já ia tirar a mão achando que ela tentava afastá-la, mas, quando sentiu que os dedos da moça se fechavam ao redor de dois dos seus, parou totalmente.

– Obrigada – murmurou ela.

O toque de Annabelle fez Hunt ficar visivelmente tenso, como se o contato tivesse provocando uma descarga elétrica em seu corpo. Não a encarou, mas ficou olhando para aqueles delicados dedos entrelaçados nos seus como um homem tentando resolver um complicado quebra-cabeça. Permanecendo imóvel, prolongou o momento, baixando a cabeça para esconder a expressão de seus olhos.

Annabelle umedeceu os lábios ressecados e descobriu que ainda não conseguia senti-los.

– Meu rosto está dormente – disse com um fio de voz, soltando a mão dele.

Hunt a fitou com um sorriso irônico de quem tinha acabado de descobrir algo inesperado sobre si mesmo.

– O pega-pega vai ajudar. – E tocou um dos lados da garganta dela, deslizando o polegar ao longo da mandíbula com um gesto que só podia ser descrito como uma carícia. – Isso me faz lembrar... – Deu uma olhada para trás como se acabasse de perceber que Daisy estava no quarto. – Srta. Bowman, aquele maldito criado trouxe o que pedi?

– Está aqui – respondeu a moça de cabelo escuro vindo da porta com uma bandeja que acabara de chegar. Aparentemente, ambos estavam muito absortos para ouvir o criado bater à porta. – A governanta mandou o chá de pega-pega, que tem um cheiro pavoroso, e também uma pequena garrafa que o criado informou ser "tintura de urtiga". E parece que o médico acaba de chegar e está subindo daqui a pouco... o que significa que o senhor deve sair.

Ele cerrou os dentes.

– Acho que não.

– *Agora* – disse Daisy com um tom de urgência. – Pelo menos espere do lado de fora. Pelo bem de Annabelle. Sua reputação estará arruinada se o senhor for visto aqui dentro.

De cenho franzido, Hunt olhou para Annabelle.

– Quer que eu saia?

Na verdade ela não queria. Sentia um desejo irracional de lhe pedir que ficasse. As coisas deviam estar muito ruins mesmo para que desejasse a companhia de um homem que ela detestava! Mas nos últimos minutos uma frágil ligação se estabeleceu entre eles, e Annabelle se viu em uma delicada situação em que foi incapaz de dizer "sim" ou "não".

– Vou continuar respirando – sussurrou por fim. – Seria melhor que se retirasse.

Hunt assentiu.

– Vou esperar no corredor – informou com a voz rouca,

levantando-se da cama. Apontou para Daisy se aproximar com a bandeja e voltou a olhar para Annabelle. – Beba o chá de pega-pega, não importa quão ruim lhe pareça. Se não o fizer, voltarei para despejá-lo em sua garganta. – Depois pegou o paletó e saiu do quarto.

Com um suspiro de alívio, Daisy depositou a bandeja na mesinha de cabeceira.

– Graças a Deus – comentou. – Não sabia como faria para tirá-lo daqui se ele se recusasse a sair. Espere... Deixe-me ajudá-la a se levantar um pouco mais. Vou pôr outro travesseiro nas suas costas. – A moça a ergueu com destreza, demonstrando uma surpreendente competência. Então pegou uma caneca de barro contendo uma tisana fumegante e encostou-a nos lábios da amiga. – Tome um pouco disso, querida.

Annabelle tomou um gole do amargo líquido marrom e recuou.

– *Argh*...

– Mais – insistiu Daisy de forma implacável, levando a caneca até a boca da enferma.

Annabelle bebeu mais um pouco. Seu rosto estava tão entorpecido que só percebeu que parte do remédio havia escorrido dos lábios quando Daisy pegou um guardanapo e enxugou o queixo dela. Com todo o cuidado, Annabelle levantou a mão e, com a ponta dos dedos, explorou a superfície dormente de seu rosto.

– É uma sensação tão estranha – disse, com voz meio arrastada. – Não consigo sentir minha boca. Daisy... não me diga que eu babava enquanto o Sr. Hunt estava aqui?

– Claro que não – respondeu a moça imediatamente. – Se estivesse, eu teria feito alguma coisa. Uma amiga de verdade não permite que a outra babe na presença de um homem. Mesmo sendo um homem pelo qual ela não tem interesse em atrair para si.

Aliviada, Annabelle se esforçou para tomar mais um pouco do chá de pega-pega, que tinha um sabor meio parecido com o de café queimado. Talvez fosse ilusão, mas começava a se sentir um pouco melhor.

– Lillian deve ter se esfalfado para encontrar sua mãe – comentou Daisy. – Não posso imaginar por que estão demorando tanto. – Ela se afastou um pouco para observar Annabelle e seus olhos castanhos brilharam intensamente. – Apesar de tudo, estou bem feliz com isso. Se tivessem chegado depressa eu não poderia ter visto a transformação do Sr. Hunt de um grande lobo mau em... bem... em um lobo quase bom.

Um riso relutante borbulhou na garganta de Annabelle.

– Ele foi algo e tanto, não foi?

– É, foi sim. Arrogante e ah, magistral! Como um personagem desses romances tórridos que mamãe sempre arranca das minhas mãos. Ainda bem que eu estava aqui, ou, se não estivesse, ele provavelmente teria deixado todas as suas partes inomináveis expostas. – Ela continuou a tagarelar enquanto ajudava a amiga a beber mais daquele chá, limpando de novo o queixo de Annabelle. – Sabe, eu nunca pensei que diria isso, mas o Sr. Hunt não é tão terrível quanto eu pensava.

Annabelle experimentou mexer os lábios ao perceber que tinha recuperado parte da sensibilidade, o que os fez formigar.

– Pelo visto, ele tem seus méritos. Mas... não espere que essa transformação venha para ficar.

CAPÍTULO 13

Pouco mais de dois minutos haviam se passado quando Simon viu o grupo que previra: o médico, lorde Westcliff, a Sra. Peyton e Lillian Bowman. Encostando os ombros na parede, Simon olhava para eles com ar especulativo. Achava particularmente divertida a antipatia evidente entre Westcliff e a Srta. Bowman. Aquela animosidade mútua deixava claro que haviam trocado algumas palavras.

O médico era um senhor respeitável, que atendia Westcliff e seus parentes, os Marsdens, havia quase três décadas. Fitando Simon com olhos penetrantes engastados em um rosto enrugado pela idade, perguntou com imperturbável tranquilidade:

– Sr. Hunt, disseram-me que a moça contou com sua ajuda para chegar ao aposento, é verdade?

Simon relatou rapidamente ao médico a condição e os sintomas de Annabelle, preferindo omitir que tinha sido ele, e não Daisy, a descobrir as marcas da picada no tornozelo dela. A Sra. Peyton ouvia tudo pálida de angústia. Lorde Westcliff franziu o cenho e se inclinou para murmurar-lhe algo ao ouvido, ao que ela assentiu e agradeceu de um jeito distraído. Simon supôs que Westcliff tivesse prometido a ela que a filha desfrutaria dos melhores cuidados até estar plenamente recuperada.

– É claro que não poderei confirmar a opinião do Sr. Hunt até que tenha examinado a jovem – disse o médico. – No entanto, seria aconselhável mandar buscar um pouco de chá de pega-pega o quanto antes para o caso de a doença estar sendo causada pela picada de uma víbora...

– Ela já tomou um pouco – interrompeu Simon. – Mandei que trouxessem uns 15 minutos atrás.

O médico lançou a Hunt um olhar recriminador pelo fato de ele haver se aventurado a dar um diagnóstico sem ser formado em medicina.

– O pega-pega é uma droga potente, Sr. Hunt, e pode ser prejudicial caso o paciente *não* tenha sido picado por uma cobra. Devia ter esperado para ouvir a opinião de um médico antes de administrá-lo.

– Os sintomas de picada de cobra são inconfundíveis – retrucou Simon, impaciente, desejando que o sujeito não se demorasse mais ali no corredor e fosse fazer seu trabalho. – Além do mais, queria aliviar o desconforto da Srta. Peyton o quanto antes.

As bastas sobrancelhas grisalhas do velho se franziram quase escondendo seus olhos.

– Está tão seguro assim de sua opinião? – observou ele, agastado.

– Estou – respondeu Simon sem pestanejar.

De repente, o conde soltou uma gargalhada que tentara abafar e pôs a mão no ombro do médico.

– Receio que ficaremos aqui fora por tempo indeterminado se o senhor quiser tentar convencer o meu amigo de que está errado a respeito do que quer que seja. "Intransigente" é o adjetivo mais suave que poderia ser aplicado ao Sr. Hunt. Posso lhe assegurar que seria muito melhor se direcionasse seus esforços aos cuidados com a Srta. Peyton.

– Talvez – concordou o médico, aborrecido. – Embora suspeite que minha presença seja dispensável diante do diagnóstico especializado do Sr. Hunt. – Com esse comentário sarcástico, o velho entrou no quarto seguido pela Sra. Peyton e por Lillian Bowman.

Uma vez que se viu sozinho com o amigo no corredor, Simon demonstrou seu desagrado.

– Que amargo esse velho idiota – murmurou. – Não podia ter chamado alguém um pouco mais decrépito, Westcliff? Duvido que o miserável esteja vendo e ouvindo bem o bastante para ser capaz de fazer o próprio diagnóstico.

O conde ergueu uma sobrancelha preta enquanto observava Simon com um risonho ar de condescendência.

– É o melhor médico de toda Hampshire. Vamos lá para baixo, Hunt. Vamos tomar um conhaque.

Simon olhou para a porta do quarto fechada.

– Mais tarde.

Westcliff respondeu em um tom descontraído e exageradamente agradável.

– Ah, perdoe-me. É claro que vai querer aguardar aqui diante da porta como um cachorro vira-lata que espera as sobras de comida. Estarei no meu escritório... Seja um bom menino e corra para me dar notícias assim que souber de algo.

Irritado, Simon olhou para ele com frieza e desencostou da parede.

– Está bem – grunhiu. – Vou com você.

O conde assentiu com um gesto satisfeito.

– O médico me fará um relatório assim que acabar de examinar a Srta. Peyton.

Enquanto acompanhava Westcliff dirigindo-se à grande escadaria, Simon se via imerso em sombrias reflexões a respeito do modo como havia se comportado nos últimos momentos. Foi uma experiência nova deixar-se levar pelas emoções, em vez de seguir a razão, uma experiência da qual não gostou. Mas isso não tinha importância agora. Assim que percebeu que Annabelle estava doente, sentiu um vazio no peito, como se tivessem arrancado seu coração. Não teve a menor dúvida de que faria o que fosse preciso para mantê-la sã e salva. E nos momentos em que a moça lutou para conseguir respirar, com aqueles olhos que refletiam medo e dor, teve certeza de que faria qualquer coisa por ela. Qualquer coisa.

Que Deus o ajudasse se Annabelle viesse a descobrir o poder que tinha sobre ele. Um poder que representava uma ameaça perigosa tanto para o seu orgulho quanto para seu autocontrole. Ele queria possuir cada parte do corpo e da alma dela, de todas as formas íntimas concebíveis. A profundidade da paixão que ela vinha despertando nele o surpreendeu. E nenhum de seus conhecidos, muito menos Westcliff, entenderia isso. Ele costumava manter os próprios desejos e emoções firmemente controlados, mostrando desprezo por aqueles que faziam papel de tonto em questões amorosas.

Não que isso fosse amor – Simon não iria *tão* longe assim. No entanto, era muito mais do que o simples desejo físico. E exigia, no mínimo, a posse definitiva.

Obrigando-se a esconder suas emoções sob um semblante inexpressivo, Simon entrou com Westcliff no escritório.

Era um aposento pequeno e austero, com as paredes cobertas por painéis de carvalho reluzentes, cuja única decoração era um grande vitral em um dos lados. Com seus ângulos retos e mobiliário sóbrio, o lugar não era exatamente acolhedor. No entanto, era um ambiente bem masculino, onde se podia fumar, beber e conversar abertamente. Simon aceitou o conhaque que Westcliff lhe oferecia, sentou-se em uma das desconfortáveis cadeiras ao lado da escrivaninha e tomou a dose de um gole só. Deixou o copo de lado e, quando o amigo voltou a abastecê-lo, fez um gesto com a cabeça agradecendo silenciosamente.

Antes que Westcliff pudesse começar uma invectiva desnecessária acerca de Annabelle, Simon procurou distraí-lo com outro assunto:

– Você não parece se dar muito bem com a Srta. Bowman – observou.

Como tática de distração, a menção a Lillian Bowman não podia ser mais eficaz. Westcliff respondeu com um grunhido grosseiro.

– Essa sujeitinha mal-educada se atreveu a sugerir que eu fosse o culpado pelo acidente da Srta. Peyton – disse, servindo-se de outra dose de conhaque.

Simon ergueu as sobrancelhas.

– Como poderia ser culpa sua?

– A Srta. Bowman parece pensar que, como anfitrião, era minha responsabilidade garantir que minha propriedade não fosse "invadida por uma praga de víboras venenosas", segundo as próprias palavras.

– E como respondeu a ela?

– Limitei-me a dizer à Srta. Bowman que os hóspedes que decidem permanecer vestidos enquanto se aventuram nas áreas externas da propriedade não me parecem ser picados por víboras.

Simon não pôde conter o riso ao ouvir esse comentário.

– Ela só está preocupada com a amiga.

Westcliff assentiu com semblante fechado.

– Não pode se dar ao luxo de perder uma delas, já que, sem dúvida, o número de amigas que tem é bastante limitado.

Simon olhou para o fundo de seu copo sem deixar de sorrir.

– E você teve uma noite bem difícil. – Foi a observação carregada de ironia que ouvia de Westcliff. – Primeiro foi obrigado a carregar a casadoira Srta. Peyton no colo até os aposentos dela. Depois precisou examinar a perna ferida. Uma experiência terrivelmente inconveniente, sem dúvida.

O sorriso de Simon se apagou.

– Não disse que examinei a perna dela.

O conde o fitou com um olhar astuto.

– Não precisou. Eu o conheço suficientemente bem para saber que não deixaria passar uma oportunidade como essa.

– Admito que examinei o tornozelo dela. E também que cortei os laços de seu espartilho quando ficou evidente que ela não conseguia respirar.

– Que rapaz prestativo – murmurou Westcliff.

Simon fez uma careta.

– Por mais que julgue difícil de acreditar, o sofrimento de uma dama não me causa qualquer tipo de prazer.

Reclinando-se na cadeira, Westcliff lançou-lhe um olhar frio e inquisidor.

– Espero que não seja tolo o bastante para se apaixonar por essa criatura. Você sabe a minha opinião a respeito da Srta. Peyton...

– Sei, já o ouvi se manifestar sobre a questão mais de uma vez.

– Além disso – prosseguiu o conde –, odiaria ver um dos poucos homens de bom senso que conheço se transformar em um desses tolos que saem por aí apregoando seus sentimentalismos piegas.

– Não estou apaixonado.

– Mas está... *sentindo alguma coisa por ela* – insistiu Westcliff. – Nesses anos todos que nos conhecemos, nunca o vi ter uma reação tão sentimental quanto a que teve diante da porta do quarto dela.

– Só estava demonstrando compaixão por outro ser humano.

O conde bufou.

– Por um ser humano com quem está louco para se deitar.

Essa observação precisa e direta provocou em Simon um sorriso relutante.

– Estava louco há uns dois anos – admitiu. – Agora esse desejo se acirrou consideravelmente.

Deixando escapar um suspiro, Westcliff esfregou a ponte do nariz com o polegar e o indicador.

– Não há nada que eu mais odeie do que ver um amigo se encaminhar cegamente para o desastre. A sua fraqueza, Hunt, é a incapacidade que tem de resistir a um desafio. Mesmo quando o desafio não está à sua altura.

– Gosto de desafios. – Simon fez o conhaque circular no copo. – Mas isso nada tem a ver com meu interesse por ela.

– Por Deus – murmurou o conde. – Ou você bebe logo esse conhaque ou pare de brincar com ele. Vai estragar a bebida girando-a desta forma.

Simon lançou-lhe um olhar divertido e ao mesmo tempo inquisitório.

– E como exatamente se "estraga" um copo de conhaque? Não, não me diga. Meu cérebro provinciano não seria capaz de alcançar o conceito. – Obediente, tomou a bebida de um gole só e deixou o copo de lado. – Do que estávamos falando mesmo...? Ah, sim, da minha fraqueza. Antes de prosseguirmos nessa discussão, quero que admita que, em algum momento da sua vida, já privilegiou o desejo em detrimento do senso comum. Porque se isso não tiver acontecido, não há o menor sentido em continuarmos tratando desse assunto.

– É claro que já fiz isso. Qualquer homem que tenha mais de 12 anos já fez. Mas a razão de termos um maior entendimento é que podemos nos prevenir para não repetirmos os mesmos erros.

– Bem, logo isso não me diz respeito – observou Simon razoavelmente. – Não me preocupo com essa história de maior entendimento. Até agora me virei muito bem com meu parco entendimento.

A mandíbula do conde endureceu.

– Existe uma razão para a Srta. Peyton e suas amigas devoradoras estarem solteiras, Hunt. *Elas são problemáticas*.

Se os eventos de hoje não deixaram isso muito claro, então não há esperança para você.

~

Como Simon Hunt previra, Annabelle experimentou um considerável desconforto nos dias que se seguiram. Desgraçadamente, tinha se habituado ao gosto do chá de pega-pega, o qual o médico receitou que fosse tomado de quatro em quatro horas no primeiro dia e de seis em seis depois disso. Embora se pudesse dizer que o remédio ajudava a diminuir os sintomas do veneno de cobra, ele a deixava com um enjoo constante. Estava exausta e ainda assim não conseguia dormir bem. Ansiava por algo que aliviasse seu tédio, mas não conseguia se concentrar em nada por mais de alguns minutos.

As amigas fizeram o melhor que puderam para animá-la e distraí-la, o que a fez se sentir muito agradecida. Evie se sentava perto dela na cama e lia em voz alta um romance escabroso que pegara escondido na biblioteca. Daisy e Lillian levavam as últimas fofocas e a faziam rir com suas imitações maldosas de vários convidados. A seu pedido, elas contaram quem parecia estar vencendo na corrida pelas atenções de Kendall. Havia uma em particular, Lady Constance Darrowby, uma moça alta, magra e de cabelo louro, que tinha cativado o interesse do conde.

– Ela me parece bem fria, se quer saber – disse Daisy com franqueza. – Tem um jeito de franzir a boca que me faz lembrar daquelas bolsas que se fecham com um cordão, sem falar de seu terrível hábito de rir tapando a boca com a mão, como se fosse impróprio para uma dama ser pega rindo em público.

– Deve ter dentes tortos – comentou Lillian, esperançosa.

– Acho que ela é bem sem graça – prosseguiu Daisy. – Não consigo imaginar o que teria dito a Kendall para despertar seu interesse.

– Daisy – interrompeu Lillian –, estamos falando de um homem que acha divertidíssimo observar *plantas*. Sua resistência a sem gracices não conhece limites.

– Depois da festa de hoje no lago, houve um piquenique campestre – contou Daisy. – Por um instante extremamente satisfatório pensei ter surpreendido Lady Constance encontrando-a em uma posição comprometedora com um dos convidados. Ela desapareceu por um tempo com um cavalheiro que não era lorde Kendall.

– E quem era? – indagou Annabelle.

– O Sr. Benjamin Muxlow, um vizinho fazendeiro. O tipo de homem que é o sal da terra e possui muitos hectares cultivados, uns muitos criados e está à procura de uma esposa que lhe dê uns oito ou nove filhos, remende os punhos de suas camisas e faça chouriço na época da matança de porcos...

– Daisy – interrompeu Lillian ao ver Annabelle ficar com o rosto meio esverdeado –, tente falar de coisas um pouco menos repugnantes, está bem? – E sorriu para Annabelle se desculpando. – Sinto muito, querida. Mas você precisa admitir que os ingleses comem certas coisas que fariam um americano sair correndo aos berros da mesa.

– De qualquer forma – continuou Daisy com exagerada paciência –, Lady Constance desapareceu depois de ter sido vista em companhia do Sr. Muxlow e, naturalmente, fui procurá-la na esperança de ver algo que a desqualificasse, fazendo com que lorde Kendall perdesse o interesse por ela. Você não pode imaginar o meu prazer ao descobrir os dois atrás de uma árvore com a cabeça quase colada.

– Estavam se beijando? – quis saber Annabelle.

– Não. Maldita seja. Muxlow estava ajudando Lady Constance a pôr no ninho um filhote de passarinho que havia caído.

– Hum. – Annabelle deixou os ombros penderem antes de acrescentar, mal-humorada: – Que doçura da parte dela.

Ela sabia que seu desânimo se devia aos efeitos do veneno da cobra, sem mencionar o intragável antídoto. No entanto, o fato de conhecer a causa da falta de ânimo não a melhorava em nada.

Ao ver a amiga tão abatida, Lillian pegou uma escova de cabelo cujo cabo de prata precisava ser lustrado.

– Esqueça Lady Constance e lorde Kendall por ora – ordenou a moça. – Deixe-me trançar seu cabelo. Vai se sentir muito melhor quando ele não estiver mais caindo no rosto.

– Onde está meu espelho de mão? – perguntou Annabelle, inclinando-se para a frente a fim de permitir que Lillian se sentasse atrás dela.

– Não consegui encontrá-lo – respondeu Lillian com toda a calma.

Não passou despercebido a Annabelle que o espelho havia sumido convenientemente. Sabia que sua doença tinha feito um estrago em sua aparência, deixando seu cabelo sem viço e a pele sem a cor saudável que costumava ter. Ademais, as constantes náuseas impediam que comesse e com isso seus braços, prostrados sobre a colcha, estavam muito mais finos.

À noite, deitada em seu leito de convalescente, ouviu os sons da música e da dança que entravam pela janela vindos do salão de baile no andar de baixo. Imaginou Lady Constance dançando com lorde Kendall e se remexeu nos lençóis, chegando à triste conclusão de que suas chances de conseguir se casar tinham se esvaído por completo.

– Odeio víboras – resmungou, observando a mãe organizar os objetos da mesinha de cabeceira. Colheres para o remédio pegajoso, frascos, lenços, uma escova de cabelo e grampos. – Odeio estar doente e odeio passear pelo bosque. Odeio acima de tudo jogar *rounders* de calças curtas!

– O que disse, querida? – perguntou Philippa, parando de pôr uns copos vazios na bandeja.

Annabelle balançou a cabeça, subitamente melancólica.

– Eu... ah, nada, mamãe. Estava pensando... Quero voltar para Londres daqui a um ou dois dias, quando estiver em condições de viajar. Não há motivo para ficarmos aqui. Lady Constance já praticamente se tornou Lady Kendall, e não tenho ânimo nem boa aparência para atrair a atenção de qualquer outra pessoa. Além disso...

– Eu não perderia as esperanças ainda – disse Philippa, deixando a bandeja de lado. Inclinou-se sobre a filha e acariciou a testa dela com um gesto terno e maternal. – Não foi anunciado noivado algum, e lorde Kendall tem me perguntado por você com muita frequência. Não se esqueça do enorme buquê de jacintos que ele lhe trouxe. Segundo me disse, ele próprio colheu as flores.

Cansada, Annabelle olhou para o canto onde estava o enorme arranjo, que ainda perfumava o ar.

– Mamãe, já pensei em lhe pedir várias vezes... poderia levá-lo daqui? É lindo e o gesto foi encantador... Mas o cheiro...

– É claro, não havia pensado nisso – disse Philippa imediatamente. Sem perder tempo, foi até o vaso com as flores azuis de talos recurvados e se encaminhou para a porta. – Vou deixá-las na entrada e pedirei a uma criada que as leve... – A voz de Philippa foi se apagando à medida que ela se afastava, dedicada à tarefa.

Annabelle pegou um grampo de cabelo aleatório, começou a brincar com o metal dentado e de repente franziu a testa. O buquê de Kendall era um de muitos outros, na verdade. A notícia de sua doença tinha garantido uma boa mostra de simpatia por parte dos convidados da mansão de Stony Cross. Até mesmo lorde Westcliff havia lhe enviado um arranjo de rosas da estufa em seu nome e em nome dos Marsdens. A proliferação de jarros de flores dera um aspecto fúnebre ao quarto. Estranhamente, não havia ali nenhum buquê de Simon Hunt. Não havia um bilhete sequer ou uma única flor. Depois de ter sido tão solícito duas noites antes, ela esperava que ele se manifestasse com *alguma coisa*. Uma pequena mostra de preocupação que fosse... Mas achou que Hunt devia ter chegado à conclusão de que ela era uma criatura absurdamente problemática, que, portanto, não merecia sua atenção. Se estivesse certa, podia se alegrar porque não voltaria a ser atormentada por ele.

No entanto, sentiu uma estranha pressão na garganta e umas lágrimas indesejadas se formaram em seus olhos. Não conseguia entender a própria reação. Ou aquela emoção subjacente à enorme desesperança. Mas parecia estar possuída por um desejo indescritível... se ao menos conseguisse nomeá-lo. Se ao menos...

– Bem, isso é no mínimo estranho – disse Philippa, perplexa, ao entrar novamente no quarto. – Acabo de encontrar isto atrás da porta. Alguém deixou ali, sem bilhete, sem nada. E parecem novas. Acha que isso é coisa de uma das suas amigas? Um presente tão excêntrico só pode ter vindo das moças americanas.

Erguendo o corpo contra o travesseiro, Annabelle viu um par de objetos postos no seu colo e ficou bem surpresa. Era um par de botinas, amarradas com um belo laço vermelho. O couro era extremamente macio, tingido no tom de bronze da moda. As botinas tinham sido lustradas e reluziam como vidro. Os saltos eram baixos e as solas tinham uma costura firme. Eram botinas práticas, mas bem elegantes, enfeitadas com um delicado bordado de folhas que cobriam toda a parte da frente. Olhando para elas, Annabelle sentiu o riso começando a se formar em sua garganta.

– Devem ser um presente das Bowmans – disse, mas sabia que não era verdade.

As botinas eram um presente de Simon Hunt, que tinha plena consciência de que um cavalheiro nunca devia dar uma peça de vestuário a uma dama. Tinha que devolvê-las logo, pensou, embora estivesse agarrada a elas. Só Simon Hunt podia lhe dar algo tão pragmático e ao mesmo tempo tão inaceitavelmente pessoal.

Sorrindo, ela desatou o laço vermelho e segurou uma das botinas. Era surpreendentemente leve, e ela sabia só de olhar que caberia direitinho em seus pés. Mas como ele saberia por que número pedir e onde teria conseguido comprá-las? Annabelle passou um dedo ao longo dos pespontos que uniam a sola ao couro cor de bronze que reluzia na parte superior.

– Como são bonitas – comentou Philippa. – Bonitas demais para serem usadas em uma caminhada por uma trilha lamacenta.

Annabelle levou a botina ao nariz e inspirou o cheiro limpo de couro polido. Passou a ponta do dedo ao redor da borda superior arredondada e, em seguida, a afastou para observá-la como se fosse uma escultura de valor inestimável.

– Já andei o bastante pelo campo – disse, com um sorriso. – Estas botinas vão passar apenas pelos belos caminhos de cascalho em meio ao jardim.

Philippa a fitava com ternura e estendeu a mão para fazer um carinho no cabelo da filha.

– Nunca pensei que um novo par de botinas a deixariam tão animada... No entanto estou muito feliz com isso. Posso pedir que tragam a bandeja de sopa e torradas, querida? Você precisa tentar comer alguma coisa antes de tomar a próxima dose do chá de pega-pega.

Annabelle fez uma careta de nojo.

– Sim, pode pedir a sopa.

Philippa assentiu satisfeita e alcançou as botinas.

– Só vou tirá-las do seu colo e guardá-las no armário...

– Ainda não – murmurou Annabelle apertando-as com um gesto possessivo.

Philippa sorriu ao ir tocar o sino para chamar os criados.

Recostando-se, Annabelle passou de novo a ponta dos dedos no couro macio e sentiu a pressão em seu peito diminuir. Sem dúvida era um sinal de que o efeito do veneno ia desaparecendo. Mas não explicava por que se sentiu tão aliviada e tranquila de repente.

Teria que agradecer a Simon Hunt, é claro, e dizer que seu presente era indecoroso. E se ele reconhecesse que havia de fato dado as botinas a ela, não teria outra coisa a fazer senão devolvê-las. Algo como um livro de poesia, uma lata de caramelos ou um buquê de flores teria sido bem mais apropriado. Mas nenhum outro presente havia lhe tocado tanto quanto esse.

Annabelle não se separou das botinas a noite toda, apesar de a mãe adverti-la de que deixar sapatos em cima da cama trazia má sorte. Quando ela finalmente caiu no sono, com a música da orquestra ainda entrando pela janela, consentiu em deixar o presente na mesinha de cabeceira. De manhã, ao acordar, vê-las ali a fez sorrir.

Capítulo 14

Na terceira manhã depois da picada de víbora, Annabelle finalmente sentiu-se bem o suficiente para sair da cama. Para seu imenso alívio, a maioria dos convidados tinha ido a uma festa na propriedade vizinha, o que deixou Stony Cross tranquila e praticamente vazia. Depois de consultar a governanta, Philippa levou Annabelle para um salão privativo no andar de cima, com vista para os jardins. Era um cômodo adorável, com as paredes cobertas por um papel azul florido e cheio de retratos de crianças e animais. Segundo a governanta, esse era um cômodo usado apenas pelos Marsdens, mas o próprio lorde Westcliff sugerira que o usassem com o intuito de oferecer conforto a Annabelle.

Philippa pôs uma manta sobre os joelhos da filha e deixou o chá de pega-pega na mesinha a seu lado.

– Você precisa tomar o chá – disse com firmeza em resposta à careta de Annabelle. – É para o seu próprio bem.

– Você não precisa ficar no quarto cuidando de mim, mamãe – confessou a moça. – Ficarei muito feliz se puder relaxar um pouco aqui enquanto você vai dar um passeio ou conversar com suas amigas.

– Tem certeza? – perguntou Philippa.

– Absoluta. – Annabelle pegou o chá e tomou um gole. – Estou tomando o meu remédio, viu só? Pode ir, mamãe, e não se preocupe comigo.

– Está bem – concordou Philippa meio relutante. – Mas só por um tempinho. A governanta me disse que você pode usar esse sino da mesinha se precisar de algum criado. E não esqueça de tomar toda e qualquer gota do chá.

– Farei isso – prometeu ela, esforçando-se para abrir um largo sorriso e mantê-lo até a mãe sair do cômodo. Assim que ela sumiu do campo de visão, Annabelle se inclinou por cima do sofá e derramou com cuidado o conteúdo da caneca pela janela.

Com um suspiro de satisfação, ela se aconchegou enrodilhando-se em um dos cantos do sofá. De vez em quando os criados faziam algum barulho rompendo o plácido silêncio: um prato batendo, o murmúrio da voz da governanta, uma vassoura varrendo o tapete do corredor. Apoiou o braço no parapeito da janela e se inclinou na direção de um raio de sol, deixando o brilho banhar-lhe o rosto. Fechou os olhos e ouviu o zumbido de abelhas se deslocando preguiçosamente das flores de hortênsia de um cor-de-rosa escuro para os delicados ramalhetes de ervilha-doce plantados nas jardineiras. Apesar de ainda estar muito fraca, era agradável ficar sentada ali desfrutando dessa cálida letargia, sonolenta como um gato.

Demorou a responder quando ouviu um som vindo da porta – uma única batidinha, como se o visitante relutasse em interromper o devaneio de Annabelle com um barulho mais forte. Ofuscada pela luz do sol, Annabelle permaneceu sentada com as pernas dobradas até que os borrões de luz foram pouco a pouco desaparecendo e ela viu, à sua frente, a forma escura e delgada de Simon Hunt. Encontrava-se com um ombro no batente, apoiando o peso do corpo em uma pose despreocupadamente natural. Com a cabeça um pouco inclinada, ele a observava com uma expressão insondável no rosto.

A pulsação de Annabelle acelerou. Como de hábito, Hunt estava impecavelmente vestido, mas os trajes formais não disfarçavam a energia viril que parecia emanar dele. Ela se lembrou dos braços e peito firmes de Hunt, do contato das mãos dele em seu corpo quando ele a carregou... Ah, nunca mais conseguiria olhar para ele sem se recordar disso tudo!

– Você está parecendo uma borboleta que saiu voando do jardim – disse Hunt com suavidade.

Devia estar zombando dela, pensou Annabelle, perfeitamente consciente da moribunda palidez. Levou a mão ao cabelo para ajeitar as mechas em desalinho.

– O que está fazendo aqui? Não devia estar na festa do vizinho?

Ela não teve a intenção de ser brusca ou desagradável, mas sua habitual facilidade com as palavras parecia ter lhe abandonado. Quando olhava para Hunt, não conseguia parar de pensar no alívio que sentira quando ele friccionara o seu peito. A lembrança provocou um calor por causa da vergonha, sua pele enrubesceu.

Hunt respondeu com um tom levemente cáustico.

– Tenho negócios a tratar com um de meus gerentes, que chega de Londres esta manhã. Ao contrário dos cavalheiros de meias de seda, cujas linhagens você tanto admira, eu tenho que decidir coisas mais importantes do que o local onde vou estender minha toalha para o piquenique. – Ele afastou-se do batente da porta e entrou no quarto, sem deixar de observá-la. – Ainda se sente fraca? Logo estará melhor. Como está o seu tornozelo? Levante a saia... acho que eu deveria dar mais uma olhada.

Annabelle o fitou alarmada por uma fração de segundo, então começou a rir quando percebeu o brilho em seus olhos. A audácia daquela fala de alguma forma diminuiu sua vergonha e ela relaxou.

– É muito gentil da sua parte – disse ela em tom cortante. – Mas não há necessidade. Meu tornozelo está muito melhor, obrigada.

Hunt sorriu enquanto se aproximava dela.

– Quero que saiba que minha oferta foi motivada pelo mais puro altruísmo. Não houve qualquer prazer ilícito na visão de uma perna exposta. Bem, talvez um pequeno estremecimento, mas nada que eu não tenha podido ocultar com facilidade.

Com uma das mãos, pegou o espaldar de uma cadeira e a levou para perto dela, onde se sentou. Annabelle ficou impressionada com a facilidade com que ele ergueu o móvel pesado de madeira maciça como se fosse uma pluma. Deu uma olhada para o vão da porta. Contanto que não fosse fechada, podia perfeitamente estar sentada ao lado de Hunt. Além do mais, logo sua mãe voltaria para ver como ela estava. Antes disso, porém, decidiu comentar sobre as botinas.

– Sr. Hunt – principiou com cautela –, há algo sobre o qual preciso lhe perguntar...

– Pois não.

Os olhos dele eram definitivamente bem atraentes, pensou Annabelle, distraída. Vibrantes e cheios de vida, faziam com que ela se perguntasse por que as pessoas normalmente preferiam olhos azuis aos escuros. Nenhum tom de azul poderia transmitir a ebulição inteligente que brilhava nos profundos olhos negros de Simon Hunt.

Por mais que tentasse, não lhe ocorria uma forma sutil de abordar o assunto. Depois de uma luta silenciosa com várias frases, Annabelle decidiu perguntar diretamente.

– Você é o responsável pelas botas?

A expressão dele não revelou coisa alguma.

– Botas? Temo não ter entendido, Srta. Peyton. É alguma metáfora ou está se referindo a um calçado mesmo?

– Botinas – afirmou ela, olhando para Hunt com manifesta desconfiança. – Um par novo que foi deixado diante da porta do meu quarto ontem.

– Por mais que me encante discutir qualquer parte do seu guarda-roupa, Srta. Peyton, temo não saber nada a respeito desse par de botinas. No entanto, sinto alívio em saber que tenha conseguido adquiri-las. A menos, é claro, que desejasse continuar agindo como bufê para a fauna selvagem de Hampshire.

Annabelle o fitou por um longo tempo. Apesar de ter negado, havia algo escondido por trás de sua fachada neutra – umas faíscas zombeteiras em seus olhos.

– Então está negando que tenha me presenteado com as botinas?

– Nego enfaticamente.

– Mas eu me pergunto... se alguém desejasse presentear uma dama com um par de botinas sem o conhecimento dela, como seria capaz de saber o tamanho exato de seus pés?

– Seria uma tarefa razoavelmente simples – disse ele. – Imagino que tal pessoa pudesse pedir a uma criada que copiasse a sola do sapato descartado da dama em questão. Em seguida, poderia levar o desenho para o sapateiro local, a quem pediria que atrasasse o trabalho que estivesse fazendo e passasse na frente a confecção dos sapatos novos.

– Seriam muitos problemas com os quais a pessoa teria que lidar – murmurou Annabelle.

O olhar de Hunt se iluminou de repente.

– Seria bem menos problemático do que ter que carregar uma mulher ferida por três lances de escada toda vez que ela resolver sair para caminhar com sapatos inapropriados.

Annabelle percebeu que ele nunca admitiria ter dado as botinas a ela, o que permitiria que ela as mantivesse, mas também assegurava que jamais poderia agradecer a ele. E ela sabia que tinha sido Hunt. Estava escrito na testa dele.

– Sr. Hunt – disse ela, com ar solene. – Eu... eu gostaria... – Fez uma pausa, incapaz de encontrar as palavras, e o fitou, impotente.

Apiedando-se dela, Hunt se levantou, foi até o outro lado do cômodo e pegou uma mesinha redonda de jogos. Tinha pouco mais de meio metro de diâmetro e fora construída com um mecanismo engenhoso na tampa de modo a permitir que se jogasse tanto damas quanto xadrez ao girá-la.

– Você joga? – perguntou ele casualmente, pondo a mesa diante dela.

– Damas? Sim, jogo de vez em quando...

– Não, não me referia a damas, mas ao xadrez.

Annabelle negou com a cabeça e retornou à posição encolhida no sofá.

– Não, nunca joguei xadrez. E não quero parecer pouco interessada, mas... no momento não tenho vontade de tentar algo tão difícil quanto...

– É hora de aprender, então – disse Hunt, aproximando-se de umas prateleiras onde havia uma caixa de madeira entalhada. – Dizem por aí que não se pode conhecer de verdade uma pessoa até que se tenha jogado xadrez com ela.

Annabelle o observava com cautela, nervosa com a perspectiva de estar sozinha com ele – e, ainda assim, completamente seduzida pela deliberada gentileza de Hunt. A impressão que dava era que ele tentava persuadi-la a confiar nele. Havia uma suavidade nos modos dele que parecia se contrapor à imagem de farrista cínico que ela sempre fizera dele.

– E você acredita nisso? – perguntou Annabelle.

– Claro que não – respondeu Hunt ao mesmo tempo que levava a caixa até a mesa, onde a abriu, revelando um conjunto de peças de ônix e marfim, esculpidas com riquezas de detalhes. Ele lançou um olhar provocante a ela. – A verdade é que não se pode conhecer de verdade um homem até que se tenha emprestado dinheiro a ele. E não se pode conhecer de verdade uma mulher até ter dormido na cama dela.

Hunt disse isso, é claro, com o propósito de chocá-la. E conseguira, apesar de Annabelle ter feito de tudo para esconder.

– Sr. Hunt – principiou ela, de cenho franzido para os olhos risonhos dele –, se continuar a fazer observações vulgares, vou ser forçada a lhe pedir que vá embora.

– Perdoe-me. – O ar de arrependimento do rapaz não a enganou nem por um minuto sequer. – É que não consigo resistir a uma oportunidade de fazê-la corar. Nunca conheci uma mulher que ficasse assim com tanta frequência.

O tom vermelho que havia começado na garganta dela se espalhara, chegando à raiz do cabelo.

– Eu *nunca* fico corada. Só quando você está por perto que... – Deteve-se de súbito e o fitou com uma expressão tão indignada que o fez rir.

– Vou me comportar agora – afirmou ele. – Não me peça para ir embora.

Ela o olhou indecisa, passando a mão trêmula pela testa, o que demonstrava sua fragilidade física. Isso o fez falar de um jeito mais suave.

– Não se preocupe – murmurou. – Deixe-me ficar, Annabelle.

Ela respondeu com um aceno de cabeça vacilante e voltou a se apoiar nas almofadas do sofá enquanto ele arrumava as peças metodicamente. O toque de Hunt nelas era leve e suave, o que chegava a surpreender, sobretudo ao se considerar o tamanho de suas mãos. Podiam ser rudes, pensou ela, bronzeadas e másculas, com um pouquinho de pelos pretos no dorso.

Como estava meio inclinado sobre ela, Annabelle sentiu o cheiro intrigante de seus perfumes, um toque de algodão e sabão de barbear se sobrepunham à fragrância da pele masculina limpa. E havia ainda algo mais indescritível, um cheiro doce em seu hálito, como se tivesse acabado de comer peras ou talvez uma fatia de abacaxi. Ao erguer os olhos para fitá-lo, percebeu que com muito pouco esforço ele poderia ter se inclinado mais e a beijado. Esse pensamento a fez estremecer. Na verdade, ela queria sentir seus lábios nos dele, inalar esse efêmero toque de doçura no hálito de Hunt. Queria que ele voltasse a abraçá-la.

Ao se dar conta disso, abriu bem os olhos. A súbita ausência de movimento de Annabelle ficou evidente para Hunt. Ele, por sua vez, desviou a atenção do tabuleiro e voltou-a para o rosto da moça, e o que quer que tenha visto na expressão dela o fez perder o ar. Nenhum dos dois se moveu. A única coisa que ela podia fazer era esperar em silêncio, enrolando o dedo nas franjas do sofá e se perguntando o que ele faria agora.

Hunt rompeu a tensão com um longo suspiro e falou com uma voz ligeiramente rouca:

– Não, você ainda não está recuperada o suficiente.

Era difícil ouvir as palavras dele porque o coração de Annabelle batia mais alto.

– O qu-que disse? – perguntou ela baixinho.

Parecendo incapaz de se controlar, Hunt afastou uma mecha do cabelo ondulado do rosto de Annabelle. A carícia feita com a ponta dos dedos foi como uma centelha na pele sedosa dela, deixando um relance de sensação em seu rastro.

– Sei o que está pensando. E, acredite, estou tentado. Mas você ainda está muito fraca... e meu autocontrole hoje está bastante escasso.

– Se está insinuando que eu...

– Nunca perco tempo com insinuações – murmurou ele, voltando a se concentrar na metódica arrumação das peças de xadrez. – É óbvio que deseja que eu a beije. E quando chegar a hora certa, ficarei feliz em fazê-lo. Mas ainda não.

– Sr. Hunt, você é o homem mais...

– Sim, eu sei – disse ele com um sorriso. – Pode poupar o esforço de me atirar adjetivos na cara. Já ouvi todos os possíveis.

Ele se sentou e pôs uma peça de xadrez na mão dela. O ônix esculpido era pesado e frio, mas a superfície lisa foi esquentando aos poucos na palma de Annabelle.

– Não quero atirar adjetivos na sua cara – retrucou ela. – Um ou dois objetos afiados já bastariam.

Hunt deu uma risada profunda e acariciou o dorso dos dedos dela com o polegar antes de afastar a mão. Ela sentiu a aspereza de um calo naquele polegar, uma sensação não muito diferente da lambida de um gato. Perturbada com a própria resposta, Annabelle olhou para a peça de xadrez que tinha na mão.

– Essa é a rainha, a peça mais poderosa do tabuleiro. Pode se movimentar em qualquer direção e quantas casas quiser.

Não havia nada de sugestivo em suas palavras – mas quando ele falava em um tom leve, como naquele instante, a tonalidade rouca da voz dele fazia com que ela sentisse um formigamento.

– Mais poderosa do que o rei? – indagou ela.

– Sim. O rei só pode se mover uma casa por vez. No entanto é a peça mais importante.

– Por que é mais importante do que a rainha se não é o mais poderoso?

– Porque, uma vez que é capturado, o jogo acaba. – Ele trocou a peça que dera a ela por um peão. Os dedos de Hunt roçaram os dela, demorando-se em uma breve, mas inconfundível, carícia. Apesar de saber que devia refrear essas familiaridades escandalosas, Annabelle se viu rendida por uma espécie de torpor que a impeliu a apertar a peça de marfim com tanta força que os nós de seus dedos chegaram a ficar brancos. Quando continuou com a explicação, o tom de Hunt era grave e aveludado. – Este é o peão, que se move uma casa por vez. Não pode andar nem para trás nem para os lados, a menos que se coma outra peça na diagonal. A maioria dos principiantes tem a tendência de mexer muito os peões no começo do jogo, pois assim controlam uma área maior do tabuleiro. Mas a estratégia que dá melhores resultados é fazer bom uso das outras peças...

À medida que ia explicando a utilidade de cada peça, Hunt as punha na palma da mão dela. Annabelle encontrava-se hipnotizada com o roçar das mãos dele, e seus sentidos estavam afloradíssimos. Suas defesas habituais pareciam ter virado pó. Alguma coisa devia ter acontecido com ela, ou com ele, ou talvez com ambos, algo que lhes permitia interagir um com o outro com uma desenvoltura que não existia antes. Não queria convidá-lo a se aproximar mais... Nada de bom poderia resultar daquilo... Mas ainda assim não podia deixar de desfrutar da proximidade dele.

Hunt a persuadiu a jogar e esperava pacientemente ela pensar em cada movimento possível, dando conselhos quando lhe pedia. Seu jeito era tão encantador e a distraía com tanta eficiência que Annabelle quase não se importava com quem ganharia. Quase. Quando moveu uma peça para uma posição que ameaçava não só uma, mas duas peças dele, Hunt lhe dirigiu um sorriso de aprovação.

– Isso se chama uma estratégia de garfo e espeto. Como eu suspeitava, você tem uma habilidade natural para o xadrez.

– Agora você não tem escolha, a não ser recuar – disse Annabelle triunfante.

– Ainda não. – Ele moveu uma de suas peças em uma área diferente do tabuleiro e ameaçou diretamente a rainha dela.

Intrigada com a estratégia, ela percebeu que Hunt acabara de obrigá-la a recuar.

– Não é justo – protestou, fazendo-o rir.

Annabelle entrelaçou os dedos e apoiou o queixo nas mãos para contemplar o tabuleiro. Passou um minuto inteiro pensando em várias estratégias, mas nenhuma lhe parecia acertada.

– Não sei o que fazer – admitiu afinal. Ergueu os olhos e percebeu que ele a fitava de uma forma estranha. Seu olhar era a um só tempo terno e preocupado. Isso a desconcertou e ela teve que engolir em seco para fazer desaparecer de sua garganta a sensação de doçura espessa, como mel.

– Deixei você cansada – murmurou Hunt.

– Não, estou bem...

– Vamos continuar o jogo mais tarde. Você vai ver seu próximo movimento com mais clareza quando estiver descansada.

– Não quero parar – insistiu ela, irritada com a recusa. – Além disso, não vamos nos lembrar de como as peças estão dispostas.

– Eu vou – retrucou Hunt, ignorando os protestos dela. Ele se levantou e afastou a mesa até deixá-la fora de alcance. – Você precisa dormir um pouco. Precisa de ajuda para voltar ao quarto ou...?

– Sr. Hunt, *não* penso em voltar para o meu quarto – declarou com teimosia. – Estou cansada de ficar lá. Na verdade, preferia dormir no corredor a ter que...

– Tudo bem – murmurou ele com outro sorriso e voltando a se sentar. – Acalme-se. Longe de mim obrigá-la a fazer algo que não deseja. – Ele entrelaçou os dedos e se recostou, assumindo uma postura enganosamente casual e estreitando os olhos para observá-la. – Amanhã os convidados voltam à mansão com força total – comentou. – Suponho que você vai retomar a aproximação de Kendall em breve, não?

– Provavelmente – admitiu ela, tapando a boca quando um bocejo teimou em abrir seus lábios.

– Você não o quer – disse Hunt em voz baixa.

– Ah, quero sim. – Annabelle se deteve, sonolenta, meio que apoiando a cabeça no braço dobrado. – E... embora tenha se mostrado muito gentil comigo, Sr. Hunt... temo que isso não mude em nada os meus planos.

Ele a fitou do mesmo jeito descontraído e concentrado que olhara para o tabuleiro de xadrez.

– Eu também não pretendo mudar meus planos, doçura.

Se Annabelle não estivesse tão cansada, teria feito objeções a esse tratamento. Mas, em vez disso, limitou-se a ponderar as palavras dele em meio ao sono. Os planos dele...

– Que são evitar que eu consiga capturar lorde Kendall – concluiu ela.

– Vão um pouco além disso – replicou ele, com um traço de diversão nos cantos da boca.

– O que quer dizer?

– Não vou revelar minha estratégia. É evidente que preciso de qualquer vantagem que puder conseguir. O próximo movimento é seu, Srta. Peyton. Mas não se esqueça de que a estarei observando.

Annabelle sabia que devia se assustar com tal advertência. Mas sentia um cansaço esmagador e fechou os olhos por uns segundos. A umidade por trás das pálpebras aliviou a ardência que anunciava uma incontrolável necessidade de dormir. Abriu os olhos com grande relutância e viu a imagem desfocada de Hunt à sua frente. Era uma pena que precisassem ser adversários, pensou ela, exausta.

Não sabia que tinha dito isso em voz alta até ouvir a réplica dele em tom amável.

– Nunca fui seu adversário.

– Então é meu amigo? – murmurou ela, cética, rendendo-se à tentação de fechar os olhos outra vez. Mas agora o sono a acolheu com um abraço de boas-vindas e tão depressa que mal teve tempo de registrar que Hunt a cobriu até os ombros com a manta que havia em seu colo.

– Não, doçura – sussurrou ele. – Não sou seu amigo...

Foi um sono brando. Ao despertar, constatou que estava sozinha no salão privativo, então, cochilou outra vez banhada pela luz do sol. Quando seu corpo entrou em estado de sono profundo, teve um sonho de cores vívidas, no qual todos os seus sentidos estavam aguçados e seu corpo estava tão leve que parecia flutuar em um oceano de água tépida. Aos poucos as formas se materializaram ao redor dela...

Ela vagava por uma casa desconhecida, uma mansão brilhante onde a luz do sol entrava por janelas altas. Os cômodos estavam vazios, sem convidados ou criados à vista. A música chegava pelo ar, vinda de algum lugar indefinido. Era uma melodia triste e etérea que despertava nela um desejo. Andando sozinha, encontrou uma espaçosa sala com colunas de mármore e sem teto... A céu aberto, ligeiramente sombreada por uma nuvem que passava sobre a propriedade. O chão sob seus pés era formado por uns quadrados brancos e pretos, que pareciam um tabuleiro de xadrez, com estátuas de tamanho natural dispostas em algumas dessas casas.

Movendo-se entre elas com curiosidade, Annabelle circulava lentamente para contemplar os brilhantes rostos esculpidos. Desejou ter alguém com quem falar, o calor de alguma mão humana que pudesse segurar. Atravessou o gigantesco tabuleiro de xadrez, procurando às cegas entre a multidão de figuras imóveis – até que viu uma silhueta escura apoiada indolente em uma coluna branca de mármore. Seu coração acelerou e seus passos foram diminuindo à medida que uma onda de excitação se apoderava dela, aquecendo sua pele e alterando sua pulsação para um ritmo frenético.

Era Simon Hunt, que caminhava em sua direção com um leve sorriso no rosto. Ele a segurou antes que ela pudesse escapar e se inclinou para sussurrar em seu ouvido:

– Dança comigo agora?

– Não posso – disse ela, sem fôlego, lutando para se livrar de seu abraço apertado.

– Sim, você pode – insistiu com suavidade, a boca quente e macia deixando um rastro de beijos em seu rosto. – Ponha os braços ao redor do meu pescoço...

Como ela se contorcia em seus braços, Hunt riu baixinho e a beijou até que ela ficasse inerte e indefesa.

– A rainha está a ponto de ser capturada – murmurou ele, recuando para fitá-la com uma expressão perversa no olhar. – Está correndo perigo, Annabelle...

Subitamente ela se libertou e se virou para fugir dele. No caminho, tropeçou nas estátuas por causa da pressa. Hunt a seguiu de perto. Seu riso grave ecoava nos ouvidos de Annabelle. Estava logo atrás dela, prolongando deliberadamente a perseguição, até que ela ficou exausta, com calor e sem fôlego. Quando enfim a capturou, ele a virou de costas antes de deitá-la no chão. O cabelo escuro dele ocultava o céu quando ele cobriu o corpo dela com o seu, e a música foi abafada pelo estrépito das batidas do coração dela.

– Annabelle – sussurrou ele. – Annabelle...

Ela acordou, arregalando os olhos, com o rosto corado por causa do sonho, e descobriu que não estava mais sozinha.

– Annabelle. – Ouviu de novo. Mas não era a voz rouca de barítono que ouvira em seu sonho.

CAPÍTULO 15

Quando olhou para cima, Annabelle viu lorde Hodgeham inclinado sobre ela. Tratou logo de se sentar, chegando para trás ao se dar conta de que o que via não era fruto de sua imaginação, mas uma figura das mais reais. Incapaz de falar por estar surpresa, encolheu-se ao ver aquela mão pesada dele se estender para mexer na rendinha que havia na frente do vestido dela.

– Ouvi dizer que você estava doente – disse Hodgeham, que fitava Annabelle naquela posição meio reclinada com olhos lânguidos. – Fiquei muito compungido por seu sofrimento. Mas parece que os danos não foram permanentes. Você está... – deteve-se e umedeceu os lábios grossos – elegante como sempre, talvez apenas um pouco mais pálida.

– Como... como soube que eu estava aqui? – perguntou Annabelle. – Este é o salão privativo dos Marsdens. Não acredito que nenhum deles tenha lhe dado permissão para...

– Fiz um criado me contar. – Foi a resposta petulante de Hodgeham.

– Vá embora – ordenou Annabelle. – Ou vou gritar que está me molestando.

Hodgeham soltou uma gargalhada.

– Você não pode se permitir um escândalo desses, minha querida. Todo mundo percebe que você tem um óbvio interesse pelo Sr. Kendall. E nós dois sabemos que qualquer coisa desabonadora associada ao seu nome arruinaria completamente as suas chances com ele. – Sorriu ao perceber o silêncio que havia provocado, revelando dentes tortos e amarelados. – Assim está melhor. Minha pobre e bela Annabelle... Sei que vai recuperar as cores nessas agora pálidas bochechas. – E enfiou a mão no bolso, de onde tirou uma grande moeda de ouro que mexeu na frente dela de um jeito tentador. – Um presente como mostra de minha solidariedade pelo seu sofrimento.

A respiração de Annabelle se transformou em um silvo indignado quando Hodgeham se inclinou ainda mais, aproximando-se com a moeda entre os dedos roliços e tentando enfiá-la no espartilho dela. Ela bateu na mão de Hodgeham, empurrando-a com um movimento rápido e brusco. Embora ainda estivesse fraca, o gesto foi suficiente para fazer a moeda voar e cair em um tapete, no chão, com um baque surdo.

– Deixe-me em paz! – ordenou ela, ferozmente.

– Sua vadia de nariz empinado. Não precisa tentar fingir que é melhor do que sua mãe.

– Seu porco... – Maldizendo sua falta de força, Annabelle o empurrou quando ele se inclinou novamente na direção dela. – Não! – exclamou, cerrando os dentes e tapando o rosto com os braços. Resistiu como pôde quando ele agarrou seus pulsos. – Não...

O barulho da porta fez Hodgeham se aprumar, surpreso. Tremendo da cabeça aos pés, Annabelle olhou na direção do som e viu a mãe do outro lado com a bandeja do almoço. Quando percebeu o que estava acontecendo, Philippa deixou os talheres caírem no chão.

Ela balançou a cabeça em negação como se fosse impossível acreditar que Hodgeham estivesse ali.

– Você se atreveu a se aproximar da minha filha... – principiou ela com dureza na voz. Vermelha de raiva, deixou a bandeja em uma mesa ali perto e se aproximou de Hodgeham, falando com uma fúria contida. – Minha filha está doente, senhor. Não permitirei que sua saúde seja comprometida... Acompanhe-me *agora* e discutiremos esse assunto em outro lugar.

– Discutir não é o que desejo – retrucou Hodgeham.

Annabelle viu uma rápida sucessão de emoções cruzar o rosto da mãe: nojo, ressentimento, ódio, medo. E, finalmente, resignação.

– Afaste-se da minha filha então – disse ela com frieza.

– Não – protestou Annabelle, percebendo que Philippa tinha a intenção de ficar a sós com ele. – Fique comigo, mamãe.

– Vai ficar tudo bem. – Philippa não olhou para a filha, tinha os olhos fixos e inexpressivos em Hodgeham e naquele semblante avermelhado dele. – Seu almoço está na bandeja que eu lhe trouxe, querida. Tente comer alguma coisa...

– *Não.* – Incapaz de acreditar naquilo e desesperada, Annabelle viu a mãe sair calmamente do cômodo indo atrás de Hodgeham. – Mamãe, não vá com ele! – Mas Philippa saiu como se não tivesse ouvido.

Annabelle não sabia ao certo quanto tempo ficou olhando para a porta. Não tinha a menor intenção de pegar a bandeja para almoçar. O cheiro da sopa de legumes inundava o ambiente e provocava-lhe náuseas. Perguntava-se como essa história infernal teria começado. Ele teria imposto isso à sua mãe ou teria sido algo consensual no início? Não importava como começara, agora aquilo virara uma farsa. Hodgeham era um monstro, e Philippa ficava tentando acalmá-lo para que não as arruinasse.

Exausta e abatida, tentando não pensar no que poderia estar ocorrendo entre sua mãe e Hodgeham naquele instante, Annabelle se levantou do sofá. Fez uma careta de dor quando sentiu os músculos protestarem. Estava com dor de cabeça e tonta e só pensava em ir para o quarto. Caminhando como uma anciã, percorreu o caminho até a sineta e puxou a cordinha. Depois do que pareceu ser uma eternidade, ninguém apareceu. Como os convidados tinham saído, a maior parte dos empregados estava de folga, e não havia muitas criadas à disposição.

Passando a mão distraidamente nas mechas de cabelo sem brilho, ela avaliou a situação. Embora as pernas estivessem fracas, podia caminhar. Naquela manhã mesmo a mãe ajudara Annabelle a atravessar os corredores, saindo do quarto e indo até ali, no andar de cima, onde ficava o salão dos Marsdens. Agora, porém, não tinha certeza se conseguiria fazer o mesmo percurso sem ajuda.

Ignorando as faíscas reluzentes que dançavam diante de seus olhos como vaga-lumes, saiu do cômodo com passos curtos e cautelosos. Permaneceu próxima à parede para o caso de precisar se apoiar. Era tão estranho, pensou com tristeza, que um esforço mínimo como esse a fizesse ficar ofegante tal qual tivesse acabado de correr uma maratona. Furiosa com a própria fraqueza, perguntou-se com pesar se não deveria ter tomado aquela caneca de pega-pega afinal de contas. Concentrando-se em pôr um pé diante do outro, foi avançando bem devagar pelo primeiro corredor até que chegou a um ponto em que dobrou para a ala leste da propriedade, onde ficava seu quarto. Parou quando ouviu vozes vindas de outra direção.

Que inferno. Seria humilhante ser vista naquelas condições.

Rezando para que as vozes pertencessem a dois criados, apoiou-se na parede e ficou parada. Tinha alguns fios de cabelo colados na testa e nas bochechas suadas com o esforço.

Dois homens cruzaram o corredor à sua frente. Conversavam tão absortos no assunto que nem deram por sua presença. Aliviada, Annabelle pensou que conseguiria passar despercebida.

No entanto, não teve tanta sorte. Um dos homens acabou olhando em sua direção e imediatamente a viu. Ele se aproximou, e Annabelle reconheceu a elegância masculina daqueles passos largos antes mesmo de ver o rosto com clareza.

Parecia que estava destinada a sempre se expor na frente de Simon Hunt. Com um suspiro, afastou-se da parede tentando se recompor, mesmo com as pernas trêmulas.

– Boa tarde, Sr. Hunt...

– O que está fazendo? – perguntou Hunt apressando-se para alcançá-la. Parecia irritado, mas, quando olhou para o rosto dele, Annabelle viu a preocupação de Hunt. – Por que está sozinha no corredor?

– Estou indo para o meu quarto – respondeu, e ficou surpresa ao vê-lo passar os braços por seu ombro e sua cintura. – Sr. Hunt, não há necessidade alguma de...

– Você está fraca como um gatinho – disse ele, sem meias palavras. – Sabe muito bem que não deveria ir a lugar nenhum sozinha nessas condições.

– Não havia ninguém para me ajudar – replicou Annabelle, irritada. Sua cabeça girava e ela percebeu que tinha encostado nele, soltando o peso do corpo. O peitoral dele era maravilhosamente firme e forte, e podia sentir a seda do paletó encostada na sua bochecha.

– Onde está sua mãe? – insistiu Hunt, desembaraçando uma mecha do cabelo emaranhado dela. – Diga-me e eu vou...

– Não! – Annabelle ergueu os olhos para ele subitamente apavorada, com os dedos finos segurando as mangas do paletó de Hunt. Santo Deus, a última coisa de que precisava agora era que Hunt fosse procurar Philippa, que devia estar nesse momento em alguma situação terrivelmente comprometedora com Hodgeham. – Não precisa ir procurá-la – disse bruscamente. – Eu... eu posso muito bem ir sozinha para o meu quarto se me soltar. Eu não quero...

– Tudo bem – murmurou Hunt, mantendo o braço em torno dela. – Fique tranquila, não vou procurá-la. Acalme-se. – Continuou tocando e desembaraçando o cabelo dela com movimentos ternos e cadenciados.

Annabelle se deixou cair sobre ele enquanto tentava recuperar o fôlego.

– Simon – sussurrou ela, meio surpresa por ter acabado de usar seu primeiro nome, coisa que nunca tinha feito antes, mesmo em pensamento. Umedecendo os lábios ressecados, ela tentou recomeçar a fala e, para sua surpresa, fez a mesma coisa: – Simon...

– Sim?

Enquanto uma nova tensão percorria o corpo forte de Hunt, ele acariciou com mais ternura ainda a cabeça de Annabelle.

– Por favor... Leve-me até o meu quarto.

Hunt inclinou a cabeça dela delicadamente para trás e a fitou com um sorriso nos lábios.

– Doçura, eu a levaria até Tombuctu se você me pedisse.

Nesse meio-tempo, o homem que o acompanhava foi até eles e Annabelle ficou intimidada, embora não tenha se surpreendido, ao descobrir que se tratava de lorde Westcliff.

Ele a fitou com fria desaprovação, como se suspeitasse de que ela de alguma forma tivesse planejado aquele encontro.

– Srta. Peyton – disse secamente. – Eu lhe asseguro de que não havia necessidade alguma de ter atravessado o corredor sem estar acompanhada. Se não havia alguém disponível, poderia ter chamado os criados.

– Fiz isso, senhor – observou ela na defensiva e tentando afastar Hunt, que não estava disposto a deixá-la. – Toquei a sineta e esperei cerca de quinze minutos, mas ninguém apareceu.

Westcliff olhava para ela com evidente ceticismo.

– Impossível. Meus criados sempre se apresentam quando são chamados.

– Bem, hoje parece que foi uma exceção – alfinetou ela. – Talvez a corda da sineta esteja quebrada. Ou talvez seus criados...

– Fique tranquila – murmurou Hunt, obrigando Annabelle a recostar novamente a cabeça em seu peito. Embora não pudesse ver o rosto dele, ela notou o tom de advertência em sua voz quando se dirigiu a Westcliff. – Continuamos nossa discussão mais tarde. Agora pretendo acompanhar a Srta. Peyton até o aposento dela.

– Não é uma boa ideia, na minha opinião – disse o conde.

– Nesse caso, fico feliz de não a ter pedido – rebateu Hunt, demonstrando afabilidade.

Ouviu-se um suspiro tenso do anfitrião seguido de passos abafados pelo tapete à medida que iam se afastando deles.

Hunt inclinou a cabeça.

– Agora... você poderia me explicar o que está acontecendo? – perguntou ele tão próximo do ouvido dela que seu hálito chegou a esquentá-la.

Todas as veias de Annabelle pareciam se dilatar, levando uma onda de prazer à sua pele fria. O modo como ele a segurava fazia com que inevitavelmente se lembrasse do sonho que teve, da erótica ilusão de sentir o peso do corpo dele sobre o dela. Aquilo era inadmissível. Ela se deleitava secretamente com a sensação de estar nos braços de Hunt, mesmo sabendo que não receberia nada dele, a não ser um prazer passageiro seguido por uma desonra eterna. Conseguiu balançar a cabeça em negativa respondendo à pergunta dele, e tal movimento fez seu rosto roçar o tecido do paletó.

– Achei mesmo que não – disse Hunt ironicamente.

Experimentou soltá-la e, semicerrando os olhos, avaliou se estaria em condições de se equilibrar sozinha. Constatando que não, ele a pegou no colo. Annabelle se rendeu com um murmúrio inarticulado antes de passar os braços em volta do pescoço dele. No corredor, a caminho do quarto, ele lhe disse em voz baixa:

– De repente eu seria capaz de ajudá-la se me dissesse qual é o problema.

Ela considerou a proposta por um instante. A única coisa que conseguiria confidenciando seus problemas a Hunt seria uma provável oferta de mantê-la como amante. E ela odiava a parte de si mesma que se sentia atraída por essa ideia.

– Por que iria querer se envolver com os meus problemas? – indagou ela.

– Preciso de um motivo para querer ajudá-la?

– Precisa – respondeu ela amargamente, arrancando-lhe uma gargalhada.

Ao chegar diante do quarto, ele a pôs com cuidado no chão.

– Consegue ir até a cama sozinha ou quer que eu a coloque sob as colchas?

Embora a voz dele tivesse um leve tom de provocação, Annabelle suspeitava que bastaria um pequeno incentivo para que ele fizesse exatamente aquilo. Portanto, mais que depressa, negou.

– Não. Eu estou bem, por favor não entre. – Pôs a mão em seu peito impedindo a entrada dele. Embora frágil, o gesto foi suficiente para detê-lo.

– Tudo bem. – Hunt a fitou, tentando achar algo em seu olhar. – Mandarei uma criada vir atendê-la. Embora suspeite que Westcliff já esteja fazendo suas inquisições.

– Eu de fato puxei a corda da sineta – insistiu Annabelle,

envergonhada com o tom impertinente da própria voz. – É óbvio que o conde não acredita em mim, mas...

– Eu acredito em você. – Com o maior cuidado, Hunt afastou a mão dela de seu peito, segurando um instante os dedos finos de Annabelle antes de deixá-la ir. – Westcliff não é exatamente o ogro que aparenta ser. É preciso se familiarizar com ele por um tempo antes de poder apreciar as melhores qualidades que possui.

– Se você diz... – replicou Annabelle, demonstrando dúvida e soltou um suspiro quando voltou para o velho e enfermiço cômodo. – Obrigada, Sr. Hunt.

Perguntando-se com ansiedade quando Philippa voltaria, deu uma olhada geral no quarto antes de se voltar de novo para Hunt.

Ele a observava com olhos penetrantes que pareciam aflorar todas as emoções escondidas sob a fachada tensa da moça, que percebeu a infinidade de perguntas que o assaltavam. No entanto, a única coisa que ele disse foi:

– Você precisa descansar.

– É *só* o que tenho feito até agora. Estou enlouquecendo de tédio... Mas a simples ideia de não fazer nada já me deixa exausta. – Baixou a cabeça e mediu mentalmente os poucos passos que os afastavam antes de perguntar com cautela: – Suponho que não teria interesse em terminar a partida de xadrez mais tarde, não é?

Fez-se um breve silêncio e, em seguida, Hunt respondeu de um jeito lento e zombeteiro:

– Por que, Srta. Peyton? Fico aflito ao pensar que pode estar desejando a minha companhia.

Annabelle não foi capaz de olhar para ele e, de tanta vergonha que sentia, estava com o rosto todo vermelho.

– Eu desejaria a companhia do próprio diabo, mesmo que fosse apenas para ter algo a fazer que não seja ficar deitada na cama.

Rindo baixinho, ele estendeu a mão para colocar uma mecha de cabelo dela atrás da orelha.

– Veremos – murmurou ele. – Talvez eu passe aqui mais tarde.

Depois disso, fez uma pequena reverência e saiu pelo corredor com aquele seu passo autoconfiante de sempre.

Annabelle se lembrou, tarde demais talvez, de algo que dizia respeito a uma noite musical que fora planejada para os convidados enquanto eles desfrutavam o jantar. Simon Hunt sem dúvida iria preferir ficar com eles no andar de baixo a jogar xadrez com uma enferma descabelada e muito mal-humorada. Fez uma careta desejando poder retirar aquele convite espontâneo – ah, quão lamentavelmente desesperada devia ter soado! Bateu com uma das mãos na testa e se arrastou para dentro do quarto, deixando-se cair pesadamente na cama desfeita como uma árvore que acabava de ser cortada.

Cerca de cinco minutos depois, ouviu alguém bater à porta. Eram duas criadas, que entraram ali com ar de quem havia sido repreendido.

– Viemos fazer uma arrumação, senhorita – atreveu-se a dizer uma delas. – O patrão mandou... disse para ajudar a senhorita no que precisar.

– Obrigada – respondeu Annabelle, esperando que lorde Westcliff não tivesse sido muito severo com as moças.

Foi se sentar em uma cadeira, de onde assistiu ao turbilhão de atividade que se seguiu. Com uma velocidade quase mágica, as jovens criadas mudaram a roupa de cama, abriram a janela para entrar ar fresco, limparam o pó dos móveis e trouxeram uma banheira portátil para preparar-lhe um banho. Uma delas ajudou Annabelle a se despir, enquanto a outra trazia várias toalhas dobradas e um balde de água morna que serviria para enxaguar seu cabelo. Com um estremecimento de prazer,

Annabelle entrou na banheira portátil com bordas de mogno.

– Por favor, segura em mim, senhorita – disse a mais nova das duas, estendendo o braço para que Annabelle se sustentasse. – Não tá conseguindo ficar de pé tão bem, parece.

Annabelle obedeceu e se sentou na banheira antes de soltar o braço musculoso da mocinha.

– Qual o seu nome? – perguntou antes de recostar na banheira até os ombros ficarem imersos na água, de onde subia uma nuvem de vapor.

– Meggie, senhorita.

– Meggie, creio que deixei uma moeda de ouro caída no chão do salão privativo da família. Poderia fazer a gentileza de tentar encontrá-la para mim?

A moça lançou um olhar perplexo para Annabelle, perguntando-se claramente por que ela deixara algo tão valioso no chão e o que aconteceria se não conseguisse achá-lo.

– Sim, senhorita.

Fez uma reverência inquieta e foi correndo para o salão. Annabelle mergulhou a cabeça na água e em seguida voltou a se sentar com o rosto e o cabelo pingando. Enxugou os olhos enquanto a outra criada se inclinava para esfregar o sabão em seu cabelo.

– É uma sensação muito agradável estar sendo limpa – murmurou ela, ainda sob os cuidados da moça.

– M'nha mãe sempre diz que num é bom tomar banho quando se tá doente – disse a criada com insegurança.

– Vou correr o risco – respondeu Annabelle, inclinando agradecida a cabeça para trás enquanto a moça enxaguava seu cabelo ensaboado. Secando os olhos mais uma vez, Annabelle viu que Meggie tinha voltado.

– Eu achei, senhorita! – exclamou a criada sem fôlego, mostrando a moeda de um soberano em sua mão. Essa era possivelmente a primeira vez que a menina via uma moeda tão alta, já que uma criada ganhava aproximadamente oito xelins por mês. – Onde eu coloco?

– Pode dividir entre vocês duas – disse Annabelle.

As duas se entreolharam, pasmas.

– Ah, muito obrigada, senhorita! – exclamaram ambas, com os olhos arregalados e a boca aberta de espanto.

Infelizmente consciente da hipocrisia que era doar o dinheiro do Sr. Hodgeham quando a família Peyton havia se beneficiado de sua ajuda questionável por mais de um ano, ela baixou a cabeça, envergonhada pela gratidão das moças. Vendo o desconforto dela, as duas se apressaram em ajudá-la a sair da banheira, secaram seu cabelo e o corpo trêmulo e auxiliaram Annabelle a pôr um vestido limpo.

Revigorada e cansada depois do banho, Annabelle foi para a cama e se deitou em meio aos lençóis suaves e macios. Cochilou enquanto as criadas removiam a banheira. Estava vagamente consciente quando elas partiram na ponta dos pés para não incomodá-la. Quando acordou, tinha acabado de anoitecer e sua mãe acendia o abajur da mesinha de cabeceira, o que a ofuscou um pouco.

– Mamãe – chamou, atordoada com o sono. Estremeceu ao se lembrar do encontro que tivera com Hodgeham. – Você está bem? Ele...?

– Não quero falar sobre isso – disse Philippa em voz baixa, com o perfil delicado suavemente delineado pela luz. Os olhos estavam entorpecidos, inexpressivos, e a testa mostrava rugas de tensão. – Sim, estou bem, sim, querida.

Annabelle assentiu de um jeito quase imperceptível, enrubescida e desanimada, consciente de um profundo sentimento de vergonha. Sentou-se e sentiu as costas tão rígidas que mais parecia ter sido substituída por um atiçador de ferro. Mas, apesar da rigidez dos músculos não utilizados, sentia-se muito mais forte e, pela primeira vez em dois dias, seu estômago roncava de fome. Saiu da cama e se aproximou do toucador para pegar a escova com o intuito de deixar o cabelo um pouco mais apresentável.

– Mamãe – principiou hesitante –, preciso mudar de ares. Talvez eu volte ao salão dos Marsdens e peça que me levem uma bandeja com o jantar e coma por lá.

Philippa parecia ter ouvido apenas metade do que a filha dissera.

– Sim – respondeu com ar ausente. – Parece uma boa ideia. Quer que eu a acompanhe?

– Não, obrigada... Estou me sentindo muito bem e o salão não é longe. Posso ir sozinha. Você provavelmente vai querer um pouco de privacidade depois de... – Annabelle fez uma pausa incômoda antes de soltar a escova de cabelo. – Estarei de volta em breve.

Com um murmúrio quase inaudível, Philippa se sentou junto à lareira, e Annabelle percebeu que a aliviava a perspectiva de ficar um pouco sozinha. Depois de prender o cabelo em uma longa trança que lhe caía sobre o ombro, saiu do quarto em silêncio e fechou a porta.

Quando chegou ao corredor, ouviu um barulho sutil dos convidados que jantavam no salão do andar de baixo. A música se sobrepunha às conversas e aos risos; era um quarteto de cordas acompanhado de um piano. Deteve-se para escutar e ficou surpresa ao perceber que aquela era a mesma melodia triste, mas muito bonita, que tinha ouvido no sonho. Fechou os olhos e ouviu com mais atenção, sentindo uma dor melancólica formar um nó na garganta. A melodia a enchia de um tipo de desejo que não deveria se permitir sentir.

Meu Deus, pensou, *a doença está me transformando em uma completa sentimental. Tenho que recuperar a compostu-*

ra. Abrindo os olhos, começou a andar de novo e esteve a ponto de se chocar com alguém que vinha da direção oposta.

Seu coração pareceu se expandir dolorosamente quando viu Simon Hunt, vestido com uma elegante combinação de preto e branco e o esboço de um sorriso nos lábios. A voz profunda do rapaz fez com que um calafrio percorresse toda a coluna de Annabelle.

– Aonde pensa que vai?

Então ele tinha ido encontrá-la, apesar da elegante multidão com quem deveria estar no andar de baixo. Consciente de que a súbita fraqueza em seus joelhos não tinha nada a ver com a doença, Annabelle mexeu de forma nervosa na pontinha da trança.

– Vou pedir uma bandeja com comida e jantar no salão da família.

Hunt deu meia-volta e pegou no cotovelo dela para guiá-la ao longo do corredor. Diminuiu o ritmo para manter-se ao lado de Annabelle.

– Você não quer uma bandeja para jantar no salão privativo – observou ele.

– Não quero?

Ele assentiu, corroborando o que acabara de afirmar.

– Tenho uma surpresa para você. Venha, não está longe. – Como ela o seguiu por conta própria, Hunt a fitou de um jeito perscrutador. – Seu equilíbrio melhorou de algumas horas para cá. Como está se sentindo?

– Muito melhor – respondeu Annabelle. E corou quando seu estômago roncou de forma audível. – E um pouco faminta, para falar a verdade.

Hunt sorriu e a conduziu até uma porta parcialmente aberta. Entrou com ela no aposento, e Annabelle descobriu que estavam em um pequeno e adorável cômodo com paredes de painéis de jacarandá cobertas por tapeçarias e móveis estofados com um veludo cor de âmbar. No entanto, a característica mais marcante do local era uma janela na parede interna, que se abria para a sala de estar, situada dois andares abaixo. Esse aposento era completamente escondido dos olhos dos convidados lá embaixo, mas a música chegava ali claramente pela janela escancarada. O olhar atônito de Annabelle se voltou para uma mesinha na qual o jantar estava servido, com os pratos cobertos por uma cúpula de prata.

– Cheguei a ficar com dor de cabeça tentando descobrir o que despertaria seu apetite – disse Hunt. – Então pedi aos criados da cozinha que pusessem um pouco de tudo.

Impressionada e incapaz de se lembrar de outra ocasião em que um homem tivesse chegado a tais extremos para satisfazê-la, Annabelle de repente se viu com dificuldades para dizer algo. Engoliu em seco e passou os olhos por todo os cantos do aposento, exceto pelo ponto em que encontraria o olhar de Hunt.

– É tudo encantador. Eu... não sabia que esse cômodo existia aqui.

– Poucas pessoas sabem. A condessa, algumas vezes, vem para cá quando está muito fraca para descer. – Hunt se aproximou dela e deslizou os dedos pelo queixo de Annabelle, meio que obrigando-a a olhar em seus olhos. – Quer jantar comigo?

Ela sentiu sua pulsação se acelerar de tal forma que sem dúvida ele conseguiria senti-la sob os dedos.

– Não tenho uma acompanhante comigo – sussurrou ela com um fio de voz.

Hunt sorriu com aquela resposta e afastou a mão do queixo de Annabelle.

– Você não poderia estar mais segura. Não tenho a menor intenção de seduzi-la quando você está obviamente fraca demais para se defender.

– É muito respeitoso da sua parte.

– Vou seduzi-la quando estiver se sentindo melhor.

Reprimindo um sorriso, Annabelle ergueu a sobrancelha fina e disse:

– Você é muito convencido. Não deveria ter dito que vai *tentar* me seduzir?

– "Nunca antecipe o fracasso", é o que meu pai sempre me diz. – Então ele passou um dos braços em torno dela e conduziu-a até uma das cadeiras. – Gostaria de um pouco de vinho?

– Não deveria – disse Annabelle melancólica, sentando-se em uma das cadeiras estofadas. Provavelmente a bebida me pegaria em cheio.

Hunt serviu uma taça e a ofereceu a ela, sorrindo com um charme perverso que o próprio Lúcifer se esforçaria para tentar copiar.

– Ora – murmurou ele. – Eu cuido de você, caso fique um pouco alterada.

Tomando um gole do excelente e suave vintage, Annabelle lhe lançou um olhar irônico.

– Fico me perguntando com que frequência a perdição de uma dama começa com uma promessa como essa...

– Ainda não causei a perdição de nenhuma dama – disse Hunt, erguendo as cúpulas dos pratos e pondo-as de lado. – Em geral eu as persigo depois de já estarem perdidas.

– Há muitas damas perdidas em seu passado? – perguntou ela, incapaz de se conter.

– Tive o meu quinhão – respondeu Hunt, olhando nos olhos dela com uma expressão que não era nem apologética nem arrogante. – Ultimamente, porém, todas as minhas energias foram direcionadas para um passatempo diferente.

– Que é...?

– Estou supervisionando o desenvolvimento de uma fabricante de locomotivas na qual tanto Westcliff quanto eu investimos.

– Sério? – perguntou ela com o maior interesse. – Nunca entrei em um trem. Como é estar em um?

Hunt sorriu e seu rosto assumiu uma expressão de menino entusiasmado.

– É rápido. Emocionante. A velocidade de um trem de passageiros é em média de oitenta quilômetros por hora, mas a Consolidated está esboçando um modelo de seis cilindros combinados, que deve chegar a pouco mais de cento e dez.

– Cento e dez quilômetros por hora? – repetiu Annabelle, incapaz de imaginar-se sendo impelida para a frente em tal velocidade. – E não é incômodo para os passageiros?

A pergunta fez Hunt sorrir.

– Uma vez que o trem atinge a velocidade de viagem, você não nota o impulso.

– Como é a parte interna de um vagão de passageiros?

– Não é especialmente luxuosa – admitiu Hunt, servindo-se de mais vinho. – Eu não recomendaria viajar em nenhum outro local a não ser no vagão privativo... Especialmente para alguém como você.

– Alguém como eu? – disse ela com um sorriso de repreensão. – Se está insinuando que sou mimada, posso assegurar que está muito equivocado.

– Pois deveria ser. – Seu olhar convidativo perpassou pelo rosto rosado e pelo torso esbelto de Annabelle, voltando a fixar-se nos olhos dela. Quando falou, seu tom de voz conseguiu deixá-la sem fôlego. – Não lhe faria mal ser um pouco mimada.

Annabelle inspirou fundo tentando restaurar o ritmo normal de sua respiração. Desejou desesperadamente que ele não a tocasse, que cumprisse a promessa de não seduzi-la. Porque, se o fizesse – que Deus a ajudasse –, ela não tinha certeza se seria capaz de resistir.

– Consolidated é o nome da sua empresa? – indagou ela com a voz trêmula, tentando recuperar o fio da conversa.

Ele assentiu.

– É o parceiro britânico da Shaw Foundries.

– A empresa que pertence ao noivo de Lady Olivia, o Sr. Shaw?

– Exatamente. Shaw está nos ajudando a nos adaptar ao sistema americano de produção, que é muito mais eficiente e produtivo do que o britânico.

– Sempre ouvi dizer que as máquinas fabricadas na Inglaterra eram as melhores do mundo – comentou Annabelle.

– Isso é bem questionável. E, mesmo assim, são raramente padronizadas. Não existem sequer duas locomotivas produzidas na Inglaterra que sejam iguais, o que reduz bastante a produção e faz com que os consertos sejam complicados. No entanto, se pudéssemos seguir o modelo americano e produzíssemos peças iguais, usando calibres e modelos com o mesmo padrão, poderíamos construir um motor em questão de semanas em vez de meses, e os reparos seriam feitos num piscar de olhos.

Enquanto conversavam, Annabelle contemplava Hunt com fascínio, pois nunca tinha ouvido um homem falar de sua profissão daquele jeito. Pela sua experiência, o trabalho não era um assunto sobre o qual os homens gostavam de discutir, até porque o mero conceito de trabalhar para ganhar a vida era uma característica distintiva das classes mais baixas. Se um cavalheiro da classe alta se visse obrigado a trabalhar, tentaria ser muito discreto a respeito disso e fingiria que a maior parte do seu tempo era gasta em atividades de lazer. Simon Hunt, no entanto, não fazia qualquer esforço para ocultar a satisfação que o seu trabalho lhe proporcionava e, por algum motivo, Annabelle achou isso estranhamente atraente.

A pedido dela, Hunt deu ainda mais detalhes sobre o negócio, contando tudo a respeito das negociações para a compra de uma fundição ferroviária que estava sendo convertida para o novo sistema de inspiração americana. Dois dos nove edifícios que ficavam em um local de mais de cinco hectares já tinham se transformado em uma fundição onde eram produzidos parafusos, pistões, hastes e válvulas padronizados. Tudo isso, junto com algumas partes importadas da Shaw Foundries em Nova York, estava sendo usado na fabricação de motores de quatro e seis cilindros que seriam vendidos por toda a Europa.

– Com que frequência você vai à fundição? – perguntou Annabelle, antes de pôr na boca o faisão coberto com molho cremoso de agrião.

– Diariamente, quando estou na cidade. – Hunt contemplou o conteúdo de sua taça de vinho e franziu o cenho ligeiramente. – E já estou muito tempo fora, na verdade... Terei que voltar a Londres em breve para verificar os progressos.

Annabelle devia ter se alegrado com a ideia de que ele deixaria Hampshire logo. Simon Hunt era uma distração a que não podia se permitir e seria mais fácil concentrar suas atenções no Sr. Kendall quando Hunt tivesse ido embora. No entanto, a notícia a fez experimentar um estranho vazio. Ela se deu conta de que apreciava bastante a companhia de Hunt e de que a vida em Stony Cross perderia a graça quando ele fosse embora.

– Vai voltar antes de a festa acabar? – perguntou ela, aparentemente concentrada em destrinchar o faisão com a faca.

– Depende.

– De quê?

A voz dele adquiriu um tom bem suave.

– De eu ter motivos suficientes para voltar.

Annabelle não o fitou. Mergulhou em um silêncio inquietante e, sem fixar o olhar em algo específico, voltou-se para o vão da janela, de onde vinha a exuberante melodia *Rosamunda*, de Schubert.

Quando já tinham acabado de jantar, ouviu-se uma batida discreta à porta seguida da entrada de um criado que vinha retirar os pratos. Ainda evitando olhar para Hunt, Annabelle se perguntou se a notícia de que tinha jantado a sós com Simon Hunt já teria se espalhado pelas dependências dos criados. No entanto, assim que o rapaz saiu, ele a tranquilizou, como se tivesse lido seus pensamentos.

– Ele não vai dizer nada a ninguém. Westcliff o recomendou por sua capacidade de manter a boca fechada no que se refere a assuntos confidenciais.

Annabelle lhe lançou um olhar angustiado.

– Então... o conde sabe que você e eu... Estou certa de que ele não deve aprovar!

– Tenho feito muitas coisas que ele não aprova – replicou Simon, com voz cadenciada. – E nem sempre aprovo as decisões dele. No entanto, a fim de manter nossa amizade proveitosa, normalmente não batemos de frente. – Ele se levantou, apoiou as mãos na mesa e se inclinou para a frente, de modo que sua sombra se projetou sobre Annabelle. – Que tal uma partida de xadrez? Pedi que trouxessem o tabuleiro... só para o caso de querer jogar.

Annabelle assentiu. Olhando fixamente em seus cálidos olhos pretos, ela pensou que esta era talvez a primeira noite de sua vida adulta em que se sentia totalmente feliz por estar onde estava. Com este homem. Sentia uma curiosidade enorme sobre ele, uma necessidade real de descobrir os pensamentos e sentimentos ocultos sob sua fachada.

– Onde aprendeu a jogar xadrez? – perguntou ela, observando os movimentos de suas mãos enquanto ele ia colocando as peças no local em que haviam parado na partida anterior.

– Meu pai me ensinou.

– Seu *pai*? – indagou, perplexa.

Um sorriso zombeteiro se formou no rosto dele.

– Um açougueiro não pode jogar xadrez?

– Claro que sim. Eu... – Annabelle sentiu-se enrubescer por completo. Envergonhou-se com sua falta de tato. – Eu sinto muito.

O sorriso permaneceu no rosto de Hunt enquanto ela a observava.

– Você parece ter uma impressão equivocada sobre a minha família. Os Hunts pertencem à classe média. Meus irmãos e irmãs frequentaram a escola, assim como eu. Agora meu pai emprega meus irmãos, que também moram em cima da loja. E de noite, eles jogam xadrez com frequência.

Mais relaxada ao notar que não havia censura por parte dele, Annabelle pegou um peão e o girou nos dedos.

– Por que não quis trabalhar para o seu pai como fizeram seus irmãos?

– Quando garoto fui um capetinha teimoso – admitiu com um sorriso. – Cada vez que meu pai me mandava fazer alguma coisa, eu sempre me esforçava para provar que ele estava errado.

– E o que ele fazia? – indagou Annabelle, com os olhos brilhando.

– No começo, tentou ser paciente. Quando viu que não estava funcionando, tomou o caminho oposto. – Hunt fez uma careta para aquela recordação e seu sorriso agora demonstrava tristeza. – Acredite, você não gostaria de apanhar de um açougueiro... Os braços deles são tão grossos quanto o tronco de uma árvore.

– Posso imaginar – murmurou ela, dando uma espiadinha de canto de olho no tamanho de seus ombros e lembrando da musculatura definida de seus braços. – Sua família deve ter muito orgulho do seu sucesso.

– É possível – concordou, dando de ombros. – Infelizmente, parece que a minha ambição tem servido para nos distanciar. Meus pais não me permitem comprar uma casa em West End. Também não entendem que eu queira morar ali. Não acham que o mundo dos investimentos seja um trabalho adequado. Seriam mais felizes se eu me dedicasse a algo mais... tangível.

Annabelle o observou atentamente, compreendendo o que não fora dito durante a breve explicação. Sempre soube que Simon Hunt não pertencia às altas esferas pelas quais ele circulava. No entanto, até aquele momento não havia ocorrido a ela que ele também pudesse se sentir fora de lugar no mundo que tinha deixado para trás. Ela se perguntou se ele de vez em quando não se sentia solitário ou se era ocupado demais para reconhecê-lo.

– Não consigo pensar em algo mais tangível do que uma locomotiva de cinco toneladas – comentou ela, em resposta à última afirmação dele.

Ele riu e estendeu-lhe a mão para pegar o peão que ela segurava. Mas de alguma forma Annabelle não conseguia soltar a peça de marfim e seus dedos se entrelaçaram por um instante enquanto seus olhares se encontravam. Annabelle ficou atônita com o calor que se acendeu nela, da mão até o ombro, depois se espalhando para o corpo todo. Era como ter se embriagado sob a luz do sol, o calor suscitando uma corrente contínua de sensações e, com o prazer, surgiu a repentina e alarmante pressão atrás dos olhos que anunciava a chegada de lágrimas.

Atordoada, Annabelle afastou a própria mão bruscamente, fazendo o peão cair no chão.

– Sinto muito – desculpou-se com uma risada trêmula, com medo do que poderia acontecer se ficasse mais tempo sozinha com ele. Sem jeito, afastou-se da mesa. – E-eu acabo de me dar conta de que estou muito cansada... O vinho parece ter me afetado afinal de contas. Eu deveria voltar para o meu quarto. Creio que ainda tenha bastante tempo para interagir com os convidados, de modo que sua noite não será um completo desastre. Obrigada pelo jantar, pela música e...

– Annabelle. – Hunt se moveu com elegância e rapidez até chegar ao lado dela e passar os braços em sua cintura. Baixou os olhos e a estudou com o cenho franzido pela curiosidade. – Não está com medo de mim, não é? – murmurou.

Ela balançou a cabeça desajeitadamente.

– Então por que a pressa repentina para ir embora?

Havia infinitas maneiras de ter respondido, mas, naquele momento, foi incapaz de mostrar sutileza, sagacidade ou qualquer tipo de agilidade verbal. Só conseguiu responder com a franqueza aterradora.

– Eu... não quero isso.

– Isso?

– Não vou me tornar sua amante. – Hesitou por um instante e depois concluiu: – Posso aspirar ser mais do que isso.

Hunt pensou sobre aquilo com cuidado, sem tirar as mãos da cintura dela.

– Está dizendo que pode encontrar alguém com quem se casar – perguntou ele enfim – ou que tem a intenção de se tornar amante de um aristocrata?

– Dá no mesmo, não dá? – murmurou Annabelle, afastando-se do apoio dos braços dele. – Nenhum dos dois cenários incluem você.

Embora se recusasse a olhar para ele, Annabelle sentiu

os olhos de Hunt a fitando, e estremeceu ao perceber que o calor resplandecente que a invadira havia pouco tinha desvanecido.

– Vou levá-la de volta ao seu quarto – disse Hunt, sem demonstrar qualquer emoção, e a acompanhou até a porta.

CAPÍTULO 16

Quando Annabelle voltou a se reunir com os convidados na manhã seguinte, ficou animada ao descobrir que aquele seu encontro com a víbora fizera com que angariasse a simpatia de todos, até mesmo de lorde Kendall. Exibindo grande sensibilidade e preocupação, ele se sentou com Annabelle para tomarem um café da manhã tardio ao ar livre, no terraço dos fundos da mansão. Fez questão de segurar o prato enquanto ela escolhia várias delícias no bufê e se assegurou de que um criado enchesse o copo de água dela assim que estivesse vazio. Também insistiu em fazer o mesmo com Lady Constance Darrowby, que havia sentado com eles à mesa.

Lembrando-se dos comentários das amigas sobre Lady Constance, Annabelle avaliou a adversária. Kendall parecia mais do que interessado na moça, que lhe pareceu tranquila e de uma serenidade distante. Tinha o porte delgado muito elegante, bem no estilo que estava em alta. E Daisy tinha razão: sua boca parecia uma bolsa fechada com um cordão, formando um bico cada vez mais franzido quando Kendall lhe contava algum detalhe relativo à horticultura.

– Deve ter sido terrível – comentou Lady Constance, dirigindo-se a Annabelle depois de ouvir a história da picada de cobra. – É um milagre que não tenha morrido. – Apesar da expressão angelical, o brilho gelado nos olhos azul-claros da moça mostrou a ela que Lady Constance não teria lamentado se aquilo tivesse acontecido.

– Pois estou muito bem agora – disse Annabelle, voltando-se para Kendall e sorrindo. – E mais do que pronta para outro passeio pelo bosque.

– Em seu lugar, eu não faria tanto esforço, Srta. Peyton – sugeriu Lady Constance com tamanha preocupação. – Ainda não parece estar de todo recuperada. Mas estou certa de que a palidez em seu rosto desaparecerá em poucos dias.

Annabelle manteve o ar sorridente, recusando-se a demonstrar que o comentário a irritara, embora se sentisse fortemente tentada a fazer uma observação sobre a mancha que Lady Constance carregava na testa.

– Com licença – murmurou a moça, levantando-se. – Vi uns morangos recém-colhidos no bufê. Volto em um instante.

– Não tenha pressa – aconselhou Annabelle com doçura. – Mal notaremos a sua ausência.

Juntos, Annabelle e Kendall observaram-na se dirigir ao bufê, onde fortuitamente encontrou o Sr. Benjamin Muxlow reabastecendo o prato. Com modos cavalheirescos, Muxlow se afastou da grande taça que continha os morangos e segurou o prato de Lady Constance enquanto ela se servia. Entre eles só parecia haver uma amizade cordial, mas Annabelle se lembrava da história que Daisy lhe contara na véspera.

Pensando nisso, teve uma ideia, a maneira perfeita para eliminar a adversária da competição. Antes que pudesse considerar as possíveis consequências e implicações morais, ou quaisquer outros inconvenientes, inclinou-se para lorde Kendall e murmurou:

– Os dois conseguem esconder muito bem a verdadeira natureza da relação deles, não lhe parece? – E lançou um olhar malicioso para Lady Constance e Muxlow. – Mas é claro que não lhes conviria que isso fosse de conhecimento geral... – Fez uma pausa e se voltou para um perplexo lorde Kendall fingindo desconforto com a situação. – Ah, sinto muito. Presumi que já tivesse ouvido por aí...

Kendall franziu o cenho de repente.

– Que eu tivesse ouvido o que exatamente? – perguntou ele, lançando para o casal um olhar cauteloso.

– Bom, não que eu seja de espalhar boatos... mas soube por uma fonte confiável que no dia do piquenique, enquanto todos comiam, Lady Constance e o Sr. Muxlow foram pegos em uma situação *terrivelmente* comprometedora. Estavam atrás de uma árvore e... – Annabelle se deteve e estampou no rosto uma estudada expressão consternada. – Eu não deveria ter dito nada. É possível que tenha sido apenas um mal-entendido. Nunca se sabe, não é mesmo?

Pôs-se a sorver delicadamente seu chá, observando lorde Kendall por cima da borda da xícara. Era fácil ler as emoções dele. O rapaz não queria acreditar que Lady Constance pudesse ter sido apanhada em uma situação como aquela. A mera ideia já era suficiente para deixá-lo assustado. No entanto, como o verdadeiro cavalheiro que era, relutaria em fazer investigações. Nunca se atreveria a perguntar a Lady Constance se ela de fato se viu comprometida por Muxlow. Em vez disso, guardaria silêncio sobre o assunto, tentando ignorar as próprias suspeitas – até que um belo dia as perguntas não feitas acabariam por apodrecer.

~

– Annabelle, você nã-não deveria ter feito isso – murmurou Evie no fim da tarde, quando a amiga confessou a elas sobre a conversa com lorde Kendall.

As quatro estavam sentadas no quarto de Evie, que tinha o rosto coberto por uma espessa camada de um creme branco que supostamente servia para eliminar as sardas. Olhando fixo para Annabelle por baixo daquela máscara clareadora, Evie tentou prosseguir, mas logo tornou-se evidente que sua capacidade discursiva, que nem era tão vasta assim, fora obliterada pela desaprovação.

– Foi uma estratégia brilhante – declarou Lillian, pegando uma lixa de unha na penteadeira diante da qual estava sentada. Não era possível dar por certo se havia ou não aprovado a atitude da amiga, mas era óbvio que a apoiaria até o fim. – Annabelle não chegou a *mentir*, entende? Ela simplesmente repetiu um boato que ouvira por aí e deixou bem claro que era justamente isto: um boato. O que Kendall vai fazer com essa informação cabe a ele.

– Mas ela não disse saber que isso é um boato in-infundado – argumentou Evie.

Lillian se concentrou em lixar as unhas até que ficassem perfeitamente ovaladas.

– Mesmo assim, ela não mentiu.

Na defensiva e se sentindo culpada, Annabelle se dirigiu a Daisy.

– O que você acha?

A mais nova das irmãs Bowmans, que se entretinha jogando a bola de *rounders* de um lado para outro, lançou um olhar astuto para a amiga e respondeu:

– Acho que ocultar parte da informação é o mesmo que mentir. Você escolheu um caminho escorregadio, querida. Tome cuidado com o que decidir a partir de agora.

Lillian franziu a testa, aborrecida.

– Ah, pare de falar como se estivesse no teatro representando uma cartomante, Daisy. Se Annabelle conseguir o que quer, o que importam os meios? O que interessa é o resultado. E você, Evie, não venha agora com questões éticas. Você concordou em nos ajudar a manipular o Sr. Kendall a fim de que fosse apanhado em uma situação comprometedora. Acha que isso é melhor do que repetir um boato infundado?

– Nós nos comprometemos a não fazer mal a ninguém – retrucou Evie com grande dignidade, pegando uma toalhinha para tirar a grossa camada de creme do rosto.

– Lady Constance não foi afetada – insistiu Lillian. – Não está apaixonada por ele. É óbvio que quer ficar com Kendall só por ele ser o único nobre solteiro no fim da temporada. Céus, Evie, você precisa ser mais dura. Lady Constante está em uma situação pior do que a nossa? Olhe para nós. Somos quatro solteironas que até agora não conseguiram nada em troca dos nossos esforços, a não ser sardas, uma picada de cobra e a humilhação de termos aparecido de calçolas na frente de lorde Westcliff.

Annabelle, que estava sentada na beiradinha do colchão, deixou-se cair para trás, esparramando-se no meio da cama. Ficou olhando para o tecido listrado do dossel, sentindo-se culpada. Ah, como queria ser mais parecida com Lillian, que acreditava na ideia de que o fim justificava os meios! Prometeu a si mesma que no futuro se comportaria de forma estritamente correta.

Mas, como Lillian observara, lorde Kendall podia acreditar ou não no boato se quisesse. Era um homem adulto, capaz de decidir por conta própria. Tudo o que ela tinha feito era jogar umas sementinhas de dúvida, agora cabia a Kendall regá-las ou deixá-las perecer.

~

À noite, Annabelle pôs um vestido cor-de-rosa, composto por numerosas e flutuantes camadas translúcidas de escumilha. A cintura era envolta por um laço de seda adornado com uma enorme rosa branca. Ao caminhar, ouvia a saia fazer um suave som sibilante. Ela ajeitou as camadas de cima do vestido, sentindo-se uma princesa. Impaciente demais para esperar por Philippa, que demorava uma eternidade para se vestir, Annabelle saiu do quarto mais cedo, na esperança de encontrar as amigas. Com um pouco de sorte, poderia até encontrar lorde Kendall e arranjar uma desculpa qualquer para dar uma escapadela com ele por alguns minutos.

Sem forçar o tornozelo, ela caminhou pelo corredor que levava à grande escadaria. Seguindo um impulso, deteve-se diante do salão privativo dos Marsdens, cuja porta encontrava-se entreaberta, e entrou com cautela. O cômodo estava às escuras, mas a luz do corredor era suficiente para iluminar os contornos do tabuleiro de xadrez deixado em um dos cantos. Atraída até ali, viu com um lampejo de prazer que as peças da partida com Simon Hunt haviam sido repostas no lugar. Por que ele teria se dado ao trabalho de arrumar tudo como se ainda estivessem jogando? Estaria esperando que ela fizesse outra jogada?

Não toque em nada, disse a si mesma – mas a tentação era grande demais. Semicerrou os olhos na maior concentração e avaliou a situação por um novo ângulo. O cavalo de Hunt estava em uma posição perfeita para capturar sua rainha, o que significava que precisaria mover a peça ou defendê-la. E logo descobriu um jeito perfeito de protegê-la: moveu a torre para a frente, comendo o cavalo de Hunt, eliminando-o de vez da partida. Com um sorriso de satisfação, deixou a peça ao lado do tabuleiro e saiu do cômodo.

Desceu a majestosa escada, atravessou o hall de entrada e caminhou ao longo de um corredor que dava para uma série de aposentos públicos. O tapete sob seus pés abafava qualquer ruído, mas de repente sentiu que havia alguém atrás dela. Um calafrio nos ombros expostos serviu de alerta. Virou o rosto e viu lorde Hodgeham em seu encalço, movendo-se com uma rapidez surpreendente para um homem tão corpulento. Ele enganchou os dedos rechonchudos na parte de trás da fita de seda amarrada na cintura de Annabelle, forçando a moça a parar para que o delicado tecido não rasgasse.

O fato de Hodgeham abordá-la em um local onde podiam facilmente ser vistos era um sinal de arrogância. Ofegando indignada, Annabelle virou-se para encará-lo. Confrontou-se então com a visão do torso corpulento enfiado em um traje elegante e sentiu o cheiro do cabelo oleoso impregnado de perfume.

– Criatura encantadora – murmurou Hodgeham, com o hálito recendendo a conhaque. – Vejo que se recuperou bem. Talvez agora devêssemos retomar nossa conversa de ontem do ponto em que fui tão prazerosamente interrompido por sua mãe.

– Seu asqueroso... – principiou Annabelle, enfurecida, mas foi interrompida pela mão de Hodgeham segurando com força a mandíbula dela.

– Vou contar tudo a Kendall – ameaçou ele, aproximando os grossos lábios da boca da moça. – Certificando-me de enfeitar bem a história para garantir que ele olhe para você e sua família com o mais puro desgosto. – Seu corpanzil a pressionou contra a parede até deixá-la quase sem conseguir respirar. – A menos que... – prosseguiu, projetando aquele bafo azedo no rosto de Annabelle – decida me acomodar do mesmo modo como sua mãe o faz.

– Então vá e conte a Kendall – retrucou Annabelle, com os olhos brilhando de ódio. – Diga-lhe tudo e acabemos de vez com isso. Prefiro morrer de fome e na sarjeta a ter que "acomodar" um porco repugnante como você.

Hodgeham a fitou enfurecido e incrédulo.

– Vai se arrepender – disse ele com a saliva brilhando nos lábios.

Ela lhe lançou um sorriso frio de total desprezo.

– Creio que não.

Antes que ele a soltasse, Annabelle percebeu, olhando de esguelha, um movimento. Virando a cabeça de lado, viu alguém seguir na direção deles. Era um homem que se movia com passos leves de pantera. Devia estar pensando que havia surpreendido os dois em um enlace amoroso.

– Solte-me – sussurrou ela para Hodgeham e empurrou sua barriga proeminente com toda a força.

Ele deu um passo para trás, enfim permitindo que ela respirasse, e lhe lançou um olhar de promessa malévolo antes de caminhar na direção oposta à do homem que se aproximava.

Aturdida, Annabelle divisou o rosto de Simon Hunt quando este segurou seus ombros. Simon ficou observando Hodgeham se afastar, com um olhar quase assassino, o que a fez sentir o sangue gelar nas veias. Em seguida, olhou para ela com uma intensidade que a fez perder o fôlego outra vez. Até aquele momento, nunca o vira sem aquela costumeira indiferença. Ela podia insultá-lo, tratá-lo com grosseria ou rejeitá-lo que ele sempre reagia com uma autoconfiança irônica e previsível. Mas agora parecia que enfim tinha feito algo que despertara uma fúria genuína nele. Simon Hunt parecia prestes a esganá-la.

– Estava me seguindo? – perguntou Annabelle com uma fingida tranquilidade, perguntando-se como ele teria aparecido justo naquele instante.

– Eu a vi atravessar o hall de entrada com Hodgeham logo atrás. Eu a segui porque queria saber o que se passa entre vocês dois.

Annabelle olhou para ele de forma desafiadora.

– E o que descobriu?

– Não sei. – Foi a resposta suavemente perigosa dele. – Diga-me, Annabelle, quando me falou que podia ter coisa melhor, referia-se a isso? A servir a esse idiota adiposo às escondidas em troca da lamentável recompensa que ele lhe oferece? Eu não acreditaria que você fosse tão tola.

– Seu hipócrita maldito! – sussurrou ela, furiosa. – Está com raiva de mim por eu ser amante dele e não sua? Pois então diga *você* uma coisa: por que dá tanta importância a quem vendo meu corpo?

– Porque você não o quer – respondeu Hunt entre dentes. – Nem a Kendall. É a mim que você quer.

Annabelle não conseguiu entender aquela ebulição de sentimentos dentro dela, nem o motivo de estar sentindo uma estranha e terrível euforia com tal confronto. Queria bater nele, pular em cima de Hunt, provocá-lo até que os últimos fragmentos do autocontrole dele se reduzissem a pó.

– Deixe-me adivinhar. Está disposto a me oferecer um acordo bem mais rentável do que o que supostamente tenho com Hodgeham, não é? – disse isso deixando escapar uma gargalhada ao ver a resposta estampada no rosto de Hunt. – A resposta é não. *Não*. Portanto, de uma vez por todas, deixe-me em paz...

Ela se deteve quando ouviu vozes de pessoas que se aproximavam pelo corredor. Furiosa e desesperada, virou-se e achou uma porta para escapar e evitar que a vissem sozinha com Hunt. Agarrando-a pelo braço, ele a puxou para o cômodo mais próximo e fechou a porta com a maior presteza.

Annabelle se afastou de Hunt e deu uma olhadela no local. Percebeu os contornos de um piano e alguns suportes contendo partituras abertas. Ele estendeu o braço para evitar que um dos suportes caísse no chão, depois de ser empurrado pela saia armada da moça.

– Se pode ser amante de Hodgeham – murmurou Hunt, retomando o assunto enquanto ela se deslocava pela sala de música –, sabe Deus que não teria problemas em ser minha. Você poderia dizer que não se sente atraída por mim, mas nós dois saberíamos que é mentira. Diga o seu preço, Annabelle. O valor que quiser. Quer uma casa no seu nome? Um barco? Feito. Vamos acabar logo com isso, já estou cansado de esperar por você.

– Que romântico! – exclamou Annabelle com uma risada trêmula. – Meu Deus! Como sua proposta pode ser tão pouco sutil, Sr. Hunt? E está muito equivocado em supor que minha única opção é ser amante de alguém. Posso conseguir um casamento com lorde Kendall.

Os olhos de Hunt adquiriram um tom tão escuro quanto o de uma pedra vulcânica.

– O casamento com ele se tornaria um inferno para você. Ele nunca chegará a amá-la. Jamais vai conhecê-la.

– Não estou interessada em amor – retrucou ela, angustiada por aquelas palavras. – A única coisa que quero... – Fez uma pausa ao sentir uma dor repentina no peito, acompanhada de um frio insuportável. Olhando fixamente para o rosto impassível de Hunt, tentou outra vez. – A única coisa que quero...

Ouviu-se um ruído na porta. Alguém girava a maçaneta. Assustada, Annabelle percebeu que estavam prestes a entrar ali, o que faria com que toda a sua esperança de se casar com Kendall se esvaísse como poeira atirada ao vento. Reagindo por instinto, agarrou o braço de Hunt e o arrastou para um canto na parede próximo à janela, protegido por cortinas penduradas por uma barra de bronze. A única peça que havia ali, sob a janela, era uma namoradeira estofada com tecido de veludo e uns livros empilhados de forma desordenada. Annabelle mais que depressa fechou a cortina e se atirou nos braços de Hunt para tapar-lhe a boca com a mão justo no instante em que uma pessoa, ou mais de uma, entrou no cômodo. Conseguiu ouvir uns sons abafados de vozes masculinas acompanhadas de sons metálicos e de uns ruídos que a deixaram confusa, até que pôde distinguir uns dedilhados nas cordas de um violino desafinado. Ai, meu Deus! Os músicos se reuniram ali para afinar os instrumentos antes do início do baile. Era bem provável que estivesse a instantes de ver sua reputação comprometida diante de uma orquestra inteira.

Uma réstia de luz penetrava pela parte superior da cortina e iluminava o rosto dos dois apenas o suficiente para que Annabelle percebesse o sorriso diabólico estampado nos olhos de Simon Hunt. Uma única palavra que ele dissesse ou ruído que fizesse nessas circunstâncias incriminadoras e ela estaria arruinada. Pressionou com mais força a mão na boca de Hunt, os olhos de ambos separados apenas por uns poucos centímetros enquanto ela o encarava com um olhar intenso e uma ameaça de homicídio.

As vozes dos músicos se misturavam ao som dos instrumentos sendo afinados. As notas eram mantidas até que todas se juntaram harmonicamente e as dissonâncias foram disciplinadas. Preocupada com a possibilidade de serem pegos, Annabelle não tirava os olhos da cortina, desejando com todas as forças que permanecesse fechada. Sentiu a respiração de Hunt na palma da mão e se deu conta de que a mandíbula dele tinha se retesado. Fitando-o, notou que aquele brilho malicioso desaparecera dos olhos do rapaz, dando lugar a um ar que era muito mais alarmante. Paralisada, sentiu o coração bater tão forte que chegava a doer e, com os olhos arregalados, o viu tomar sua mão livre lentamente. Ainda tapava a boca de Hunt. Ele começou a afastar os dedos dela com toda a delicadeza, um a um, começando pelo menor, deixando a respiração, que se acelerava, acariciar a palma da mão de Annabelle. Ela balançou a cabeça, em uma negativa tensa, e se afastou assim que os braços dele envolveram sua cintura. Estava completamente presa, incapaz de impedir que Simon Hunt fizesse com ela tudo que queria.

Quando afastou o último dedo dos seus lábios, Hunt a fez baixar o braço e a segurou pela nuca. Annabelle segurou as mangas do paletó dele e arqueou um pouco o corpo para trás quando ele aumentou a pressão em sua nuca. Não a machucava, porém fizera com que ela não pudesse se mexer ou lutar. À medida que ele aproximava a boca da sua, Annabelle entreabriu os lábios, dando um suspiro silencioso, e sua mente se turvou.

Os lábios de Hunt tomaram os dela com suavidade, mas tratando de conseguir que ela correspondesse. Na mesma hora, ela se viu consumida por um fogo que ardia no corpo todo e a deixava impotente diante de um desejo que era diferente de tudo o que já sentira antes. A lembrança do único beijo que tinham dado não era nada se comparado ao que experimentava agora – talvez porque ele não fosse mais um estranho. Ela o desejava com tanto desespero que chegou a se assustar. Ele se afastou daqueles lábios suavemente e encostou a boca no queixo dela. Então foi deslizando até a bochecha, deixando um rastro de fogo por onde se aventurava, até voltar à boca e tomá-la de forma mais explícita. Ela sentiu a ponta da língua de Hunt tocar a sua, um toque de seda tão inesperado que teria recuado se ele não tivesse feito aquilo com tanta intensidade.

A elegante cacofonia dos músicos ressoava em seus ouvidos, fazendo com que se lembrasse da possibilidade iminente de ser descoberta. Tremendo, obrigou-se a relaxar nos braços de Hunt. Pelos próximos minutos, permitiria que ele fizesse o que quisesse com ela, qualquer coisa, contanto que não acusasse a presença deles ali atrás das cortinas. Ele saboreou novamente aquela boca, acariciando-a com a língua de modo delicado. Aquela exploração tão íntima a deixou chocada, especialmente por levar em conta as sensações indescritíveis que percorriam as partes mais vulneráveis de seu corpo. Sentiu-se invadida por uma fraqueza deliciosa, fazendo com que precisasse se apoiar em Hunt, passando os braços pelo pescoço dele e enfiando os dedos em seu cabelo espesso e sedoso. O investigar tímido das mãos de Annabelle foi o bastante para acelerar a respiração de Hunt, como se o toque dela o houvesse afetado intensamente. Ele deslizou uma das mãos pelo rosto dela e a acariciou com as pontas dos dedos. Depois a afastou um pouco, o suficiente para que conseguisse mordiscar seus lábios, com a maior suavidade, primeiro o superior, depois o inferior, provocando-a com o hálito quente. Incapaz de se conter, Annabelle pressionou a mão que estava em sua nuca, instando-o a tomar novamente seus lábios, e, quando a boca de Hunt tocou a dela com um beijo penetrante, a moça quase deixou escapar um gemido. Antes que o som pudesse sair de sua garganta, afastou-se da boca dele e enterrou o rosto em seu ombro.

Sentiu o peito dele subir e descer depressa sob sua bochecha e aquela ardente carícia da respiração roçando seu cabelo. Hunt segurou os fartos cachos de Annabelle, prendendo-os na parte de trás da cabeça a fim de deixar o pescoço exposto. O ardente caminho percorrido pelos lábios dele se iniciou na pequena depressão logo abaixo da orelha direita, despertando uma boa quantidade de terminações nervosas quando sua língua acompanhou o traçado de uma veia delicada. Os dedos deslizaram no topo dos ombros, ao passo que o polegar percorria a linha da clavícula. A mão aberta explorava a frágil arquitetura do corpo dela. Acariciou com o nariz a lateral da garganta de Annabelle e descobriu um ponto que a fez estremecer. Permaneceu ali até que ela sentisse que um novo gemido lutava para abandonar os lábios úmidos pelos beijos.

Com um empurrão frenético, ela conseguiu afastá-lo por três segundos inteiros, depois dos quais ele voltou a lhe dar mais um beijo sedento. A palma da mão dele tocou de leve a seda do vestido que cobria os seios dela, uma vez, e outra, e mais outra. A cada carícia, o calor de sua mão penetrava mais o tecido do vestido. Annabelle sentiu o mamilo latejar e seu contorno surgiu sob a seda. Hunt o acariciou suavemente com o dorso dos dedos, deixando-o ainda mais intumescido. A crescente pressão dos lábios dele fez com que ela inclinasse a cabeça para trás, em uma posição de rendição, que a deixava exposta aos lânguidos afagos daquela língua e à hábil exploração de suas mãos. Nada disso devia estar acontecendo, seu corpo se deliciando de prazer, consumido por um calor sensual.

Ele a fez se esquecer de tudo nesses instantes silenciosos e febris. Perdeu a noção de tempo, de espaço e até de quem era. Tudo o que sabia era que precisava dele mais perto, mais fundo, mais forte... A pele dele, firme, a boca traçando caminhos ardentes em seu corpo. Agarrou a camisa de Hunt e puxou com desespero o tecido de linho branco engomado, tirando-o de dentro da calça, a fim de deixar a pele cálida exposta. Ele pareceu compreender que a moça não tinha nenhuma experiência em controlar seus atos, tomada como estava por esse nível de desejo, por isso passou a beijá-la com mais suavidade, passando as mãos pelas costas dela para diminuir aquele ímpeto. No entanto, quanto mais tentava acalmá-la, mais ela acelerava o passo, acentuando o beijo e começando a se mover freneticamente contra o corpo dele, deixando-se levar em um ritmo ansioso.

Ele então afastou os lábios e a imobilizou com um abraço bem apertado, colando o rosto na curva enrubescida de seu ombro. Annabelle sentiu-se absurdamente aliviada por estar recebendo aquele abraço impetuoso, já que os fortes músculos dos braços de Hunt ajudaram-na a conter os violentos tremores que percorriam seu corpo. Permaneceram assim por um tempo que pareceu uma eternidade, até que Annabelle, recuperando vagamente a consciência, se deu conta de que o cômodo estava em silêncio. Os músicos haviam terminado os preparativos e tinham ido embora pouco antes. Erguendo a cabeça, Hunt afastou um pouco as cortinas e deu uma espiada. Vendo que a sala encontrava-se vazia, voltou a atenção para Annabelle e, com a ponta do polegar, afastou uma mecha reluzente de seu cabelo que lhe havia caído sobre a orelha.

– Eles se foram – afirmou em um sussurro rouco.

Atordoada demais para pensar de forma coerente, olhou para ele sem dizer uma palavra. Os dedos de Hunt percorreram os corados contornos de seu rosto e deslizaram por seus lábios inchados. Tomada por algo que se assemelhava ao desespero, ela sentiu a vertiginosa resposta do próprio corpo insatisfeito, e sua pulsação voltou a se acelerar enquanto uma nova onda de prazer percorria sua pele. Era o momento de se afastar dele, ou o seu desaparecimento logo seria notado. Para sua vergonha, permaneceu onde estava, deixando o corpo absorver as sensações que as carícias de Hunt provocavam. Sentiu a mão dele na parte de trás de seu vestido e percebeu a agilidade dos dedos em operação quando ele a inclinou para beijá-la mais uma vez. Agora, ela não conseguia mais conter os gemidos, nem os pequenos soluços que escaparam de sua garganta ou o suspiro de alívio quando o corpete apertado do vestido se afrouxou. O modelo do decote a impediu de usar um espartilho meia-taça. Por isso estava com um que lhe deixava os seios soltos sob a camisa de baixo.

Sem deixar de beijá-la, Hunt a puxou até a namoradeira sob a janela. Ele a pôs em seu colo, acabou de baixar o corpete já solto e emitiu um gemido de prazer contra a boca de Annabelle ao descobrir a plenitude de seus seios. Subitamente assustada com a intimidade a que se permitia, ela empurrou sem muito ímpeto o pulso de Hunt. Em resposta, ele a ergueu um pouco e pressionou os lábios bem acima dos seios, onde o coração da moça batia em um ritmo forte e regular. Seus braços apoiavam as costas de Annabelle, mantendo-a arqueada, enquanto os lábios desciam para alcançar a curva de um dos seios que tratara de examinar. Sentindo aquele hálito febril em seu mamilo, Annabelle parou de se debater e permaneceu imóvel, com os punhos cerrados nos ombros de Hunt. Ele o recebeu em sua boca e o acariciou suavemente com a língua, deixando-o úmido e rijo e fazendo com que ela sentisse o sangue ferver nas veias. Hunt sussurrava algo sem deixar de acariciar seu seio, esfregando o polegar no ponto em que a língua deixara úmido e a pele brilhava sob a luz. Ela murmurou algo ininteligível e passou os braços pelo pescoço forte de Hunt. Não conteve um gemido quando sentiu aqueles lábios fecharem-se no outro mamilo e puxarem com delicadeza.

Então, uma nova urgência se apoderou dela, uma sensação que arrancou gemidos trêmulos do peito e fez seu corpo se mover ritmicamente no colo de Hunt. Ele parecia ter sido tomado pela mesma necessidade. Annabelle sentia as batidas violentas do coração dele e a dificuldade em respirar. Mas ele parecia capaz de controlar sua paixão muito melhor do que ela, já que os movimentos de suas mãos e seus lábios se mantiveram cuidadosos e suaves. Ela se agitava sob as inúmeras camadas de seda do vestido e seus dedos arranhavam as mangas do paletó e do colete de Hunt. Havia muita roupa ali e estava louca para sentir a pele dele roçar a dela.

– Calma, doçura – sussurrou ele com a boca colada no rosto dela. – Relaxe. Não... deixe-me abraçá-la.

Annabelle, no entanto, não conseguia de jeito nenhum fazer o corpo obedecer, não conseguia parar de mexer os quadris, não conseguia conter as trêmulas súplicas que escapavam de seus lábios, machucados por aqueles beijos intensos.

Hunt continuou murmurando baixinho enquanto a abraçava, beijando seu rosto, deixando os dedos massagearem as delicadas depressões do colo dela, sentindo sua pulsação frenética. Ela percebeu que ele começou a pôr de volta suas roupas, erguendo-a cuidadosamente, como se ela fosse uma boneca, fechando a parte de trás de seu vestido. Em determinado momento, até deu uma risada leve, como se estivesse surpreso com as próprias ações. Mais tarde, ela chegaria à conclusão de que ele parecia tão aturdido quanto ela; mas, naquele momento, sentindo um desconforto pelo desejo frustrado, não conseguia desatar os nós de seu pensamento emaranhado. À medida que o desejo a abandonava, ia deixando para trás um resíduo nauseante de vergonha.

Depois de lutar para sair do colo de Hunt, Annabelle se ergueu, com as pernas trêmulas. Foi capaz apenas de invocar duas palavras para romper com aquele pesado silêncio. Sem olhar para ele, disse com voz rouca:

– Nunca mais.

Afastou as cortinas e saiu da sala o mais depressa que pôde, partindo apressada pelo corredor.

CAPÍTULO 17

Depois que Annabelle fugiu da sala de música, Simon permaneceu por lá pelo menos mais meia hora, lutando para refrear sua paixão avassaladora e deixar o sangue esfriar. Ajeitou a roupa e passou a mão no cabelo, pensando de modo temperamental em qual deveria ser seu próximo movimento.

– Annabelle – murmurou ele, mais perturbado e confuso do que jamais se sentira em toda a sua vida.

O fato de uma mulher tê-lo deixado nesse estado era extremamente irritante. Ele, que era conhecido por ser um negociador astuto e disciplinado, tinha feito a oferta mais desastrada possível que fora categoricamente rejeitada. Merecidamente rejeitada. Nunca deveria ter tentado forçá-la a dar um preço antes que ela dissesse que o queria. Mas a suspeita de que podia estar se deitando com Hodgeham... *Hodgeham*, entre tantos outros homens... essa suspeita o deixara louco de ciúmes, e com isso todas as suas habilidades costumeiras o abandonaram.

Lembrando-se do que tinha sentido ao beijá-la, ao finalmente acariciar a pele macia e quente dela, Simon se deu conta de que seu sangue estava prestes a ferver mais uma vez. Com toda a experiência que tinha, pensou conhecer todas as sensações físicas que se pudesse imaginar. No entanto, havia acabado de ficar forçosamente ciente de que dormir com Annabelle seria bem diferente. A experiência envolveria o corpo dele, e também suas emoções – emoções tão alarmantes que não se sentia preparado para entendê-las.

A atração entre eles tinha se tornado perigosa, tanto para ele quanto para ela. E era claro que precisava analisar a situação com certa distância. No momento, porém, não conseguia pensar com clareza.

Saiu da sala de música murmurando uma maldição e ajeitando o nó da gravata preta de seda. Seus músculos estavam tensos, fazendo com que caminhasse de modo diferente do que de costume, a passos curtos, e se sentisse voraz e explosivo ao se dirigir para o salão de baile. A ideia de comparecer a outro evento social quase o enlouquecia. Sua tolerância para esse tipo de ocasião nunca tinha sido alta; não era um homem que gostava de passar horas envolvido em conversas vazias ou diversões ociosas. Não fosse pela presença de Annabelle, já teria ido embora de Stony Cross havia muito tempo.

Taciturno, entrou no salão e deu uma olhada geral na multidão. De imediato localizou Annabelle sentada em um canto, ao lado de lorde Kendall. Este encontrava-se visivelmente apaixonado por ela; o olhar extasiado com que a contemplava revelava o que já não era nenhum segredo. Annabelle parecia subjugada e inquieta, e com uma aparente dificuldade de encontrar o olhar de admiração de Kendall. Falava bem pouco e permanecia sentada com as mãos firmemente apertadas no colo. Simon semicerrou os olhos quando a viu. Por mais irônico que fosse, agora que ela se sentia diminuída e insegura, a atração de Kendall por ela parecia enfim ter criado raízes. Se Annabelle conseguisse mesmo laçá-lo, mais tarde ele teria uma desagradável surpresa ao descobrir que sua esposa não era a mocinha tímida e ingênua que aparentava. Era uma mulher espirituosa e apaixonada, uma criatura decididamente ambiciosa, que precisava de um parceiro à sua altura. Kendall jamais seria capaz de lidar com ela. Era muito cavalheiro para Annabelle. – muito agradável e moderado, muito inteligente de um jeito não muito adequado. Ela jamais o respeitaria e também não encontraria satisfação alguma em suas virtudes. Acabaria desprezando-o pelas mesmas razões que deveriam tê-la feito admirá-lo. E Kendall se retrairia diante das qualidades de Annabelle que Simon teria valorizado.

Desviando o olhar para os dois, Simon se dirigiu para o outro lado do salão, onde Westcliff e outros amigos conversavam. O conde virou-se para ele e, sussurrando, perguntou:

– Está se divertindo?

– Não muito. – Simon pôs as mãos nos bolsos do paletó e voltou a olhar à volta com clara impaciência. – Estou há tempo demais em Hampshire. Preciso voltar a Londres para ver como vão as coisas na fundição.

– E a Srta. Peyton? – perguntou o conde em voz baixa.

Simon pensou um pouco antes de responder lentamente:

– Acho que vou esperar para ver no que vai dar essa investida em Kendall. – Então olhou para o amigo e ergueu a sobrancelha em um gesto inquisitivo.

Westcliff respondeu com um breve aceno.

– Quando partirá?

– Amanhã bem cedo. – Simon não conseguiu reprimir um suspiro profundo e tenso.

O conde deu um sorriso irônico.

– A situação vai se resolver sozinha – disse de um jeito trivial. – Vá a Londres e volte quando tiver mais clareza.

~

Annabelle não conseguia livrar-se da melancolia que a cobriu como um manto de gelo. Não tinha pregado o olho e não conseguiu comer quase nada do suntuoso café da manhã servido no andar de baixo. O Sr. Kendall acreditou que seu semblante abatido e seu silêncio eram efeitos ainda de sua doença recente, por isso a tratou com simpatia e compreensão, exasperando-a a tal ponto que ela desejou se livrar dele com um empurrão. Suas amigas também estavam sendo irritantemente amáveis e, pela primeira vez, suas brincadeiras divertidas não lhe pareceram ter graça alguma. Tentou se lembrar do exato momento em que havia ficado tão amarga e percebeu que a mudança de humor ocorreu quando soube por Lady Olivia que Simon Hunt tinha ido embora de Stony Cross.

– O Sr. Hunt foi a Londres a trabalho – dissera Lady Olivia em tom alegre. – Ele nunca fica muito tempo nesse tipo de festa. Estranho é não ter partido antes. Para ser mais exata, ele não é do tipo de esquentar cadeira...

Quando alguém perguntou o motivo da partida precipitada do Sr. Hunt, Lady Olivia respondeu apenas com um sorriso e balançou a cabeça.

– Ah, Hunt vai e vem a seu bel-prazer, como um gato vira-lata. Sempre vai embora de repente, pois pelo visto não gosta de qualquer tipo de despedida.

Hunt tinha partido sem dizer uma palavra a Annabelle, e, por isso, ela se sentia abandonada e ansiosa. As lembranças da noite anterior – Ah, noite hedionda! – surgiam incessantes na mente dela. Depois do que havia acontecido na sala de música, ficara desconcertada e só pensava em Hunt, sem conseguir se concentrar no momento presente. Ela não erguera os olhos para evitar dar de cara com Hunt inesperadamente e tinha rezado em silêncio para que ele não se aproximasse dela. Por sorte, ele mantivera distância, ao passo que lorde Kendall não havia se afastado da moça um segundo. Kendall passara a noite toda falando sobre coisas que ela não entendia e não lhe despertavam o menor interesse. Mesmo assim, o havia encorajado com murmúrios insípidos e sorrisos discretos, pensando que devia estar encantada com a atenção dispensada a ela. Em vez de se sentir feliz, o tempo todo só desejou que ele a deixasse em paz.

A atitude reservada dela no café da manhã pareceu acentuar ainda mais o interesse de lorde Kendall. Achando que essa fachada de docilidade não passara de atuação da amiga, Lillian Bowman se aproximou e sussurrou ao seu ouvido:

– Bom trabalho, Annabelle. Ele está comendo na sua mão.

Com o pretexto de que precisava descansar, Annabelle se levantou da mesa do café e pôs-se a vagar pela mansão até chegar ao salão azul. A mesa com o tabuleiro de xadrez a atraiu, e ela se aproximou dali devagar, perguntando-se se alguma criada teria finalmente guardado as peças na caixa, ou se alguém teria interferido na partida. Mas não. Estava tudo tal como havia deixado – a não ser por uma pequena mudança. Simon Hunt tinha movido um peão para uma posição defensiva, o que lhe deu a oportunidade de melhorar a própria defesa ou de fazer um movimento agressivo contra a rainha dele. Não era o tipo de jogada que esperaria dele. Pelo contrário, Hunt tentaria algo mais ambicioso. Mais belicoso. Avaliou o tabuleiro para tentar entender sua estratégia. Teria feito aquela jogada motivado por indecisão ou descuido? Ou havia algum propósito oculto que ela não era capaz de desvendar?

Estendeu o braço para pegar uma das peças, mas hesitou e recuou a mão. Era só um jogo, disse a si mesma. Estava dando demasiada importância a cada movimento, como se estivesse concorrendo a um prêmio importante. No entanto, reconsiderou a decisão com cuidado antes de voltar a pôr a mão no tabuleiro. Adiantou a rainha, comendo o peão de Hunt, experimentando uma sensação de prazer ao ouvir o ruído das peças se chocando, o marfim sobre o ônix. Apertando o peão na palma da mão, tentou avaliar o peso da peça antes de depositá-la cuidadosamente ao lado do tabuleiro.

~

À medida que a semana passava, ela descobriu que o único momento prazeroso que teve, embora fugaz e solitário, havia sido aquele com o tabuleiro de xadrez. Nunca se sentira assim antes. Não estava feliz, nem triste, também não ligava nem um pouquinho para o futuro. Estava como que entorpecida, e seus sentidos e emoções pareciam ter sucumbido a tamanha letargia que achou que nunca mais voltaria a se interessar outra vez por coisa alguma. A sensação de distanciamento era tão profunda que às vezes parecia fora de si, como se estivesse assistindo a uma boneca se movimentar com rigidez dia após dia.

O Sr. Kendall a acompanhava com uma frequência cada vez maior. Dançaram juntos uma vez no baile, sentaram-se lado a lado num evento musical noturno e passearam pelo jardim, seguidos a uma distância discreta por Philippa. Kendall era um homem agradável, respeitoso e de um encanto sereno. De fato, era tão tolerante que Annabelle começou a achar que, quando ela e as amigas lançassem a armadilha final para capturá-lo, ele talvez não achasse tão terrível ser obrigado a se casar com uma moça cuja honra teria comprometido sem querer. Ele eventualmente acabaria se acostumando a isso e, sendo um homem dado à filosofia, encontraria uma maneira de aceitar a situação.

Quanto a Hodgeham, ficou claro que Philippa estava conseguindo mantê-lo longe da filha. Além disso, ela deu algum jeito de convencê-lo a não cumprir sua ameaça de expor o segredo delas ao Sr. Kendall, embora não quisesse dar detalhes do acordo. Preocupada com o efeito que a angústia constante teria em sua mãe, Annabelle sugeriu, ainda que timidamente, que deixassem Stony Cross. Philippa, porém, não quis ouvir uma palavra a respeito disso.

– Vou me encarregar de Hodgeham – dissera com firmeza. – Trate de prosseguir com lorde Kendall. Todo mundo já percebeu que ele está encantado por você.

Se Annabelle pudesse apagar da memória o que havia acontecido atrás das cortinas da sala de música... Os sonhos que surgiam em sua mente, relacionados àquele momento, eram tão reais que acabava acordando atormentada, com os lençóis emaranhados nas pernas e a pele queimando. As lembranças que tinha de Simon Hunt a atormentavam. O cheiro dele, o calor do corpo e aqueles beijos provocantes – a firmeza do corpo de Hunt sob o elegante traje preto.

Apesar da promessa feita pelas solteironas de contar tudo o que se referisse a aventuras românticas, Annabelle não podia se abrir com nenhuma delas. O que tinha acontecido com Hunt era muito íntimo e pessoal. Não era algo a ser analisado por amigas ansiosas que não tinham nenhuma experiência com os homens assim como ela própria. E sabia que, mesmo se tentasse explicar o que tinha acontecido, elas não entenderiam. Não havia palavras para descrever uma intimidade que assalta a alma e é seguida por uma confusão devastadora.

Como, em nome de Deus, era capaz de sentir algo assim por um homem pelo qual sempre nutriu o mais puro desprezo? Por dois anos havia temido encontrá-lo em eventos sociais – considerava-o a companhia mais desagradável possível. E agora... agora...

Um belo dia, deixando de lado esses pensamentos indesejados, Annabelle se dirigiu ao salão dos Marsdens na esperança de distrair a mente agitada com alguma leitura. Levava debaixo do braço um grosso volume com a inscrição na capa, em letras douradas: *Sociedade Real de Horticultura – resultados e conclusões de relatórios enviados por nossos membros ilustres no ano de 1843*. O livro era tão pesado quanto uma bigorna, e ela se perguntava, mal-humorada, como alguém podia ter tanto a dizer sobre plantas. Tinha deixado o livro em uma mesinha e estava a ponto de se sentar no sofá perto da janela quando viu de rabo de olho algo no tabuleiro de xadrez que chamou-lhe a atenção. Era sua imaginação ou...

Semicerrando os olhos de curiosidade, aproximou-se até lá e estudou atentamente a configuração das peças, que se mantivera inalterada durante toda a semana. É... algo estava diferente. Ela usara a rainha para comer o peão de Simon. Agora, sua rainha tinha sido retirada do tabuleiro e deixada ao lado do peão.

Ele voltou, pensou ela, com uma repentina sensação de abrasamento que lhe percorreu o corpo todo. Tinha certeza de que Simon Hunt era o único que tocaria naquele tabuleiro. Ele estava lá, em Stony Cross. Seu rosto ficou branco como papel, exceto nas bochechas, coloridas por um rubor intenso. Percebendo que sua reação era totalmente desproporcional, esforçou-se para recuperar a calma. O retorno dele não significava nada. Não queria nada com ele, não poderia ter nada com ele e deveria evitá-lo a todo custo. Fechou os olhos e respirou fundo, tentando controlar a pulsação, embora seu coração estivesse obstinado em manter aquele ritmo.

Quando enfim se recuperou, olhou para o tabuleiro de

xadrez tentando entender o último movimento. Como ele havia abatido a sua rainha? Lembrou-se depressa da disposição anterior das peças. E então percebeu... Hunt tinha feito o movimento defensivo com o peão para que ela adiantasse a rainha, deixando-a no lugar exato para ser capturada por sua torre. Como a dama tinha sido eliminada, o rei de Annabelle estava ameaçado e...

Ele a pusera em xeque.

Conseguira enganá-la com aquele humilde peão e agora ela corria perigo. Deixando escapar uma gargalhada incrédula, Annabelle se virou de costas para o tabuleiro e caminhou pelo cômodo. Estava com a cabeça cheia de estratégias de defesa, até que se decidiu por uma pela qual ele não estaria esperando. Obedecendo a seu instinto, deu meia-volta e seguiu para o tabuleiro, sorrindo e se perguntando qual seria a reação de Hunt quando ele visse o contra-ataque dela. No entanto, quando sua mão pairou acima do tabuleiro, a onda de cálida excitação se esvaiu de repente e seu rosto ficou em estado de paralisia. O que estava fazendo? Continuar esse jogo, mantendo essa frágil comunicação com ele, era algo inútil. Não... era perigoso. Não havia outra escolha possível a ser feita ao se colocar a segurança e o desastre lado a lado.

A mão de Annabelle tremeu um pouco quando ela começou a recolher as peças, uma a uma, pondo-as de forma ordenada na caixa, e com isso abandonando o jogo.

– Eu desisto – disse em voz alta, sentindo um doloroso nó na garganta. – Eu desisto.

Engoliu em seco para desfazer o nó que essa declaração parecia ter provocado. Não podia se permitir desejar algo – alguém – que era obviamente inadequado para ela. Quando a caixa foi fechada, Annabelle se afastou da mesa e ficou olhando para ela por um bom tempo. Então se sentiu desanimada e com um súbito cansaço, mas decidida.

Esta noite. A ambígua situação que tinha com lorde Kendall precisaria ser resolvida esta noite. Os festejos estavam quase no fim e, agora que Simon Hunt tinha voltado, não podia correr o risco de ver tudo arruinado por uma nova complicação com ele. Aprumou os ombros e foi falar com Lillian. Juntas bolariam um plano. A noite terminaria com o anúncio de seu noivado com lorde Kendall.

CAPÍTULO 18

– O truque é saber o momento certo – disse Lillian, com os olhos castanhos reluzindo de prazer.

Sem dúvida, oficial algum já conduzira uma campanha militar com mais determinação do que a de Lillian Bowman no momento. As quatro solteironas sentaram-se juntas no terraço com copos de limonada, aparentando a mais pura indolência, quando, na verdade, tramavam minuciosamente os acontecimentos da noite.

– Vou sugerir um agradável passeio pelo jardim antes do jantar para abrir nosso apetite – disse Lillian a Annabelle –, e tanto Daisy quanto Evie vão concordar. Também levaremos nossa mãe e tia Florence, além de qualquer outra pessoa com quem estivermos conversando no momento. E espero que, no instante em que chegarmos ao outro lado do pomar de peras, apanhemos você em flagrante delito com lorde Kendall.

– O que é flagrante delito? – perguntou Daisy. – Soa como algo ilegal.

– Não sei exatamente – admitiu Lillian. – Li num romance... mas tenho certeza de que é algo que comprometeria uma moça.

Annabelle deu um riso apático, desejando poder sentir um milésimo do entusiasmo que sentiam as Bowmans. Havia apenas quinze dias, não teria cabido em si de alegria, mas naquele instante tudo parecia ruim. A ideia de *enfim* ouvir a proposta de casamento tão desejada não lhe causava mais qualquer emoção. Não havia nenhuma sensação de excitação ou alívio, nem de qualquer coisa que fosse remotamente positiva. Mais parecia um dever desagradável que precisava cumprir. Ocultou, porém, sua apreensão, enquanto as irmãs Bowmans faziam planos e cálculos com a experiência de um conspirador profissional.

No entanto, Evie, que era mais observadora do que as outras duas juntas, parecia perceber as verdadeiras emoções que havia por trás do rosto inexpressivo da amiga.

– É isso me-mesmo que você que-quer, Annabelle? – perguntou em voz baixa, revelando a maior preocupação nos olhos azuis. – Não tem que fazer isso, você sabe, não é? Nós podemos encontrar outro pretendente para você se não quiser lorde Kendall.

– Não há tempo para encontrarmos outro pretendente – sussurrou Annabelle. – Não... Tem que ser Kendall, e precisa ser esta noite, antes que...

– Antes? – repetiu Evie, inclinando a cabeça ao fitar Annabelle com uma ligeira perplexidade. O sol iluminava as sardas salpicadas no rosto da menina, fazendo-as brilhar como ouro em pó sobre a pele aveludada. – Antes do quê?

Como Annabelle permaneceu calada, Evie baixou a cabeça e passou a ponta do dedo pela borda do copo, coletando gominhos de polpa açucarada que haviam aderido ali. As irmãs Bowmans continuavam conversando animadamente. Avaliavam se o pomar de peras era o melhor lugar para armar a emboscada a Kendall. Annabelle já estava em paz, achando que Evie deixaria de lado aquele assunto, mas a amiga murmurou bem baixinho:

– Você sabe que o Sr. Hunt voltou a Stony Cross na noite passada, Annabelle?

– Como sabe disso?

– Alguém contou à minha tia.

Ao encarar o olhar perspicaz de Evie, Annabelle não pôde deixar de pensar que aquele que cometesse o erro de subestimar Evangeline Jenner era digno de pena.

– Não, eu não sabia – murmurou.

Inclinando um pouco o copo de limonada, Evie ficou olhando para o fundo do líquido açucarado.

– Eu me pergunto por que ele nunca aproveitou para lhe dar um beijo quando você mesma fez tal oferta – disse lentamente. – Depois de todo o interesse que ele de-demonstrou por você no passado...

Seus olhos se encontraram, e Annabelle sentiu o rosto corar. Implorou com o olhar para que Evie não dissesse mais nada, e ela assentiu. Evie tinha entendido tudo, seu rosto refletia isso.

– Annabelle – disse devagar –, você se importaria se eu não fosse esta noite com as meninas ajudá-la no plano com lorde Kendall? Haverá gente de sobra para servir de testemunha. Lillian sem dúvida vai levar uma multidão de desavisados. Minha presença se-seria supérflua.

– Claro que não me importo – afirmou Annabelle, e perguntou, com um sorriso tímido: – Por uma questão de ética, Evie?

– Ah, não, não sou hipócrita. Estou mais do que disposta a assumir a culpa por ser cúmplice... e indo ou na-não ao jardim hoje à noite, faço parte do grupo. É só que... – Deteve-se e, ao prosseguir, falou em um tom mais baixo. – Eu não a-acredito que você goste de lorde Kendall. Não como homem... nem por aquilo que ele realmente é. E agora, depois de conhecê-la um pouco melhor, eu... eu não acredito que o casamento com ele vá fazê-la feliz.

– Vai sim – replicou Annabelle, aumentando o tom de voz o bastante para chamar a atenção das Bowmans, que pararam de falar e olharam para ela curiosas. – Ninguém poderia estar mais próximo do meu ideal de homem do que o Sr. Kendall.

– Ele é perfeito para você – concordou Lillian com firmeza. – Espero que não esteja tentando semear dúvidas, Evie, é tarde demais para isso. E não vamos abandonar um plano traçado à perfeição agora, quando já estamos quase alcançando a vitória.

Evie balançou imediatamente a cabeça em negação e se encolheu na cadeira.

– Não, não... eu não estava te-tentando... – A fala de Evie se reduziu a um fiozinho de voz e ela lançou um olhar de desculpas para Annabelle.

– É claro que ela não estava tentando fazer isso – comentou Annabelle em defesa da amiga, abrindo um sorriso temerário. – Vamos repassar o plano mais uma vez, Lillian.

~

O Sr. Kendall reagiu com divertida complacência quando Annabelle Peyton o instou a que escapassem para dar um passeio vespertino pelo jardim. O ar aprazível desse horário estendia um manto de umidade sobre a propriedade e não soprava uma brisa para amainar a opressiva atmosfera. Com a maioria dos convidados se arrumando para o jantar, ou em marcha lenta, abanando-se no salão de jogos ou na sala de estar, a área externa estava praticamente vazia. Nenhum homem poderia ignorar o que queria uma moça ao sugerir um passeio desacompanhada em tais circunstâncias. Aparentemente não incomodado com a perspectiva de dar um ou dois beijos roubados, Kendall deixou que Annabelle o persuadisse a caminhar ao longo do jardim do terraço indo até depois do muro de pedras coberto por trepadeiras de rosas.

– Acho que seria melhor se chamássemos uma acompanhante – disse ele com um leve sorriso. – Isso é decididamente inapropriado, Srta. Peyton.

Annabelle lançou-lhe um sorriso.

– Só nos afastaremos por uns instantes – insistiu. – Ninguém vai notar.

Como ele decidiu segui-la de boa vontade, Annabelle se deu conta do crescente peso da culpa que parecia pressioná-la por todos os lados. Era como se estivesse levando um cordeiro para o matadouro. Kendall era um bom homem... não merecia um casamento forçado. Se ao menos ela tivesse mais tempo, poderia deixar as coisas seguirem o curso natural até receber uma proposta genuína dele. Mas este era o último fim de semana do festejo e era imperativo que alcançasse um resultado positivo agora. Se conseguisse ir adiante com aquela parte do plano, as coisas seriam mais fáceis depois. *Annabelle,* quer dizer, *Lady Kendall,* corrigiu-se severamente. Annabelle, Lady Kendall... Não tinha dificuldade em se imaginar como uma respeitável e jovem esposa vivendo no mundo da alta sociedade de Hampshire, fazendo viagens ocasionais a Londres, recebendo o irmão nos feriados. Annabelle, Lady Kendall, teria meia dúzia de filhos louros e alguns deles usariam óculos como o pai. Annabelle, Lady Kendall, seria uma esposa devotada que passaria o resto de seus dias tentando expiar o pecado de ter enganado o marido para que se casasse com ela.

Chegaram à clareira que havia depois do pomar de peras, no local onde ficava a mesa de pedra dentro do círculo de cascalho. Parando, Kendall olhou para Annabelle, que se recostou na mesa colocando-se em uma pose estudada. Ele se atreveu a tocar uma mecha de cabelo que havia caído no ombro da moça e ficou admirando os reflexos dourados nos fios castanhos.

– Srta. Peyton – murmurou ele –, a essa altura já deve estar ciente de que desenvolvi uma decidida preferência por sua companhia.

O coração de Annabelle palpitava em sua garganta a ponto de ela achar que chegaria a sufocar.

– Eu... eu desfrutei imensamente de nossas conversas e de nossos passeios juntos. – Ela conseguiu dizer.

– A senhorita é encantadora – sussurrou Kendall, aproximando-se dela. – Eu nunca tinha visto olhos tão azuis.

Um mês antes, Annabelle teria pulado de felicidade por isso estar acontecendo. Kendall era um homem bom, sem contar que era atraente, jovem, rico e possuía um *título*... Ah, que raios havia de errado com ela? Ela se viu inteiramente relutante e tensa quando Kendall se inclinou sobre seu rosto ruborizado. Agitada e confusa, tentou não fugir dele. No entanto, antes que seus lábios pudessem se encostar, ela se afastou com um arquejo abafado.

O silêncio se abateu sobre a clareira.

– Assustei você? – perguntou Kendall. Seus modos eram amáveis e tranquilos... Bem diferentes da arrogância de Simon Hunt.

– Não... Não é isso. É só que... Não posso fazer isso. – Annabelle esfregou a testa, que de repente começou a doer. Sentia os ombros rígidos sob as mangas bufantes do vestido florido de seda cor de pêssego. Quando voltou a falar, sua voz pesava com a derrota e o desgosto por si mesma. – Perdoe-me, lorde Kendall. O senhor é um dos cavalheiros mais agradáveis que já tive o privilégio de conhecer. E é por isso mesmo que preciso deixá-lo agora. Não é certo que eu encoraje seu interesse por mim quando nada pode resultar daí.

– O que a faz pensar assim? – perguntou ele, claramente confuso.

– O senhor não me conhece de verdade – disse Annabelle com um sorriso amargo. – Acredite em mim, não combinamos como casal. Não importa quanto eu tenha tentado, em algum momento eu acabaria tratando-o muito mal... E o senhor, como um perfeito cavalheiro, não faria qualquer objeção, e nós dois seríamos terrivelmente infelizes.

– Srta. Peyton – murmurou ele, tentando atribuir sentido àquela descarga emocional. – Não entendo aonde quer chegar...

– Também não tenho certeza se entendo. Mas sinto muito. Eu lhe desejo o melhor, senhor. E desejo... – A respiração dela se tornou irregular e, de repente, Annabelle começou a rir. – Desejos são coisas perigosas, não são? – murmurou, e saiu depressa da clareira.

CAPÍTULO 19

Maldizendo-se, Annabelle percorreu o caminho de volta até a mansão. Não podia acreditar. Justo quando teve ao seu alcance aquilo que desejava, jogara tudo para o alto.

– Estúpida – murmurou entre dentes. – Estúpida, estúpida...

Não conseguia sequer imaginar o que diriam suas amigas quando chegassem à clareira e a encontrassem vazia. Talvez o Sr. Kendall tivesse ficado onde ela o deixara, com aquela cara de cavalo cujo pacote de ração lhe fora arrancado antes que houvesse a oportunidade de comer.

Annabelle jurou que não pediria às amigas que a ajudassem a encontrar outro marido em potencial, já que acabara de jogar para os ares a oportunidade que tinham dado a ela. Merecia o quer que acontecesse a partir de agora. Apressou o passo para chegar logo ao seu quarto. Estava tão concentrada na fuga frenética que quase se chocou com um homem que vinha tranquilamente pelo caminho do outro lado do muro de pedras. Estancou de repente e murmurou uma desculpa:

– Perdoe-me, senhor.

E teria dado a volta apressada se a estatura e as mãos grandes e bronzeadas que o sujeito tirara do bolso não tivessem traído a identidade dele. Aturdida, deu um passo para trás enquanto Simon Hunt a fitava.

Ambos se olharam sem revelar qualquer emoção.

Como tinha acabado de fugir de lorde Kendall, Annabelle não pôde deixar de notar as diferenças entre eles. Hunt era decididamente moreno à luz do crepúsculo, tinha um corpo avantajado e másculo, olhos de pirata e o ar de crueldade casual de um rei pagão. Não se mostrava menos arrogante do que antes, tampouco mais dócil nem refinado. No entanto se tornara um objeto de desejo tão avassalador que Annabelle ficou convencida de que perdera a razão. O ar em torno deles ficou carregado, crepitando com a paixão e o conflito.

– O que foi? – perguntou Hunt sem preâmbulos, semicerrando os olhos ao perceber o evidente nervosismo de Annabelle.

Impossível expressar as emoções que ela sentia em poucas frases coerentes. No entanto, fez uma tentativa.

– Você foi embora de Stony Cross sem me avisar.

O olhar dele era duro e frio como o ébano.

– Você guardou o jogo de xadrez.

– Eu... – Desviou os olhos, mordendo o lábio. – Não podia me permitir ter distrações.

– Ninguém a está distraindo agora. Deseja ter Kendall? Pois faça isso.

– Ah, muito obrigada – retrucou ela, com sarcasmo. – É muito gentil de sua parte deixar o caminho livre agora que já arruinou tudo.

Ele a fitou com uma expressão cautelosa.

– Por que diz que arruinei tudo?

Annabelle sentiu um frio absurdo apesar de estar envolvida pelo ar quente do verão. Um ligeiro estremecimento partiu de seus ossos chegando à pele.

– As botinas que ganhei quando eu estava doente – disse precipitadamente –, as mesmas que estou usando agora, foram enviadas por você, não foram?

– Isso tem alguma importância?

– *Admita* – insistiu ela.

– Sim, foram – respondeu ele, secamente. – E qual o problema?

– Eu estava com lorde Kendall há apenas uns dois minutos, e tudo corria como planejado. Ele estava prestes a... mas *não consegui*. Não pude deixar que me beijasse estando eu com essas malditas botinas. Agora, depois de ter deixado o lorde Kendall como fiz, ele deve estar certo de que sou louca. Mas você tinha razão... Ele é muito bonzinho para mim. E formaríamos um péssimo casal, bem destoante.

Então ela fez uma pausa para retomar o ar e se deu conta do súbito brilho nos olhos de Hunt. Seu corpo parecia o de um predador à espera de uma chance para atacar.

– Portanto – principiou ele com brandura –, agora que descartou Kendall, quais são os seus planos? Voltar para Hodgeham?

Ofendida com aquela pergunta sarcástica, Annabelle franziu o cenho em uma careta.

– Se for, não é da sua conta. – Annabelle deu as costas para ele e se pôs a caminhar para longe dali.

Hunt a alcançou com duas passadas largas e a virou, obrigando-a a encará-lo. Então, ele a sacudiu de leve antes de sussurrar em seu ouvido:

– Chega de jogos. Diga-me o que quer. Agora, antes que eu perca completamente a paciência.

O cheiro dele, uma mistura de sabonete e notas frescas, tão maravilhosamente masculino, deixou-a tonta. Desejava abrir caminho em meio às roupas dele – desejava que ele a beijasse até fazê-la perder os sentidos. Desejava o desprezível, arrogante, sedutor e diabolicamente belo Simon Hunt. Ah, mas ele seria impiedoso com ela. O orgulho ameaçado de Annabelle se impôs e travou sua garganta, mal deixando-a falar.

– Não posso – disse com voz rouca.

Inclinando a cabeça dela para trás, Hunt a fitou com um brilho divertido e perverso nos olhos.

– Pode ter tudo o que desejar, Annabelle... Mas só se for capaz de pedir.

– Está decidido a me humilhar totalmente, não é? Não vai me permitir conservar um mínimo de dignidade.

– Eu? Humilhar *você*? – Ele ergueu uma sobrancelha assumindo um ar sardônico. – Depois de passar dois anos sendo alvo do seu desdém e menosprezo cada vez que eu lhe pedia que dançasse comigo?

– Ah, tudo bem – concordou ela, começando a tremer da cabeça aos pés. – Eu vou admitir... Eu quero você. Pronto, satisfeito? O que eu quero é *você*.

– De que forma? Como amante ou marido?

Annabelle o encarou perplexa.

– O que você disse?

Ele a envolveu em seus braços e apertou aquele corpo trêmulo contra o seu. Não disse nada, limitou-se a fitá-la com atenção enquanto ela tentava entender as implicações daquela pergunta.

– Mas você não é desses homens que se casam – ela conseguiu dizer brandamente.

Ele acariciou a orelha dela, traçando a delicada curva exterior com a ponta do dedo.

– Descobri que sou se for com você.

A carícia sutil ateou fogo no sangue dela, fazendo com que fosse difícil pensar.

– Provavelmente iríamos nos matar no primeiro mês.

– Provavelmente – concordou Hunt, com um sorriso nos lábios que roçavam a têmpora de Annabelle. O calor dos lábios dele enviou uma onda de prazer vertiginosa ao corpo inteiro dela. – Mas case-se comigo assim mesmo, Annabelle. Pelo que sei, isso resolveria a maior parte dos seus problemas... e também mais do que alguns dos meus. – A mão enorme de Hunt deslizou pelas costas dela, apaziguando os tremores na pele de Annabelle. – Deixe-me mimá-la – sussurrou. – Deixe-me cuidar de você. Nunca teve alguém que lhe desse suporte, não é? Tenho ombros fortes, Annabelle. – Uma risada ribombou em seu peito. – E possivelmente sou o único homem entre os seus conhecidos capaz de sustentá-la.

Ela estava atônita demais para responder àquela zombaria.

– Mas por quê? – perguntou, sentindo a mão dele subir para sua nuca desprotegida.

Ela se encolheu quando a ponta do dedo de Hunt entrou suavemente na depressão rasa da base de sua cabeça.

– Por que está me pedindo em casamento quando poderia considerar ter-me como amante?

Ele encostou o nariz com delicadeza no pescoço de Annabelle.

– Porque percebi, durante os últimos dias, que não quero deixar que ninguém tenha dúvidas sobre a quem você pertence. Inclusive você mesma.

Annabelle fechou os olhos, com os sentidos inundados de euforia, e sentiu-o se aproximar de seus lábios ressecados, que o aguardavam entreabertos. As mãos e os braços de Hunt comprimiam o corpo desejoso de Annabelle contra si, em resposta à demanda que ele sentia do próprio corpo rijo. Se havia traços de dominação no modo como a abraçou, havia também de reverência, com as pontas dos dedos dele descobrindo as partes mais sensíveis da pele exposta dela, acariciando-as com a suavidade de uma pluma. Ela permitiu que Simon abrisse sua boca e gemeu ao sentir o toque de sua língua. Ele a violou com beijos ternos que aplacaram sua ânsia e ao mesmo tempo provocaram uma consciência de todos os vazios que ela desejava desesperadamente preencher. Quando Hunt sentiu o tremor urgente percorrer o corpo de Annabelle, tratou de acalmá-la com um longo carinho de seus lábios, enquanto seus braços apoiavam o corpo dela. Pôs a mão naquele rosto enrubescido e, com a ponta do polegar, roçou os lábios de um rosa acetinado de Annabelle.

– Eu quero que me dê a sua resposta – sussurrou ele.

O calor da mão de Hunt causava calafrios na pele dela, que aninhou ainda mais o rosto naquela mão enorme.

– Sim – disse, sem fôlego.

Os olhos de Hunt reluziam em triunfo. Ele inclinou a cabeça de Annabelle para trás e a beijou novamente, com mais ímpeto do que da primeira vez. As palmas de suas mãos apertavam de leve o rosto dela, procurando uma posição em que uma boca se encaixasse na outra com perfeição. O ritmo da respiração dela se tornou inconstante, e logo se viu tonta por ter inalado tanto oxigênio. Ergueu os braços para se segurar ao corpo musculoso de Hunt, afundando os dedos no tecido elegante do paletó dele. Sem deixar de beijá-la, ele a ajudou a se apoiar em seu corpo, fazendo-a abraçar seu pescoço com uma das mãos.

Quando garantiu o equilíbrio de Annabelle, moveu a mão até sua cintura envolta no espartilho e a puxou para mais perto de seu corpo. Beijava-a com uma urgência crescente, até que o potente influxo de sua boca a levou a um estado de delírio sensual.

Ele enfim afastou os lábios, silenciando seus gemidos de protesto ao dizer em um murmúrio que não estavam sozinhos. Com os olhos semicerrados e desconcertada, Annabelle olhou para um ponto além do círculo dos braços de Simon. Estavam diante de um grupo de testemunhas que dificilmente deixariam de ver um casal se abraçando no meio do caminho, junto ao muro de pedras. Lillian... Daisy... A mãe das duas... Lady Olivia e seu quase noivo americano, o Sr. Shaw... E, por fim, ninguém menos do que lorde Westcliff.

– Ah, meu Deus... – disse Annabelle, escondendo o rosto no ombro de Hunt, como se, ao fechar os olhos, pudesse fazer com que todos desaparecessem.

Sentiu um calafrio quando Hunt se inclinou e, com uma voz divertida, murmurou:

– Xeque-mate.

Lillian foi a primeira a falar.

– O que, pela santa paz do Senhor, está acontecendo, Annabelle?

Encolhendo-se, a moça se obrigou a enfrentar o olhar da amiga.

– Não pude prosseguir – disse ela, timidamente. – Sinto muito... Era um ótimo plano, e vocês cumpriram sua parte direitinho...

– E teria sido muito bem-sucedido se você não estivesse *beijando o homem errado!* – exclamou Lillian. – Em nome de Deus, o que aconteceu? Por que não está no pomar de peras com lorde Kendall?

Aquele não era o tipo de discussão que ela gostaria de

ter na frente de tanta gente. Annabelle hesitou e olhou para Hunt, que a fitava com um sorriso irônico, parecendo fascinado com a ideia de ouvir qual era a explicação que ela daria a eles.

Durante um longo silêncio, lorde Westcliff somou dois mais dois e olhou de Annabelle para Lillian com evidente ar de desaprovação.

– Então foi por isso que insistiram tanto para que déssemos um passeio? Estavam de comum acordo planejando uma emboscada para lorde Kendall!

– Eu também participei – afirmou Daisy, determinada a levar sua parcela de culpa.

Westcliff não pareceu ouvir o comentário dela e continuou olhando fixamente para Lillian, que não parecia nem um pouco arrependida.

– Meu bom Deus, senhoritas, não se respeita mais absolutamente *nada*?

– Se algo merece meu respeito – retrucou Lillian de forma astuta –, ainda não descobri o que é.

Se não estivesse em uma circunstância tão embaraçosa, Annabelle teria caído na gargalhada diante da expressão do conde.

Franzindo a testa, Lillian voltou sua atenção para Annabelle.

– Talvez não seja tarde demais para salvar a situação – disse. – Faremos com que todos aqui se comprometam a não comentar que viram você e o Sr. Hunt juntos. Sem testemunhas, é como se não tivesse acontecido.

Lorde Westcliff respondeu àquilo com a expressão mais zangada do mundo.

– Por mais que deteste a ideia de concordar com a Srta. Bowman – afirmou, contrariado –, tenho que admitir que é o melhor a ser feito. A melhor coisa para todos os interessados seria esquecermos este incidente. A Srta. Peyton e o Sr. Hunt não foram vistos e, portanto, ninguém foi comprometido, o que significa que não haverá qualquer consequência para essa situação lamentável.

– Ah, mas ela se *comprometeu* sim – disse Hunt, com uma firme determinação repentina. – Por causa de mim. E não quero evitar as consequências, Westcliff, eu...

– Ora, é claro que quer – assegurou o conde de um jeito autoritário. – Não vou permitir que arruíne a sua vida por causa dessa criatura, Hunt.

– *Arruinar a vida dele?* – exclamou Lillian, indignada. – O Sr. Hunt não poderia ter opção melhor do que se casar com uma moça como Annabelle! Como se atreve a insinuar que ela não é boa o bastante para ele, quando é óbvio que é ele quem...

– Não – interrompeu Annabelle, muito ansiosa. – Por favor, Lillian...

– Peço que nos deem licença – murmurou o Sr. Shaw com uma polidez impecável, tentando sem sucesso reprimir um sorriso. Deu o braço a Lady Olivia e fez uma graciosa reverência, sem se dirigir a ninguém em particular. – Creio que tanto minha noiva quanto eu podemos ser dispensados desses acertos, já que estamos... como posso dizer... apenas de coadjuvantes. Posso falar com segurança por nós dois quando lhes asseguro que seremos tão surdos, mudos e cegos como o trio de estátuas dos macacos sábios. – Seus olhos azuis refletiam bom humor. – Vamos deixar que decidam o que foi visto e ouvido esta noite... ou o que não foi. Venha, querida. – E se afastou com Lady Olivia, acompanhando-a de volta à mansão.

O conde se virou para a mãe das irmãs Bowmans, uma mulher alta, com rosto comprido como de uma raposa. O semblante dela expressava uma justa indignação, mas tinha segurado a língua para não perder qualquer detalhe que fosse. Como Daisy explicara mais tarde com tristeza, a

Sra. Bowman nunca tinha seus faniquitos no meio de uma cena. Preferia reservá-los para os intervalos.

– Sra. Bowman, posso contar com seu silêncio a respeito deste assunto? – perguntou Westcliff.

Se o conde ou qualquer outro homem detentor de um título pedisse por pura diversão à Sra. Bowman que pulasse de cabeça no canteiro de flores, ela o faria sem pestanejar.

– Ah, mas é claro, senhor. Eu *jamais* espalharia um boato como esse. Minhas filhas sempre foram tão inocentes... Fico muito triste em ver como a proximidade com essa... essa moça inescrupulosa as tenha feito chegar a esse ponto. Tenho certeza de que um cavalheiro com o seu discernimento saberá que meus dois anjos são completamente inocentes nisso tudo e que se deixaram levar por essa jovem maquiavélica a quem consideram uma amiga.

Depois de lançar um olhar cético para os dois "anjos", Westcliff respondeu friamente:

– Claro.

Hunt, que tinha mantido possessivamente o braço em volta da cintura de Annabelle, observou um a um com frieza.

– Façam o que lhes parecer melhor. A Srta. Peyton vai estar comprometida esta noite de uma forma ou de outra. – E começou a puxá-la para saírem dali. – Venha.

– Para onde vamos? – perguntou Annabelle, resistindo àquela mão em seu pulso.

– Para a casa. Se não estão dispostos a servir de testemunhas, então parece que precisarei comprometê-la na frente de outra pessoa.

– Espere – reclamou Annabelle. – Já concordei em me casar com você. Por que tem que me comprometer de novo?

Hunt ignorou os protestos de Westcliff e das Bowmans quando respondeu de forma sucinta:

– Por precaução.

Annabelle fincou pé e se negou a seguir em frente quando ele a puxou pelo braço.

– Você não precisa de segurança! Está achando que quebrarei a promessa que fiz?

– Acho, sim. – Calmamente, Hunt começou a puxá-la pelo caminho. – Bom, agora aonde vamos? Acho que para o hall de entrada da mansão. Há bastante gente por lá para ver que está sendo comprometida. Ou quem sabe o salão de jogos?

– Simon – protestou Annabelle enquanto se via sendo levada sem qualquer cerimônia. – *Simon...*

Ouvir seu nome proferido por Annabelle fez Hunt parar e olhar para ela com um meio sorriso.

– O que foi, doçura?

– Pelo amor de Deus – murmurou Westcliff –, que tal deixar essa cena para a noite do teatro amador? Se está tão louco para tê-la, podia ao menos nos poupar de mais exibições. Posso testemunhar com prazer, daqui até Londres, que a honra de sua noiva está comprometida se assim eu tiver um pouco de paz. Só não me peça para ficar ao seu lado no altar, porque não tenho o menor interesse em ser hipócrita.

– Não, só em ser um babaca. – Foi o murmúrio que se ouviu vindo de Lillian.

Mesmo proferindo-o em voz baixa, Westcliff pareceu ter ouvido. Tanto que se virou carrancudo na direção da moça que ostentava uma expressão deliberadamente inocente.

– E quanto a você... – principiou ele, em tom de ameaça.

– Então, estamos todos de acordo – interrompeu Simon, evitando o que, sem dúvida, se tornaria uma discussão interminável. Depois olhou para Annabelle com a mais pura satisfação masculina. – Você foi comprometida. Agora temos que encontrar sua mãe.

O conde balançou a cabeça em negação, manifestando uma fria ofensa própria de um aristocrata cujos desejos haviam sido contrariados.

– Nunca conheci um homem tão ansioso para confessar aos pais de uma moça que a arruinou – disse com amargura.

CAPÍTULO 20

Philippa reagiu àquela notícia com uma calma surpreendente. Enquanto os três permaneciam sentados no salão privativo dos Marsdens e Simon anunciava o noivado a ela, contando o que o motivara, o rosto dela empalideceu, embora não tenha dito uma palavra sequer. Durante o breve silêncio que se seguiu à fala de Simon, a mãe de Annabelle manteve os olhos fixou nele e enfim disse:

– Como Annabelle não tem pai para defendê-la, Sr. Hunt, cabe a mim pedir ao senhor certas garantias. Toda mãe quer que a filha seja tratada com respeito e amabilidade... e o senhor há de concordar comigo que as circunstâncias...

– Compreendo – afirmou Simon. Impactada com toda aquela sobriedade, Annabelle o observava atentamente, ao passo que ele voltava toda a atenção para Philippa. – A senhora tem a minha palavra de honra: sua filha nunca terá do que reclamar.

Um lampejo de receio nublou o rosto de Philippa. Sabendo o que viria em seguida, Annabelle mordeu o lábio.

– Suspeito que esteja ciente, Sr. Hunt – murmurou a mãe –, que Annabelle não possui dote.

– Estou, sim – respondeu ele com naturalidade.

– E isso não faz diferença para o senhor? – prosseguiu ela, com um tom interrogativo.

– Diferença alguma. Tenho a sorte de poder deixar de lado questões financeiras na escolha de minha esposa. Não me importo nem um pouco se Annabelle vai se casar comigo sem um xelim. Além do mais, tenho a intenção de facilitar as coisas para a sua família, assumindo as dívidas, cuidando das contas e dos credores, pagando mensalidades de escola e tudo o mais que for necessário para que vivam com inteira comodidade.

Annabelle viu a mãe apertar as mãos no colo até os dedos ficarem brancos e notou um insondável tremor na voz dela que tanto podia ser de emoção, alívio, constrangimento ou a combinação das três coisas.

– Obrigada, Sr. Hunt. Espero que compreenda que se o Sr. Peyton estivesse vivo as coisas seriam muito diferentes...

– Sim, é claro.

Philippa refletiu por um momento e acrescentou:

– É claro que, sem dote, Annabelle não terá dinheiro para pequenos gastos...

– Vou abrir uma conta para ela no Barings – disse Hunt com a mesma neutralidade. – Farei um depósito inicial de digamos... umas cinco mil libras. Depois, de tempos em tempos, vou equilibrando o saldo sempre que necessário. É claro que eu ficarei encarregado dos gastos para a manutenção de carruagem e cavalos, para a compra de roupas... joias... e Annabelle pode ter crédito em todas as lojas de Londres.

A reação de Philippa a tudo isso passou despercebida por Annabelle, cuja mente girava como um pião. A ideia de ter cinco mil libras à sua disposição – uma fortuna –

não parecia real. O espanto da moça se misturava a um arrepio de expectativa. Depois de anos de privação, poderia ir aos melhores estilistas, comprar um cavalo para Jeremy e redecorar a casa da família com mobiliário e acessórios de luxo. No entanto, essa discussão interminável sobre questões financeiras logo depois de receber um pedido de casamento deu a Annabelle a inquietante sensação de estar se vendendo em troca de dinheiro. Dirigiu a Simon um olhar cauteloso e viu que havia em seus olhos aquele brilho zombeteiro tão familiar. Ele a entendia tão bem, pensou, sentindo um rubor indesejado colorir-lhe as bochechas.

Annabelle permaneceu em silêncio enquanto a conversa girava em torno de advogados, contratos e cláusulas, o que a fez descobrir que a mãe era tão persistente quanto um *bull terrier* no que se referia a negociações matrimoniais. Aquela discussão detalhada não era nem um pouco romântica. Além disso, ela notou que a mãe não perguntou a Hunt se ele a amava, e ele também não disse espontaneamente.

Depois que Simon Hunt foi embora, Annabelle seguiu com a mãe para o quarto, onde, sem dúvida alguma, conversariam mais um pouco. Preocupada com o tom quieto pouco natural de Philippa, Annabelle fechou a porta pensando no que dizer a ela, se perguntando se ela teria alguma reserva em ter Simon Hunt como genro.

Assim que se viram sozinhas, a mãe foi até a janela, olhou para o céu noturno e, em seguida, tapou os olhos com uma das mãos. Assustada, Annabelle ouviu o som abafado de um soluço.

– Mamãe... – sussurrou ela, hesitante, fitando as costas rígidas de Philippa. – Eu sinto muito, eu...

– Graças a Deus – murmurou a mãe com voz embargada, parecendo não ouvi-la. – Graças a Deus.

~

Apesar de ter jurado que não compareceria ao casamento de Simon, o Sr. Westcliff chegou a Londres quinze dias antes da cerimônia. Com uma expressão taciturna, mas de modo cortês, ofereceu-se, inclusive, para acompanhar a noiva, assumindo o lugar do pai falecido da moça. Annabelle ficou muito tentada a recusar, mas a oferta fizera sua mãe ficar tão feliz que ela não teve alternativa senão aceitar. Acabou sentindo até um prazer rancoroso ao obrigar o conde a tomar parte em uma cerimônia à qual ele era tão contrário. O único motivo de Westcliff ir a Londres era a lealdade que tinha em relação a Hunt, o que revelava que o laço de amizade entre os dois era muito mais forte do que Annabelle teria suposto.

Lillian, Daisy e sua mãe também compareceram à cerimônia religiosa, embora a presença das duas só havia sido possível graças à do Sr. Westcliff. A Sra. Bowman nunca teria permitido que as filhas fossem ao casamento de uma moça que não se unia a um membro da nobreza e que, além de tudo, era uma influência tão negativa para elas. No entanto, qualquer oportunidade de estarem próximas do solteiro mais cobiçado de toda a Inglaterra havia de ser aproveitada. O fato de Westcliff ser completamente indiferente à sua filha mais nova e abertamente desdenhoso no que se referia à mais velha era um obstáculo sem importância, que a Sra. Bowman tinha certeza de que poderiam superar.

Evie, infelizmente, fora proibida de comparecer ao casamento pela tia Florence e pelos outros membros da família materna. Então, enviou uma longa e afetuosa carta a Annabelle e lhe deu de presente um aparelho de chá de porcelana de Sèvres, decorado com flores rosas e douradas. O resto da pequena congregação que assistiu à união consistia nos pais e irmãos de Hunt, que eram mais ou menos como Annabelle esperava. A mãe possuía feições grosseiras e constituição robusta, mas era uma mulher genial, propensa a gostar de Annabelle a menos que algo a convencesse a mudar de opinião. O pai era um homem grandalhão e anguloso, que não esboçara um sorriso durante toda a cerimônia, embora as rugas profundas em volta dos olhos indicassem sua disposição para o bom humor. Nenhum dos dois era particularmente bonito, mas tinham cinco filhos notáveis, todos altos e de cabelos pretos.

Se pelo menos Jeremy pudesse ter comparecido ao casamento... mas as aulas dele ainda não haviam terminado, e Philippa e ela decidiram que seria melhor que ele concluísse o semestre e só então voltasse a Londres, coincidindo com a volta de Hunt e Annabelle da lua de mel. Annabelle não tinha certeza de qual seria a reação do irmão ao saber que Hunt era seu cunhado. Embora parecesse gostar dele, Jeremy tinha se acostumado a ser, por muito tempo, o único homem da família. Portanto, sempre havia a possibilidade de que se irritasse com alguma restrição que Hunt quisesse impor a ele. Nesse sentido, Annabelle também não se via propensa a acatar os desejos de um homem a quem, na verdade, mal conhecia.

Essa ideia ficou martelando em sua mente na noite de núpcias, enquanto ela esperava o marido em um quarto do hotel Rutledge. Tendo assumido que Hunt tinha uma dessas casas com terraço como muitos solteiros, Annabelle se surpreendeu imensamente ao descobrir que ele morava em uma suíte de hotel.

– Por que não? – perguntara-lhe alguns dias antes, divertido com o evidente espanto da moça.

– Bom... Porque morar em um hotel não proporciona muita privacidade...

– Sinto não concordar. Posso ir e vir quando quero, sem

uma horda de criados fofocando a respeito de todos os meus hábitos e gestos. Pelo que pude comprovar, a vida em um hotel bem-administrado é muito melhor do que em uma mansão cheia de correntes de ar.

– Sim, mas um homem com a sua posição deve ter um bom número de criados a seu serviço para demonstrar seu sucesso aos demais...

– Perdoe-me – dissera Hunt –, mas sempre pensei que devia contratar criados apenas quando o trabalho deles fosse necessário. O benefício de exibi-los como adornos havia me escapado até então.

– Não se pode considerar que seja trabalho escravo, Simon!

– Pelo salário que a maioria dos criados recebe, isso é um ponto de vista bem discutível.

– Vamos precisar contratar um bom quadro de ajudantes se formos viver em uma casa adequada – disse Annabelle com atrevimento. – A menos que você pretenda me pôr de joelhos para esfregar o chão e limpar grades.

Essa sugestão fez os olhos pretos como café de Hunt se iluminarem com um brilho perverso que ela não conseguiu entender.

– Pretendo pô-la de joelhos, querida, mas posso garantir que não vai ser para esfregar o chão. – Ele riu com brandura ao ver a perplexidade dela. Aproximando-a de si, deu um beijo breve nos lábios de Annabelle.

Ela tentou escapar de seu abraço.

– Simon... Solte-me... Minha mãe não vai aprovar se nos vir assim...

– Na verdade, eu poderia fazer o que quisesse com você agora sem ter que me preocupar com qualquer objeção da parte dela.

Franzindo a testa, Annabelle conseguiu pôr os braços à força entre eles.

– Ah, seu arrogante... Não, eu não quis dizer isso, Simon! Queria resolver esse assunto. Vamos morar para sempre em um hotel ou você vai comprar uma casa?

Ele roubou mais um beijo e riu ao constatar a expressão dela.

– Comprarei a casa que você quiser, doçura. Melhor ainda, construirei uma nova, já que me acostumei ao conforto da boa iluminação e do encanamento moderno.

Annabelle parou de se contorcer.

– Sério? Onde?

– Acredito que poderia adquirir um terreno de tamanho considerável em Bloomsbury ou Knightsbridge...

– E em Mayfair?

Simon sorriu como se esperasse por essa sugestão.

– Não me diga que quer morar num local tão cheio de construções como Grosvenor ou St. James, para ficar na janela contemplando os aristocratas pomposos circulando em seus pequenos quintais gradeados...

– Ah, sim, isso seria *perfeito* – respondeu ela, entusiasmada, fazendo-o rir.

– Tudo bem, então vamos comprar algo em Mayfair, e que Deus me ajude. Você pode contratar os criados que quiser. Repare que eu não disse "que necessitar", já que isso parece ser completamente irrelevante. Enquanto isso, acha que conseguiria tolerar uns meses no Rutledge?

Lembrando-se dessa conversa, Annabelle investigava os imensos cômodos da suíte, todos suntuosamente decorados em veludo, couro e mogno reluzente. Precisava admitir: o Rutledge sem dúvida havia mudado sua concepção de como um hotel deveria ser. Dizia-se que o misterioso proprietário, o Sr. Harry Rutledge, tinha a intenção de criar o estabelecimento hoteleiro mais elegante e moderno da Europa, combinando o estilo continental com inovações trazidas das Américas. O Rutledge era um edifício enorme, que ocupava cinco quarteirões inteiros no bairro dos teatros. Peculiaridades como ser à prova de fogo, dispor de serviço de quarto e banho para cada suíte, sem mencionar o famoso restaurante, tinham feito do Rutledge o hotel favorito dos norte-americanos e europeus ricos. Para alegria de Annabelle, as Bowmans ocupavam cinco das cem suítes de luxo do hotel, o que significava que ela, Lillian e Daisy teriam muitas oportunidades de se encontrarem depois que ela voltasse da lua de mel.

Como nunca saíra da Inglaterra na vida, Annabelle ficou animada quando descobriu que Simon tinha a intenção de levá-la a Paris e passar cerca de quinze dias lá. Contando com uma lista de costureiras, estilistas e perfumistas criada pelas Bowmans, que haviam visitado Paris com a mãe, Annabelle aguardava ansiosa seu primeiro vislumbre da Cidade Luz. No entanto, antes da partida, no dia seguinte, ainda teria que passar pela noite de núpcias.

Vestida com uma camisola abundantemente adornada por rendas brancas no corpete e nas mangas, ela caminhava inquieta pela suíte. Sentou-se ao lado da cama e pegou a escova de cabelo na mesinha de cabeceira. Metodicamente, começou a se pentear enquanto se perguntava se todas as noivas sentiam essa apreensão por não saber o que lhes reservariam as próximas horas: medo ou prazer. Nesse instante, a chave girou na fechadura e a figura escura e esbelta de Simon entrou na suíte privativa.

Um calafrio percorreu a espinha de Annabelle, mas ela se obrigou a continuar escovando o cabelo com movimentos serenos, apesar da força excessiva com que apertava o cabo da escova e do tremor dos dedos. Os olhos de Simon vagaram pelas rendas e a musselina que cobriam o corpo da noiva. Ainda com o traje preto e formal do casamento, aproximou-se devagar e parou diante de Annabelle, que permanecia sentada. Para surpresa dela, ele se ajoelhou até que ficaram com o rosto na mesma altura, as coxas dele dando apoio às pernas delgadas da moça. Ergueu a mão avantajada para tocar o cabelo dela, entremeando os dedos fascinado pelos fios castanho-dourados que lhe escorriam pela palma.

Embora estivesse impecavelmente vestido, Simon trazia alguns sinais evidentes de desalinho que chamaram a atenção de Annabelle: as mechas curtas do cabelo lhe caíam na testa e o nó da gravata de seda cinza-gelo estava frouxo. Ela deixou a escova cair no chão e usou os dedos para ajeitar o cabelo dele, com um traçado indeciso. Os fios escuros do cabelo do noivo eram grossos e brilhantes e pareciam ter vontade própria, encaracolando-se nos dedos dela. Ele permaneceu imóvel enquanto ela desatava o nó da gravata, cuja seda ainda retinha o calor da pele dele. Os olhos de Simon continham uma expressão que lhe provocou cócegas no estômago.

– Toda vez que a vejo – murmurou Hunt –, acredito que seja impossível que esteja ainda mais bonita... mas você sempre me prova o contrário.

Annabelle deixou a gravata pendurada no pescoço dele e sorriu ao ouvir aquele elogio. Quando sentiu as mãos dele sobre as suas, estremeceu na cadeira. Ele esboçou um sorriso, observando-a com ar interrogativo.

– Está nervosa?

Annabelle assentiu, enquanto ele segurava as mãos dela e acariciava seus dedos. Simon falou em voz baixa, parecendo escolher as palavras com muito mais cuidado que o normal.

– Doçura... Suponho que suas experiências com lorde Hodgeham não tenham sido das mais agradáveis. Mas espero que acredite em mim quando digo que não precisa ser assim. Sejam quais forem os seus medos...

– Simon – interrompeu ela com a voz apreensiva, limpando a garganta. – É muito gentil da sua parte... E-e o fato de ser tão compreensivo sobre isso... bem... fico extremamente grata por isso. No entanto... temo não ter sido tão clara sobre a minha relação com Hodgeham. – Percebendo a súbita e curiosa quietude dele, que não demonstrava qualquer tipo de emoção, Annabelle inspirou fundo para se acalmar e então prosseguiu: – A verdade é que Hodgeham realmente frequentava nossa casa à noite de vez em quando, e ele pagou sim algumas de nossas dívidas em troca de... de... – Deteve-se ao perceber o nó que se formara na garganta, que dificultava a pronúncia das palavras. – Mas... não era a mim que ele vinha visitar.

Os olhos escuros de Simon se arregalaram quase que imperceptivelmente.

– O que está dizendo?

– Nunca dormi com ele – admitiu ela. – O acordo dele era com a minha mãe.

Ele a fitou, pasmo.

– Santo Deus! – exclamou com um suspiro.

– Tudo começou há cerca de um ano – prosseguiu ela, um pouco na defensiva. – Estávamos numa situação desesperadora. Nossa lista de contas pendentes era interminável e não tínhamos a menor condição de pagá-las. A renda da herança de minha mãe se reduziu porque o dinheiro foi mal aplicado. Lorde Hodgeham já vinha perseguindo a minha mãe havia algum tempo... Não sei ao certo quando começaram as visitas noturnas, mas passei a ver o chapéu e a bengala dele no hall de entrada em horários estranhos justo quando nossas dívidas começaram a diminuir um pouco. Entendi o que estava acontecendo, mas nunca disse nada a respeito. E deveria ter dito. – Ela suspirou e esfregou as têmporas. – Na festa oferecida por lorde Westcliff, Hodgeham deixou claro que tinha se cansado da minha mãe e queria que eu ocupasse o lugar dela. Ameaçou expor o segredo "com requintes minuciosos", disse ele, o que causaria nossa ruína. Eu o rechacei, porém, de alguma forma, minha mãe conseguiu mantê-lo quieto.

– Por que me deixou acreditar que era *você* quem se deitava com ele?

Annabelle deu de ombros, um pouco incomodada.

– Foi você quem supôs que fosse eu... e não parecia haver razão alguma para corrigi-lo, já que nunca me passou pela cabeça que o que tínhamos daria no que deu. E você me pediu em casamento mesmo assim, o que me fez chegar à conclusão de que o fato de eu ser ou não virgem não tinha tanta importância.

– Não tinha mesmo – murmurou Simon, com a voz um pouco estranha. – Desejava você independentemente do que quer que fosse. Mas agora que eu... – Deteve-se e balançou a cabeça, surpreso. – Annabelle, só para que fique claro, está me dizendo que nunca foi para a cama com homem algum?

Ela puxou as mãos, pois Hunt as apertava com tanta força que chegava a doer.

– Bem... sim.

– Sim, você já foi? Ou não, não foi?

– Nunca me deitei com ninguém – respondeu Annabelle sendo bem precisa e lançando um olhar interrogativo a ele. – Está zangado por eu não ter dito isso antes? Sinto muito. Mas não é o tipo de coisa que se possa comentar por alto enquanto se toma um chá no hall de entrada: "Eis aqui o seu chapéu e, a propósito, sou virgem."

– Não estou zangado. – O olhar de Simon a percorreu com um ar pensativo. – Só estou me perguntando o que, meu Deus, farei com você agora.

– A mesma coisa que faria antes de eu ter contado a você? – perguntou ela, esperançosa.

Simon se levantou e a ergueu também antes de abraçá-la com todo o cuidado, como se temesse que ela pudesse quebrar com a pressão. Ele afundou o rosto nos cabelos brilhantes dela e respirou fundo.

– Acredite, eu farei acontecer – disse ele, soando confuso. – Mas antes acho que preciso perguntar umas coisas a você.

Annabelle passou os braços por dentro do paletó dele e fez um carinho naquele torso musculoso. O calor do corpo dele tinha atravessado o tecido fino da camisa e ela estremeceu de prazer quando mergulhou na calidez máscula de seu abraço.

– Sim? – perguntou ela.

Até esse momento, nunca tinha visto Simon perder a fluidez da fala durante uma conversa, mas, quando ele falou, mostrou uma hesitação excepcional, como se esta fosse uma discussão a que nunca precisou se submeter antes.

– Você tem alguma ideia do que vai acontecer? Tem todas as... digo... as informações necessárias?

– Acho que sim – respondeu Annabelle, sorrindo ao perceber, surpresa, que o coração de Simon batia acelerado contra o seu rosto. – Minha mãe e eu tivemos uma conversa há pouco tempo, depois da qual fiquei fortemente tentada a pedir a anulação do casamento.

De repente, ele deixou escapar uma risada abafada.

– Então é melhor eu reivindicar meus direitos de marido sem mais demoras. – Ele ergueu a mão dela, segurando os dedos de Annabelle com leveza e os levou até a boca. A respiração dele na pele dela era como vapor. – O que ela contou a você? – murmurou contra os dedos dela.

– Depois de me informar sobre detalhes básicos, ela disse que eu deveria deixá-lo fazer o que quisesse e que não deveria me queixar se não gostasse de algo. Também sugeriu que, se fosse muito desagradável, eu direcionasse o pensamento para a enorme conta bancária que você abriu para mim.

Annabelle se arrependeu dessas palavras no instante em que saíram de sua boca, temendo que Simon ficasse ofendido com tamanha franqueza. Mas ele começou a rir com a voz roufenha.

– É uma mudança considerável na mentalidade inglesa. – E inclinou a cabeça para trás a fim de olhá-la. – Quer dizer que eu devo fazê-la dar uns gemidos sussurrando números de transferências bancárias e taxas de juros?

Annabelle soltou as mãos das dele e traçou com um dedo o desenho dos lábios de Simon, acariciando as bordas aveludadas e descendo para o queixo que já mostrava sinais de barba aparente.

– Não será preciso. Pode dizer as palavras habituais.

– Não... As palavras habituais não lhe fazem justiça.

Simon ajeitou uma mecha do cabelo dela, prendendo-a atrás da orelha, segurou seu rosto entre as mãos e se inclinou na direção de Annabelle. Com a boca, persuadiu-a a separar os lábios, enquanto as mãos passeavam pelos contornos daquele corpo oculto por várias camadas de renda. Sem o espartilho apertando as costelas, ela podia sentir o toque através do tecido fino da camisola. Aquele contato suave nas laterais do corpo livre a fez tremer, e os bicos dos seios se tornaram extremamente sensíveis. Os dedos dele subiam devagar, até que encontraram a curva flexível de um dos seios. Com a mão em concha, ergueu aquela área vulnerável do corpo dela. Annabelle ficou sem ar por um instante quando o polegar dele tocou seu mamilo causando uma delicada dor com a dilatação da pele.

– Geralmente a primeira vez é dolorosa para a mulher – murmurou ele.

– É, eu sei.

– Não quero machucar você.

Essa afirmação a comoveu, deixando-a surpresa.

– Minha mãe disse que não demora muito tempo – comentou.

– A dor?

– Não, o que vem em seguida. – Essa resposta, por algum motivo, o fez rir outra vez.

– Annabelle... – principiou Simon, movendo os lábios pelo pescoço dela. – Eu a desejo desde o primeiro segundo em que a vi, do lado de fora do teatro panorâmico, procurando moedas na bolsa. Não conseguia tirar os olhos de você. Mal podia acreditar que você era de verdade.

– E não parou de me olhar durante todo o espetáculo – disse ela, ofegando quando ele mordiscou o lóbulo sedoso de sua orelha. – Duvido que tenha aprendido alguma coisa sobre a queda do Império Romano.

– Aprendi que os seus lábios são os mais macios que já beijei.

– Você tem uma maneira bem original de se apresentar.

– Não pude evitar. – A mão dele se movia para cima e para baixo pela lateral do corpo de Annabelle. – Estar ao seu lado no escuro era a tentação mais profana que eu já tivera. Eu só conseguia pensar em como você era adorável e em quanto eu a desejava. Quando as luzes se apagaram por completo, não aguentei mais. – Um toque de presunção masculina pôde ser notado quando ele acrescentou: – E você não me empurrou.

– Fiquei muito surpresa!

– Essa foi a única razão por não ter se oposto?

– Não – admitiu ela, inclinando a cabeça para que seu rosto roçasse no dele. – Gostei do seu beijo. E você sabe disso.

Ele sorriu ao ouvir sua confissão.

– Eu tinha esperança de que não fosse tudo só da minha parte. – Ele olhou nos olhos dela. Estavam tão próximos que seu nariz quase tocava o dela. – Vamos para a cama comigo – sussurrou ele, em tom quase interrogativo.

Ela assentiu com um suspiro trêmulo e se deixou levar para a grande cama de dossel, coberta com uma colcha de seda grossa da Borgonha. Depois de afastar as cobertas, ele a acomodou nos imaculados lençóis, e Annabelle chegou para o lado para lhe dar espaço. Ele se manteve de pé ao lado da cama, sem tirar os olhos do rosto dela enquanto despia o que restava do traje formal. O contraste entre as peças de roupa de corte tão bem-feito, tão eminentemente civilizado, e o vigor masculino puro que emanava do corpo por baixo delas era desconcertante. Como Annabelle previra, ele tinha um torso extraordinariamente musculoso, com as costas e os ombros desenvolvidos, uma barriga que formava uns sulcos bem marcados. À luz da lamparina, a pele morena assumia um matiz âmbar, e a superfície dos ombros reluzia tanto quanto um busto de bronze. Mesmo o veludo escuro que cobria seu peito não era capaz de suavizar a poderosa estrutura formada por músculo e osso. Annabelle duvidava que existisse um homem de aspecto mais saudável e vigoroso. Talvez ele não se encaixasse no padrão de beleza dos aristocratas, que consistia em ter a pele pálida e um corpo delgado... Mas Annabelle o achava esplêndido.

Hunt sentiu umas pontadas de apreensão e nervosismo quando se juntou a ela na cama.

– Simon – disse ela com a respiração descompassada quando ele a tomou nos braços –, minha mãe não me disse se... se esta noite eu teria que fazer algo para você...

Ele começou a brincar com o cabelo dela e a acariciar sua cabeça, o que a fez sentir um arrepio na espinha.

– Não precisa fazer nada esta noite. Só me deixe abraçá-la... tocá-la... descobrir o que lhe dá prazer.

A mão de Hunt encontrou os botões de madrepérola

que fechavam a camisola nas costas dela. Annabelle cerrou os olhos quando sentiu a volumosa porção de renda franzida deslizar de seus ombros.

– Você se lembra daquela noite no salão de música? – sussurrou ela, ofegante, sentindo-o baixar a camisola até seus seios. – Quando me beijou naquele recanto?

– Lembro-me de cada segundo abrasador – respondeu ele, também sussurrando e a ajudando a puxar as mangas de seus braços. – Por que está perguntando isso?

– Não consegui parar de pensar naquilo tudo – confessou ela, contorcendo-se para se desvencilhar da camisola, apesar da vergonha que lhe tingia de rosa cada centímetro da pele exposta.

– Nem eu – admitiu Hunt. A mão dele deslizou pelo seio de Annabelle, cobrindo a fresca superfície arredondada até que o mamilo se tingiu de um rosa mais forte e intumesceu contra sua palma. – Parece que a química que temos é poderosa... Mais até do que eu esperava.

– Então nem sempre é assim? – indagou Annabelle, que havia deixado seus dedos percorrerem o sulco central da coluna dele e os músculos rijos à sua volta.

O toque dela, inocente como era, alterou o ritmo da respiração de Hunt enquanto ele se inclinou sobre ela.

– Não – murmurou em resposta, pondo uma das pernas sobre as coxas que ela mantinha firmemente unidas. – Quase nunca.

– Por quê...? – Ela começou a fazer outra pergunta, mas se deteve soltando um leve gemido quando Hunt contornou a aréola acetinada de seu seio com a ponta do polegar.

Em seguida, ele apertou a cintura estreita dela entre as mãos e se inclinou sobre ela. Os lábios quentes e leves dele se abriram com delicadeza para acolher o mamilo enrijecido. Annabelle soltou outro gemido ofegante ao sentir a suave sucção produzida pela boca de Simon naquela região tão sensível, que ele acariciava com movimentos da língua até chegar a um ponto em que ela não conseguiu mais permanecer imóvel debaixo dele. Abriu involuntariamente as pernas e ele não tardou em preencher aquele espaço com sua coxa de pelos ásperos. Enquanto aquelas mãos e aquela boca passeavam pelo seu corpo, Annabelle ergueu os braços, pondo as mãos na cabeça dele, deixando que as mechas fartas deslizassem entre os dedos como tantas vezes desejou fazer. Ele beijou a pele delicada de seus pulsos, a parte interna dos cotovelos, as rasas depressões entre suas costelas, não deixando de explorar nenhuma parte do corpo de sua mulher. Ela permitiu cada uma dessas carícias, tremendo a cada vez que sentia a barba incipiente do marido roçar na própria pele e contrastar com o calor úmido e sedoso da boca dele. Mas, quando ele chegou ao umbigo, e ela sentiu a ponta de sua língua tocar aquela pequena cavidade, afastou-se dele com um arquejo horrorizado.

– Não... Simon, eu... *por favor*...

Ele imediatamente voltou a se deitar ao lado dela, acomodando-a nos braços e fitou, com um sorriso, o rosto escarlate de Annabelle.

– Exagerei? – perguntou ele, com voz rouca. – Sinto muito, por um momento esqueci que isso era novo para você. Deixe-me abraçá-la. Não está com medo, está?

Antes que ela pudesse responder, a boca de Hunt já comprimia a dela, a língua movimentando-se compassadamente. Os pelos de seu peito friccionavam os seios dela como um veludo grosso, os mamilos de Annabelle roçavam contra a pele dele a cada respiração. A garganta dela vibrava com sons tímidos, evidenciando o prazer a que se permitia à medida que seu recato caía por terra. Arquejou mais alto ao sentir os dedos de Hunt vagarem por seu ventre e o joelho dele se intrometer entre suas coxas. Afastando um pouco mais as coxas dela, Hunt deslizou os dedos por seus suaves e femininos pelos, explorando a pele dilatada escondidas por eles. Separou-as, encontrando o botão de seda que pulsava ao mais leve toque e começou a acariciar logo acima dele com um ritmo suave e amoroso.

Annabelle voltou a gemer contra a boca dele, sentindo o corpo derreter. A paixão tingiu sua pele, salpicando sua palidez com manchas rosadas. Hunt procurou a fenda em seu corpo e introduziu apenas a ponta do dedo na úmida e complacente abertura. Ela sentia o coração disparado, e o corpo todo se retesou com o crescente prazer. Então, afastou-se dele com uma exclamação abafada e o fitou com os olhos arregalados.

Ele estava deitado de lado, apoiado no cotovelo, o cabelo escuro despenteado e os olhos brilhando de paixão, embora também ostentassem uma sutil satisfação. Era como se ele entendesse o que tinha começado a acontecer dentro dela e estivesse fascinado pela constatação de seu inocente desconcerto.

– Não se afaste – murmurou ele, sorrindo. – Você não vai querer perder a melhor parte. – Com brandura, ele a puxou de volta para baixo do seu corpo, fazendo carinho ao posicioná-la melhor. – Doçura, não vou machucá-la – sussurrou bem perto do rosto dela. – Deixe-me lhe dar prazer... Deixe-me entrar em você...

Ele continuou murmurando, enquanto a beijava e acariciava, traçando caminhos que o levavam de volta para a parte de baixo do corpo dela. Quando a cabeça morena chegou à entrada escura entre as pernas de Annabelle, ela gemia incessantemente. Ele a explorou com a boca, indo além dos delicados pelos e das sedosas pregas de pele rosada, a língua deslizando com movimentos circulares.

Envergonhada, Annabelle tentou se afastar de novo, mas ele a segurou pelos quadris e continuou sua obstinada exploração, passando a ponta da língua por cada dobra, cada fenda. A visão daquela cabeça morena entre suas pernas foi um choque visceral a seus sentidos. O quarto à sua volta parecia ter se turvado, e Annabelle tinha a sensação de estar flutuando em meio às camadas de luz e sombras das velas, sem se dar conta de coisa alguma que não fosse aquele prazer arrebatador. Não podia lhe esconder nada, não podia fazer nada além de se entregar àquela boca que exigia um deleite pecaminoso de sua pele desperta. Ele se concentrou na área mais sensível do sexo de Annabelle, lambendo de forma suave e constante até que ela não conseguiu mais aguentar e seus quadris se ergueram por conta própria, tremendo de encontro à boca de Simon, enquanto um calor jorrava de suas partes em êxtase.

Depois de dar uma última e saborosa lambida, Hunt percorreu o caminho de volta pelo corpo dela. Suas coxas não ofereceram resistência quando ele as afastou um pouco mais, e a cabeça de seu membro a penetrou com suavidade. Baixando o rosto para olhar o semblante aturdido de Annabelle, Hunt afastou uma mecha de cabelo que havia caído sobre a testa dela.

Ao olhar para ele, seus lábios exibiam um sorriso vacilante.

– Acho que esqueci tudo a respeito da conta bancária – disse, fazendo-o rir baixinho.

Ele passou o polegar na testa dela, onde a pele encontra o cabelo.

– Pobre Annabelle... – A pressão entre as pernas dela aumentou, causando a primeira pontada de dor. – Temo que esta parte não seja tão prazerosa. Para você, pelo menos.

– Não me importo... Eu... fico feliz que seja você.

Sem dúvida aquela era uma coisa estranha para uma noiva dizer na noite de núpcias, mas o fez sorrir. Hunt abaixou a cabeça e começou a sussurrar coisas em seu ouvido, enquanto mexia os quadris para penetrar em sua pele inexplorada. Ela se forçou a ficar parada, apesar do instinto que a impelia a se afastar da invasão.

– Doçura... – Com a respiração descompassada, ele fez uma pausa dentro dela e pareceu lutar para conseguir manter o controle. – Isso, assim... Só mais um pouco... – Moveu-se um pouco mais, com todo o cuidado, e deteve-se outra vez. – Um pouco mais... – E foi penetrando-a em diferentes estágios, seduzindo o corpo dela a aceitá-lo. – Mais...

– Quanto mais? – perguntou ela arquejando.

O corpo dele estava muito rijo, a pressão que exercia sobre ela era muito intensa, e Annabelle se questionou com certa ansiedade como aquilo poderia algum dia ser prazeroso.

Hunt rangeu os dentes com o esforço para se manter imóvel.

– Estou na metade – conseguiu dizer enfim, com um tom de desculpa na voz.

– Na *metade*... – Annabelle começou a protestar com um riso trêmulo e se contraiu de dor quando ele voltou a se mexer. – Ai, é impossível, não dá, não dá...

Ele, no entanto, continuou penetrando-a, tentando amenizar a dor de Annabelle com a boca e as mãos. Aos poucos foi se tornando mais fácil, a sensação dolorida deu lugar a uma vaga e contínua ardência. Um longo suspiro escapou dos lábios dela quando sentiu que seu corpo se rendera, que sua pele virginal se deixou permitir a realidade inevitável da posse de Hunt. As costas dele eram uma massa de músculos contraídos e seu abdômen estava tão duro quanto um jacarandá entalhado. Mantendo-se bem fundo dentro dela, gemeu e sentiu um arrepio percorrer os ombros.

– Você é tão apertada... – disse ele com voz embargada.

– Eu... sinto muito...

– Não, não – conseguiu dizer. – Não se desculpe. Meu Deus – Tinha a voz arrastada, como se estivesse bêbado de prazer.

Ficaram se olhando, ela com ar de saciedade, ele com olhos brilhando de desejo. Um sentimento de admiração se apoderou de Annabelle quando ela percebeu o jeito como ele havia conseguido contradizer todas as suas expectativas. Estava certa de que ele usaria essa oportunidade para lhe mostrar quem mandava ali... Em vez disso, aproximara-se dela com toda a paciência. Cheia de gratidão, Annabelle passou os braços em torno do pescoço dele. E o beijou, deixando que sua língua entrasse na boca dele, enquanto movia as mãos pelas costas de Hunt até encontrar o contorno de suas nádegas. Acariciou-as timidamente, instando-o a penetrar mais profundamente nela. Aquela carícia pareceu acabar com o último resquício de autocontrole dele. Com um gemido faminto, ele se moveu de forma ritmada dentro dela, tremendo com o esforço que fazia para ser gentil. A força de seu gozo o fez estremecer fortemente, trincando os dentes quando o prazer se transformou em um êxtase ofuscante. Enterrando o rosto no cabelo de Annabelle, deixou-se encharcar em meio à umidade quente do corpo dela. Muito tempo se passou antes que a tensão abandonasse seus músculos, o que foi acompanhado de um grande suspiro. Quando se afastou cuidadosamente do corpo da esposa, ela estremeceu de dor. Percebendo o desconforto que lhe causara, fez um carinho em seus quadris para confortá-la.

– Acho que não vou sair dessa cama nunca mais – murmurou, abraçando-a.

– Ah, vai sim – retrucou ela, meio sonolenta. – Vai me levar a Paris amanhã. Não vou ser privada da lua de mel que você me prometeu.

Ele se aninhou nos pelos emaranhados dela e respondeu, com um sorriso:

– Não, minha doce esposa, você não será privada de absolutamente nada.

CAPÍTULO 21

Durante as duas semanas da lua de mel, Annabelle descobriu que não era tão esclarecida e culta quanto ela própria se considerava. Com uma mistura de ingenuidade e arrogância britânicas, sempre pensou em Londres como o centro da cultura e do conhecimento, mas Paris fora uma revelação. A cidade era surpreendentemente moderna em comparação a Londres, que mais parecia uma espécie de prima deselegante. E ainda assim, com todos os avanços intelectuais e sociais, as ruas de Paris possuíam um aspecto quase medieval: eram escuras, estreitas e sinuosas, entrelaçando os distritos constituídos por construções artisticamente projetadas. Era um delicioso e desordenado ataque aos sentidos, com uma mistura arquitetônica que ia das torres góticas das igrejas antigas à sólida grandiosidade do Arco do Triunfo.

O hotel deles, o Coeur de Paris, ficava na margem esquerda do Sena, em meio a uma deslumbrante variedade de lojas da rue de Montparnasse e os mercados cobertos de Saint-Germain-des-Prés, onde era possível encontrar uma variedade desconcertante de tecidos, rendas, perfumes e quadros. O Coeur de Paris era um palácio no qual as suítes haviam sido desenhadas para o desfrute de prazeres sensuais. A sala de banho – ou *salle de bain* –, por exemplo, dispunha de piso de mármore rosado e azulejos italianos nas paredes, um sofá em estilo rococó dourado, onde o cliente podia descansar depois do enorme esforço de se lavar. Não havia apenas uma, mas duas banheiras de porcelana, cada uma delas com a própria caldeira e o próprio tanque de água fria. Acima delas, havia uma paisagem ovalada no teto, planejada para entreter quem estivesse relaxando no banho. Tendo sido criada segundo a noção britânica de que o ato de tomar banho servia para higiene pessoal e devia ser realizado de forma prática, Annabelle se divertiu com a ideia de que ele pudesse ser encarado como um entretenimento decadente.

Para sua alegria, também descobriu que um homem e uma mulher podiam compartilhar uma mesa em um restaurante público, sem a necessidade de ter que se pedir uma salinha privativa. Nunca havia provado uma comida tão deliciosa: um galeto com pequenas cebolas ao molho de vinho tinto; confit de pato habilmente assado até a carne desmanchar sob a pele crocante e untada no óleo; peixe cantarilho servido com um espesso molho trufado; além, é claro, das sobremesas: grossas fatias de bolo embebidas em licor e cobertas com merengue e pudins cobertos por nozes e frutas glaceadas. Simon testemunhava toda noite Annabelle escolher angustiada uma sobremesa e precisou assegurar-lhe, com a maior gravidade, que generais iam à guerra sem deliberações tão grandes quanto as dela na hora de se decidir por uma tortinha de pera ou um suflê de baunilha.

Em uma das noites, ele a levou para assistir a um balé, com dançarinas escandalosamente pouco compostas e, na seguinte, a uma comédia cujas piadas indecentes não precisavam de tradução. Também participaram de bailes e saraus organizados por conhecidos de Simon. Alguns deles eram cidadãos franceses, ao passo que outros eram turistas e imigrantes da Grã-Bretanha, dos Estados Unidos e da Itália. Alguns eram acionistas ou membros do conselho de determinadas empresas das quais Simon participava, enquanto outros faziam negócios com as empresas marítimas e ferroviárias que ele possuía.

– Como você conhece tanta gente? – perguntara-lhe Annabelle, espantada ao notar que diversos desconhecidos haviam ido cumprimentá-los na primeira festa a que foram.

Simon riu e brincou ao dizer que assim pensariam que ela nunca percebera que havia todo um mundo fora da aristocracia britânica. E era verdade. Até então, nunca lhe ocorrera pensar em olhar para além dos estreitos limites daquela sociedade rarefeita. Aqueles homens, assim como acontecia com Simon, formavam uma elite econômica, bem engajada em acumular fortunas. Muitos chegavam a possuir, literalmente, cidades inteiras, construídas em torno de indústrias em rápida expansão. Eram donos de minas, plantações, moinhos, armazéns, lojas e fábricas, e parecia que seus interesses nunca se concentravam apenas em um único país. Enquanto as esposas se dedicavam à compra de roupas de grandes costureiros parisienses, os maridos sentavam-se nos cafés ou salões privativos e enveredavam por discussões intermináveis sobre negócios ou política. Muitos fumavam tabaco enrolado em pequenos cilindros de papel, chamados de cigarro, uma moda que havia começado em meio aos soldados egípcios e que não tardou a se espalhar por todo o continente. No jantar, conversavam sobre coisas que Annabelle nem suspeitava existir, eventos dos quais jamais ouvira falar e que sem dúvida não haviam sido noticiados nos periódicos.

Notou que quando o marido falava, os outros homens

o ouviam com muita atenção e pediam seus conselhos para uma grande variedade de assuntos. Talvez Hunt fosse pouco importante aos olhos da aristocracia britânica, mas era evidente que possuía uma considerável influência fora dela. Foi então que ela entendeu por que lorde Westcliff o tinha em tão alta estima. Ele sabia que Simon era um homem poderoso por conta própria. Vendo o respeito com que o tratavam e percebendo a atitude coquete que provocava em outras mulheres, Annabelle começou a ver o marido sob uma nova perspectiva. Até se viu um pouco possessiva em relação a ele – a Hunt! – e descobriu também que sentia um ciúme ardoroso toda vez que uma mulher se sentava ao lado dele durante o jantar tentando monopolizar sua atenção, ou quando uma dama declarava em flerte que Simon era obrigado a lhe tirar para uma valsa.

No primeiro baile a que foram, Annabelle ficou conversando com um grupo de jovens sofisticadas e casadas. Uma delas era esposa de um fabricante de munições norte-americano, as outras duas eram francesas, cujos maridos trabalhavam como marchand. Annabelle se viu embaraçosamente obrigada a responder à curiosidade delas a respeito de Simon e precisou se virar para esconder quão pouco ainda sabia sobre o marido. Mas logo se viu aliviada quando o assunto da conversa fora chamá-la para dançar. Impecavelmente vestido com um traje de noite preto, Simon saudou de maneira formal as sorridentes e ruborizadas mulheres antes de se dirigir à esposa. Seus olhos se cruzaram bem na hora em que uma linda melodia começou a tocar no salão de baile. Annabelle reconheceu a música: era uma valsa muito popular em Londres, tão assombrosamente doce que suas amigas solteironas haviam chegado a dizer que era uma tortura ter que permanecer sentadas sem dançar enquanto a orquestra a tocava.

Hunt estendeu o braço e ela o tomou, lembrando-se das inúmeras vezes que havia rejeitado seus convites para uma dança. Percebendo que ele enfim tinha conseguido o que queria, ela sorriu.

– Você sempre consegue o que quer? – perguntou.

– Algumas vezes demoro um pouco, mais do que gostaria – respondeu ele.

Quando entraram no salão de baile, ele pôs a mão na cintura dela e a guiou até o grupo de casais que dançavam ali. Ela sentiu uma pontada súbita de nervosismo, como se estivessem prestes a compartilhar algo muito mais importante do que uma simples dança.

– Esta é a minha valsa favorita – disse a ele, acomodando-se em seus braços.

– Eu sei. Por isso pedi que a orquestra a tocasse.

– Como sabia? – perguntou ela com um sorriso incrédulo. – Foi uma das irmãs Bowmans que contou a você?

Hunt meneou a cabeça, enquanto seus dedos enluvados se curvavam em torno dos dela.

– Observei, em mais de uma ocasião, a expressão no seu rosto quando ela tocava. Sempre parecia prestes a sair voando da cadeira.

Os lábios de Annabelle se abriram em surpresa, e ela o fitou com um olhar perscrutador. Como ele era capaz de perceber algo tão sutil? Ela sempre se mostrara desdenhosa com relação a ele e, mesmo assim, Hunt conseguira notar uma reação sua a uma determinada peça musical e se lembrava disso. Aquilo fez com que os olhos dela se enchessem de lágrimas e se viu impelida a desviar o olhar imediatamente, lutando para controlar a desconcertante e repentina onda de emoção.

Hunt a levou até a pista de dança, com os braços posicionados, conduzindo-a com uma pressão firme da mão na cintura dela. Era tão fácil segui-lo, deixando o corpo fluir ao ritmo estabelecido por ele, enquanto o vestido varria o chão reluzente e roçava em suas pernas. A encantadora melodia parecia penetrar cada um dos seus poros, dissolvendo o nó da garganta e provocando um irrefreável prazer.

Hunt, por sua vez, deleitava-se com uma sensação de triunfo ao guiar Annabelle naquela dança. Finalmente, depois de dois anos, podia tê-la nos braços para dançar uma tão esperada valsa com ela. E o melhor de tudo, Annabelle ainda seria dele depois do baile... Ele a levaria de volta ao hotel, tiraria a roupa dela e faria amor até o amanhecer.

O corpo dela era maleável em seus braços, e a mão enluvada de Annabelle se apoiava em seu ombro. Poucas mulheres se deixaram guiar com tanta facilidade, como se soubessem de antemão para que direção ele a conduziria, antes mesmo que ele próprio tivesse decidido. O resultado era harmonia física que lhes permitiu se mover pelo salão com a rapidez de pássaros em pleno voo.

Hunt não se surpreendeu com as reações de seus pares ao conhecerem sua esposa. As felicitações, os olhares dissimulados de desejo e os murmúrios maliciosos de alguns que diziam não ter inveja do fardo que era ter uma mulher tão bonita. Nos últimos dias, Annabelle se tornara ainda mais encantadora, se é que era possível. A tensão a abandonara, depois de várias noites de sono tranquilo. Na cama, ela era carinhosa e até brincalhona: na noite anterior, tinha montado nele com a graça de uma amazona, enchendo-o de beijos no peito e nos ombros. Ele nunca esperaria algo assim de uma moça tão bonita como ela. Todas as outras que ele conhecera no passado ficavam, invariavelmente, esperando passivamente serem adoradas. Annabelle, pelo contrário, o provocara e acariciara até dizer chega. Ele rolara na cama e ficara por cima dela enquanto ela ria e protestava, dizendo que ainda não havia terminado a brincadeira.

– Eu vou terminar essa brincadeira para você – grunhiu ele, em tom jocoso, antes de penetrá-la e fazê-la gemer de prazer.

Hunt não alimentava ilusões de que o relacionamento que compartilhavam seria harmonioso para sempre: ambos eram muito independentes e possuíam um gênio forte por natureza, portanto, não teriam como evitar ocasionais confrontos. Depois de haver renunciado à chance de se casar com um nobre, Annabelle fechara as portas para o tipo de vida com que sempre sonhara e, em vez disso, precisaria se acostumar a uma existência bem diferente. Com a exceção de Westcliff e de um ou outro amigo de alta cepa, Simon tinha relativamente pouca interação com a aristocracia. Seu mundo girava em torno de empresários como ele, pouco refinados e concentrados na tarefa de fazer dinheiro. Essa multidão de industriais não poderia ser mais distinta da classe refinada a que Annabelle estava familiarizada. Eles falavam alto, se reuniam com muita frequência e por muito tempo e não demonstravam respeito pelas tradições e boas maneiras. Simon não estava muito certo se Annabelle seria capaz de se adaptar a essas pessoas, mas ela parecia disposta a tentar. Ele entendia e apreciava seus esforços mais do que ela poderia imaginar.

Tinha consciência de que situações como as que ela suportara duas noites antes fariam qualquer jovem que levara uma vida protegida se debulhar em lágrimas de vergonha, mas Annabelle soubera lidar com aquilo de forma relativamente equilibrada. Haviam comparecido a um sarau organizado por um arquiteto francês rico e sua esposa, um evento bem caótico, com muitos convidados e vinho circulando à vontade. O resultado disso era um ambiente de descomedimento ruidoso. Hunt a deixou por uns poucos minutos sentada a uma mesa com conhecidos. Quando voltou de uma conversa privativa com o anfitrião, ele descobriu que a esposa tinha sido perturbada por dois homens que disputavam o privilégio de beber champanhe nos sapatos dela.

Embora aquilo estivesse sendo proposto em clima de brincadeira, era mais do que óbvio que grande parte da diversão dos rivais vinha do aborrecimento de Annabelle. Não havia nada mais prazeroso para sujeitos de caráter cínico do que um ataque ao pudor de outra pessoa, especialmente quando a vítima era uma jovem inocente. Ainda que tentasse lidar com aquilo da melhor forma possível, Annabelle ficou muito incomodada com a aposta insolente, e o sorriso que ostentava no rosto era evidentemente falso. Por isso ela se levantou da cadeira e deu uma olhada rápida ao redor tentando encontrar um refúgio.

Obrigado a manter um verniz social, Hunt chegou à mesa e passou a mão pelas costas retesadas de Annabelle, deixando o polegar tocar de leve a pele exposta no topo da coluna. No mesmo instante, sentiu-a relaxar um pouco e o rubor que havia tingido seu rosto começava a se dissipar quando ela o fitou.

– Estão apostando para ver quem vai tomar champanhe em meu sapato – disse ela, sem fôlego. – *Não* insinuei nada e eu nem sei...

– Bem, isso é um problema fácil de se resolver – interrompeu-a, mostrando naturalidade. Tinha consciência de que uma multidão se aglomerara ao redor, todos ansiosos para ver se ele perderia a calma diante da proposta audaciosa dos dois homens à sua esposa. Delicadamente, mas com firmeza, conduziu Annabelle de volta para a cadeira. – Sente-se, doçura.

– Mas eu não quero... – principiou ela, inquieta, antes de soltar uma exclamação de surpresa ao ver Simon ficar de cócoras diante dela. Pôs as mãos sob a barra da saia dela e tirou os sapatos de cetim frisado dos pés dela. – Simon!

Os olhos de Annabelle se arregalaram de espanto.

Já de pé, ele entregou um pé de sapato a cada rival fazendo uma mesura.

– Podem ficar com os sapatos, cavalheiros, contanto que tenham plena consciência de que a dona deles me pertence. – Então pegou a esposa descalça no colo e a levou dali em meio a gargalhadas e aplausos da multidão. No caminho, passaram pelo garçom que havia sido encarregado de levar a garrafa de champanhe. – Nós ficaremos com ela – disse Simon ao garçom estupefato, que entregou a garrafa gelada e pesada às mãos de Annabelle.

Ele a levou até a carruagem enquanto ela segurava o champanhe com uma das mãos e se segurava ao pescoço dele com a outra.

– Você vai me custar uma fortuna com sapatos – brincou ele.

Os olhos dela brilhavam de contentamento.

– Tenho outros no hotel – comentou com alegria. – Está planejando tomar champanhe em algum deles?

– Não, meu amor. Planejo beber diretamente do seu corpo.

Ela lançou-lhe um olhar perplexo e quando enfim compreendeu o que ele dissera, encostou o rosto no ombro dele, sentindo a orelha em chamas, envergonhada.

Ao lembrar desse episódio e das horas de prazer que se seguiram, Simon fitou a mulher em seus braços. A forte luz dos oito candelabros refletiu nos olhos dela, que mirava o teto, enchendo as íris azuis de pequenas fagulhas, que mais pareciam estrelas em um céu de verão. Annabelle olhava para ele com uma intensidade nunca vista antes, como se ansiasse por algo que jamais poderia ter. Um olhar inquietante como aquele despertava em Hunt uma forte necessidade de satisfazê-la de qualquer maneira. Naquele momento, teria dado a ela tudo o que desejasse, sem pestanejar.

Não havia dúvida de que o casal se tornara um perigo para todos os outros, posto que o ambiente ao redor deles se diluiu em uma espécie de bruma imaginária, e Hunt não dava a mínima para a direção que tomavam. Dançaram e dançaram, a ponto de as pessoas começarem a tecer comentários amargos acerca da impropriedade de marido e mulher exibirem tanta exclusividade em um baile e a dizer que logo depois da lua de mel se cansariam um do outro. Simon apenas sorria ao escutar tais rumores e se inclinou para sussurrar ao ouvido de Annabelle:

– Está arrependida agora de nunca ter dançado comigo antes?

– Não – murmurou ela por sua vez. – Se eu não tivesse sido um desafio, você teria perdido o interesse.

Deixando escapar uma gargalhada baixa, Hunt enganchou o braço em volta da cintura dela e a conduziu para um canto do salão.

– Isso nunca teria acontecido. Tudo o que você faz ou fala desperta o meu interesse.

– De verdade? – indagou ela, cética. – E quanto à afirmação de lorde Westcliff, que me chamou de superficial e egoísta?

Quando ela o encarou, Hunt apoiou uma mão na parede, perto de sua cabeça e se inclinou sobre ela, com um gesto protetor. O tom de voz dele era bem terno.

– Ele não a conhece.

– E você conhece?

– Sim, eu conheço você. – Ele passou um dedo por uma mecha de cabelo úmida que havia se aderido ao pescoço dela. – Você se protege com muito cuidado. Não gosta de depender de ninguém. Tem temperamento forte e é determinada e decidida quando quer defender suas opiniões. Sem falar na sua teimosia. Mas egoísta nunca. E nenhuma pessoa com a sua inteligência poderia ser chamada de superficial. – Deixou o dedo vagar pelas mechas sedosas do cabelo dela. Os olhos dele se iluminaram quando acrescentou com malícia: – Você também é deliciosamente fácil de seduzir.

Rindo, mas com alguma indignação, Annabelle ergueu o punho como se fosse golpeá-lo.

– Só por você.

Rindo, ele agarrou o punho dela e beijou os nós de seus dedos.

– Agora que é minha esposa, Westcliff sabe muito bem que não deve proferir qualquer outra objeção a você ou ao nosso casamento. Se o fizer, eu encerraria nossa amizade sem pensar duas vezes.

– Ah, mas eu nunca iria querer algo assim, eu... – Ela olhou para ele, subitamente confusa. – Você faria isso por mim?

Simon passou o dedo por uma mecha dourada do cabelo castanho-claro de Annabelle.

– Não há nada que eu não faça por você.

Ele estava sendo sincero. Não era um homem de meias medidas. Em troca da entrega dela, ele lhe dava sua lealdade e seu apoio incondicionais.

Annabelle guardou um silêncio inexplicável por um longo tempo, o que o fez pensar que ela talvez estivesse cansada. No entanto, quando voltaram ao quarto do Coeur de Paris naquela noite, ela se entregou com renovado fervor, tentando expressar com o corpo o que não era capaz de dizer com palavras.

CAPÍTULO 22

Como havia prometido, Hunt foi um marido generoso, pagando por uma enorme quantidade de vestidos e acessórios de origem francesa que seriam enviados para Londres assim que estivessem prontos. Quando levou Annabelle à tarde a uma joalheria e lhe disse para escolher qualquer coisa de que gostasse, ela só conseguiu fazer que não com a cabeça, atordoada com a variedade de diamantes, safiras e esmeraldas espalhadas pelo veludo preto. Depois de anos usando colares com pedras coladas e vestidos surrados, era difícil perder o hábito de economizar.

– Não há nada de que goste? – instou Simon, levantando um colar feito de diamantes brancos e amarelos dispostos como caules de pequenas flores. Ele o segurou diante do pescoço nu dela, admirando o brilho dos diamantes contra a pele encantadora de Annabelle. – E este aqui?

– Há brincos para combinar, senhora – disse o joalheiro, ansioso –, *et aussi* a pulseira acompanharia a peça muito bem.

– É lindo – respondeu Annabelle. – É só que... Bem, é tão estranho entrar em uma loja e comprar um colar como se fosse uma lata de doces, de maneira tão casual...

Um pouco perplexo com a modéstia dela, Simon olhou-a com atenção, enquanto o joalheiro retirava-se para a parte de trás da loja. Delicadamente, ele colocou o colar de volta no mostruário de veludo e pegou a mão de Annabelle. Seu polegar acariciou o dorso dos dedos dela.

– O que foi, doçura? Há outros joalheiros se não gostar das joias daqui...

– Ah, não é isso! Acho que estou tão acostumada a *não* comprar coisas que é muito difícil internalizar o fato de que agora posso.

– Tenho certeza de que você vai ser capaz de superar esse problema – disse Simon. – Afinal, estou cansado de vê-la com joias remendadas. Se não consegue escolher algo, então permita que eu o faça.

Ele selecionou dois pares de brincos de diamante, o colar de flores, uma pulseira, dois longos colares de pérolas, e um anel com um diamante de cinco quilates e lapidação em forma de pera. Incomodada por tal extravagância, Annabelle verbalizou alguns protestos, até que Simon riu e lhe disse que, quanto mais ela se opusesse, mais ele iria comprar. Ela prontamente se calou e ficou observando atenta enquanto as joias eram adquiridas e postas em uma caixa de mogno forrada de veludo com uma pequena alça na parte superior. Tudo, exceto o anel, que, depois de colocá-lo no dedo dela, Simon verificou que estava muito frouxo, e devolveu ao joalheiro.

– E o meu anel? – perguntou Annabelle, segurando a caixa de mogno com ambas as mãos enquanto deixavam a loja. – Nós vamos simplesmente deixá-lo lá?

Animado, Simon arqueou as sobrancelhas quando olhou para ela.

– Ele irá ajustá-lo e o enviará para o hotel mais tarde.

– Mas e se o anel se perder?

– O que aconteceu com suas objeções? Na loja, você se comportou como se nem o quisesse.

– Sim, mas agora ele é *meu* – disse ela, preocupada, fazendo-o gargalhar.

Para seu alívio, o anel foi entregue em segurança no hotel na mesma noite, em uma pequena caixa também forrada de veludo. Enquanto Simon dava uma moeda para o homem que o trouxera, Annabelle saiu do banho às pressas, enxugou-se, e vestiu uma camisola branca fresca. Fechando a porta, Hunt se virou para descobrir que a esposa estava bem atrás dele, com o rosto iluminado de ansiedade como o de uma criança na manhã de Natal. Não pôde deixar de sorrir ao ver a expressão no rosto dela, posto que seus esforços para parecer refinada foram logo destruídos por uma onda de excitação. O anel reluziu assim que ele o retirou da caixa e o aproximou da mão de Annabelle. Deslizou o solitário pelo dedo anular, encaixando-o firmemente contra a aliança simples de ouro que ele dera à noiva no dia do casamento.

Juntos ficaram admirando o diamante na mão dela, até que Annabelle passou os braços ao redor dele com uma exclamação de alegria. Antes que ele pudesse dizer qualquer coisa, ela se afastou e fez uma dancinha com os pés descalços.

– É tão adorável, veja como ele brilha! Hunt, saia mesmo, estou ciente de quão mercenária devo parecer. Esqueça. Não importa, *sou* mercenária, e você deve ficar sabendo disso. Ah, amo este anel de verdade!

Desfrutando daquela excitação, Simon encostou-se no corpo esguio dela.

– Não vou sair agora – informou ele. – Esta é a minha oportunidade de colher os benefícios da sua gratidão.

Com entusiasmo, Annabelle puxou a cabeça dele para baixo e encostou os lábios nos dele.

– E deve mesmo. – Ela lhe deu outro beijo ardente. – Neste exato momento.

Ele riu da animação dela.

– Devo dizer que sua animação já é a retribuição suficiente. Por outro lado, se você insiste...

– Insisto! Eu insisto mesmo. – Afastando-se dele, Annabelle foi para a cama, subiu no colchão e dramaticamente se jogou para trás, espalhando-se como uma águia de asas abertas sobre a colcha. Simon a seguiu até o quarto, fascinado com as palhaçadas dela. Esta era uma Annabelle que ele não tinha visto antes, divertida e encantadoramente diferente. Quando ele se aproximou da cama, ela ergueu a cabeça e declarou: – Sou toda sua. Comece a receber sua recompensa...

Ele habilmente tirou o paletó e a gravata, mais do que pronto para satisfazê-la. Ela se levantou e ficou sentada em uma posição em que pudesse vê-lo. Suas pernas permaneceram abertas sob o véu da camisola, os cabelos sedosos caindo-lhe sobre os ombros.

– Simon... Quero que saiba que eu iria para a cama com você de qualquer forma, mesmo sem este anel.

– Você é muito gentil – respondeu ele secamente, tirando as calças. – Um marido sempre gosta de ouvir que ele é valorizado por mais do que seu mérito financeiro.

Ela percorreu o corpo definido dele com os olhos.

– De todos os seus méritos, Hunt, o financeiro é provavelmente o menor.

– Provavelmente? – Caminhando para a beirada da cama, Simon pegou um dos pés descalços dela e o levou à boca. – Não seria melhor dizer definitivamente?

Ela caiu para trás, ofegante com o toque quente da língua dele, enquanto a barra da camisola subia para o topo das coxas.

– Ah... Sim, definitivamente. Definitivamente mesmo...

O corpo dela estava úmido e cheiroso devido ao banho recente, mantendo o aroma fresco de sabão e a essência inebriante de óleo de rosas. Despertado pela visão da pele alva e perfumada, Simon beijou e mordiscou o seu tornozelo e em seguida o joelho. A princípio Annabelle riu e se contorceu com os carinhos da boca de Simon, mas, quando ele acariciou a outra perna, ela se acalmou, e sua respiração passou a ocorrer em ondas intervaladas e ofegantes. Ele se ajoelhou entre as coxas dela e as separou, avançando a camisola para cima e beijando cada centímetro da pele recém-exposta até atingir o veludo de cachos cintilantes.

Depois de deixar o queixo encostar suavemente, ele continuou sua viagem para cima, enquanto ela fazia uns parcos protestos. Intoxicado pela textura aveludada da pele dela, beijou-a na cintura e em cada uma de suas costelas, percorrendo um caminho que culminava no seio onde o coração dela batia sob os lábios de Simon.

Annabelle fez um som suplicante e pegou a mão dele, tentando levá-la para o meio de suas coxas. Resistindo com uma risada tranquila, Simon pegou os pulsos dela, levou-os acima da cabeça da esposa e permaneceu com os lábios nos dela. Sentiu-a surpresa por ter sido contida e acompanhou a reação dela depois disso: os olhos se fechando e a respiração adquirindo um ritmo mais acelerado. Mantendo os pulsos dela presos com uma das mãos, ele deslizou a que estava livre pelo corpo dela e, com as pontas dos dedos, circulou os mamilos. O próprio corpo estava duro e quente com a excitação, os músculos tensos, pedindo mais. Em toda a sua experiência sexual, nunca conhecera esse êxtase febril, que o deixava alheio a qualquer conexão com o mundo exterior, concentrado apenas em Annabelle... O prazer dela preenchendo o dele... A expressão trêmula dela intensificando o próprio desejo. A boca de Annabelle se abriu sob a sua, gemidos ecoavam de sua garganta enquanto os beijos penetrantes que ele oferecia tornavam-se mais ousados e lascivos. Ele tocou a abertura no meio das pernas dela, amando a umidade viscosa de sua pele. O corpo dela ondulava para cima, os quadris remexendo em direção à mão dele, enquanto os pulsos presos o apertavam. Cada contorção exprimia sua necessidade de ser tomada e preenchida, e o corpo dele endurecia como se uma fome primitiva o atravessasse.

Lentamente, ele a penetrou com um dedo, e ela gemeu de encontro à boca dele. Percebendo o aumento da flexibilidade da pele, acrescentou outro dedo, acariciando-a delicadamente até ela intumescer de excitação. Assim que ele libertou aos lábios dela, ela implorou incoerentemente:

– Simon, por favor... Por favor, preciso de você... – Ela tremeu quando ele retirou os dedos. – Não, Simon...

– Shhh... – Ele agarrou os joelhos dela e a puxou cuidadosamente sobre a cama. – Está tudo bem – sussurrou. – Vou cuidar de você... Deixe-me amá-la desta forma... – Levando os quadris dela para a beira do colchão, ele a virou até que suas pálidas nádegas ficaram voltadas para cima. Ele ficou em pé, posicionando-se entre suas coxas, a cabeça rígida de seu membro deslizando facilmente pela entrada macia do corpo dela. Apertando com firmeza os quadris de Annabelle, ele entrou deslizando profundamente, sem parar, até que estivesse todo dentro dela. Um surto de calor tomou o corpo todo de Simon como se houvesse parado em frente a um forno, e sua virilha estivesse contraída por uma dor libidinosa, quase insuportável de tão intensa. Ele ofegava, lutando para controlar a intensidade de seu desejo antes que se satisfizesse totalmente. Annabelle estava passiva sobre o colchão, exceto pelos dedos que apertavam com força a colcha. Com medo de estar lhe causando dor, Simon de alguma forma conseguiu conter o desejo selvagem tempo o bastante para se inclinar e murmurar com a voz rouca: – Doçura... Estou machucando você? – O movimento o fez penetrá-la ainda mais fundo, e ela gemeu. – Diga-me e eu paro.

Ela demorou a responder, como se precisasse de alguns segundos para compreender a questão, e quando respondeu, sua voz estava repleta de prazer.

– Não, não pare.

Simon permaneceu debruçado sobre ela, e seus movimentos profundos faziam os músculos internos dela se contraírem avidamente em volta de sua ereção. Suas mãos cobriram as dela, os dedos em torno de seus punhos...

Uma posição que a dominava completamente, e ainda assim ele não impunha o próprio ritmo a ela. Ao contrário, movia-se em resposta às demandas do corpo dela, impulsionando-se de acordo com as pulsações da pele de Annabelle... Cada vez que ela contraía os músculos de modo impotente, ele penetrava mais, aproveitando para acariciar as profundezas dela. Ela beirava o clímax em uma excitação intensa, mas não conseguia alcançá-lo, sua respiração ficando ainda mais ofegante, suas nádegas batendo com força contra os quadris dele.

– Simon...

Ele se ajeitou embaixo dela e facilmente encontrou a dilatação para acomodar seu membro e a macia protuberância logo acima. Usando a ponta do dedo, espalhou a umidade quente do corpo dela sobre a saliência inchada e a manipulou com delicadeza, fazendo círculos e acariciando, variando o ritmo até encontrar um que a fez gritar enquanto se contraía em torno dele. Quanto mais gemia, mais ele apertava e acariciava, com as costas arqueadas em êxtase. O corpo exuberante e emocionante de Annabelle se contorcendo foi a gota d'água para os sentidos extremamente estimulados de Simon... Ele ofegava com o próprio clímax, penetrando a doçura do órgão dela e sentindo o alívio jorrar em explosões incontroláveis.

~

O pior momento da lua de mel aconteceu na manhã em que Annabelle, alegre, disse a Simon que achava que um velho ditado era verdade: o casamento era o estado mais elevado da amizade. Sua intenção era agradá-lo, mas ele reagiu com uma desconcertante hostilidade. Reconhecendo a citação famosa de Samuel Richardson, Simon comentou sucintamente que esperava que o gosto literário dela melhorasse, de modo a poupá-lo de ter que ouvir filosofia barata obtida a partir de romances. Aborrecida, Annabelle reagiu com um silêncio frio, incapaz de entender por que o que dissera o incomodara tanto.

Simon ficou fora a manhã toda e parte da tarde, voltando a encontrar a esposa jogando cartas com outras esposas em um dos salões do hotel. Aproximando-se do espaldar da cadeira, ele encostou as pontas dos dedos na curva do ombro dela. Annabelle sentiu o toque através da seda do vestido, a sensação delicadamente tomando conta dos seus nervos. Muito tentada a prolongar o orgulho ferido, pensou por um instante em afastar a mão dele. Em vez disso, disse a si mesma que não custaria nada mostrar a ele um pouco de tolerância. Virou a cabeça para olhar Simon e lhe deu um sorriso.

– Boa tarde, Sr. Hunt – murmurou ela, referindo-se a ele da maneira formal que a maioria dos casais adotava em público. – Espero que tenha gostado da sua saída. – Premeditadamente ela lhe mostrou suas cartas. – Olhe para a mão que tenho. Algum bom conselho?

Deslizando as mãos ao longo dos lados da cadeira dela, Simon inclinou a cabeça para murmurar em seu ouvido.

– Sim, termine o jogo depressa.

Consciente dos olhares curiosos das outras mulheres, Annabelle manteve o rosto inexpressivo, mesmo sentindo um calor subindo pelo decote.

– Por quê? – perguntou ela, enquanto a boca dele permanecia perto de sua orelha.

– Porque vou fazer amor com você, daqui a precisamente cinco minutos – sussurrou mais uma vez. – Onde quer que estejamos... Aqui... Em nossa suíte... Ou nas escadas. Se preferir um pouco de privacidade, sugiro que perca convenientemente o jogo.

Ele não seria capaz, pensou ela, os batimentos cardíacos

acelerando com preocupação. Por outro lado, conhecendo Hunt, havia a possibilidade...

Com essa ideia em mente, ela baixou uma carta com os dedos trêmulos. A jogadora após Annabelle levou angustiantemente muito tempo para jogar uma de suas cartas, e a mulher seguinte fez uma pausa para um diálogo bem-humorado com o marido, que acabara de se aproximar da mesa. Ciente do suor que se acumulava no peito e na testa, pensou em maneiras de se retirar do jogo. A voz da razão a acalmou e ponderou que não importava quão ousado Simon fosse, ele não iria de fato violentar a esposa na escadaria do hotel. No entanto, a voz da razão foi abruptamente estrangulada quando Simon, com toda a calma, consultou o relógio.

– Você tem três minutos – murmurou em tom suave no ouvido dela.

No meio de sua agitação, Annabelle sentiu um pulsar vergonhoso de excitação entre as coxas, o corpo profundamente harmonizado com a promessa indecente da voz dele. Apertando as pernas, ela se forçou a manter a compostura, apesar do coração bater em ritmo frenético. As jogadoras conversavam preguiçosamente, abanavam-se e pediam a um garçom que trouxesse outra jarra de limonada gelada. Enfim, era a vez de Annabelle, e ela jogou fora sua carta mais alta e pegou outra. Ficou aliviada quando viu que a nova carta não valia nada, e baixou a mão.

– Acho que estou fora – disse ela, fazendo um esforço para não parecer ofegante. – Foi um jogo encantador, obrigada, preciso ir...

– Fique para a próxima rodada – pediu uma das senhoras, e as outras reforçaram o pedido.

– Sim, fique!

– Pelo menos tome uma taça de vinho enquanto terminamos esta mão...

– Obrigada, mas... – Annabelle se levantou e ficou um pouco ofegante quando sentiu a pressão suave da mão de Hunt nas costas. E os mamilos enrijeceram dentro do vestido. – Estou exausta de tanto dançar na noite passada – improvisou ela. – Preciso descansar antes de ir ao teatro esta noite.

Seguida por um coro de despedidas e de alguns meneios, tentou sair com dignidade do salão. Assim que chegaram à escada em caracol que levava aos andares superiores, ela soltou um suspiro de alívio e lançou ao marido um olhar de reprovação.

– Se estava tentando me envergonhar, você realmente conseguiu... o que está fazendo?

O vestido estava meio solto na altura dos ombros, e ela percebeu, um pouco chocada, que ele tinha soltado alguns de seus botões.

– Simon – sussurrou ela –, não se atreva! Não, pare com isso!

Ela correu para longe dele, mas ele a alcançou com facilidade.

– Você tem só mais um minuto.

– Não seja bobo – disse ela brevemente. – Não chegaremos à suíte em menos de um minuto, e você não seria capaz...

Ela se interrompeu com um grito quando sentiu ele arrancar outro botão e virou-se para golpear as mãos saqueadoras. O olhar dela encontrou o dele, e ela percebeu incrédula que ele tinha toda a intenção de levar a cabo sua ameaça.

– Simon, *não*.

– Sim. – Os olhos dele estavam cheios de um desejo selvagem, e aquela expressão em seu rosto já lhe era completamente familiar.

Segurando as saias, Annabelle se virou para correr escada acima, a respiração surgindo ofegante entre risadas em desespero.

– Você é impossível! Deixe-me em paz. Você... Ah, e se alguém nos vir assim, eu nunca vou perdoá-lo!

Hunt a seguiu sem pressa aparente, afinal, não tinha conjuntos de saias e roupas íntimas para atrapalhá-lo. Ela chegou ao topo da escada e seguiu a curva do prédio. Os joelhos doíam e as pernas latejavam por causa da subida desesperada, degrau após degrau. As saias estavam pesadas, e seus pulmões, perto de explodir. Ah, maldito seja ele por estar fazendo isso, e maldita seja ela mesma pelas risadinhas abafadas que ecoavam da garganta.

– Trinta segundos. – Ela ouviu atrás de si e bufou quando chegou ao topo do segundo andar.

Três longos corredores a afastavam da suíte e não havia tempo suficiente. Agarrando a frente solta do vestido, ela olhou para cima e para baixo nos corredores que se estendiam a partir da entrada. Correu para a primeira porta que encontrou, a de um pequeno armário escuro. O cheiro de linho engomado exalava lá de dentro, e prateleiras de roupas de cama e toalhas bem empilhadas eram apenas visíveis à luz do corredor.

– Continue – murmurou Hunt, encurralando-a para dentro do espaço e fechando a porta.

Annabelle foi imediatamente tomada pela escuridão. Risos ecoaram de seu peito, e ela empurrou sem sucesso as mãos que se aproximavam de si. Parecia que o marido tinha de repente desenvolvido mais braços do que um polvo, desabotoando a roupa dela e a atirando para longe muito mais depressa do que podia se defender.

– E se você nos trancou aqui? – perguntou, enquanto o vestido caía no chão.

– Arrombarei a porta – respondeu ele, puxando as fitas da calcinha dela. – Depois.

– Se uma das criadas nos encontrar, vamos ser postos para fora do hotel.

– Acredite em mim, as criadas têm visto coisas muito piores do que isso. – O vestido era pisoteado por Hunt enquanto baixava a calcinha de Annabelle até os tornozelos.

Ela fez mais alguns protestos discretos, até que Hunt a tocou entre as coxas e descobriu quão lubrificada estava, o que fez com que suas objeções fossem inúteis. Sua boca se abriu ao beijo dele, retribuindo com ansiedade a pressão sequiosa e cadenciada dos lábios dele. A entrada macia de seu corpo dilatara-se com facilidade para recebê-lo, e um gemido escapou da garganta dela quando sentiu os dedos dele lá, acariciando-a de forma que a cada movimento do quadril dele excitava gentilmente a parte mais sensível entre suas pernas.

Eles pressionavam o corpo um no outro, flexionando, fundindo, e cada beijo que a invadia a excitava ainda mais. Seu espartilho estava muito apertado, mas havia um inesperado prazer nesta compressão, como se as sensações tivessem sido desviadas para abaixo da cintura e se somassem aos órgãos inchados de prazer. Os dedos dela agarravam inutilmente as roupas dele enquanto o desejo de Annabelle beirava a loucura. Simon invadiu-a em estocadas profundas, com um ritmo insistente, até que o gozo arrebatador ecoou através deles, e seus pulmões se encheram com o cheiro de linho limpo e engomado, e braços, pernas e torso se entrelaçaram na tentativa de prender aquela sensação entre eles.

– Droga – murmurou Hunt alguns minutos mais tarde, quando foi capaz de recuperar o fôlego.

– O quê? – sussurrou Annabelle, a cabeça apoiada na lapela do paletó dele.

– Para o resto da vida, o cheiro de goma de passar vai me deixar excitado.

– Isso é problema seu – respondeu ela com um sorriso sensual, e inspirou fundo ao sentir que o corpo dele, ainda dentro dela, a empurrava para cima.

– Seu também – afirmou, pouco antes de sua boca encontrar a dela na escuridão.

CAPÍTULO 23

Logo depois que Simon e Annabelle voltaram à Inglaterra, foram obrigados a se confrontar com a inevitável interação de duas famílias que não podiam ser mais diferentes. A mãe de Simon, Bertha, exigiu que eles fossem jantar juntos para que pudessem se conhecer melhor, pois não tiveram a oportunidade de fazer isso antes do casamento. Embora Simon tivesse avisado Annabelle sobre o que esperar, ela, que se esforçou para preparar a mãe e o irmão, suspeitava que aquele encontro produziria, na melhor das hipóteses, resultados um tanto diversos.

Felizmente, Jeremy habituara-se ao fato de que Simon Hunt era agora seu cunhado. Tornara-se nos últimos meses um rapazinho alto e magro, ultrapassando a irmã em vários centímetros, como se pôde perceber quando a abraçou na sala de casa. Seu cabelo, de um castanho-dourado, tinha clareado consideravelmente graças a todo o tempo que passara ao ar livre, e os olhos azuis, brilhantes e sorridentes, destacavam-se no rosto bronzeado de sol.

– Não pude acreditar no que os meus olhos viam quando li a carta de mamãe contando que você ia se casar com Simon Hunt – disse o garoto. – Depois de todas as coisas que disse sobre ele nesses dois últimos anos...

– Jeremy – repreendeu-o Annabelle. – Não se atreva a repetir nada disso!

Rindo, o garoto seguia com o braço passado na cintura da irmã e estendeu uma da mãos para Simon.

– Parabéns, senhor. – Enquanto se cumprimentavam, ele prosseguiu com malícia: – Na verdade, não me surpreendi nem um pouco. Minha irmã reclamou de você tantas vezes e por tanto tempo que eu sabia que ela devia sentir algo forte.

O olhar cálido de Simon se voltou para a esposa, de cenho franzido.

– Não posso imaginar do que ela se queixava... – falou com a maior tranquilidade.

– Creio que ela tenha dito... – principiou Jeremy, fazendo uma careta exagerada quando Annabelle lhe deu uma cotovelada nas costelas. – Tudo bem, vou ficar quieto – disse ele, erguendo as mãos na defensiva e rindo ao se afastar dela. – Só estava travando uma conversa educada com o meu novo cunhado.

– Em conversas educadas falamos sobre o tempo ou perguntamos sobre a saúde de alguém – informou Annabelle. – E *não* sobre revelações potencialmente embaraçosas a respeito de uma confidência feita por uma irmã.

Passando o braço pela cintura da moça, Simon encostou as costas dela contra o peito e baixou a cabeça para sussurrar em seu ouvido:

– Dá para imaginar o que você possa ter dito. Afinal de contas, você tinha disposição suficiente para me dizer cara a cara.

Percebendo um tom divertido na voz do marido, Annabelle relaxou em seus braços.

Como nunca tinha visto a irmã interagir de um jeito tão à vontade com um homem e percebendo as mudanças nela, Jeremy sorriu.

– Eu diria que o casamento lhe caiu como uma luva, Annabelle.

Nesse instante, Philippa entrou na sala e correu na direção da filha com um grito de alegria.

– Querida, senti tanta saudade de você! – Abraçou a filha com força e em seguida virou-se para Simon com um sorriso radiante. – Caro senhor Hunt, bem-vindo. Aproveitou Paris?

– Muito mais do que poderia expressar – respondeu Simon, inclinando-se para beijar a bochecha que ela lhe oferecia. Não olhou para Annabelle quando acrescentou: – Gostei especialmente do champanhe.

– Ah, mas é claro – retrucou Philippa. – Estou certa de que qualquer um que... Annabelle, querida, o que está fazendo?

– Só quero abrir um pouco a janela – disse a moça com uma voz estrangulada, o rosto arroxeado como beterraba em conserva depois de ouvir o comentário de Simon e se lembrar da noite em que ele tinha bebido champanhe de um jeito bem criativo. – Está muito quente aqui. Por que esse raio de janela está fechada nessa época do ano? – Sem encarar ninguém, ela lutava com a trava até Jeremy ir em seu socorro.

Enquanto Simon e Philippa conversavam, Jeremy abriu a janela e esboçou um sorriso ao ver Annabelle pôr para fora o rosto enrubescido a fim de refrescá-lo.

– Deve ter sido uma boa lua de mel – murmurou ele com um risinho.

– Você não deveria saber nada a respeito dessas coisas – sussurrou Annabelle.

Jeremy bufou achando graça.

– Tenho catorze anos, Annabelle, não quatro. – E inclinou a cabeça mais para perto dela. – Então... por que se casou com o Sr. Hunt? Mamãe me disse que ele comprometeu sua reputação, mas, conhecendo você como conheço, sei que essa história está mal contada. Uma coisa é certa: você não deixaria que ninguém comprometesse sua reputação se não quisesse. – O brilho divertido se dissipou de seus olhos e ele indagou com mais seriedade: – Foi por causa do dinheiro? Eu vi as contas dos nossos gastos da casa. É óbvio que não tínhamos nem dois xelins para contar história.

– Não foi só pelo dinheiro. – Annabelle sempre fora absolutamente franca com o irmão, mas era difícil admitir a verdade até para si mesma. – Fiquei doente em Stony Cross e o Sr. Hunt foi gentil comigo de um modo inesperado. Então, quando comecei a baixar a guarda com ele, descobri que temos uma espécie de... bem, afinidade...

– Intelectual ou física? – O sorriso de Jeremy voltou a aparecer quando percebeu a resposta nos olhos da irmã. – Ambas? Que bom. Diga-me, você está apaixo...

– Sobre o que vocês dois estão cochichando? – indagou Philippa com uma gargalhada, fazendo um gesto para que se afastassem da janela.

– Eu estava implorando para que minha irmã não intimidasse o marido com o olhar – respondeu Jeremy, fazendo Annabelle revirar os olhos.

– Obrigado – disse Simon em tom grave. – Como pode imaginar, é preciso uma grande dose de coragem para lidar com minha esposa, mas até agora tenho conseguido... – Ele se deteve com um sorriso quando viu Annabelle piscar de um jeito ameaçador. – Acabo de me dar conta de que seu irmão e eu devíamos compartilhar nossas confidências masculinas lá fora para que você possa contar à sua mãe tudo sobre Paris. Jeremy, você gostaria de dar uma volta na minha carruagem?

O irmão de Annabelle não precisava que lhe perguntassem duas vezes.

– Deixe-me pegar meu chapéu e um casaco...

– Não se incomode em pôr chapéu – advertiu Simon de um jeito lacônico. – Você não seria capaz de mantê-lo na cabeça por mais do que um minuto.

– Sr. Hunt – chamou Annabelle atrás deles –, se ferir ou matar meu irmão, saiba que ficará sem jantar.

Simon gritou algo incompreensível na direção dela e ambos desapareceram depois de passar pelo hall de entrada.

– Carruagens são muito rápidas e capotam com muita facilidade – comentou Philippa com o cenho franzido de preocupação. – Espero que o Sr. Hunt seja um condutor experiente.

– Excepcional – observou Annabelle dando-lhe um sorriso tranquilizador. – Ele veio do hotel até aqui em um ritmo tão calmo que parecia até que estávamos andando em uma carroça. Garanto que Jeremy não poderia estar em melhores mãos.

Durante a hora seguinte, as duas permaneceram sentadas na sala, tomando chá e conversando a respeito de tudo o que havia acontecido naqueles quinze dias. Como esperava, Philippa não fez qualquer pergunta sobre os aspectos íntimos da lua de mel, abstendo-se de interferir na intimidade do casal. No entanto, pareceu bastante interessada nos relatos da filha sobre os estrangeiros que tinham conhecido e as festas a que haviam comparecido. A mãe não fazia ideia de como viviam os ricos industriais e ouviu atentamente Annabelle se esforçar para descrevê-los.

– A cada dia é possível ver mais e mais deles na Inglaterra – comentou Philippa –, para aliar sua riqueza aos títulos.

– Como as Bowmans – observou a moça.

– É. Parece que a cada temporada estamos sendo invadidos por um número crescente de americanos e... Deus sabe como é difícil fisgar um nobre. Certamente não precisamos dessa concorrência toda. Ficarei muito feliz quando esse furor industrial se assentar enfim, e as coisas voltarem a ser como eram antes.

Annabelle sorriu com tristeza perguntando-se como explicar à mãe que, por tudo que havia visto e ouvido, o processo de expansão industrial estava apenas no estágio inicial – e as coisas nunca mais voltariam a ser como antes. Ela própria mal começara a entender a transformação que as estradas de ferro, os navios movidos a hélice e as fábricas mecanizadas imporiam à Inglaterra e ao resto do mundo. Esses haviam sido os assuntos discutidos por Simon e os conhecidos durante os jantares, em lugar das atividades da classe alta, como a caça e os festejos campestres.

– Diga-me, está se dando bem com o Sr. Hunt? Parece que sim.

– Ah, estou. Embora o Sr. Hunt não seja como os outros homens que você ou eu já tenhamos conhecido. Os cavalheiros a que estávamos acostumadas... Bom, sua mente não funciona como a deles. Ele... ele é um progressista...

– Ah, santo Deus! – exclamou Philippa com certo desgosto. – Está se referindo à posição política?

– Não... – Annabelle parou e fez uma expressão engraçada que mostrava que nem ao menos sabia a que partido o marido era afiliado. – Na verdade, depois de ouvir algumas das opiniões que defende, não duvido que seja um Whig, ou mesmo um liberal...

– Minha nossa, querida. Talvez com o tempo você consiga convencê-lo a tomar a outra direção.

Ao ouvir aquilo, Annabelle deu uma gargalhada.

– Duvido muito. Mas isso não importa, porque... Mamãe, na verdade estou começando a acreditar que um dia as opiniões desses empresários e mercantilistas vão adquirir mais peso do que as da nobreza. Só a influência financeira que possuem...

– Annabelle – interrompeu Philippa com suavidade –, acho maravilhoso você querer apoiar seu marido. No entanto, um homem que se dedica ao comércio nunca será tão influente como um aristocrata. Com certeza, não na Inglaterra.

De repente a conversa foi interrompida pela entrada precipitada de Jeremy na sala. Estava descabelado e com os olhos arregalados.

– Jeremy? – exclamou Annabelle preocupada, erguendo-se de um salto. – O que aconteceu? Onde está o Sr. Hunt?

– Passeando com os cavalos ao redor da praça para acalmá-los. – Balançou a cabeça e prosseguiu, sem fôlego. – Esse homem é um lunático. Por pouco não capotamos umas três vezes; quase matamos meia dúzia de pessoas; e fui tão sacudido que a parte inferior do meu corpo ficou cheia de hematomas. Se tivesse me sobrado algum fôlego, teria começado a rezar, pois era evidente que morreríamos. Hunt tem os cavalos mais bravos que já vi em toda a minha vida. E ele soltou uns palavrões tão cabeludos que bastaria proferir um deles para eu ser expulso da escola.

– Jeremy. – Annabelle começou a dizer pedindo desculpa, horrorizada por Simon ter tratado o irmão de forma tão terrível. – Sinto muito...

– Foi sem dúvida a *melhor* tarde da *minha vida*! – prosseguiu Jeremy, exultante. – Implorei a Hunt que me levasse para dar outra volta amanhã, e ele me disse que faria isso se tivesse tempo. Ah, ele é *incrível*, Annabelle! Vou pegar um pouco de água. Tenho pelo menos um centímetro de pó grudado na garganta. – Ele saiu correndo dando uma gargalhada adolescente, enquanto a mãe e a irmã o fitavam boquiabertas.

Mais tarde, naquela mesma noite, Simon levou Annabelle, Jeremy e a mãe deles à casa de seus pais, que ficava em cima do açougue. A casa era composta por três ambientes principais e uma escada estreita que conduzia a um sótão no terceiro andar. O espaço era pequeno, mas bem-equipado. Mesmo assim, Annabelle notou a perplexa desaprovação no rosto da mãe. Philippa não conseguia entender por que os Hunts não preferiam morar em uma bela casa na cidade. Quanto mais a filha tentara explicar que os Hunts não sentiam vergonha da profissão que tinham e não possuíam desejo algum de escapar ao estigma de pertencer à classe operária, mais ela achava confuso. Aborrecida por sua mãe estar se mostrando deliberadamente ignorante, Annabelle abandonou todas as tentativas de conversar sobre a família de Simon e fez um acordo com Jeremy de não deixar que Philippa dissesse coisas desdenhosas na frente deles.

– Vou tentar – afirmara Jeremy sem muita convicção. – Mas você sabe que mamãe nunca se entendeu bem com pessoas diferentes de nós.

Exasperada, Annabelle suspirou.

– Deus me livre de passar uma noite com pessoas que não sejam exatamente como nós. Poderíamos aprender algo errado. Ou pior, poderíamos quem sabe nos divertir... Ah, que vergonha!

Um sorriso curioso surgiu no rosto do irmão.

– Não seja tão dura com ela, Annabelle. Não faz tanto tempo assim que você também tinha o mesmo desdém pelas pessoas de classes inferiores.

– Eu não tinha, não! Eu... – Annabelle fez uma pausa com uma cara irritada e então suspirou. – Você tem razão, eu também era assim, embora não saiba bem o motivo agora. Não há desonra nenhuma em trabalhar, não acha? Com certeza é mais admirável do que o ócio.

Jeremy não conseguiu conter um sorriso.

– Você mudou. – Foi o único comentário que fez.

Ao que Annabelle respondeu com tristeza:

– Talvez não seja algo ruim.

Ao subirem os estreitos degraus da escada que levava do açougue aos cômodos privativos dos Hunts, Annabelle teve consciência do sutil comedimento de Simon, seu único sinal de insegurança. Sem dúvida, estava preocupado, achando que ela e sua família poderiam "não se entender bem", como dissera Jeremy. Determinada a fazer com que a noite fosse um sucesso, Annabelle estampou um sorriso confiante no rosto e parecia decidida, mesmo quando ouviu o barulho que vinha da residência dos Hunts – uma cacofonia de vozes de adultos, gritinhos de crianças e umas batidas que faziam supor que estavam trocando os móveis de lugar.

– Meu Deus! – exclamou Philippa. – Isso parece...

– Uma briga? – completou Simon tentando ser solícito. – Pode ser. Na minha família nem sempre é fácil distinguir uma conversa sociável de uma luta livre.

Quando entraram na sala principal, Annabelle tentou identificar aquela multidão de rostos. Encontravam-se ali a irmã mais velha de Simon, Sally, mãe de meia dúzia de crianças que se deslocavam pelas salas como os Touros de Pamplona; o marido de Sally e os pais de Simon; três irmãos mais novos e uma irmã, também mais nova, chamada Meredith, cuja serenidade obscura era estranhamente dissonante em meio àquela balbúrdia toda. Pelo que Simon lhe contara, ele sentia um carinho especial por Meredith, que era bastante diferente daquela trupe alvoroçada, uma moça tímida e leitora voraz.

As crianças se aglomeraram em volta de Simon, que exibiu uma surpreendente facilidade em lidar com elas, lançando-as no ar com destreza, ao mesmo tempo que dava atenção ao relato de um dente que havia caído ou passava um lenço em um nariz que escorria. Os primeiros minutos de boas-vindas foram confusos, com apresentações aos gritos, crianças correndo de um lado para outro, e os miados indignados de um gato que se postara junto à lareira e acabara de receber uma mordiscada de um filhote de cachorrinho curioso. Annabelle tinha esperança de que as coisas se acalmassem depois, mas, a bem da verdade, a agitação geral prosseguiu a noite toda. De vez em quando vislumbrava o sorriso falso armado no rosto da mãe, a descontração divertida de Jeremy e o cômico desespero de Simon ao perceber que todos os seus esforços para aplacar aquela confusão toda haviam fracassado.

O pai de Simon, Thomas, era um homem enorme e imponente, características que poderiam facilmente intimidar a austeridade em pessoa. Algumas vezes seu rosto e seus olhos se suavizavam com um sorriso que não era tão carismático quanto o de Simon, mas que possuía um encanto próprio. Annabelle se empenhou em manter uma conversa amistosa com ele, já que estava sentada ao seu lado durante o jantar. Infelizmente, parecia que as duas mães não estavam se dando bem. O motivo não parecia ser um desagrado mútuo, mas uma completa incapacidade de se relacionar uma com a outra. A vida que levaram, as experiências que acumularam e que ajudaram a formar seus pontos de vista não podiam ser mais distintos.

O jantar consistiu em bifes grossos de vitela bem-passados, acompanhados por um empadão e uns poucos legumes. Annabelle reprimiu um melancólico suspiro quando lembrou dos pratos que haviam experimentado na França e começou a cortar o enorme pedaço de carne que tinha à frente.

Pouco depois, Meredith se dirigiu a ela, fazendo um comentário amistoso.

– Annabelle, você precisa nos falar mais sobre Paris. Minha mãe e eu em breve faremos nossa primeira viagem pelo continente.

– Ah, que ótimo! – exclamou Annabelle. – Quando partirão?

– Daqui a uma semana, na verdade. Vamos ficar fora por pelo menos um mês e meio, começando por Calais e terminando em Roma...

A conversa sobre viagens prosseguiu até o fim do jantar, quando uma criada foi retirar os pratos e a família se dirigiu à sala, onde tomariam um chá e comeriam doces. Para alegria das crianças, Jeremy sentou com elas no chão, perto da lareira, para jogar pega-palito e ajudar a conter o cachorrinho. Annabelle se acomodou ali por perto para observar as palhaçadas deles, enquanto conversava com a irmã mais velha de Simon. Não deixou de notar que o marido havia desaparecido com a mãe e podia apostar que a mulher tinha muitas perguntas a fazer para o filho mais velho acerca de seu casamento precipitado e de como estavam as coisas entre eles.

– Ah, não! – exclamou Jeremy. – O filhote fez um laguinho na lareira.

– Por favor, alguém pode chamar a criada e dizer a ela o que aconteceu? – pediu Sally, enquanto as crianças riam ruidosamente do cachorrinho mal-educado.

Como Annabelle estava sentada perto da porta, levantou-se no mesmo instante. Ao entrar no aposento ao lado, descobriu que a criada ainda estava retirando os restos do jantar. Depois que Annabelle lhe informou sobre o pequeno incidente, a moça mais que depressa se dirigiu à sala levando consigo uns trapos. Annabelle teria ido atrás dela, mas ouviu uma conversa murmurada vindo da direção da cozinha e se deteve um momento quando a voz baixa de Bertha pronunciou, em tom de desaprovação:

– ... e ela o ama, Simon?

Annabelle congelou ali mesmo e ficou atenta à resposta do marido.

– As pessoas se casam por outros motivos além desse.

– Então ela não o ama – retrucou Bertha. – Não posso dizer que estou surpresa. Mulheres como ela jamais...

– Cuidado com o que diz – murmurou Simon. – Está falando da minha esposa.

– Ela servirá como um belo adorno para o seu braço – insistiu Bertha – quando estiver circulando em meio aos membros da aristocracia. Mas será que ela teria se casado com você se não tivesse dinheiro? Será que ficará ao seu lado em momentos de dificuldade? Adoraria que você tivesse dado mais chance às moças que lhe apresentei. A tal Molly Havelock, ou Peg Larcher... são meninas boas e fortes, que seriam verdadeiras parceiras...

Annabelle não conseguiu suportar mais ouvir aquilo. Controlando a expressão no rosto, saiu de fininho e retornou ao barulho e à luz da sala.

– Bem, isso é o que dá ficar ouvindo a conversa dos outros escondida – desabafou em voz alta com tristeza, perguntando a si mesma se a opinião de Bertha sobre ela podia piorar ainda mais. As críticas eram dolorosas, mas ela precisava reconhecer que não havia nenhuma boa razão para a família ou a mãe de Simon gostarem dela. Na verdade, ao pensar em todos os benefícios que o casamento com ele lhe traria, Annabelle se deu conta de que nunca cogitou se poderia oferecer-lhe algo em troca.

Perturbada, ponderou se deveria contar a Simon o que tinha ouvido e de imediato decidiu que não o faria. Trazer à tona esse assunto só o forçaria a dizer coisas que a tranquilizassem ou, talvez, a se desculpar pela mãe, e nada disso era necessário. Sabia que levaria um bom tempo para provar seu valor para Simon e sua família – e talvez até para si mesma.

Bem mais tarde, à noite, quando Annabelle e Simon voltaram para o Rutledge, ele passou o braço pelos ombros dela e a fitou com um ligeiro sorriso.

– Obrigado – comentou ele.

– Pelo quê?

– Por ser tão agradável com a minha família. – Puxou-a para que ficassem de frente um para o outro e lhe deu um beijo no topo da cabeça. – E por ter decidido ignorar o fato de eles serem tão diferentes de você.

Annabelle ficou ruborizada de prazer com aqueles elogios, sentindo-se de repente muito melhor.

– Eu gostei da nossa noite – mentiu, e Simon lhe deu um sorriso.

– Não precisa exagerar.

– Bem, lembro-me de uma ou duas situações complicadas: quando seu pai começou a falar das vísceras dos animais e quando sua irmã comentou o que o bebê havia feito na hora do banho... Mas, em geral, eles foram muito... muito...

– Barulhentos? – sugeriu Simon, com um brilho divertido nos olhos.

– Eu ia dizer "gentis".

Simon deslizou a mão pelas costas dela, massageando os pontos de tensão sob seus ombros.

– Está se saindo consideravelmente bem nesse papel de esposa-de-plebeu, se levarmos em conta as circunstâncias.

– Na verdade, não é tão ruim assim – murmurou Annabelle. E passou a mão com suavidade no peito do marido, lançando-lhe um olhar provocante. – Posso relevar tudo isso com bastante facilidade graças a este... impressionante... e bem-dotado...

– Montante disponível na conta bancária?

Annabelle sorriu e enfiou os dedos no cós da calça de Hunt.

– Não me referia à conta bancária – sussurrou um pouco antes de Simon encostar a boca na dela.

~

No dia seguinte, Annabelle estava louca para se reencontrar com Lillian e Daisy, cuja suíte ficava na mesma ala do Rutledge que a sua. Gritando e rindo quando se abraçaram, as três fizeram a maior algazarra até a Sra. Bowman enviar uma criada para lhes pedir que se calassem.

– Quero ver Evie – queixou-se Annabelle de braço dado com Daisy e se dirigindo para a saleta da suíte. – Como ela está?

– Meteu-se em sérios apuros há duas semanas para tentar ver o pai – respondeu Daisy com um suspiro. – A situação dele piorou e agora está de cama. Mas Evie foi pega tentando sair de casa escondida e agora está sendo mantida reclusa por tia Florence e pelo resto da família.

– Por quanto tempo?

– Por tempo indefinido. – Foi a resposta desanimadora que recebeu.

– Ah, que gente repugnante! – murmurou Annabelle. – Adoraria arranjar um jeito de resgatarmos Evie.

– Não é que isso seria bem divertido? – sussurrou Daisy, instantaneamente fascinada pela ideia. – Deveríamos raptá-la. Levamos uma escada para pôr diante da janela dela e...

– ... a tia Florence soltaria os cachorros em cima de nós – disse Lillian em tom carregado. – Eles têm dois mastins enormes que circulam pela propriedade à noite.

– Podemos jogar uma carne com sonífero para eles – retrucou Daisy. – E aí, enquanto estiverem dormindo...

– Ora, pare de bolar esses planos absurdos! – exclamou Lillian. – Quero ouvir Annabelle contar sobre a lua de mel.

Dois pares de olhos castanhos fitavam Annabelle com um interesse bem pouco adequado para donzelas.

– E então? – perguntou Lillian. – Como foi? É tão doloroso quanto dizem?

– Conte logo, Annabelle – insistiu Daisy. – Lembre-se que prometemos contar tudo umas às outras!

Annabelle sorriu. Gostava de estar na posição de alguém que tinha mais conhecimentos a respeito de algo ainda tão misterioso para elas.

– Bem, em certos momentos foi bastante incômodo – admitiu. – Mas Simon foi muito gentil e atencioso... e embora eu não tenha nenhuma experiência anterior para servir de comparação, não consigo imaginar que qualquer outro homem possa ser um amante tão maravilhoso.

– O que quer dizer com isso? – perguntou Lillian.

As bochechas de Annabelle se tingiram de um rosa suave. Hesitante, procurou as palavras para explicar algo que de repente parecia impossível de ser descrito. Era capaz de falar dos detalhes mais técnicos, por assim dizer, mas isso dificilmente transmitiria a ternura de uma experiência tão íntima.

– A intimidade é algo que vai muito além do que vocês jamais poderiam imaginar... No início, a gente morre de vergonha, mas depois há uns momentos em que a sensação é tão maravilhosa que a gente esquece tudo e a única coisa que importa é estar perto dele.

Fez-se um breve silêncio enquanto as irmãs absorviam aquelas palavras.

– Quanto tempo dura? – quis saber Daisy.

O rubor no rosto de Annabelle se acentuou.

– Às vezes apenas alguns minutos... às vezes algumas horas.

– *Algumas horas?* – repetiram em uníssono, fazendo cara de espanto.

Lillian franziu o nariz com visível desagrado.

– Meu Deus, isso me parece horrível!

Annabelle riu ao ver a expressão dela.

– Não é horrível de jeito nenhum. Na verdade, é maravilhoso.

Lillian negou com a cabeça.

– Vou pensar em um jeito de fazer com que meu marido termine depressa. Há coisas muito melhores para se passar o tempo do que ficar horas na cama fazendo *aquilo*.

Annabelle voltou a sorrir.

– Já que estamos falando do misterioso cavalheiro que um dia será o seu marido... devíamos começar a planejar a estratégia para a nossa próxima campanha. O início da temporada é só em janeiro, o que nos dá vários meses para a preparação.

– Daisy e eu precisamos de um patrocinador aristocrata – disse Lillian com um suspiro. – Sem mencionar as aulas de etiqueta. E infelizmente, Annabelle, como você se casou com um plebeu, não tem nenhuma influência social, e voltamos à estaca zero. – Mais que depressa, ela acrescentou: – Não quis ofendê-la, querida.

– Não fiquei ofendida – replicou Annabelle com brandura. – Seja como for, Simon tem alguns amigos em meio aos nobres... Lorde Westcliff em particular.

– Ah, não – disse Lillian com firmeza. – Não quero nada com ele.

– Por que não?

Lillian ergueu as sobrancelhas surpresa com a necessidade de explicar aquilo.

– Por que ele é o homem mais insuportável que já conheci.

– Mas Westcliff é muito bem posicionado – rebateu

Annabelle. – E é o melhor amigo de Simon. Eu mesma não tenho muita simpatia por ele, mas sei que poderia ser um aliado bem útil. Dizem por aí que o título de Westcliff é o mais antigo de toda a Inglaterra. Nenhum sangue é mais azul que o dele.

– E ele sabe disso muito bem – comentou Lillian em tom mordaz. – Apesar de todo aquele discurso populista, dá para ver que, no fundo, ele adora estar cercado de asseclas em quem pode mandar e desmandar.

– Eu me pergunto por que Westcliff não se casou ainda – ponderou Daisy. – Apesar dos defeitos que tem, é preciso admitir que ele é um partidão de proporções homéricas, uma conquista gigantesca se fisgada.

– Ficarei felicíssima quando alguém lançar o arpão nele – murmurou Lillian, arrancando gargalhadas das outras duas.

~

Embora Londres estivesse quase sem ninguém da "boa sociedade" durante o mês mais quente do verão, a vida na cidade não estava de modo algum estagnada. Até o Parlamento suspender suas atividades no décimo segundo dia de agosto, dia também da abertura da temporada de caça de perdizes, a presença ocasional de cavalheiros ainda era requisitada em algumas sessões vespertinas. Enquanto os homens se reuniam no Parlamento ou nos clubes, as esposas iam às compras, visitavam amigas e escreviam cartas. À noite, compareciam a jantares, saraus e bailes que costumavam se estender até duas ou três horas da manhã. Essa era a agenda de um aristocrata ou mesmo daqueles com profissões supostamente aristocráticas, como os clérigos, oficiais da marinha ou médicos.

Para desgosto de Annabelle, logo ficou claro que o marido, apesar da riqueza e do inegável sucesso, não tinha uma profissão aristocrática. Por isso, às vezes se viam excluídos dos elegantes eventos da classe alta dos quais ela gostaria de participar. Eram convidados apenas quando um desses nobres possuía algum tipo de obrigação financeira com Simon ou se era um bom amigo de lorde Westcliff. Annabelle recebeu poucas visitas das jovens damas casadas que em outros tempos eram suas amigas e, embora nunca lhe dessem as costas quando era ela que fazia a visita, também mal a encorajavam a voltar. As fronteiras de classe e posição social eram intransponíveis. Mesmo uma viscondessa que havia empobrecido em função dos hábitos perdulários e o gosto para jogos do marido e vivia então em uma casa humilde, com apenas dois criados para atendê-la, parecia determinada a manter sua superioridade com relação a Annabelle. Afinal de contas, seu marido, apesar dos defeitos que carregava, era um nobre; ao passo que Simon Hunt era um desprezível mercantilista.

Irritada com a recepção fria que lhe dispensara a mulher do visconde, Annabelle foi ver Lillian e Daisy a fim de reclamar acerca dos foras que recebera. Ambas se mostraram simpáticas e riram ao ouvir as queixas apaixonadas da moça recém-casada.

– Vocês precisavam ver a sala dela! – comentou Annabelle, caminhando de um lado para outro diante das irmãs, sentadas em um canapé da salinha de visitas. – Estava tudo empoeirado e esfarrapado, havia manchas de vinho pelo tapete, e a única coisa que a mulher fazia era torcer o nariz, lançando-me um olhar de pena por eu ter me casado com um homem aquém das minhas possibilidades. "Aquém das minhas possibilidades", foi exatamente o que disse, quando todos sabem que o marido dela é um bêbado insano, que aposta cada xelim que tem. Ele pode ser um visconde, mas não é digno sequer de lamber as botas de Simon, e eu tive a maior dificuldade em me segurar para não dizer isso a ela.

– Por que se segurou? – perguntou Lillian com indiferença. – Eu teria dito exatamente o que pensava sobre o estúpido esnobismo dela.

– Porque não se ganha nada discutindo – disse Annabelle, franzindo o cenho. – Mesmo que Simon salvasse uma porção de pessoas de um afogamento, nunca seria encarado com a mesma admiração voltada para qualquer nobre gordo e velho que estivesse ali sentado e não levantasse um dedo sequer para ajudar.

Daisy ergueu de leve as sobrancelhas.

– Você se arrepende de não ter se casado com um aristocrata?

– Não – respondeu Annabelle de pronto e baixou a cabeça, subitamente envergonhada. – Mas acho que... acho que há momentos em que não consigo evitar o desejo de que Simon fosse um nobre.

Lillian olhou para a amiga com um pouco de preocupação.

– Se você pudesse voltar atrás e mudar as coisas, escolheria lorde Kendall em vez do Sr. Hunt?

– Meu Deus, *não*! – Suspirando, Annabelle se sentou jogando o corpo sobre um banquinho de costura e as saias do vestido de seda verde estampado com flores miudinhas ondularam ao seu redor. – Não me arrependo da minha escolha, mas me incomoda não poder ir ao baile dos Wymark. Ou ao sarau em Gilbreath House. Ou a qualquer um desses eventos a que as pessoas da alta sociedade vão. Em vez disso, o Sr. Hunt e eu vamos a festas de pessoas muito diferentes.

– Que tipo de pessoas? – indagou Daisy.

Como Annabelle hesitava, Lillian respondeu com uma voz carregada de ironia.

– Acho que Annabelle está se referindo aos emergentes. Pessoas com novas fortunas, valores da classe baixa e modos vulgares. Em outras palavras, gente como nós.

– Não – disse Annabelle imediatamente, e as irmãs riram.

– Sim – retrucou Lillian com suavidade. – Você se casou com o nosso mundo, querida, e não pertence mais àquele outro habitado pela nobreza, assim como nós se não conseguirmos fisgar um marido com título. Para falar a verdade, eu não me incomodo nem um pouco de não me misturar com os Wymarks ou os Gilbreaths, que são todos enfadonhos até não poder mais e insuportavelmente cheios de si.

Annabelle a fitou com um ar pensativo, entendendo de repente a própria situação sob um novo e vantajoso ponto de vista.

– Nunca questionei o fato de eles serem enfadonhos – murmurou. – Acho que sempre quis chegar ao topo da hierarquia social e nem sequer parei para pensar se gostaria da vista lá de cima. Mas agora essa questão parece não ter mais importância. E preciso encontrar um jeito de me adaptar a uma vida diferente da que pensei que gostaria de levar.

Apoiando os cotovelos nos joelhos, Annabelle descansou o queixo nas mãos e acrescentou com tristeza:

– Vou saber que terei conseguido quando não me incomodar por ser desprezada por uma viscondessa de cara branquela como soro de leite.

~

Ironicamente, os Hunts foram convidados naquela mesma semana para um baile oferecido por lorde Hardcastle, que possuía uma dívida secreta com Simon pelo aconselhamento sobre a forma de reestruturar o equilíbrio cada vez mais instável dos investimentos e espólios familiares. Foi um evento grande a que muita gente compareceu, e Annabelle não conseguiu evitar aquela animação que sentia, apesar de sua resolução. Com um vestido de cetim verde-limão, os cachos do cabelo presos por cordões de seda amarelos, Annabelle entrou no salão de baile de braço dado com Simon. O cômodo, que apresentava algumas colunas de mármore branco, era iluminado por oito fulgurantes lustres e havia no ar um perfume, que vinha dos enormes arranjos de rosas e peônias. Depois de aceitar uma taça de champanhe gelado, ela se misturou com prazer a amigos e conhecidos, deleitando-se com a serena elegância da festa. Essas eram as pessoas que ela sempre compreendeu e tratou de imitar: civilizadas, educadas, versadas sobre música, arte e literatura. Os cavalheiros jamais sonhariam em discutir política ou negócios diante de uma dama, e todos preferiam morrer fulminados a mencionar o custo das coisas.

Ela dançou muitas vezes, com Simon e outros homens, rindo, conversando de um jeito descontraído e descartando com habilidade os elogios que lhe faziam. No meio da noite, observou o marido do outro lado da sala conversando com uns amigos e sentiu uma vontade súbita de ir até ele. Depois de se livrar de dois rapazes insistentes, contornou o salão de baile, passando pelo corredor escuro por trás das colunas. Entre elas, havia sofás e poltronas dispostos de modo a proporcionar aos hóspedes um lugar para relaxar e conversar. Passou por um grupo de viúvas, depois por uma meia dúzia de moças solteironas e desconsoladas, o que a fez soltar um risinho de empatia. Quando passava por trás de duas mulheres, no entanto, ouviu umas palavras que a fizeram se deter e ficar escondida atrás de umas plantas exuberantes.

– ... não sei por que eles foram convidados esta noite – dizia uma delas enfurecida. Annabelle reconheceu a voz: era de uma velha amiga sua, agora Lady Wells-Troughton, que falara com ela apenas poucos minutos antes, com uma simpatia vacilante. – Como é presunçosa de ostentar aquele diamante vulgar no dedo e o marido mal-educado, sem um pingo de vergonha!

– Essa presunção não vai durar para sempre – retrucou a amiga. – Ela ainda não parece ter percebido que apenas são convidados para a casa das pessoas que têm alguma dívida com ele. Ou daqueles que são amigos de Westcliff, é claro.

– Westcliff é um aliado importante – admitiu Lady Wells-Troughton. – No entanto, a influência dele pode ajudá-los somente até certo ponto. A verdade é que deveriam ter a decência de não comparecer aos locais a que não pertencem. Ela se casou com um plebeu e, portanto, devia andar com plebeus. Embora ela se ache, suponho eu, boa demais para eles...

Sentindo-se enojada e vazia, Annabelle se afastou sem ser vista pelas mulheres que fofocavam sobre ela e se dirigiu a um dos cantos do salão de baile.

Eu realmente devia abandonar esse costume de ouvir às escondidas, pensou com ironia ao se lembrar da noite em que escutara os comentários de Bertha Hunt a seu respeito. *Pelo visto, só ouço as pessoas falarem coisas nada lisonjeiras sobre mim.*

Não se surpreendeu que houvesse boatos sobre Simon e ela, porém o que a deixara perplexa havia sido a crueldade no tom das mulheres. Era difícil imaginar o que podia causar tanta antipatia – a não ser, talvez, pura inveja. Annabelle tinha conseguido um marido bonito, viril e rico, ao passo que Lady Wells-Troughton se casara com um nobre pelo menos trinta anos mais velho do que ela, cujo carisma era igual ao de um vaso de planta. Não era de estranhar que Lady Wells-Troughton e as contemporâneas estivessem decididas a proteger a única superioridade que possuíam: o fato de serem da aristocracia.

Annabelle se lembrou do comentário de Philippa: "Um homem que se dedica ao comércio nunca será tão influente como um aristocrata..." No entanto, parecia que a aristocracia sentia medo do crescente poder dos empresários industriais como Simon. Poucos eram tão inteligentes quanto lorde Westcliff para perceber que precisavam fazer mais do que se aferrar a antigos privilégios de proprietários de terras para manter seu poder. De pé em meio a duas colunas, Annabelle deu uma olhada à sua volta para a multidão aristocrática que ocupava o aposento – tão arrogante, tão convicta de sua forma tradicional de pensar e agir, tão determinada a ignorar que o mundo ao seu redor começava a mudar. Ainda assim, achava a companhia deles infinitamente mais reconfortante do que o tosco e despreparado comportamento dos profissionais amigos de Simon. No entanto, já não os via com receio ou temor. Na verdade...

Os pensamentos de Annabelle foram interrompidos por um cavalheiro que se aproximara, levando duas taças de champanhe gelado. Era careca e corpulento, e as dobras de seu pescoço eram visíveis acima da gravata. Ela gemeu consigo mesma ao reconhecê-lo. Era lorde Wells-Troughton, o marido da dama que a criticara com tanto ressentimento. A avidez com que dirigiu o olhar aos seus seios cobertos pelo pálido cetim a fez perceber que ele não devia compartilhar da opinião da esposa de que era melhor se Annabelle tivesse escolhido não comparecer ao baile.

Lorde Wells-Troughton, conhecido pela propensão que tinha em manter casos extraconjugais, havia se aproximado no ano anterior sugerindo, com ênfase, que estava disposto a ajudá-la com suas dificuldades financeiras em troca da companhia dela. O fato de ela ter lhe virado as costas não parecia tê-lo desencorajado. Assim como a notícia de seu casamento. Para aristocratas como ele, o casamento não significava um impedimento para uma aventura – por vezes, servia até de incentivo. De fato, os nobres até preferiam não se envolver com alguém solteiro. E aventuras amorosas eram um privilégio muito apreciado por cavalheiros e damas casados. Nada era tão atraente para um nobre quanto a jovem esposa de outro homem.

– Sra. Hunt – cumprimentou Wells-Troughton em tom jovial, estendendo-lhe uma das taças de champanhe, que ela aceitou com um sorriso frio de agradecimento. – Está tão bela esta noite quanto uma rosa de verão.

– Obrigada, senhor – disse Annabelle, recatada.

– A que devemos atribuir esse seu evidente resplendor de felicidade, minha querida?

– Ao meu recente casamento, senhor.

O lorde sorriu.

– Ah, eu me lembro bem dos meus primeiros dias de casado. Desfrute do prazer enquanto durar, afinal, é muito fugaz.

– Talvez para alguns. Para outros, pode durar uma vida inteira.

– Minha querida, que deliciosa ingenuidade a sua. – Ele lhe deu um sorriso e voltou o olhar para os seios dela. – Mas não pretendo contrariar suas ideias românticas, visto que desaparecerão no seu devido tempo.

– Duvido muito – retrucou Annabelle, fazendo-o soltar uma gargalhada.

– Hunt tem se mostrado um marido satisfatório então?

– Em todos os aspectos – assegurou-lhe ela.

– Venha, deixe-me ser seu confidente. Vamos encontrar um canto mais apropriado para a nossa conversa. Conheço vários.

– Não tenho dúvidas de que conhece, senhor – replicou Annabelle mais que depressa –, mas não sinto necessidade de fazer confidências.

– Pois eu insisto em roubar um pouco do seu tempo. – Wells-Troughton pôs uma de suas mãos gordas na parte baixa da coluna de Annabelle. – Não será tão tola de fazer um escândalo, não é?

Sabendo que a única defesa que tinha seria deixar às claras sua persistência, ela sorriu e começou a se afastar, tomando um gole de champanhe com uma estudada despreocupação.

– Não me atreveria a ir a lugar algum com o senhor. Receio que meu marido seja um tanto ciumento.

E deu um pulo quando ouviu a voz de Simon atrás dela.

– Com bons motivos para isso, ao que me parece.

Embora tenha falado em voz baixa, havia um quê de mordacidade em seu tom, o que alarmou Annabelle. Ela o fitou em silêncio, suplicando-lhe para que não fizesse uma cena. Lorde Wells-Troughton era irritante, mas inofensivo, e Simon os faria passar vergonha se exagerasse em sua reação.

– Hunt – murmurou o corpulento aristocrata com um sorriso e sem um pingo de vergonha. – Você é um homem afortunado por possuir um prêmio tão delicioso.

– É, sou sim. – O olhar de Simon era abertamente ameaçador. – E se voltar a se aproximar dela...

– Querido – interrompeu-o Annabelle com um sorriso afetado. – Adoro esse seu jeito brusco, mas vamos deixar isso para depois do baile.

Simon não respondeu. Continuou olhando para o corpulento lorde até sua postura ameaçadora atrair a atenção das pessoas que estavam nas proximidades.

– Acho bom que fique longe da minha esposa – disse em voz baixa, deixando o outro pálido.

– Boa noite, senhor – acrescentou Annabelle, que tomou o resto da taça e lançou ao sujeito um radiante sorriso artificial. – Obrigada pelo champanhe.

– É um prazer, Sra. Hunt. – Foi a resposta de Wells-Troughton, batendo em retirada.

Rubra de constrangimento, Annabelle evitou os olhares curiosos dos outros convidados e abandonou o salão de baile seguida de Simon. Foi até uma varanda, onde largou a taça e permitiu que a suave brisa esfriasse as bochechas abrasadas.

– O que ele disse a você? – perguntou Simon bruscamente, parado diante dela.

– Nada de importante.

– Ele estava se insinuando. Qualquer um podia ver isso.

– Mas ele não significa nada, assim como qualquer pessoa que estivesse aqui. Eles são todos assim, você sabe muito bem que essas coisas não devem ser levadas a sério. Para eles, a fidelidade é apenas um... um preconceito da classe média. E se um homem se aproxima da mulher de outro, como o Sr. Wells-Troughton fez, ninguém dá a menor importância a isso...

– Eu dou a maior importância quando estão abordando a minha esposa.

– Mas se reagir de forma tão beligerante vai nos fazer ser motivo de chacota e, além disso, mostrará que não tem qualquer confiança na minha fidelidade.

– Mas não foi você mesma quem acabou de dizer que as pessoas da sua classe não acreditam em fidelidade?

– Eles *não* são da minha classe! – exclamou Annabelle, perdendo a paciência. – Pelo menos desde que me casei com você, de modo algum! Nem sei mais a que classe pertenço agora.... Não me sinto parte dessa gente, assim como não me sinto parte do seu grupo também.

A expressão dele não se alterou, mas ela pôde perceber que o ferira. Instantaneamente arrependida, ela suspirou e esfregou a testa.

– Simon, não tive a intenção de...

– Tudo bem – disse ele asperamente. – Vamos voltar lá para dentro.

– Mas quero explicar...

– Não tem que me explicar nada.

– Simon... – Ela estremeceu e se calou quando ele a levou de volta para o salão. Desejava de todo o coração poder apagar aquelas palavras impulsivas.

CAPÍTULO 24

Como Annabelle temia, a acusação impetuosa que fizera no baile em Hardcastle havia criado uma pequena, mas inegável distância, entre ela e o marido. Desejava pedir desculpas e explicar que não o culpava por nada. No entanto, seus esforços para lhe dizer que não se arrependia de ter se casado com ele foram discreta e firmemente rejeitados. Simon, que estava sempre disposto a discutir qualquer coisa, pusera um ponto final ao assunto. Sem querer, ela o atingira com a precisão delicada de um estilete, e a reação dele revelava certa culpa por tê-la afastado do mundo da alta sociedade ao qual ela um dia sonhara pertencer.

Para alívio de Annabelle, a relação entre eles não demorou a voltar a ser como antes; divertida, provocante e até mesmo carinhosa. Ainda assim, sentia-se incomodada com a sensação de que as coisas não se encontravam completamente iguais. Houve momentos em que Simon foi mais cauteloso, pois agora ambos sabiam que ela possuía o poder de machucá-lo. Parecia que só lhe permitiria se aproximar até certo ponto, mantendo certa distância para se proteger. No entanto, ele a ajudaria e apoiaria sempre que precisasse dele. E provou isso na noite em que um problema surgiu de uma forma inesperada.

Simon voltara para casa excepcionalmente tarde, depois de ter passado o dia todo na Consolidated Locomotive. Com o cheiro forte de fumaça de carvão, petróleo e metais, voltou para o Rutledge com as roupas no pior estado possível.

– O que estava fazendo? – perguntou Annabelle, surpresa e alarmada com a aparência dele.

– Andando pela fundição – respondeu Simon, tirando o colete e a camisa assim que cruzou a porta do quarto deles.

Annabelle lhe lançou um olhar cético.

– Você fez mais do que simplesmente "andar". O que são essas manchas nas suas roupas? Parece que estava tentando construir a locomotiva sozinho.

– Houve um momento em que alguma ajuda extra foi necessária. – Seus músculos bem trabalhados se revelaram quando Simon deixou a camisa cair no chão. Ele parecia estar com um bom humor fora do comum. Sendo um homem forte, adorava se exercitar, especialmente quando tinha algum risco envolvido.

Franzindo a testa, Annabelle foi preparar um banho para ele e, quando voltou, encontrou o marido enrolado nos lençóis. Havia uma contusão do tamanho de um punho na perna dele, e uma marca vermelha de queimadura no pulso, o que a fez exclamar ansiosa.

– Você se machucou! O que houve?

Simon pareceu momentaneamente intrigado com a preocupação dela e com a forma como ela se aproximou.

– Não é nada – disse ele, estendendo as mãos para pegar na cintura dela.

Empurrando as mãos dele, Annabelle se ajoelhou para inspecionar a contusão na perna.

– Como isso aconteceu? – perguntou, tocando a borda da lesão com a ponta do dedo. – Foi na fundição, não foi? Simon Hunt, quero que você fique longe desse lugar! Todos aqueles guindastes, tonéis e caldeiras... Da próxima vez, provavelmente vai ser esmagado, fervido ou perfurado e ficará cheio de buracos...

– Annabelle... – A voz de Simon aparentava bom humor. Inclinando-se para agarrar os cotovelos da mulher, ele a puxou para cima. – Não posso falar com você quando está ajoelhada na minha frente assim. Não de forma coerente. Posso explicar exatamente o que... – Ele parou, com os olhos escuros cintilando estranhamente quando viu a expressão no rosto dela. – Você está chateada, não está?

– Qualquer esposa estaria se o marido chegasse em casa nessas condições!

Simon deslizou a mão por trás do pescoço dela e apertou levemente.

– Não acha que está exagerando um pouco? É só uma contusão e uma queimadura leve.

Annabelle fez uma careta.

– Primeiro me diga o que aconteceu, depois decido como irei reagir.

– Quatro homens tentavam puxar uma placa de metal para fora de um forno com pinças de cabo longo. Eles precisavam levá-la para uma armação onde poderia ser enrolada e prensada. A placa de metal acabou sendo um pouco mais pesada que o esperado, e, quando ficou claro que estavam prestes a deixar a maldita placa cair, peguei outro par de pinças e fui ajudar.

– E por que um dos outros fundidores não ajudou?

– Eu me encontrava de pé ali e mais próximo do forno.

– Simon deu de ombros, fazendo um esforço para tornar o episódio mais leve. – Eu me contundi quando dei com o joelho na armação antes que conseguíssemos baixar a placa, e a queimadura aconteceu quando a pinça de algum deles roçou no meu braço. Mas não faz mal. Logo estarei curado.

– Ah, foi só isso? – perguntou ela. – Você só estava levantando centenas de quilos de ferro em brasa sem nenhuma proteção? Que bobagem a minha ficar preocupada.

Simon pegou o rosto dela e se aproximou até seus lábios roçarem a bochecha de Annabelle.

– Você não tem que se preocupar comigo.

– Alguém precisa fazê-lo. – Annabelle estava bem ciente da força e da solidez do corpo dele, assim tão perto do dela. Aqueles ossos grandes, másculos e fortes. Mas Simon não era invulnerável ou indestrutível. Era apenas um ser humano, e a constatação de como a segurança dele se tornara tão importante para ela a surpreendia. Afastando-se do marido, Annabelle foi verificar a água do banho e virou-se para trás dizendo: – Você está cheirando a trem.

– Com uma chaminé enorme – respondeu ele, indo atrás dela.

Annabelle bufou debochadamente.

– Se está tentando ser engraçado, pode parar. Estou furiosa com você.

– Por quê? – murmurou Simon, pegando-a por trás. – Porque eu me machuquei? Confie em mim, todas as suas partes favoritas ainda estão funcionando. – Ele beijou a lateral do pescoço dela.

Annabelle enrijeceu o corpo, resistindo ao abraço.

– Não poderia me importar menos se você pulasse de cabeça em um tonel de ferro fundido, se é assim tão bobo para ir a uma fundição sem roupas de proteção e...

– Elixir do demo. – Simon encostou o nariz nos cachos

delicados do cabelo dela, enquanto uma mão deslizava para encontrar seu seio.

– O quê? – perguntou Annabelle, querendo saber se ele acabara de proferir um novo comentário pecaminoso.

– Elixir do capeta... É assim que eles chamam o ferro fundido. – Os dedos dele circularam o formato dos seios dela, reforçados por um molde artificial que os deixava em pé e firmes dentro do espartilho. – Meu Deus, o que você tem debaixo deste vestido?

– Meu novo corpete estruturado. – A peça de vestuário da moda, importada de Nova York, fora fortemente engomada e prensada por um molde de metal, dando-lhe mais rigidez e estrutura do que o espartilho convencional.

– Não gosto disso. Não posso sentir os seus seios.

– Não é para sentir mesmo – disse Annabelle com uma paciência exagerada, revirando os olhos enquanto ele percorria os seios dela com as mãos, apertando para experimentar. – Simon... O seu banho...

– Quem foi o idiota que inventou o espartilho? – perguntou irritado, soltando-a.

– Um inglês, é claro.

– Só podia ser. – Ele a seguiu quando ela foi fechar as torneiras no banheiro.

– Minha costureira me contou que os espartilhos eram usados como uma marca de servidão.

– Por que está tão disposta a usar uma marca de servidão?

– Porque todo mundo usa e, se eu não usasse, minha cintura pareceria tão grande quanto a de uma vaca.

– "Vaidade, teu nome é mulher" – citou ele, deixando os lençóis caírem no piso.

– E suponho que os homens usem gravatas porque são excessivamente confortáveis, não é? – perguntou Annabelle docemente, observando o marido entrar na banheira.

– Eu uso gravata porque, se não o fizer, as pessoas vão

pensar que eu sou ainda menos civilizado do que elas supõem. – Abaixando-se com cuidado na banheira que não fora projetada para um homem das proporções de Simon, ele soltou um assobio de deleite quando a água quente envolveu seu corpo.

Chegando mais perto dele, Annabelle passou os dedos no cabelo espesso e murmurou:

– Elas não sabem da missa a metade. Aqui... Não ponha o braço na água. Vou ajudá-lo a se lavar.

Enquanto o ensaboava, Annabelle avaliou prazerosamente o longo e bem-trabalhado corpo do marido.

Lentamente as mãos dela deslizaram pelos músculos definidos, alguns lugares com veias saltadas e delineados, outros suaves e contínuos. Sendo a criatura sensual que era, Simon não fez qualquer esforço para esconder seu prazer, observando-a preguiçosamente com os olhos semicerrados. A respiração dele estava acelerada, embora controlada, e seus músculos se enrijeceram feito metal com o toque dos dedos dela.

O silêncio naquele cômodo de azulejos era quebrado apenas pelo murmúrio da água e o som da respiração dos dois. Em devaneio, Annabelle entremeou os dedos no emaranhado de pelos ensaboados no peito do marido, lembrando-se da sensação deles nos seios enquanto o corpo dele se movia sobre o dela.

– Simon... – sussurrou ela.

Com os cílios erguidos, os olhos escuros do marido a fitaram. Uma grande mão deslizou sobre a dela, pressionando-a para o firme contorno do seu peito.

– Sim?

– Se alguma coisa acontecesse a você, eu... – Ela parou quando ouviu o som de batidas na porta da suíte. A fantasia fora quebrada pelo som intrusivo. – Humm... Quem pode ser?

A interrupção causou aborrecimento em Simon.

– Você pediu alguma coisa?

Fazendo que não com a cabeça, Annabelle se levantou e pegou uma toalha para secar as mãos.

– Ignore.

Ela sorriu ironicamente quando a batida tornou-se mais insistente.

– Não acho que o nosso visitante vá desistir com tanta facilidade. Preciso ir ver quem é. – Ela saiu do banheiro e fechou a porta devagar, permitindo que Simon terminasse o banho com privacidade.

Caminhando para a entrada da suíte, Annabelle abriu a porta.

– Jeremy! – O prazer que sentia com a visita inesperada do irmão desapareceu de imediato quando viu a expressão dele. O rosto jovem encontrava-se pálido e sério, e a boca desenhava uma linha sinistra. Ele estava sem chapéu e sem casaco, e o cabelo era uma desordem selvagem. – Jeremy, tem alguma coisa errada? – perguntou ela, convidando-o a entrar na suíte.

– Pode-se dizer que sim.

Vendo o pânico contido no olhar dele, ela o fitou com crescente preocupação.

– Diga-me o que aconteceu.

Jeremy passou a mão pelo cabelo, fazendo com que os fios castanho-claros grossos ficassem de pé.

– O fato é... – Ele fez uma pausa com uma expressão de espanto, como se não pudesse acreditar no que diria a seguir.

– O fato é *o quê*? – indagou Annabelle.

– O fato é que... a nossa mãe acabou de esfaquear uma pessoa.

Annabelle olhou para o irmão com uma expressão confusa. Aos poucos, uma carranca apoderou-se das feições dela.

– Jeremy – disse ela com firmeza –, esta é a brincadeira mais desagradável que você já pregou em...

– Não é uma brincadeira! Queria muito que fosse.

Annabelle não fez qualquer esforço para esconder seu ceticismo.

– Quem ela supostamente esfaqueou?

– O Sr. Hodgeham. Um dos velhos amigos de papai, lembra-se dele?

De repente, a cor sumiu do rosto de Annabelle e um arrepio de horror percorreu seu corpo.

– Sim. – Ela se ouviu sussurrar. – Eu me lembro dele.

– Aparentemente, ele foi lá em casa esta noite enquanto eu estava fora com meus amigos. Voltei mais cedo e, assim que cruzei o portão, vi sangue no chão de entrada.

Annabelle balançou de leve a cabeça, tentando encontrar as palavras.

– Segui a trilha em direção à sala – continuou Jeremy –, onde encontrei a cozinheira histérica e o criado tentando limpar uma poça de sangue do tapete, enquanto mamãe permanecia ali parada como uma estátua, sem dizer uma palavra. Havia uma tesoura ensanguentada em cima da mesa, a que ela usa para bordar. De acordo com o que consegui arrancar dos criados, Hodgeham entrou na sala com mamãe, houve barulho de discussão, em seguida, ele saiu cambaleando com as mãos apertando o peito.

A mente de Annabelle começou a trabalhar no dobro da velocidade habitual, os pensamentos passando pela sua cabeça loucamente. Ela e Philippa sempre esconderam a verdade de Jeremy, que em geral encontrava-se na escola quando Hodgeham aparecia. Até onde Annabelle sabia, o irmão nunca suspeitara que o homem visitava a casa. Ele ficaria arrasado se soubesse que uma parte do dinheiro que pagara suas mensalidades na escola fora dada em troca de... Não, ele não deveria saber. Ela teria que arranjar outra explicação. Mais tarde. A coisa mais importante no momento era proteger Philippa.

– Onde está Hodgeham agora? – perguntou Annabelle. – E quão grave foi o ferimento?

– Não faço ideia. Parece que ele foi para a entrada dos fundos, onde a carruagem o esperava, e o criado e o motorista dele o levaram embora. – Jeremy balançou a cabeça freneticamente. – Não sei onde mamãe o esfaqueou, ou quantas vezes, ou mesmo o motivo. Ela não vai dizer... Apenas olha para mim como se não conseguisse se lembrar do próprio nome.

– Onde ela está agora? Não me diga que a deixou em casa sozinha?

– Recomendei ao criado que não tirasse os olhos dela e não deixar que ela... – Jeremy parou e dirigiu um olhar cauteloso para um ponto além do ombro de Annabelle. – Olá, Sr. Hunt. Sinto muito por interromper a noite de vocês, mas eu vim porque...

– Sim, eu ouvi. Pude escutar sua voz do outro lado do quarto. – Simon ficou parado ali calmamente enquanto enfiava uma camisa limpa para dentro das calças e, com o olhar atento, observava Jeremy.

Virando-se, Annabelle congelou ao ver o marido. Havia momentos em que se esquecia de como ele podia ser intimidador, mas, naquele instante, com os olhos impiedosos e a completa falta de expressão, ele parecia tão perverso quanto um assassino de aluguel.

– Por que Hodgeham foi à nossa casa a essa hora? – perguntou Jeremy em voz alta, seu rosto jovem repleto de preocupação. – E por que diabos ela o recebeu? E o que a teria provocado a este ponto? Ele deve ter enganado mamãe de alguma forma. Deve ter dito algo sobre papai... Ou talvez até tentado algo com ela, aquele porco imundo.

No silêncio tenso que se seguiu às inocentes especulações de Jeremy, Annabelle abriu a boca para dizer alguma coisa, e Simon balançou de leve a cabeça, como sinal para que permanecesse calada. Ele voltou a atenção para Jeremy, com a voz calma e tranquila.

– Jeremy, corra para os estábulos na parte de trás do hotel e peça para prepararem a minha carruagem. Peça também para selarem o meu cavalo. Depois disso, vá para casa, recolha o tapete e as roupas manchadas de sangue e leve-os para as obras da locomotiva, o primeiro edifício no lote. Mencione o meu nome, e o gerente não vai lhe fazer perguntas. Há uma fornalha...

– Sim – disse Jeremy, entendendo no mesmo instante. – Vou queimar tudo.

Simon lhe deu um aceno breve, e o rapaz caminhou em direção à porta sem dizer outra palavra sequer.

Assim que Jeremy deixou a suíte do hotel, Annabelle virou-se para o marido.

– Simon, eu... eu quero encontrar minha mãe.

– Você pode ir com Jeremy.

– Não sei onde o Sr. Hodgeham pode estar...

– Vou encontrá-lo – disse Simon, severo. – Só reze para que o ferimento seja superficial. Se ele morrer, vai ser muito mais difícil encobrir essa confusão.

Annabelle assentiu, mordendo o lábio antes de dizer:

– Pensei que estivéssemos finalmente livres do Hodgeham. Nunca imaginei que ele se atreveria a incomodar minha mãe de novo, depois que me casei com você. Parece que nada o deterá.

Ele colocou as mãos nos ombros dela e disse com uma suavidade quase assustadora:

– Eu vou detê-lo. Pode ter certeza disso.

Ela o olhou com uma expressão preocupada.

– O que você está planejando fa...?

– Conversaremos mais tarde. Agora, vá buscar o seu manto.

– Sim, Simon – sussurrou ela, e correu para o armário.

Quando Annabelle e Jeremy chegaram à casa de sua mãe, encontraram Philippa sentada na escada, segurando um copo de licor nas mãos. Ela parecia encolhida e quase infantil, e o coração de Annabelle se contorceu no peito ao ver a mãe de cabeça baixa.

– Mamãe – murmurou, sentando-se no degrau ao lado dela. Abraçou-a. Jeremy, por outro lado, assumiu um tom sério enquanto ordenava ao criado que o ajudasse a enrolar o tapete da sala de visitas e o levasse para a carruagem do lado de fora. Em meio à preocupação que sentia, Annabelle não podia deixar de pensar que ele estava lidando com a situação extraordinariamente bem para um menino de 14 anos.

Philippa levantou a cabeça e olhou para Annabelle, desolada.

– Sinto muito.

– Não, não sinta...

– Justo quando pensei que tudo finalmente caminhava bem, Hodgeham veio me ver... Ele disse que queria continuar a me visitar, e que se eu não concordasse, ele contaria sobre nosso acordo para todo mundo. Disse que arruinaria todos nós e me transformaria em uma figura de escárnio público. Chorei e implorei, e ele *riu*... Então, quando pôs as mãos em mim, senti algo crescendo aqui dentro. Vi a tesoura por perto e não pude deixar de pegá-la... Tentei matá-lo. Espero que tenha conseguido. Não me importo com o que vai acontecer comigo agora.

– Acalme-se, mamãe – murmurou Annabelle, passando um braço em torno dos ombros dela. – Ninguém pode culpá-la pelo que fez. Lorde Hodgeham era um monstro e...

– Era? – perguntou Philippa, entorpecida. – Isso significa que ele está morto?

– Não sei. Mas tudo vai ficar bem independentemente de... Jeremy e eu estamos aqui, e o Sr. Hunt não vai deixar nada acontecer a você.

– Mamãe – chamou Jeremy, levantando uma ponta do tapete enrolado, enquanto ele e o criado o levavam para a porta na parte de trás da casa –, você sabe onde a tesoura está? – A pergunta foi feita de forma tão casual que se podia pensar que ele precisava dela para cortar a fita de algum pacote.

– A cozinheira está com ela, acho – respondeu Philippa. – Ela está tentando limpá-la.

– Tudo bem, vou pegar a tesoura com ela. – À medida que avançava pelo corredor, Jeremy acrescentou: – Dê uma olhada nas suas roupas, pode ser? É preciso dar um fim a qualquer coisa com manchas de sangue.

– Sim, querido.

Ouvindo-os, Annabelle não pôde deixar de se perguntar como é que ela e a família estavam tendo uma conversa tão fortuita em uma noite de quinta-feira sobre os elementos da prova de um crime. E pensar que um dia sentira um pouco de superioridade em relação à família de Simon... Encolheu-se com esse pensamento.

Duas horas depois, Philippa terminara sua bebida e foi em segurança para a cama. Simon e Jeremy haviam chegado com poucos minutos de diferença um do outro. Conversaram brevemente no hall de entrada. Assim que Annabelle desceu as escadas, parou quando viu Simon abraçar o irmão e bagunçar o cabelo dele já despenteado. O gesto paternal pareceu tranquilizar Jeremy imensamente, e um sorriso cansado surgiu em seu rosto. Annabelle congelou observando os dois.

Era surpreendente a facilidade com que Jeremy aceitara

Simon, visto que Annabelle esperava que ele se rebelasse contra a autoridade do marido. Dava-lhe uma sensação estranha testemunhar o vínculo que havia se estabelecido de imediato entre eles, especialmente sabendo, como ela sabia, que a confiança de Jeremy não era conquistada com facilidade. Até o momento, não tinha pensado no alívio que devia ter sido para o irmão ter alguém forte em quem se apoiar, alguém que poderia fornecer soluções para os problemas com os quais não saberia como lidar sozinho por ser tão jovem. A luz amarela da lâmpada do hall de entrada se refletiu nas camadas do cabelo escuro de Simon e fez brilhar suas maçãs do rosto quando ele a fitou.

Sentindo uma desconcertante onda de emoções perpassar seu corpo, Annabelle desceu os últimos degraus e perguntou:

– Você encontrou Hodgeham? E se o encontrou...

– Sim, eu o encontrei. – Pegando o manto que fora posto sobre o corrimão, Simon o colocou sobre os ombros dela. – Venha, vou lhe contar tudo a caminho de casa.

Annabelle virou-se para o irmão.

– Jeremy, você vai ficar bem se formos embora?

– Tenho tudo sob controle – respondeu o menino com uma confiança viril.

Os olhos de Simon brilharam divertidos enquanto ele passava a mão pela cintura de Annabelle.

– Vamos – murmurou.

Assim que entraram na carruagem, Annabelle começou a fazer um milhão de perguntas, até que Simon tapou-lhe a boca com uma das mãos.

– Vou contar tudo assim que se acalmar – disse ele. Ela assentiu, movendo a cabeça por trás da mão que cobria os lábios, e ele sorriu, inclinando-se para substituir os dedos pela boca. Depois de roubar um beijo rápido, ele se acomodou na cadeira e assumiu um ar sério. – Encontrei

Hodgeham em casa, com a presença do médico de família. E foi bom eu ter aparecido, já que eles haviam convocado um policial e estavam à espera da chegada dele.

– Como você convenceu os criados a deixá-lo passar da porta de entrada?

– Atravessei rápido e pedi que me levassem a Hodgeham imediatamente. A confusão era tamanha que ninguém ousou recusar. Um criado me mostrou o quarto no andar de cima, onde o médico costurava a ferida de Hodgeham. – O humor negro tomou conta da expressão de Simon. – Claro que eu poderia ter encontrado o local apenas seguindo os gritos e uivos do bastardo.

– Bom – disse Annabelle com veemente satisfação. – Seja qual for a dor que lorde Hodgeham esteja sofrendo, ela não é o bastante, na minha opinião. Como ele estava, e o que disse quando você apareceu no quarto?

Simon curvou um dos cantos da boca com evidente desgosto.

– Foi apenas uma ferida no ombro, e pequena. E a maior parte do que ele disse é melhor não repetir. Depois de deixar que ele discursasse por alguns minutos, eu disse ao médico que esperasse na sala ao lado, para que eu pudesse ter uma conversa particular com Hodgeham. Eu lhe disse que me sentia muito triste pela sua terrível indigestão... O comentário o confundiu, até que expliquei que seria melhor para os interesses dele se descrevesse o estado de saúde para os amigos e familiares como uma enfermidade do estômago em vez de uma punhalada.

– E se ele não fizesse como pediu? – perguntou Annabelle com um leve sorriso.

– Se ele não fizesse, deixei claro que eu é que iria fatiá-lo como uma peça de presunto Yorkshire. E se escutasse o menor rumor maculando a reputação da sua mãe, ou a da família, disse que ninguém encontraria restos mortais suficientes para um enterro decente, e a culpa seria toda dele. Quando terminei, Hodgeham estava apavorado demais até para respirar. Acredite em mim, ele nunca mais vai se aproximar da sua mãe. Quanto ao médico, compensei-o pela visita e o convenci a banir o episódio de sua mente. Eu teria saído depois disso, mas tive que esperar pelo policial.

– E o que você disse a ele?

– Falei que fora um equívoco e que na verdade não precisavam dele. E para compensar o fato de ele ter se deslocado até lá, disse que fosse à taberna Brown Bear quando o turno acabasse e pedisse quantas rodadas de cerveja quisesse por minha conta.

– Graças a Deus. – Extremamente aliviada, Annabelle se aconchegou ao lado dele e suspirou no ombro de Simon. – E quanto a Jeremy? O que vamos dizer a ele?

– Não é necessário que ele saiba a verdade, só iria prejudicá-lo e confundi-lo. Pelo que sei, Philippa exagerou perante os avanços de Hodgeham e teve aquela reação no momento. – Simon acariciou o queixo dela com a ponta do polegar. – Tenho uma sugestão e gostaria que você pensasse a respeito.

Suspeitando que essa "sugestão" fosse um comando, Annabelle olhou para ele com desconfiança.

– O quê?

– Acho que seria melhor se Philippa ficasse distante de Londres, e de Hodgeham, por tempo suficiente para a poeira baixar.

– Quão distante? E para onde ela iria?

– Ela pode acompanhar minha mãe e minha irmã na viagem pelo continente. Elas partirão em apenas alguns dias...

– Essa é a pior ideia que já ouvi! – exclamou Annabelle. – Quero que ela fique aqui mesmo, onde Jeremy e eu possamos cuidar dela. E em segundo lugar, posso lhe garantir que a *sua* mãe e a sua irmã não ficariam nem um pouco contentes...

– Vamos incluir Jeremy na viagem. Ele tem tempo suficiente antes do próximo período escolar e vai ser um excelente acompanhante para as três.

– Coitado de Jeremy... – Annabelle tentou imaginar o irmão escoltando o trio de mulheres por toda a Europa. – Eu não desejaria tal destino ao meu pior inimigo.

Simon sorriu.

– Ele provavelmente vai aprender muito sobre as mulheres.

– Mas nada do que vai aprender será agradável – respondeu ela. – Por que acha que é necessário levar minha mãe para longe de Londres? Será que lorde Hodgeham ainda representa algum tipo de perigo?

– Não – murmurou ele, inclinando levemente o rosto para cima. – Já lhe disse, ele nunca mais vai se atrever a se aproximar de Philippa. No entanto, se surgir qualquer problema com Hodgeham, prefiro lidar com isso enquanto ela estiver longe. Além disso, Jeremy disse que ela não tem sido ela mesma. Compreensível, dadas as circunstâncias. Algumas semanas passeando devem fazer com que ela se sinta melhor.

Assim que Annabelle considerou a ideia, precisou admitir que havia algum sentido naquilo. Passara-se um longo tempo desde que Philippa tivera qualquer tipo de férias. E, se Jeremy fosse com ela, talvez até a companhia das Hunts pudesse ser tolerada. Quanto ao que Philippa desejaria... Ela parecia muito abalada para tomar qualquer decisão. Era provável que concordasse com quaisquer planos que Annabelle e Jeremy fizessem.

– Simon... – principiou ela lentamente – você está pedindo a minha opinião, ou está me dizendo o que decidiu de antemão?

O olhar de Simon percorreu o rosto dela avaliando a expressão da esposa.

– O que seria melhor para fazer com que você concordasse? – Ele riu suavemente, enquanto lia a resposta no rosto dela. – Tudo bem... Estou pedindo a sua opinião.

Annabelle sorriu ironicamente e se aconchegou na curva do ombro dele.

– Então, se Jeremy concordar... eu também concordo.

CAPÍTULO 25

Annabelle ainda não havia perguntado a Simon como Bertha e Meredith Hunt tinham recebido a notícia sobre os novos companheiros de viagem, e ela certamente não estava ansiosa para ouvir a resposta. Tudo o que importava era que Philippa estaria bem longe de Londres e do que a fizesse se lembrar de lorde Hodgeham. Annabelle esperava que quando a mãe regressasse, estivesse revigorada e pronta para um novo começo. A viagem poderia até proporcionar algum prazer a Jeremy, que se encontrava ansioso para ver alguns dos lugares sobre os quais aprendera na escola.

Menos de uma semana antes da partida, Annabelle se dedicou a arrumar as malas para a mãe e o irmão, tentando antecipar o que precisariam em uma viagem de seis semanas. Achando engraçadíssima a quantidade de suprimentos que Annabelle havia comprado para eles, Simon observou que as pessoas pensariam que a família dela viajaria para regiões de mata virgem em vez de ficar hospedada em hotéis e pensões.

– Viagens para fora do país podem ser desconfortáveis

às vezes – respondeu Annabelle, ocupada, colocando latas de chá e biscoitos em uma maleta de couro. Uma pilha de caixas e encomendas erguia-se ao lado da sua cama, onde ela organizava vários objetos por categoria. Entre outras coisas, havia separado artigos de farmácia, um par de travesseiros e roupa de cama extra, uma caixa com material de leitura, e uma seleção de comida embalada. Segurando um frasco de vidro de conserva, examinou-o criticamente. – A comida é diferente no continente...

– Sim – disse Simon com gravidade. – Ao contrário da nossa, ela é conhecida por ser mais saborosa.

– E o clima pode ser imprevisível.

– Céu azul e ensolarado? Ah, eles vão querer evitar a todo o custo.

Ela respondeu ao escárnio de Simon com um olhar ríspido.

– Sem dúvida você deve ter coisas melhores para fazer em vez de me observar abrindo caixas.

– Não quando você está fazendo isso no quarto.

Empertigando-se, Annabelle cruzou os braços sobre o peito e lançou um olhar desafiador para ele.

– Acho que vai ter que controlar seus instintos, Sr. Hunt. Talvez não tenha notado, mas a lua de mel acabou.

– A lua de mel não termina até que eu diga – informou Simon, estendendo a mão para agarrá-la antes que ela pudesse evitá-lo. Ele tomou seus lábios com um beijo dominador e jogou-a na cama. – O que significa que não há escapatória para você.

Dando risadinhas, Annabelle se debateu no emaranhado de saias e logo se encontrou presa ao colchão com o corpo de Simon deitado sobre o dela.

– Tenho que preparar mais coisas para pôr nas malas – protestou ela, enquanto ele se posicionava entre suas coxas. – Simon...

– Por acaso já mencionei que consigo abrir botões com os dentes?

Uma risada abafada escapou-lhe, e ela se contorceu baixando a cabeça na direção do corpete.

– Não é uma habilidade das mais práticas, não acha?

– É útil em determinadas situações. Deixe que eu mostre para você...

Pouquíssimas coisas foram postas nas malas durante o resto do dia.

Entretanto, logo, logo Annabelle estava de pé diante da porta da casa de sua família na cidade, vendo a mãe e o irmão partirem em uma carruagem com destino a Dover, onde se encontrariam com as Hunts e seguiriam para Calais.

Simon ficou ao seu lado, com uma das mãos descansando confortavelmente nas costas dela enquanto viam a carruagem virar na esquina e se dirigir à rua principal. Ela acenou para os dois, perguntando-se como iriam se virar sem ela.

Puxando-a para dentro da casa, Simon fechou a porta.

– É melhor assim – garantiu ele.

– Para eles ou para nós?

– Para todas as partes envolvidas. – Sorrindo um pouco, ele se virou para encará-la. – Eu prevejo que as próximas semanas passarão rapidamente. E nesse meio-tempo você vai estar muito ocupada, Sra. Hunt. Para começar, esta manhã vamos nos encontrar com um arquiteto para falar sobre os planos da casa, e você vai ter que decidir entre dois lotes que o nosso corretor encontrou em Mayfair.

Annabelle encostou a cabeça no peito dele.

– Graças a Deus. Eu estava começando a me desesperar por nunca sair do Rutledge. Não que eu não tenha gostado, entenda, mas toda mulher quer uma casa própria, e... – Ela fez uma pausa enquanto sentia que ele brincava com o cabelo dela, que estava preso. – Simon – alertou ela –, não puxe os grampos. Dá muito trabalho arrumar tudo de novo quando... – Ela suspirou e franziu a testa quando sentiu o afrouxamento na cabeça e ouviu o *plinc* dos grampos batendo no chão.

– Não consigo me conter. – Os dedos dele trabalharam avidamente desenrolando a trança. – Você tem um cabelo tão lindo... – Ele pegou um punhado de cabelo e esfregou o rosto nele. – É tão macio. E cheira a flores. Como faz para ele ficar tão cheiroso?

– Sabonete – respondeu Annabelle secamente, escondendo um sorriso. – Sabonete das Bowmans, na verdade. Daisy me deu um pouco, o pai delas envia caixas de Nova York.

– Humm... Não é à toa que é milionário. Toda mulher deveria cheirar assim. – Ele puxou o cabelo dela com os dedos e se inclinou para acariciar seu pescoço. – Onde mais você o usa? – sussurrou ele.

– Eu o convidaria a descobrir – disse ela –, mas vamos nos encontrar com o arquiteto, lembra?

– Ele pode esperar.

– E você também – retrucou severamente, embora uma risada teimasse em escapar de sua garganta. – Meu Deus, Simon, até parece que você foi privado de algo. Eu me esforcei bastante para satisfazê-lo...

Ele tomou a boca da esposa com um beijo tão quente e persuasivo que todo o racionalismo desapareceu da mente dela. Pondo as grandes mãos no cabelo cheiroso, ele a encostou na parede do hall de entrada e a penetrou com a língua, beijando-a devagar a ponto de Annabelle ficar com a cabeça leve e tonta, seus dedos segurando o tecido das mangas do casaco. Aos poucos, a boca de Simon se afastou da dela, e ele mordeu suavemente a pele sedosa e delicada de seu pescoço. Murmurou coisas que a chocaram, expressando-se não em frases poéticas, mas com a simplicidade crua de um homem cujo desejo por ela não conhecia limites.

– Não tenho autocontrole quando se trata de nós dois. A cada minuto que não estou com você, tudo o que consigo pensar é em estar dentro de você. E odeio tudo o que a mantém afastada de mim.

Ele chegou por trás dela e puxou com força a parte de trás do vestido. Ela quase engasgou quando sentiu a fila de botões voarem, espalhando pedaços de marfim esculpido por todo lado. Sufocando o som com a boca, Simon puxou o vestido dos braços dela e deliberadamente pisou na barra da saia. A peça se rasgou e caiu no chão. Ele a puxou de encontro ao próprio corpo, agarrando-lhe o pulso e levando sua mão para os quadris dela. Annabelle respirou fundo e manteve os olhos semicerrados enquanto seus dedos moldavam a dura ereção de Simon.

– Quero fazer você gritar, arranhar e desmaiar nos meus braços – sussurrou ele, e a incipiente barba roçou a pele dela. – Preciso tocá-la em todos os lugares, dentro e fora, em tudo que eu puder... – Deteve-se e tomou seus lábios com firme pressão, cedendo a um desejo selvagem, como se o gosto dela fosse um estimulante exótico que o levasse ao delírio. Annabelle teve a vaga sensação de que ele mexia no bolso do paletó, e então algo encostou nos nós de seu espartilho; ele os cortara com uma faca, e ela sentiu o aperto e a compressão em torno das costelas e da cintura diminuírem.

Percebendo que estava prestes a ser violada na entrada da casa de sua família, Annabelle cambaleou para trás, sorrindo e tremendo. Mesmo em seus momentos de maior excitação, Simon sempre parecia estar se controlando, impondo restrições cuidadosas sobre a própria paixão. Ela nunca tivera medo de que ele não fosse gentil com ela...

Até agora. Ele parecia quase selvagem, com o rosto tingido por um rubor diferente. O coração dela começou a bater em pancadas dolorosas, e ela umedeceu os lábios. O nervoso movimento de sua língua chamou de imediato a atenção de Simon, que olhou para a boca de Annabelle com uma intensidade surpreendente.

– Meu quarto... – ela conseguiu dizer, voltando-se para as escadas. Ela começou a subir a escada com as pernas bambas. Depois dos primeiros passos, sentiu Simon indo atrás dela depressa, alcançando-a e pegando-a com os braços musculosos. Antes que ela pudesse fazer qualquer som, ele a carregou nos braços e subiu o resto da escada com uma facilidade quase assustadora.

No quarto, ela notou que a figura escura do marido contrastava com os babados, as rendas pálidas e esfarrapadas, os moldes de bordados emoldurados que haviam sido costurados por suas mãos infantis. Despindo-a de modo veloz, Simon colocou-a entre os lençóis da cama, que eram suaves e tinham um cheiro de guardado devido à falta de uso. As roupas dele logo se juntaram às dela no chão e, em seguida, seu corpo cobriu o dela. Ela respondeu à sua urgência com uma vontade inequívoca, os braços estendidos para segurá-lo, as pernas se rendendo facilmente ao seu primeiro toque. Ele a penetrou com suavidade, preenchendo-a com sua farta espessura. Annabelle perdeu o fôlego e moveu o corpo, no esforço de acomodá-lo. Assim que se viu dentro dela, Simon tornou-se mais gentil, sua urgência transformando-se em uma intensidade devastadora. Parecia que cada parte dele fora projetada para lhe dar prazer, desde seus músculos rijos e os pelos grossos que esfregava suavemente em seus mamilos ao aroma e sabor que embriagavam seus sentidos.

Dominada pela intimidade avassaladora, Annabelle sentiu os olhos se encherem de lágrimas, e Simon a confortou com murmúrios suaves, sem parar os movimentos cada vez mais profundos e demorados, recebendo mais do que ela achava que era possível dar. Sua boca roçou a dela, absorvendo sua respiração irregular, enquanto se movia excessivamente, em impulsos que faziam todos os seus músculos se contraírem de tensão. Ela gemia em seus lábios, implorando sem palavras que ele a satisfizesse. Cedendo finalmente, ele acelerou o ritmo e a levou a um clímax tão intenso, fazendo-os alcançar natural e maravilhosamente toda a potência do momento.

Minutos mais tarde, Annabelle estava entorpecida sobre o corpo dele e, com o rosto aninhado em seu ombro, tentou perceber a perplexidade dos próprios sentidos. Ela nunca se sentira tão satisfeita, completamente tomada de prazer. E, no entanto, percebeu algo novo no quesito fazer amor... Havia algo quase inatingível, para além do que eles tinham acabado de experimentar... Alguma possibilidade latente que se encontrava um pouco fora do alcance. Um sentimento... Um desejo... Uma coisa tentadora que não tinha nome. Fechando os olhos, Annabelle se deleitou com a proximidade do corpo dele, enquanto essa promessa indescritível assombrava o ar como algum espírito benevolente.

~

Cada vez mais curiosa com o projeto que exigia tanta atenção do marido, Annabelle perguntou a Simon se poderia visitar a empresa fabricante de locomotivas e apenas obteve recusas, desvios e táticas variadas para impedi-la de ir ao local. Percebendo que por algum motivo Simon não queria levá-la até lá, ela se tornou cada vez mais determinada.

– Apenas uma visita rápida – insistiu ela certa noite. – Só quero dar uma olhada no local. Não vou tocar em nada. Pelo amor de Deus, depois de ouvir você falar tanto sobre essa fabricante de locomotivas, não tenho o direito de ver como é?

– É muito perigoso – respondeu Simon sem rodeios. – Uma mulher não tem o que fazer em um lugar cheio de máquinas pesadas e milhares de tonéis de elixir do capeta em ebulição...

– Você vem me dizendo há semanas como é seguro e como não existe absolutamente razão alguma para me preocupar quando você vai lá... E agora está me dizendo que é perigoso?

Percebendo o erro tático, Simon fez uma careta.

– O fato de ser seguro para mim não significa que é seguro para você.

– Por que não?

– Porque você é mulher.

Fervendo como um dos tonéis de elixir do capeta que ele havia mencionado, Annabelle o encarou com os olhos semicerrados.

– Vou responder a isso daqui a pouco – murmurou ela –, se eu conseguir controlar o desejo de atingi-lo com o objeto pesado que estiver mais próximo.

Simon andava de lá para cá pela sala, evidentemente frustrado e tenso. Então parou diante do sofá em que ela repousava e olhou para a esposa.

– Annabelle – disse ele com a voz rouca –, visitar uma fundição é como olhar através das portas do inferno. O lugar é tão seguro quanto conseguimos deixar, mas, mesmo assim, é barulhento, áspero e sujo. E sim, há sempre a chance de ser perigoso, e você... – Ele parou e passou os dedos pelos cabelos, olhando em volta, impaciente, como se de repente fosse difícil encará-la. Relutante, ele se forçou a prosseguir: – Você é muito importante para mim, não posso arriscar a sua segurança de forma alguma. É minha responsabilidade protegê-la.

Os olhos de Annabelle se arregalaram. Ela ficou tocada e, mais ainda, surpresa com a revelação de que era importante para ele. Quando olharam um para o outro, ela sentiu uma tensão peculiar... Não desagradável, mas inquietante. Apoiando a cabeça na própria mão, ela o observou atentamente.

– A sua vontade de querer me proteger é mais do que bem-vinda – murmurou ela. – No entanto, não quero ficar trancada em uma torre de marfim. – Sentindo o conflito interior dele, Annabelle continuou racionalmente. – Quero saber mais sobre o que você faz durante as horas em que está longe de mim. Quero conhecer o lugar que é tão importante para você. Por favor.

Simon meditou em silêncio por um momento. Quando respondeu, havia um inconfundível mau humor em seu tom.

– Tudo bem. Já que é evidente que não terei paz se não concordar, eu a levarei lá amanhã. Mas não me culpe se ficar decepcionada. Eu avisei quanto ao que deve esperar.

– Obrigada – afirmou Annabelle com satisfação, dando-lhe um sorriso radiante que abafou um pouco as palavras ditas por Simon em seguida.

– Felizmente, Westcliff estará visitando a fundição amanhã também. Será uma boa oportunidade para vocês dois se conhecerem melhor.

– Que bom – disse Annabelle em uma tentativa frágil de agradar, lutando contra a tentação de se demonstrar furiosa com a notícia.

Ainda não havia perdoado o conde pelas observações a seu respeito e pela previsão de que o casamento iria arruinar a vida de Simon. No entanto, se Simon achava que a perspectiva de estar na companhia de um idiota pomposo como Westcliff iria dissuadi-la, estava redondamente enganado. Com um sorriso amarelo no rosto, ela passou o resto da noite pensando que era uma pena a mulher não poder escolher os amigos do marido por ele.

~

Mais tarde na manhã seguinte, Simon levou Annabelle ao lote de nove hectares da fabricante Consolidated Locomotive. As fileiras de prédios cavernosos haviam sido equipadas com uma grande quantidade de chaminés, expelindo fumaça sobre pátios e passarelas que se cruzavam. A empresa era ainda maior do que Annabelle esperava; os equipamentos de construção eram tão gigantescos que a deixaram sem fala. O primeiro lugar que visitaram foi a oficina de montagem, onde nove motores de locomotivas encontravam-se em várias fases de produção. A meta da empresa era produzir quinze motores no primeiro ano e o dobro no seguinte. Ao saber que os custos operacionais da empresa eram, em média, de um milhão de libras por *semana*, com uma capitalização de duas vezes essa quantidade, Annabelle olhou para o marido com espanto e queixo caído:

– Meu Deus – disse ela baixinho. – Quão rico você é?

Os olhos escuros de Simon pareciam contentes com aquela pergunta indiscreta, e ele se inclinou para murmurar em seu ouvido:

– Rico o suficiente para mantê-la bem alimentada e bem-vestida, minha senhora.

Em seguida, foram para a oficina de protótipos, onde os desenhos das peças eram cuidadosamente examinados e modelos em madeira eram construídos de acordo com as especificações. Mais tarde, como Simon explicara a ela, esses modelos de madeira seriam usados para fazer moldes, nos quais o ferro fundido seria derramado e resfriado. Fascinada, Annabelle fez uma série de perguntas sobre o processo de fundição e o funcionamento das rebitadoras hidrostáticas e prensas, e por que o ferro resfriado bem rápido era mais forte do que o resfriado lentamente.

Apesar do receio inicial, Simon parecia estar gostando de passear com ela pelos edifícios, sorrindo de vez em quando para a expressão superinteressada da esposa. Ele a guiou com cuidado para a fundição, onde ela descobriu que a descrição de Simon sobre o mesmo que olhar para o inferno não era o exagero que achou que fosse. Não tinha nada a ver com a condição dos trabalhadores, que pareciam bem-tratados, nem com os edifícios, relativamente organizados. Era a natureza do trabalho em si, uma espécie de tumulto coordenado em que a fumaça, o ruído trovejante e o brilho vermelho de fornos rugindo criavam um cenário efervescente para os funcionários pesadamente vestidos e carregando marretas. Com certeza, operários do diabo não eram tão bem-orquestrados como estes no desempenho do seu trabalho. Movendo-se através do labirinto de fogo e aço, os fundidores abaixavam os guindastes com tonéis de elixir do capeta e faziam uma pausa proposital, para permitir que enormes placas de metal balançassem pelos seus designados caminhos. Annabelle estava ciente de alguns olhares curiosos lançados em sua direção, mas a maioria dos fundidores encontrava-se demasiadamente atenta à sua tarefa para se permitir distrações.

Guindastes foram colocados ao longo do centro da fundição, içando vagões cheios de lascas de ferro, sucata e carvão de coque em direção aos fornos cilíndricos a mais de vinte metros de altura. A mistura de ferro era colocada no topo dos fornos, onde era fundida e passada para conchas gigantes que em seguida vertiam aquele líquido em moldes com o auxílio de guindastes adicionais. Os odores de combustível, metal e suor humano deixavam o ar pesado.

Assim que Annabelle observou o ferro derretido ser transferido de cubas para moldes, ela instintivamente se aproximou de Simon.

Angustiada pelos sons e gemidos incessantes do metal derretendo, o apito surpreendente das máquinas a vapor e o reverberar do impacto de um grande martelo operado por seis homens, Annabelle se viu hesitando a cada novo estrondo. Instantaneamente, sentiu Simon passar os braços em torno dela, enquanto se envolvia em uma conversa amigável, meio gritada, com o gerente da oficina de fundição, o Sr. Mawer.

– Você ainda não viu lorde Westcliff? – perguntou Simon. – Ele havia planejado chegar à fundição ao meio-dia e nunca o vi se atrasar.

O fundidor de meia-idade limpou o rosto suado com um lenço quando respondeu:

– Acredito que o conde esteja no edifício de montagem, Sr. Hunt. Ele tinha certa preocupação sobre as dimensões dos novos cilindros de moldagem e queria inspecioná-los antes que fossem aparafusados no devido lugar.

Simon olhou para Annabelle.

– Vamos sair – disse a ela. – Está muito quente e barulhento para esperar Westcliff aqui.

Aliviada com a ideia de escapar do calor incessante da fundição, Annabelle concordou de imediato. Agora que havia conhecido o lugar por completo, sua curiosidade fora satisfeita, e estava pronta para sair, mesmo que significasse ter que passar o tempo na companhia de lorde Westcliff. Enquanto Simon fez uma pausa para trocar algumas últimas palavras com Mawer, ela observou enquanto um fole a vapor era utilizado para soprar o ar para o grande forno central. A rajada de ar fazia com que o metal quente corresse em conchas cuidadosamente posicionadas, cada uma contendo mil quilos de líquido instável.

Uma grande quantidade amontoada de sucata de ferro foi despejada na parte superior do forno – uma quantidade excessiva, aparentemente, o que fez um capataz gritar com raiva para o fundidor que carregara o vagão. Estreitando os olhos, Annabelle os observou com atenção. Algumas mensagens ásperas de advertência dos homens no topo da galeria anunciando outro jato de ar do fole a vapor – então aconteceu um desastre. O ferro fervendo rapidamente transbordou das conchas e caiu borbulhando do forno, com algumas porções invadindo os guindastes. Simon parou no meio da conversa com o gerente da oficina e ambos olharam para cima ao mesmo tempo.

– *Jesus.* – Ela ouviu Simon dizer e teve um vislumbre do rosto do marido antes que ele a empurrasse para o chão e a cobrisse com o próprio corpo.

Ao mesmo tempo, dois coágulos do elixir do capeta, cada um do tamanho de uma abóbora, caíram nas calhas de resfriamento logo abaixo, desencadeando uma série de explosões instantâneas.

O impacto dos estouros foi como uma sucessão de detonações em força total. Annabelle não possuía qualquer fôlego para gritar enquanto Simon se debruçava sobre ela, com os ombros curvados como um escudo sobre a cabeça da esposa. E, em seguida...

Silêncio.

No início, parecia que o movimento de rotação da Terra sofrera uma parada brusca. Desorientada, Annabelle piscou para clarear a visão e foi agredida pelo brilho intenso do fogo; as formas das máquinas pareciam silhuetas de monstros das ilustrações da época medieval. Explosões intermitentes de calor atingiram-na com tanta força que ameaçaram deixá-la em osso puro. Rajadas de lascas e limalhas de ferro voaram pelo ar como se tivessem sido disparadas de uma arma. Ela encontrava-se cercada por um turbilhão de movimento e caos, tudo isso coberto por um silêncio impressionante. De repente, sentiu um estalo em seus ouvidos, que foram preenchidos com um tom metálico, de alta-frequência.

Estava sendo arrastada pelo chão. Simon deu um puxão forte nos seus braços, trazendo-a para cima com um poderoso movimento. Sem reação contra a força do momento, ela se aconchegou no peito dele. Ele lhe dizia algo – ela quase conseguia decifrar o som da voz dele, mas começou a ouvir o barulho de pequenos estouros e da corrente de fogo que consumia avidamente o edifício. Olhando fixo para o rosto impassível de Simon, tentou compreender suas palavras, mas distraíra-se com a chuva de lascas de metal quente que salpicavam seu rosto e pescoço como um enxame de insetos que picam desagradavelmente. Impulsionada mais pelo instinto do que pela razão, ela golpeava inutilmente o ar com a mão.

Simon a empurrou e a arrastou por meio do pandemônio enquanto tentava protegê-la com o corpo. Uma caldeira rolou devagar à frente deles, placidamente esmagando tudo em seu caminho. Xingando, Simon empurrou Annabelle para trás enquanto o objeto se deslocava. Havia homens em todos os lugares, empurrando, pulando e gritando, desesperados para sobreviver enquanto se dirigiam às saídas em ambas as extremidades do edifício. Um novo conjunto de erupções balançou a fundição, acompanhado por gritos ríspidos. O ar estava quente demais para respirar, e Annabelle se perguntou meio tonta se eles seriam assados vivos antes de chegarem à porta de saída.

– Simon! – gritou ela, agarrando-se à sua cintura definida. – Pensando bem... Acho que você estava certo.

– Sobre o quê? – perguntou ele, com o olhar fixo na entrada da fundição.

– Este lugar é muito perigoso para mim!

Simon se abaixou e a colocou em cima do ombro, levando-a por meio dos guindastes derrubados e equipamentos desabados, com o braço segurando firme ao redor dos joelhos dela. Balançando, impotente, Annabelle viu buracos sangrentos no paletó, e se deu conta de que a explosão fizera estilhaços de metal voar nas costas do marido no momento em que ele a cobriu com o corpo. Cruzando obstáculo após obstáculo, Simon enfim chegou à porta e pôs Annabelle de pé. Ele a assustou ao empurrá-la decididamente para alguém, gritando para que a levasse dali. Virando-se, Annabelle descobriu que Simon a entregara ao Sr. Mawer.

– Leve-a para fora – ordenou Simon com a voz rouca. – Não pare até que ela esteja completamente fora do edifício.

– Sim, senhor! – O gerente da oficina agarrou Annabelle com firmeza.

Enquanto era obrigada a seguir à força para a entrada, olhava para trás na direção de Simon.

– O que vai fazer?

– Tenho que me assegurar de que todos saiam.

Ela estremeceu de terror.

– Não! Simon, venha comigo...

– Vou sair em cinco minutos – disse ele bruscamente.

O rosto de Annabelle se contorceu, e ela sentiu lágrimas de fúria nos olhos.

– Em cinco minutos, o edifício vai estar totalmente queimado.

– Continue – disse ele a Mawer, e se afastou.

– Simon! – gritou ela, tentando se libertar quando ele desapareceu na fundição.

No teto havia uma onda de chama azul, e as máquinas no prédio estalavam enquanto eram destruídas pelo calor intenso. Fumaça negra saía das portas, contrastando estranhamente com as nuvens brancas no ar. Annabelle logo descobriu que se debater contra o abraço de Mawer era inútil. Inspirou profundamente o ar exterior, tossindo com os pulmões irritados para tentar expulsar a fumaça. O gerente não parou até colocá-la em uma trilha de cascalho, ordenando com ênfase para que permanecesse naquele local.

– Ele vai sair – afirmou. – A senhora vai ficar aqui e aguardar por ele. Prometa que não vai se mover, Sra. Hunt... Preciso tomar conta de todos os meus homens e não quero ter um problema extra com a senhora.

– Não vou me mover – disse Annabelle automaticamente, com o olhar fixo na entrada da fundição. – Vá.

– Sim, senhora.

Ela estava parada sobre o cascalho, olhando atordoada para a porta da fundição e percebeu um furor de atividade ao seu redor. Homens passaram por ela correndo, enquanto outros rastejavam feridos. Alguns, como ela, ficaram imóveis como estátuas, encarando as chamas com olhares vazios. O fogo rugia com uma força que fazia o chão vibrar, ganhando vida nova e raivosa ao consumir a fundição. Uma bomba de mão puxada por duas dezenas de homens rolou para perto do edifício – deve ter sido mantida no local para emergências, porque não houve tempo suficiente para que enviassem ajuda externa. Freneticamente, os homens procuraram conectar uma mangueira de sucção de couro a uma cisterna subterrânea. Pegando as alças laterais, começaram a bombear com um esforço concentrado, produzindo bastante pressão na câmara de ar do motor para enviar uma corrente de água a uma centena de metros no ar. O esforço foi lamentavelmente inútil contra a magnitude daquele inferno.

Cada minuto que Annabelle esperava parecia um ano.

Sentiu os lábios se movendo, sussurrando palavras silenciosas... *Simon, saia... Simon, venha...*

Uma meia dúzia de silhuetas cambalearam na entrada, com rostos e roupas enegrecidos pela fumaça. O olhar de Annabelle passou em revista os homens que emergiam dali. Percebendo que o marido não estava entre eles, mudou sua atenção para a bomba de mão. Os homens haviam dirigido a mangueira para o edifício adjacente, encharcando-o em um esforço de conter a propagação do fogo. Annabelle balançou a cabeça sem querer acreditar quando se deu conta de que tinham dado a fundição por perdida. Estavam desistindo de todo o seu conteúdo – incluindo qualquer um que pudesse estar preso lá dentro. Chocada com a constatação, ela correu para o outro lado da fundição, examinando desesperadamente a multidão para encontrar qualquer sinal do marido.

Avistando um dos gerentes da oficina que fazia um inventário dos fundidores evacuados, Annabelle correu na direção dele.

– Onde está o Sr. Hunt? – perguntou ela abruptamente, precisando repetir a pergunta antes que ele prestasse atenção.

Ele quase não olhou para ela e respondeu com uma impaciência distraída.

– Teve outro colapso lá dentro. O Sr. Hunt foi ajudar a libertar um fundidor, que estava preso por detritos. Não foi visto desde então.

Apesar do calor escaldante que irradiava da fundição, ela sentiu um frio perpassar a pele e chegar aos ossos. Sua boca tremia.

– Se ele fosse capaz de sair – disse ela –, já estaria aqui agora. Ele precisa de ajuda. Alguém pode ir lá procurá-lo?

O gerente da oficina olhou para Annabelle como se ela fosse louca.

– *Lá dentro?* Seria suicídio.

Afastando-se dela, ele se dirigiu a um homem que se encontrava caído no chão, e se inclinou para colocar um casaco embolado embaixo de sua cabeça. Quando pensou em olhar novamente para onde ela se achava por último, o lugar estava vazio.

CAPÍTULO 26

Mesmo que alguém tivesse notado que uma mulher se esgueirava para dentro do prédio, não tentaram impedi-la. Cobrindo a boca e o nariz com um lenço, Annabelle atravessou a fumaça ácida que fez os olhos semicerrados lacrimejarem. O fogo, que começara do outro lado da fundição, vinha pelas vigas, em ondulações voluptuosas de azul, branco e amarelo, consumindo tudo pelo caminho. Mais assustador do que o calor escaldante eram os ruídos das chamas aumentando, o som do metal se torcendo e o estalar das máquinas pesadas se partindo como brinquedos quando esmagados com os pés. Por vezes, rajadas de metal líquido eram expelidas.

Segurando as saias desajeitadamente, Annabelle tropeçou sobre os escombros fumegantes e caiu de joelhos, chamando por Simon, mas sua voz falhou. Quando começou a se desesperar para encontrá-lo, viu um movimento nos escombros.

Falando aos berros, correu em direção ao corpo caído. Era Simon, vivo e consciente, com a perna presa sob o eixo de aço de um guindaste. Quando ele a viu, com o rosto sujo de fuligem e contorcido de horror, esforçou-se para se sentar.

– Annabelle – disse ele com a voz rouca, fazendo uma pausa quando foi atacado por uma crise de tosse. – Maldita seja, *não*... dê o fora daqui! O que diabos está fazendo?

Ela fez que não com a cabeça, não querendo perder fôlego na argumentação. O guindaste era pesado demais para qualquer um deles moverem; ela precisava encontrar alguma coisa, alguma alavanca que pudesse desalojá-lo. Enxugando os olhos ardentes, procurou em uma pilha de pedaços de pedras britadas e em um monte de cargas de contrapeso. Tudo estava coberto com camadas de óleo e fuligem, o que fazia com que escorregasse enquanto se movia em meio aos destroços. Havia uma fileira de rodas encostadas na parede estremecida, algumas mais altas do que ela mesma. Annabelle caminhou naquela direção e encontrou uma pilha de eixos e bastões grossos como o seu punho. Segurando uma dessas pesadas varas revestidas de graxa, ela a puxou da pilha e a arrastou em direção ao marido.

Era só fitar Simon para perceber que ele a fuzilava com os olhos.

– Annabelle – esbravejou ele, entre espasmos de tosse –, saia deste prédio *agora*!

– Não sem você. – Ela tateou desajeitadamente um bloco de madeira colocado na saída de um bate-estacas hidrostático.

Torcendo e puxando a perna imobilizada, Simon a cobriu de ameaças e palavrões enquanto ela arrastava o bloco de madeira para onde ele se encontrava e o empurrava contra o guindaste.

– É muito pesado! – exclamou ele, enquanto ela lutava com a vara. – Você não pode movê-lo! Saia daqui! *Maldita seja*, Annabelle...

Grunhindo com o esforço, ela colocou a vara sobre o bloco de madeira e posicionou-a embaixo do guindaste.

Empurrou para baixo, usando todo o peso do corpo. O guindaste permaneceu solidamente no lugar, indiferente aos esforços dela. Com um suspiro de frustração, ela lutou com a alavanca e finalmente a haste rangeu. Não adiantou nada, o guindaste não se moveria.

Um alto estalo disparou, e cacos de ferro voaram pelo ar, fazendo com que ela se abaixasse e cobrisse a cabeça. Então sentiu uma pancada tão forte no braço a ponto de jogá-la no chão. Uma dolorosa queimadura surgiu na região e, ao olhar para baixo, viu que uma lasca de metal penetrara sua pele, provocando um esguicho de sangue vermelho brilhante. Rastejando para Simon, ela foi aconchegada no peito do marido, e ele a protegeu até que a chuva de ferro diminuísse.

– Simon – disse ela, ofegante, virando-se para olhar nos olhos avermelhados dele. – Você sempre carrega uma faca. Onde ela está?

Ele ficou perplexo com a pergunta. Por uma fração de segundo, ela viu que ele pesava a possibilidade, então balançou a cabeça.

– Não – murmurou ele –, mesmo que conseguisse cortar a minha perna, não conseguiria me arrastar daqui. – Ele a empurrou para longe. – Não há tempo... você tem que sair desta maldita fundição! – Quando viu a recusa no rosto dela, suas feições se contorceram de medo, não por si, mas por ela. – Meu Deus, Annabelle – falou raivoso, e então finalmente passou a implorar –, não faça isso. Por favor. Se você se importa mesmo comigo... – Uma crise repentina de tosse tomou conta do corpo dele. – Vá. *Vá*.

Por um instante, Annabelle quis obedecer, o desejo de escapar daquele pesadelo infernal quase a dominou. Mas ao se levantar cambaleando e olhar para ele no chão, tão grande e ainda assim tão indefeso, não conseguia ir embora. Em vez disso, pegou a vara mais uma vez e a colocou de volta sobre o bloco de madeira, enquanto a dor atravessava o ombro lesionado. Sangue retumbava em seus ouvidos, tornando-se impossível distinguir a fúria de Simon do barulho do edifício estremecendo em torno deles. E isso provavelmente era bom, já que ele parecia louco de tanta raiva. Ela puxou e se pendurou na alavanca, enquanto seus pulmões torturados e asfixiados inspiravam e sofriam espasmos em resposta. Ela enxergava embaçado, mas continuou a exercer toda a força restante na barra de ferro, o ligeiro peso se esforçando para movê-la.

De repente, ela sentiu algo agarrar a parte de trás do seu vestido. Se tivesse qualquer fôlego para gritar, era o que teria feito. Assustada e fora do juízo normal, Annabelle manteve-se obstinada enquanto era arrastada para trás e as mãos eram erguidas da barra. Asfixiada, soluçando e cega pela fumaça, conseguiu distinguir uma forma esguia e escura que se formava atrás dela. A voz fria reverberou em seu ouvido.

– Vou levantar o guindaste. Puxe a perna dele quando eu mandar.

Reconheceu o tom autoritário antes mesmo de ver o rosto. *Westcliff*, pensou com espanto. Era realmente o conde, com a camisa branca rasgada e suja, as feições manchadas pela fuligem. No entanto, apesar de tudo, parecia calmo e capaz quando fez sinal para ela se aproximar de Simon. Levantando a barra de ferro com facilidade, posicionou habilmente a alavanca sob o eixo do guindaste. Embora fosse apenas de estatura média, o corpo magro era sólido e incrivelmente em forma, condicionado por anos de esforço físico. Enquanto Westcliff empurrava a vara para baixo com uma poderosa investida, Annabelle ouviu os estalos do metal se torcendo, e o enorme guindaste se moveu para cima uns poucos centímetros cruciais. O conde gritou para Annabelle, que puxou a perna de Simon freneticamente, ignorando o gemido de agonia dele enquanto era arrastado por debaixo do objeto que o esmagara.

Abaixando o guindaste com um estrondo, Westcliff foi ajudar Simon a ficar de pé, passando o ombro por baixo do braço de Simon a fim de levantá-lo e apoiar o lado ferido. Annabelle sustentou o outro lado e encolheu-se quando ele a agarrou em um aperto de punição. A fumaça e o calor a dominaram, tornando impossível enxergar, respirar ou pensar. Uma crise repentina de tosse chacoalhou seu corpo esguio. Se tivesse sido deixada à própria sorte, nunca teria sido capaz de encontrar o caminho para fora da fundição. Foi arrastada e empurrada para a frente pelo aperto brutal de Simon e ocasionalmente levantada enquanto cruzavam os destroços no chão, com canelas, tornozelos e joelhos sendo dolorosamente agredidos. A jornada tortuosa parecia durar uma eternidade e, acompanhando o progresso deles, a fundição balançava e rugia como uma besta que paira sobre a presa ferida. A mente de Annabelle divagava. Ela lutou para permanecer consciente, apesar da visão estar cheia de faíscas cintilantes e de uma escuridão convidativa atrás delas.

Jamais conseguiu se lembrar do momento em que saíram da fundição com as roupas enfumaçadas, o cabelo chamuscado e os rostos enrugados de calor. Tudo o que ela pôde se lembrar mais tarde era de que havia inúmeros pares de mãos tocando-a, e de que as pernas doloridas tinham sido subitamente aliviadas do fardo do próprio peso. Desmoronando devagar nos braços de alguém, sentiu que era erguida enquanto seus pulmões trabalhavam com avidez para obter ar limpo. Um pano molhado e salgado foi passado em seu rosto, e mãos desconhecidas adentraram o seu vestido para desatar o espartilho. Não tinha forças nem para se importar. Tomada por uma grande exaustão, entregou-se aos brutos cuidados e engoliu o conteúdo de uma concha de metal pressionada em sua boca.

Quando finalmente voltou a si, Annabelle piscou várias vezes para deixar o colírio se espalhar pela superfície dos globos oculares ardentes.

– Simon...? – murmurou ela, lutando. Foi suavemente contida.

– Descanse por um minuto. – Veio uma voz grave. – Seu marido está bem. Um pouco maltratado e queimado, mas fora de perigo. Eu nem acho que a perna machucada esteja quebrada.

À medida que recobrava a consciência, percebeu com espanto que estava meio sentada no colo de Westcliff, no chão, com o vestido parcialmente desfeito. Olhando para cima, para o rosto austero e afilado do conde, viu que a pele bronzeada apresentava manchas pretas dispersas e que o cabelo encontrava-se desgrenhado e sujo. O normalmente impecável conde parecia tão simpático, despenteado e quase humano que ela mal o reconheceu.

– Simon... – sussurrou ela.

– Ele está sendo carregado para a minha carruagem agora mesmo. Não preciso nem dizer que está impaciente para que você esteja ao lado dele. Estou levando ambos para Marsden Terrace... Já mandei chamar um médico para nos encontrar lá. – Westcliff posicionou-a um pouco mais acima em seus braços. – Por que foi atrás dele? Você poderia ter se tornado uma viúva muito rica. – A pergunta não foi feita em tom de zombaria, mas com um interesse amável que a confundiu.

Em vez de responder, Annabelle voltou a atenção para uma mancha sangrenta no ombro dele.

– Fique quieto – murmurou ela, usando as unhas quebradas para agarrar a ponta de um fragmento metálico fino que saía de sua camisa. Ela o puxou rapidamente, e o rosto de Westcliff se contorceu de dor.

Olhando para o pedaço de metal enquanto ela segurava para que ele o visse, o conde balançou a cabeça tristemente.

– Meu Deus. Não havia notado isso.

Escondendo o objeto nos dedos, Annabelle perguntou com cautela:

– Por que o *senhor* entrou lá?

– Fui informado de que você tinha corrido para um prédio em chamas para procurar seu marido e pensei em oferecer os meus serviços... Talvez abrir uma porta, afastar um objeto do caminho... Esse tipo de coisa.

– O senhor foi bastante útil – disse ela propositadamente imitando seu tom suave, e ele sorriu, mostrando os dentes brancos no rosto enegrecido pela fumaça.

Com todo o cuidado, Westcliff a ajudou a se sentar. Mantendo o braço atrás das costas dela, ele prendeu os fechos de seu vestido com um toque hábil enquanto contemplava a devastação completa da fundição.

– Apenas dois homens morreram, e outro está desaparecido – murmurou ele. – É um milagre, considerando a dimensão do desastre.

– Isso significa o fim da fabricante?

– Não, espero que consigamos reconstruir o mais rápido possível. – O conde olhou gentilmente para o rosto exausto de Annabelle. – Mais tarde você pode me descrever o que aconteceu. Por ora, permita que eu a leve até a carruagem.

Ela engasgou um pouco quando ele se levantou e a pegou em seus braços.

– Ah... Não é preciso...

– É o mínimo que posso fazer. – Westcliff deu outro raro sorriso radiante enquanto a levava com facilidade. – Tenho algumas reparações a fazer, no que concerne a sua pessoa.

– Quer dizer que agora acredita que eu realmente me preocupo com Simon em vez de ter me casado com ele apenas por dinheiro?

– Algo assim. Parece que eu estava enganado a seu respeito, Sra. Hunt. Por favor, aceite meu humilde pedido de desculpas.

Suspeitando que o conde raramente fosse dado a pedir desculpas de qualquer tipo, muito menos as humildes, Annabelle passou os braços em volta do pescoço dele.

– Suponho que eu tenha que aceitar – disse ela a contragosto –, já que salvou a nossa vida.

Ele a deixou mais confortável em seus braços.

– A um novo começo, então?

– A um novo começo – concordou ela e tossiu no ombro de Westcliff.

~

Enquanto o médico visitava Simon no quarto principal da Marsden Terrace, Westcliff encaminhou Annabelle para outro local e pessoalmente cuidou da ferida no braço dela. Após retirar a lasca de metal que se enterrara na pele, ele limpou a área com álcool, fazendo-a gritar de dor. Ele untou o corte com pomada, enfaixou-o habilmente e deu-lhe um copo de conhaque para aliviar o desconforto. Se tinha acrescentado algo ao conhaque, ou se foi a pura exaustão que amplificara seus efeitos, Annabelle nunca saberia. Depois de beber dois dedos do líquido âmbar-escuro, ela se sentiu tonta e com a cabeça leve. Sua voz estava nitidamente embargada quando disse para Westcliff que o mundo teve sorte por ele não ser médico, e ele reconheceu com sensatez que era verdade. Ela cambaleou embriagada para encontrar Simon, e foi dissuadida com ênfase pela governanta e um par de criadas, que pareciam ter a intenção de lhe dar um banho. Antes que ela pudesse ter ideia do que acontecia, já havia tomado banho, vestido uma camisola roubada do armário da mãe idosa de Westcliff e se encontrava deitada em uma cama macia e limpa. Assim que fechou os olhos, caiu em sono profundo.

Para desgosto de Annabelle, acordou muito tarde na manhã seguinte, lutando para se lembrar de onde estava e o que ocorrera. No momento em que seus pensamentos encontraram Simon, ela pulou da cama, sem ligar se estava em condições apropriadas enquanto caminhava descalça pelo corredor. Ela cruzou com uma criada no caminho, que pareceu um pouco assustada com a aparência daquela mulher com cabelo desgrenhado, um rosto arranhado e avermelhado e uma camisola mal-ajustada... Uma moça, que apesar de ter tomado banho na noite anterior, ainda exalava o cheiro da fumaça da fundição.

– Onde ele está? – perguntou ela sem cerimônia.

A criada compreendeu a pergunta abrupta e conduziu Annabelle para a suíte no fim do corredor.

Chegando à porta aberta, Annabelle viu o conde Westcliff em pé ao lado da enorme cama, onde Simon jazia sentado contra uma pilha de travesseiros. Simon estava com o peito nu, os ombros e o tronco morenos contrastando nos lençóis brancos que haviam sido puxados até a altura do umbigo. Annabelle estremeceu quando viu a quantidade de emplastros fixados nos braços e no peito do marido, imaginando quão desconfortável ele devia ter ficado por precisar suportar a remoção de tantos fragmentos metálicos. Os dois homens pararam de falar assim que notaram a presença dela.

O olhar de Simon se fixou em seu rosto com uma enervante intensidade. Uma invisível onda de emoção inundou o quarto, afogando-os em uma tensão aguda. Assim que Annabelle olhou para aquele rosto duro como granito do marido, nenhuma palavra pareceu apropriada. Se ela falasse com ele naquele momento, seria com uma hipérbole ou com um eufemismo. Absurdamente grata pela presença de Westcliff como um amortecedor temporário, Annabelle dirigiu o primeiro comentário a ele.

– Senhor – disse ela, inspecionando os cortes e queimaduras no rosto dele –, está parecendo alguém que perdeu uma briga de taverna.

Aproximando-se, Westcliff pegou a mão dela e fez uma reverência impecável. Ele a surpreendeu dando um beijo cavalheiresco no dorso de sua mão.

– Se eu tivesse entrado em uma briga de taverna, minha senhora, eu lhe garanto que não teria perdido.

Ao ouvir isso, ela deu um sorriso e não pôde deixar de refletir que, vinte e quatro horas antes, desprezava a autoestima arrogante do conde, ao passo que agora ele lhe parecia quase cativante. Westcliff soltou a mão de Annabelle depois de lhe dar um aperto tranquilizador.

– Com a sua permissão, Sra. Hunt, vou me retirar. Não tenho dúvida de que tem algumas coisas para discutir com seu marido.

– Obrigada, senhor.

Assim que o conde saiu e fechou a porta, ela se aproximou da cabeceira. Preferindo não encará-la, Simon desviou o olhar, com a testa franzida. Assim, de perfil, a estrutura angulosa de seu rosto resplandeceu com a luz do sol.

– A sua perna está quebrada? – perguntou Annabelle com a voz rouca.

Simon balançou a cabeça, concentrando-se no papel florido que cobria a parede do quarto. Ele falou com uma voz devastada pela fumaça:

– Ela vai ficar boa.

O olhar de Annabelle percorreu o corpo dele, demorando-se na musculatura marcada de seus braços e seu peito, passando aos dedos da mão, à forma como uma mecha de cabelo escuro lhe caía sobre a testa.

– Simon, por que não olha para mim? – perguntou ela em voz baixa.

Os olhos dele se semicerraram quando ele se virou para imobilizá-la encarando-a hostilmente.

– Gostaria de fazer mais do que olhar para você. Gostaria de esganá-la.

Seria ingênuo se Annabelle perguntasse por que, já que sabia a resposta. Em vez disso, esperou com a devida paciência, enquanto a garganta de Simon trabalhava violentamente.

– O que você fez ontem foi imperdoável – murmurou ele por fim.

Ela o fitou assustada.

– O quê?

– Deitado lá naquele inferno, fiz o que pensei que seria o último pedido da minha vida. E você recusou.

– Como tudo acabou bem, não foi o seu último pedido – respondeu Annabelle cautelosamente. – Você sobreviveu, e eu também, e agora está tudo bem...

– *Não está bem* – retrucou Simon, com o rosto fechado devido à fúria crescente. – Para o resto da minha vida vou me lembrar do que senti ao saber que você ia morrer junto comigo, sem que eu conseguisse fazer nada para impedir. – Ele desviou o rosto assim que a respiração se entrecortou com a emoção indesejada.

Annabelle estendeu a mão para ele, mas se conteve e a deixou suspensa no ar entre os dois.

– Como pôde me pedir para deixá-lo lá, ferido e sozinho? Eu não conseguiria.

– Você deveria ter feito o que eu disse!

Annabelle não vacilou, entendendo o temor que fazia Simon ferver de raiva.

– *Você* também não me abandonaria se tivesse sido eu naquele chão...

– Eu sabia que você ia dizer isso – observou ele com um aborrecimento selvagem. – É claro que eu não teria deixado você. Eu sou o homem. É de esperar que o homem proteja a esposa.

– E é de esperar que a mulher o ajude – rebateu Annabelle.

– Você não estava me ajudando – retrucou Simon. – Estava me causando agonia. Maldição, Annabelle, por que não me obedeceu?

Ela respirou fundo antes de responder:

– Porque amo você.

Simon continuou a olhar para longe, enquanto as palavras suaves o tocaram com um visível choque. Sua mão grande cerrou-se sobre a colcha e suas defesas começaram visivelmente a se afrouxar.

– Eu morreria mil vezes – disse ele, com um tremor na voz – para poupá-la do menor dano. E o fato de que se dispusera a jogar a sua vida fora em um sacrifício completamente inútil é mais do que posso suportar.

Os olhos de Annabelle ardiam quando olhou para ele, sentindo a necessidade e a ternura inesgotáveis se reunirem no seu corpo como uma dor.

– Eu percebi uma coisa – comentou ela com voz embargada – quando estava do lado de fora da fundição, vendo-a queimar e sabendo que você se encontrava lá dentro. – Ela engoliu em seco, sentindo a garganta espessa. – Preferia morrer nos seus braços, Simon, a enfrentar uma vida inteira sem você. Todos aqueles intermináveis anos... Todos aqueles invernos, verões... Uma centena de estações querendo e nunca tendo você. Envelhecer, enquanto você teria ficado eternamente jovem nas minhas memórias. – Ela mordeu o lábio e balançou a cabeça, enquanto os olhos se inundavam de lágrimas. – Eu estava errada quando lhe disse que não sabia o lugar a que pertencia. Eu sei. Meu lugar é ao seu lado, Simon. Nada mais importa, exceto estar com você. Você está preso comigo para sempre, e *nunca* vou escutar quando me pedir para ir embora. – Ela deu um sorriso trêmulo. – Então, pode parar de reclamar e se conforme.

Com uma rapidez surpreendente, Simon se virou para agarrá-la em seus braços. Ele enterrou o rosto no cabelo emaranhado dela. Sua voz soou como um rosnado angustiado.

– Meu Deus, não posso suportar isso! Não posso deixar você sair todos os dias, temendo a cada minuto que algo possa acontecer, sabendo que cada grama de sanidade que me resta depende do seu bem-estar. Não posso me sentir assim... É muito forte... Ah, *inferno*! Vou ficar louco, lunático! Nunca mais vou servir para nada. Se eu pudesse diminuir isso de alguma forma... Amar você pelo menos a metade do que amo... Eu poderia ser capaz de conviver com isso.

Annabelle riu trêmula com a confissão áspera dele e uma onda quente de alegria fluiu em seu corpo.

– Mas eu quero todo o seu amor – disse ela. Assim que Simon inclinou a cabeça para trás a fim de fitá-la, ela ficou ofegante. Levou alguns segundos para se recuperar. – Todo o seu coração e a sua mente – prosseguiu ela com um sorriso torto, e baixou a voz, em tom provocativo. – Todo o seu corpo também.

Simon tremeu e olhou para aquele rosto radiante, como se fosse impossível parar de encará-la.

– Isso é reconfortante. Já que você parecia mais do que ansiosa para serrar minha perna com um canivete ontem.

A boca de Annabelle se abriu em um sorriso, e ela acariciou com as pontas dos dedos o peito peludo de Simon, brincando com as mechas escuras.

– Minha intenção era preservar a maior parte possível de você e tirá-lo daquele lugar.

– Àquele ponto eu poderia ter deixado você fazer isso se eu achasse que funcionaria. – Simon pegou a mão dela e apertou a bochecha contra a palma da mão esfolada da amada. – Você é uma mulher forte, Annabelle. Mais forte do que jamais imaginei.

– Não, é o meu amor por você que é forte. – Com um olhar de malícia espumante por baixo dos cílios, Annabelle murmurou: – Não seria capaz de serrar a perna de *qualquer um*, sabe?

– Se alguma vez você arriscar a sua vida novamente, por qualquer razão, prometo esganá-la. Venha aqui. – Pondo a mão atrás da cabeça dela, Simon puxou-a para a frente. Quando o nariz de um quase tocou no do outro, ele respirou profundamente e disse: – Maldição, eu amo você!

Ela roçou os lábios provocativamente contra os dele.

– Quanto?

Ele fez um som leve, como se o beijo suave o tivesse afetado intensamente.

– Sem limite. Infinitamente.

– Eu o amo mais – disse Annabelle, e encostou a boca na dele. Sentiu uma estranha onda de prazer, acompanhada pela sensação indescritível de plenitude, de realização perfeita, que eles nunca tinham alcançado antes. Ela flutuava no calor, como se sua alma estivesse banhada em luz. Indo para trás, viu pelo brilho atordoado no olhar de Simon que ele também sentira aquilo.

Havia um tom novo e suplicante na voz dele quando disse:

– Beije-me outra vez.

– Não, vou machucá-lo. Estou em cima da sua perna.

– Isso não é a minha perna – respondeu em tom zombeteiro, fazendo-a rir.

– Seu pervertido!

– Você é tão linda... – sussurrou Simon. – Por dentro e por fora. Annabelle, minha esposa, meu doce amor... Beije-me novamente. E não pare até que eu peça.

– Claro, Simon – murmurou ela, e obedeceu feliz da vida.

EPÍLOGO

–... Não, essa não é a melhor parte – disse Annabelle, animada, acenando com um punhado de páginas em um gesto para que as Bowmans ficassem quietas. As três mulheres descansavam na suíte de Annabelle no Rutledge, balançando as pernas enquanto bebiam um vinho suave. – Deixe-me ler... "Assim que paramos no Vale Loire para ver um castelo do século XVI que está em fase de restauração, a Srta. Hunt ficou sabendo que havia um cavalheiro inglês solteiro, o Sr. David Keir, que está acompanhando os dois primos mais jovens em seu Grand Tour. Aparentemente, ele é um historiador de arte, empenhado em escrever um trabalho acadêmico sobre isso ou aquilo, e ele e a Srta. Hunt encontraram muito sobre o que discutir. De acordo com as suas mães... a partir de agora esta é a forma como vou me referir à mamãe e a Sra. Hunt, pois estão sempre na companhia uma da outra e parecem estar dividido o mesmo cérebro...".

– Meu Deus! – exclamou Lillian com uma risada. – Por que seu irmão tem que escrever em frases tão longas?

– Silêncio! – advertiu Daisy. – Jeremy estava prestes a dizer o que as mães pensam do Sr. Keir! Continue, Annabelle.

– "... Elas são da opinião que o Sr. Keir é um cavalheiro impressionante e bem-afortunado" – leu Annabelle.

– Isso significa que é bonito? – perguntou Daisy.

Annabelle sorriu.

– Decididamente. E Jeremy continua a dizer que o Sr. Keir pediu permissão para escrever para Meredith e tem a intenção de visitá-la quando ela retornar a Londres!

– Que lindo! – exclamou Daisy, estendendo a taça para Lillian. – Ponha outra, querida, quero beber à futura felicidade de Meredith.

Todas beberam encantadas, e Annabelle deixou a carta de lado, com um suspiro satisfeito.

– Gostaria de poder contar a Evie.

– Sinto falta dela – disse Lillian com uma melancolia surpreendente. – Talvez em breve seus carcereiros... perdão, sua família... permita que ela venha nos visitar.

– Eu tenho uma ideia – comentou Daisy. – Quando nosso pai voltar de Nova York no próximo mês, vamos ter que ir com ele para outra visita a Stony Cross. Naturalmente, Annabelle e o Sr. Hunt serão convidados, por causa da amizade de vocês com lorde Westcliff. Talvez possamos pedir que Evie e a tia sejam incluídas também. Em seguida podemos ter uma reunião oficial das solteironas, sem falar, é claro, de outra partida de *rounders*.

Annabelle gemeu teatralmente, bebendo seu vinho em um grande gole.

– Deus me ajude. – Colocando a taça em uma mesa próxima, ela procurou no bolso um pequeno pacote de papel com um objeto dobrado dentro. – Isso me faz lembrar... Daisy, você me faria um favor?

– Claro – respondeu a moça, que prontamente abriu

o pacote. Franziu o rosto de curiosidade quando viu um pedaço fino de metal. – O que em nome do Senhor é isso?

– Eu tirei do ombro de lorde Westcliff no dia do incêndio na fundição. – Ela sorriu perante as expressões de choque das meninas quando viram o tamanho do pedaço de ferro. – Se não se importar, leve-o com você para Stony Cross e atire-o no poço dos desejos.

– O que devo desejar?

Annabelle riu suavemente.

– Faça o mesmo desejo que fez por mim para o coitado do Westcliff.

– O coitado do Westcliff? – Lillian bufou e olhou com desconfiança para as duas. – Qual foi o desejo que você fez para Annabelle? – perguntou ela para a irmã mais nova. – Você nunca me disse.

– Também nunca disse a Annabelle – murmurou Daisy, olhando para a amiga com um sorriso curioso. – Como sabe o que era?

Annabelle devolveu-lhe o sorriso.

– Eu descobri. – Cruzando as pernas sob o corpo, inclinou-se para a frente e murmurou: – Agora, sobre encontrar um marido para Lillian... Tenho uma ideia bastante interessante...

LEIA UM TRECHO DE *ERA UMA VEZ NO OUTONO*, PRÓXIMO VOLUME DA SÉRIE

CAPÍTULO 1

Stony Cross Park, Hampshire

– Os Bowmans chegaram – anunciou Lady Olivia Shaw da porta do escritório, onde seu irmão mais velho estava sentado à escrivaninha entre pilhas de livros de contabilidade.

Marcus, lorde Westcliff, ergueu os olhos de seu trabalho com uma carranca que fez as sobrancelhas escuras se juntarem sobre seus olhos pretos como café.

– Que comece o caos – murmurou ele.

Livia riu.

– Imagino que esteja se referindo às filhas. Elas não são tão ruins assim, são?

– Piores – disse Marcus sucintamente. – As duas jovens mais mal-educadas que já conheci. Principalmente a mais velha.

– Bem, elas são americanas – salientou Livia. – É justo sermos um pouco tolerantes com elas, não é? Não podemos esperar que conheçam cada complexo detalhe de nossa interminável lista de regras sociais...

– Eu posso ser tolerante em relação aos detalhes – interrompeu-a Marcus, em tom seco. – Como sabe, não sou do tipo que criticaria o ângulo do dedo mindinho da Srta. Bowman quando ela segura sua xícara de chá. O que não admito são certos comportamentos que seriam censuráveis em qualquer canto do mundo civilizado.

Comportamentos?, pensou Livia. Isso era interessante. Livia avançou um pouco mais para dentro do escritório, um cômodo do qual não gostava, porque a lembrava muito de seu falecido pai.

Nenhuma lembrança do oitavo Conde de Westcliff era boa. O pai fora um homem frio e cruel que parecia sugar todo o oxigênio do ambiente quando chegava. De seus três filhos, apenas Marcus chegara perto de cumprir seus altos padrões.

Livia e a irmã dela, Aline, admiravam o irmão mais velho. Marcus era um homem que sabia montar a cavalo, dançar uma contradança de salão, dar uma palestra sobre teoria matemática, enfaixar um ferimento e consertar uma roda de carruagem. Contudo, nenhuma de suas muitas habilidades jamais merecera um elogio sequer do pai.

Olhando para trás, Livia percebia que provavelmente a intenção do velho conde era arrancar do filho qualquer vestígio de brandura ou compaixão. E, durante algum tempo, pareceu que tinha conseguido. Contudo, após a morte do pai, cinco anos antes, Marcus se revelara um homem muito diferente do que fora criado para ser. Livia e Aline tinham descoberto que o irmão mais velho nunca estava ocupado demais para ouvi-las e, por mais insignificantes que parecessem os problemas delas, ele estava sempre pronto a ajudar.

Contudo, Marcus também era um pouco dominador. Bem... *muito* dominador. Em se tratando daqueles que amava, não hesitava em manipulá-los para fazerem o que ele considerava ser o melhor. Essa não era uma das qualidades mais agradáveis do irmão. E, se fosse se aprofundar nos defeitos dele, Livia também teria de admitir que Marcus tinha uma crença irritante na própria infalibilidade.

Sorrindo afetuosamente para seu carismático irmão, Livia se perguntou como podia adorá-lo tanto, já que ele se parecia muito com o pai. Marcus tinha as mesmas feições severas, testa larga e lábios longos e finos. O mesmo cabelo grosso e preto como um corvo; o mesmo nariz largo e pronunciado; e o mesmo queixo proeminente. A combinação era surpreendente, em vez de bonita, mas atraía olhares femininos com facilidade. Ao contrário dos do pai, os olhos escuros e atentos de Marcus estavam sempre brilhando de alegria e ele tinha um sorriso raro, que fazia surgir um branco surpreendente no rosto moreno.

Ansiosa por ouvir mais sobre os citados comportamentos da mal-educada Srta. Bowman, Livia se apoiou na beira da escrivaninha, de frente para o irmão.

– Gostaria de saber o que a Srta. Bowman fez para ofendê-lo tanto – refletiu ela em voz alta. – Diga-me, Marcus. Ou então minha imaginação, sem dúvida, me fará pensar em algo muito mais escandaloso do que a pobre Srta. Bowman é capaz de fazer.

– Pobre Srta. Bowman? – bufou Marcus. – Não me pergunte, Livia. Não me sinto à vontade para discutir isso.

Como a maioria dos homens, Marcus não parecia entender que *nada* atiçava mais as chamas da curiosidade feminina do que um assunto que alguém não se sentia à vontade para discutir.

– Desembuche, Marcus – ordenou ela. – Ou o farei sofrer de modos inenarráveis.

Ele ergueu uma das sobrancelhas, zombeteiro.

– Como os Bowmans já chegaram, essa ameaça é redundante.

– Então vou tentar adivinhar. Você pegou a Srta. Bowman com alguém? Ela estava deixando um cavalheiro beijá-la... ou *pior*?

Marcus respondeu com um meio sorriso sarcástico.

– Dificilmente. Só de olhar para ela, qualquer homem em seu juízo perfeito gritaria e sairia correndo na direção oposta.

– Ela é uma garota muito bonita, Marcus.

– Uma fachada bonita não é o suficiente para compensar as falhas de caráter dela.

– Que são...?

– Ela é manipuladora.

– Você também é, querido.

Ele ignorou o comentário.

– Ela é dominadora.

– Como você.

– Ela é arrogante.

– Você também – disse Livia, alegre.

Marcus a olhou de cara feia.

– Achei que estivéssemos discutindo os defeitos da Srta. Bowman, não os meus.

– Vocês parecem ter muito em comum. Em relação ao comportamento inadequado dela, está dizendo que *não* a pegou em uma situação comprometedora?

– Não, eu não disse isso. Só disse que ela não estava com um cavalheiro.

– Marcus, precisamos dar as boas-vindas aos Bowmans, mas antes de sairmos deste escritório, exijo que me diga o que ela fez de tão escandaloso!

De mau humor, Marcus pegou um estereoscópio em um canto da escrivaninha. Levando-o aos olhos, Marcus examinou a imagem do Coliseu de Roma com exagerada concentração.

No momento em que Livia estava prestes a explodir de impaciência, ele murmurou:

– Eu vi a Srta. Bowman jogando *rounders* em roupas de baixo.

Livia o olhou sem entender.

– *Rounders*? Está se referindo ao jogo com bola de couro e taco achatado?

Marcus franziu os lábios, impaciente.

– Foi na última vez que ela veio nos visitar. A Srta. Bowman e a irmã estavam se divertindo com as amigas em um prado quando Simont Hunt e eu passamos a cavalo por acaso. As quatro garotas usavam apenas roupas de baixo. Alegaram que era difícil jogar com as saias pesadas. Acredito que teriam arranjado qualquer desculpa para correr por aí seminuas. As irmãs Bowmans colocam a diversão acima do decoro.

Livia tinha posto a mão na boca em uma tentativa não muito bem-sucedida de conter um ataque de riso.

– Não acredito que você não mencionou isso antes!

– Eu gostaria de poder esquecer – respondeu Marcus, carrancudo, abaixando o estereoscópio. – Só Deus sabe como vou encarar Thomas Bowman com a lembrança da filha dele despida ainda fresca em minha mente.

Livia não pôde deixar de notar que Marcus dissera "filha", não "filhas" – o que deixava claro que ele mal tinha notado a mais nova. Fora em Lillian que prestara atenção.

Livia se perguntou se a atração dos Marsdens por americanos – afinal, Aline se casara com um e ela mesma acabara de se casar com Giedon Shaw, dos Shaws de Nova York – também era compartilhada por Marcus.

– Ela estava terrivelmente encantadora em roupas de baixo?

– Sim – disse Marcus sem pensar, e depois fechou a cara. – Quero dizer, *não*. Isto é, não a olhei por tempo suficiente para avaliar seus encantos. Se é que ela tem algum.

Livia mordeu o lábio inferior para conter o riso.

– Bem, sinto muito por você ter tido de passar por uma experiência tão difícil. Só podemos esperar que a Srta. Bowman permaneça vestida em sua presença durante esta visita, para evitar chocar novamente sua sensibilidade refinada.

Marcus franziu as sobrancelhas em resposta à ironia.

– Duvido que o faça.

– Que ela fique vestida ou que o choque?

– *Já chega,* Livia – resmungou Marcus, e ela deu uma risadinha.

– Venha, vamos dar as boas-vindas aos Bowmans.

– Não tenho tempo para isso – disse ele bruscamente. – Vá você e invente uma desculpa para mim.

Livia o olhou, atônita.

– Você não vai... Ah, mas Marcus, você deve! Nunca o vi ser grosseiro.

– Vou corrigir isso mais tarde. Pelo amor de Deus, eles vão ficar aqui por quase um mês. Terei muitas oportunidades de me retratar. Mas falar sobre aquela garota Bowman me deixou de péssimo humor, e neste momento a ideia de estar na mesma sala que ela me irrita.

Balançando de leve a cabeça, Livia o olhou de um modo especulativo de que o irmão não gostou nem um pouco.

– Hum. Eu o tenho visto interagir com pessoas de quem não gosta e você sempre consegue ser gentil, sobretudo quando quer algo delas. Mas, por algum motivo, a Srta. Bowman o provoca excessivamente. Eu tenho uma teoria sobre o porquê.

– Qual é? – Um desafio sutil iluminou os olhos dele.

– Ainda a estou desenvolvendo. Eu lhe direi quando chegar a uma conclusão definitiva.

– Deus me ajude. Apenas vá, Livia, e dê as boas-vindas aos hóspedes. Vou sair, mas voltarei a tempo para o jantar.

– É melhor não se atrasar – preveniu-o. – Quando concordei em agir como sua anfitriã, não foi prometendo que cuidaria de tudo sozinha.

– Eu nunca me atraso – respondeu Marcus com calma, e saiu a passos largos com a ansiedade de um homem subitamente salvo da forca.

CONHEÇA OS TÍTULOS DA COLEÇÃO POP CHIC

Origem, de Dan Brown
O símbolo perdido, de Dan Brown
O Dossiê Pelicano, de John Grisham
O melhor de mim, de Nicholas Sparks
O príncipe dos canalhas, de Loretta Chase
Uma longa jornada, de Nicholas Sparks
Amigas para sempre, de Kristin Hannah
O rouxinol, de Kristin Hannah

SÉRIE AS QUATRO ESTAÇÕES DO AMOR, DE LISA KLEYPAS

Segredos de uma noite de verão
Era uma vez no outono
Pecados no inverno

PRÓXIMOS LANÇAMENTOS

Não conte a ninguém, de Harlan Coben
A estrada da noite, de Joe Hill
As espiãs do dia D, de Ken Follett
O código Da Vinci, de Dan Brown
A mulher na janela, de A. J. Finn
Inferno, de Dan Brown
Uma curva na estrada, de Nicholas Sparks
A revolta de Atlas, de Ayn Rand
Tempo de matar, de John Grisham

SÉRIE AS QUATRO ESTAÇÕES DO AMOR, DE LISA KLEYPAS

Escândalos na primavera

SÉRIE A MALDIÇÃO DO TIGRE, DE COLLEEN HOUCK

A maldição do tigre
O resgate do tigre
A viagem do tigre
O destino do tigre

SÉRIE AS SETE IRMÃS, DE LUCINDA RILEY

As sete irmãs
A irmã da tempestade
A irmã da sombra
A irmã da pérola

POP *(s.m.)*

popular, relativo ao público geral,
conveniente à maioria das pessoas,
aceito ou aprovado pela maioria.

CHIC *(adj.)*

elegante, gracioso, que se destaca
pelo bom gosto e pela ausência
de afetação, preparado com
cuidado e com esmero.

A coleção Pop Chic é nossa maneira de reafirmar a crença de que milhões de brasileiros desejam e poderão ler mais se oferecermos nossas melhores histórias em livros leves e fáceis de carregar, impressos em papel de qualidade, com texto em tamanho agradável aos olhos e preços acessíveis.